하얀 마물의 탑

BYAKUMA NO TO
by MITSUDA Shinzo

미쓰다 신조

장편소설 — 민경욱 옮김

하얀 마물의 탑

비채

등대정신

1부

1장 고가사키

고분에서 출토된 창과 검을 거대하게 만들어놓은 듯한 예리하고 가늘고 긴 기암이 바다에서 뾰족뾰족 솟아 있다. 고깃배의 앞길을 막으려고 일부러 파도 사이에서 튀어나온 거대한 손가락처럼 보였다.

도호쿠 지방에 속한 간세이 지역의 고가사키 바다에는 '구지암'이라는 기암괴석이 있다. 바위가 아홉 개라는 소리는 아니다. 이 경우 '구'는 '많다'라는 것을 나타냄과 동시에 배가 다니기 '고되다'라는¹ 뜻이다. 원래는 '꼬치암串岩'이라 불렸다는 설도 있다. 꼬챙이처럼 부러뜨리기 쉬워 보여 그랬다는데 어떤 바위를 봐도 그런 생각은 조금도 들지 않았다. 배를 잘못 댔다가는 선체가 바로 산산조각이 날 듯한 두려움이 드는 풍경이었다.

……거부당하고 있어.

¹ 아홉 구九와 괴로울 고苦가 모두 일본어에서는 구로 읽히는 것에서 비롯된 말

모토로이 하야타가 자연스레 그리 느낀 것도 무리는 아니었다. 그만큼 눈앞의 풍경은 장엄하기 그지없었다. 어깨를 맞대고 선 바위 사이를 거친 파도가 소용돌이치는 데다 뿌연 안개까지 끼기 시작했으니 당연하다.

정말 저기에 도착할 수 있을까.

그는 해가 기울었다고는 해도 여전히 따가운 여름 석양을 온몸으로 받으면서, 불안하게 크게 흔들리는 고깃배 위에서 뭐라 표현할 수 없는 불안함을 느꼈다.

일본의 연안은 예전부터 해난 사고가 잦았다. 육지와 바다가 인접한 부분에 암초가 허다했고, 폭풍우와 짙은 안개, 눈보라 등의 악천후까지 겹치는 데다 항로표식이 충분치 않았던 탓도 컸으리라. 그 항로표식의 대표가 등대이다.

하야타에게 이른바 '등대지기'로서의 임무가 주어진 최초 부임지는 뜻밖에도 간토 안이었다. 분명 지방 시골로 떨어지리라 각오했던 터라 잠시 허탈했다.

예전부터 등대라면 일단 인적 드문 변경 마을의 적적하고 가혹한 환경의 토지에 서 있는 인상이 강하다. 그런데 우시오의 다이코자키 등대는 육지가 바다로 튀어나온 지형인 곳에 있어서 날마다 수많은 관광객이 찾아왔다. 근처에는 오래된 사원도 많아 역에서 등대까지 오는 길에는 선물 가게와 식당이 즐비했으니 그가 각오한 것처럼 고독에 시달리는 곳은 결코 아니었다.

참고로 국토지리원 지도에 등대가 선 지역명이 '다이코자키'라고 표기되어 있는데, 그게 바로 등대 명칭이 되면서 한자 한 자만 살짝 바뀌었다. 해상보안청의 수로부가 제작한 해도에서 '사키崎'는 바다로 튀어나온 육지 전체 혹은 촌락을 뜻하고, 다른 '사키埼'는 그 가운데서도 더 나온 끝부분을 가리킨다. 등대를 가리킬 때 두 번째 한자로 표기하게 된 것이다.

하야타는 바로 그 다이코자키의 다이코자키등대에 해상보안청 직원으로 부임했다. 등대가 문제없이 해상 표식의 역할을 다하도록 유지, 관리하러 왔는데 솔직히 아주 당황스러운 상황이었다. 신입인 처지라 일반 관광객이나 소풍 및 수학여행을 온 학생들을 상대할 일이 많기 때문이다. 이 일도 아주 중요한 업무이므로 가볍게 생각하지 않고 안내에 최선을 다했다. 그런데 자살하려는 사람까지 살펴야 하는 신세라는 걸 알고 그는 복잡한 심경이 되었다.

이것도 타인의 생명을 구하는 중요한 임무다. 그건 안다. 하지만 나는 애당초 내 목숨을 걸 작정으로 등대지기가 됐을 리가 없지 않은가.

도진보나 게곤 등 폭포 같은 관광지가 자살 명소인 경우는 많다. 실은 다이코자키등대도 그랬다. 연간 자살자로 따지면 다른 관광지에 비해 적지만 그렇다고 전혀 없는 것도 아니다. 당연히 보고도 못 본 척할 수는 없다. 그래서 관광객을 상대해야 하는 신입 직원이 자살하려는 이들을 막는 업무까지 해야 한다.

그래도 구조된 사람은 대부분 하야타에게 감사의 뜻을 표했다. 자기 스스로 목숨을 끊으려 했음에도 어쨌든 '목숨을 구해줬다'라는 생각이 드는 모양이다. 누군가 짊어져야 하는 일이라면 내가 해야지, 그렇게 생각했던 때도 있다.

그런데 다이코자키에 부임하자마자 난생처음 구조한 소녀에게 들은 말은 지금도 영 머리에서 떠나질 않는다. 그 탓에 점점 더 자신의 임무에 의문을 품게 되었다.

그날, 하야타는 저녁에 근무를 교대할 예정이었다. 마지막까지 남은 관광객들을 등대 부지 밖으로 내보내고 어슬렁어슬렁 돌아오는데 갑자기 안개가 끼기 시작했다. 너무 짙어지지 않았으면 좋겠다고 생각하고 있는데 그 안개 너머 동쪽 곶 끝에서 석양을 받아 붉어진 바다를 향해 뛰어드는 소녀를 보고 간담이 서늘해졌다.

계단으로 아래쪽 바위까지 가면 너무 늦는다. 순간적으로 판단하고 바로 그 자리에서 바다로 뛰어들었다. 문득 전쟁 중 목숨을 잃을 뻔했던 경험이 뇌리를 스쳤다. 미군 잠수함의 어뢰 공격을 받았다고 생각한 순간 폭발이 일어나 그가 탄 무장선이 침몰했다. 바로 직전에 바다로 뛰어들었는데 그 순간을 다시 겪는 것만 같았다.

바다로 들어간 뒤로는 바닷물과 안개를 헤치면서 정신없이 소녀를 구해냈다. 다행히 상대는 난동을 부리지 않고 얌전히 내게 몸을 맡겼다. 그래도 사람을 안고 안개가 피어오르는 바다를 헤엄쳐 근처 바위 사이의 좁은 모래사장까지 도착하는 일은 쉽지 않았다. 전쟁 때보다 더 힘든 경험이었을지 모른다.

해변으로 올라온 하야타는 한동안 입을 열지 못했다. 교복 블라우스가 흠뻑 젖은 소녀 역시 살짝 부푼 가슴을 격렬하게 헐떡이며 말없이 누워 있었다. 어느새 안개는 거짓말처럼 걷혀 있었다.

"……괘, 괜찮아요?"

간신히 하야타가 말을 걸었는데도 소녀는 엎드린 채 아무 반응이 없었다.

"……다치지는, 않았습니까?"

역시 소녀는 전혀 말하지 않았는데 그녀를 무사히 구해냈다는 사실에 기분이 좋아진 그는 자기도 모르게 이런 말을 내뱉었다.

"……어쨌든 다행이네."

그러자 소녀가 툭, 허무함이 배인 말투로 중얼거렸다. "아무것도 모르는 주제에."

뜻밖의 말에 너무 놀란 나머지 하야타는 잠시 말을 잃었다. 곧바로 엄청난 분노가 찾아왔다. 전장에 끌려갔던 내 급우들은 살고 싶어도 죽을 수밖에 없었다고!

나도 모르게 소리칠 뻔했다. 그렇게 말하면서 소녀의 몸을 흔들어 그녀를 휘감고 있는 공허를 털어내고 싶었다. 그러나 눈앞의 소녀가 패전한 해에 일곱이나 여덟 살밖에 되지 않았을 것이라는 사실에 치밀어오르는 감정을 간신히 억눌렀다. 당연히 그녀에게 과거 침략 전쟁의 책임은 없다. 여기서 급우들의 죽음을 아무리 외쳐도 당연히 상대의 마음에는 가닿지 않으리라.

"그야 물론 나는 네가 어떤 상황인지 몰라. 하지만……."

그렇다고 해서 죽으려는 사람을 보고만 있을 수는 없었다고 타일렀다.

"벌써 해님은 가라앉았으니까……."

어딘가 초월한 듯한 중얼거림을 듣고 하야타는 흠칫 두려움을 느꼈다.

소녀의 말에 살짝 사투리가 섞여 있었으나 금방 알아들을 수 있었다. 다만 촌스러워 보이는 교복으로 미루어보아 아무래도 시골 여학생인 듯하다. 단정한 이목구비도 젖은 머리카락 탓에 잘 보이지 않았다. '우엉 같은 애네.' 그 아이의 첫인상이었다. 하얀 옷과는 대조적으로 까무잡잡한 피부 탓에 더 그런 생각이 들었을지 모른다. 착 달라붙은 블라우스가 몸의 선을 고스란히 드러내고 있었는데 풍만한 여성의 성숙미는 도무지 찾아볼 수 없었다.

그런데도 그 소녀에게서 여성이 느껴지는 듯해, 그런 취향이 전혀 없었던 하야타는 매우 당황했다. 그런 자신의 반응에 혐오감을 느낀 탓인지 그녀 앞에서 살짝 오한을 느꼈다. 실은 그 소녀에게 어이없는 소리를 들었으니까 이 상황은 피차 어쩔 수 없을지 모르겠다.

"큰일을 당했군."

그날 저녁, 하야타는 근무 교대 때 간자키 등대장에게 이런 말을 들었다. 마침 간자키가 자살 미수에 그친 소녀와의 대화를 다 끝마친 뒤였다.

"요즘 젊은 애들이 무슨 생각을 하는지 도통 모르겠지만, 그래도 목숨을 구해준 은인에게 보일 태도는 아니지." 등대장은 그를 위로하고는 바로 쓴웃음을 짓고 말했다. "젊다면 자네도 아직 젊지만."

"아닙니다. 그 아이는 열둘이나 열셋일 테니까 저랑은 사고방식이 완전히 다르겠죠."

"나도 그 정도로 봤는데 실제로는 열다섯이라더군. 또래 도시 아이들보다 역시 시골 아이들은 앳되지." 그렇게 말해놓고 간자키는 소녀에게 미안했는지 덧붙였다. "그래도 여자아이는 1, 2년만 지나면 확 변하더라. 우리 딸을 보면서도 늘 놀란단다니까. 그 아이도 곧 달라질지 모르지."

"그렇죠."

하야타가 건성으로 맞장구를 친 것은 그녀의 말로 받은 충격 탓이었는데 간자키는 자신이 내뱉은 '요즘 젊은 애'라는 말이 원인이라고 착각한 듯했다.

"자네는 이전에는 없었을 우수한 성적으로, 요코하마의 등대관리 양성소를 졸업한 훌륭한 항로표식 직원이야. 아무 생각 없이 굳이 등대까지 자살하러 온 아프레한 아이와는 비교할 것도 없지."

아프레란 아프레겔의 줄임말로, 원래는 '전후파'라는 뜻의 프랑스어이다. 그것이 패전 후 일본에서 전쟁 전의 도덕관을 잃고 비상식적으로 행동하는 젊은이들을 가리키는 말로 사용되었다. 그들이 일으키는 사건을 '아프레겔 범죄'라고 불렀다.

"아무래도 그 아이는 그런 사람 같지는 않았습니다."

"아, 그래?"

딱히 등대장에게 이의를 제기한 것도 아닌데 흥미진진하게 하야타를 바라봤다.

"아프레라기보다는 초월했다고 해야 할까요……."

"그 아이가?"

"……네, 잘 표현할 수 없는데 독특한 감각을 지닌 듯했습니다."

"내가 보기에는 그냥 시골뜨기 소녀에 불과했는데. 아주 촌스러운 느낌이었다고. 그리고 독특한 감각이라면 오히려 자네지."

"아, 그렇습니까?"

등대장은 당혹스러운 표정을 짓는 하야타를 흥미롭게 바라보며 말했다. "하던 얘기나 계속하자면 그 아이는 자네에게 고맙다는 인사 한마디 정도는 했어야 해."

그렇게 덧붙인 것은 틀림없이 부하를 다독이기 위해서이리라.

"이것도 등대지기의 일이니까요."

이때의 하야타는 아직 진지하게 그렇게 생각했다.

"더 가혹한 땅의 등대에 부임해 정말 등대지기다운 일을 하고 싶다, 자네 혹시 그렇게 생각하나?" 등대장은 바로 하야타의 불만을 간파한 듯 지적했다.

"물론 그럴 각오는 있습니다."

"확실히 등대지기에게는 일종의 희생정신이 필요하지. 무슨 일이 있더라도 등대의 등을 지키고 꺼뜨려서는 안 된다는 등대정신 말이야. 그런 정신이 가장 크게 발휘되는 곳은 거기에 가는 것만으로도 힘이 드는 궁벽한 토지에 서 있는 등대지. 그런 환경을 꺼릴 등대지기는 없겠지. 그렇다고 좋다고 나서서 가는 사람도 적어. 특히 가족이 있으면, 게다가 학교에 다니는 아이가 있으면 당연히 고민이 되지. 하지만 결국에는 가족과 떨어지더라도 그 등대에 부임해. 등대지기는 그런 인간들이야."

"제 생각도 그렇습니다."

하야타의 대답에 등대장은 쓴웃음을 지으며 말했다. "자네는 그게 너무 강하지 않나? 강고한 등대정신을 지니는 건 당연히 훌륭한 일이야. 등대지기로 정말 어울리는 사람이지. 하지만 자네를 보고 있으면 마치 고행하는 승려처럼 보일 때가 있어. 전국의 모든 가혹한 땅의 등대를 혼자서 다 책임지려는 것 같은데 아닌가?"

"네. 불손하게 들릴지 모르겠지만, 그런 마음이 큽니다."

하야타의 솔직한 답변에 등대장은 웃음을 터뜨렸다.

"하하하! 그래? 아니, 아니야. 아주 든든해. 자네는 정말 등대지기로는 최고야."

등대지기만큼 사람들이 많은 편견을 가진 직업도 없을 것이다.

곶 끝에 선 등대에 노인 혼자 산다. 온종일 해바라기나 낚시를 하면서 보내고 해가 저물면 등을 켜고 날이 새면 끈다. 반쯤 은거하는 듯 생활하며 등대를 지킨다. 일반적인(특히 내륙 도시) 사람들이 떠올리는 등대지기는 이와 비슷하지 않을까. 애당초 '등대'에서부터 오해할 게 많다.

일테면 "아버지는 등대 직원입니다"라고 설명해도 상대는 '동대도 직원'으로 이해한다. 쿄대학, 즉 동대와 등대 모두 도다이로 발음이 같은 데서 비롯될 말 그 가운데는 '도다이지 절 직원'으로 착각하는 사람도 있다. 도무지 '등대'까지 생각하지 못한다. 농담 같지만 사실이다.

가령 등대지기라는 사실을 알더라도 아까 말한 대로 편견이 많다.

놀랍게도 가장 큰 요인은 그 호칭 때문일지 모른다. '등대지기'라고 하면 '변방지기'를 떠올리는 사람이 많지 않을까. 변방지기는 나라 시대 때 동일본에 해당하는 아즈마 지역에서 징집되어 규슈의 요지를 지키던 사람으로 그 대다수는 고향에 처자를 두고 온 농민이었다. 그리고 그 가운데는 범죄자도 섞여 있었다. 말할 것도 없이 변경의 방위라는 그들의 임무와 역시 인적 드문 땅에 선 등대지기의 일은 완전히 다르다. 그런데도 둘을 관련지어 생각하고 마는 것은 부임지의 인상이 겹치는 데다 둘 다 '지기'라는 호칭이 들어가서 유사성을 느끼는 것이리라.

등대지기란 '등대를 지키는 사람'이라는 뜻이고 그 임무는 항로표식 전반을 감독하는 데 있다. 문제의 등대는 항로표식 가운데 하나에 불과하므로 이 호칭은 엄밀히 따지면 정확한 게 아니다. 항로란 가장 짧으면서도 안전한 바닷길을 말하고 이를 안내하는 것이 항로표식이다. 선박이 해상에서 자신의 위치를 파악할 수 있는 것도, 안전하고 수월하게 입항할 수 있는 것도 모두 항로표식 덕분이다.

일본 최초의 항로표식은 수로표지였다고 한다. 하천이나 연안의 부둣가에 나무 기둥을 세워 배의 통로를 표시했다. 배는 이 수로표지로 인해 목적지 방향이나 장애물을 알 수 있다. 나중에 수로목이라 불린 것도 그 역할을 생각하면 쉽게 이해된다.

수로표지는 노래에도 등장해 《만요슈》일본에서 가장 오래된 시가집에는 작자 미상의 '도호쓰아후미와 이나사호소에 같은 강의 수로표지처럼 나를 믿으라고 해놓고'라는 노래가, 《햐쿠닌잇슈》가마쿠라시대 가인

100명의 작품을 엮은 시가집에는 모토요시 친왕의 '이토록 고뇌했으니 모든 건 마찬가지다, 거친 바다에 있는 수로표지라도 되어 당신을 만나고 싶네'라는 노래가 실려 있다.

무엇보다《만요슈》의 와카일본 고유 형식의 시가 '수로표지처럼 당신을 믿었는데 깊은 마음이 아니었나?'라고 노래하고 있으니 당시의 수로표지는 발뺌할 수 있을 정도로 정확하지 않았다는 설도 있다. 무엇이 맞는지도 모르겠으나 수로표지는 낮 동안에만 쓰이는 항로 표시라 일몰과 함께 쓸모없어졌을 게 분명하다.

야간에는 화톳불과 봉화가 이용되었다. 해가 저물어도 돌아오지 않는 고깃배에는 그런 것들이 신호로 사용되었다. 어디까지나 필요에 쫓겨 각 지역에서 취한 대응에 불과했을 테지만.

마침내 12세기에서 15세기까지의 가마쿠라와 무로마치시대를 거치며 일본의 해운은 발전해간다. 하지만 당시의 항로표식에 관한 자료는 거의 남아 있지 않다. 그 말은 곧 별다른 진보 없이 여전히 수로표지나 화톳불, 봉화에 의존했다는 말일까.

하지만 적어도 16세기 중반의 아즈치모모야마시대에 오면 상설 봉화대가 각지에 만들어졌다. 그래봤자 기둥과 지붕만 있는 오두막 안에 장작이나 짚을 태우는 간단한 형태였다. 이전 봉화와 크게 다를 바 없는 것은 같지만 핵심은 '상설'이라는 점이다.

17세기 이후의 에도시대가 되면 도쿠가와 막부 체제가 정비되자 해상 운송선인 가이센에 의한 일본 해운이 발달한다. 에도와 오사카를 잇는 히가키 가이센, 오사카에서 에도로 주류를 운송하는 다루

가이센, 선주가 상품을 직접 산 다음 다른 지역으로 실어가서 판매하는 니시마와리 항로(기타마에부네), 도호쿠와 에도를 잇는 히가시마와리 항로, 또 지역별로 운항하는 미쿠니센이나 이세센, 히슈카이센 등의 우라카이센이 항해했다.

이 운송망을 지원하기 위해 전국 각지에 등명대가 만들어진다. 돌을 쌓은 대 위에 목조 오두막을 짓고 그 안에서 유채 기름이나 면실유에 담근 심지를 태운 후, 그 불을 반투명 기름종이를 붙인 장지 창문으로 비추는 방식이다.

등명대에는 상근하는 파수꾼도 여러 명 배치되었고 '매일 해가 지고부터 뜰 때까지 불을 꺼뜨리지 말 것' 등의 복무 규율도 있었다. 등명대와 파수꾼의 역할을 생각하면 이것이 등대와 등대지기의 전신이라 할 수 있을 듯하다.

그래도 등명대가 내는 불빛은 아주 약했다. 광원을 확대할 방법이 없었기 때문에 아주 멀리까지는 빛이 도달하지 못한다. 오히려 화톳불이 더 유용했다. 따라서 화톳불은 메이지시대1867~1912 초기까지 남았고 등명대에서 화톳불이 사용되는 일도 흔했다.

당시 외국과 같은 등대가 일본에 세워진 것은 우습게도 외압 때문이었다. 직접적인 원인은 조슈번이 미국 상선과 프랑스·네덜란드 군함에 포격을 가한 시모노세키 사건이었다. 막부가 배상금 300만 달러를 내야 하는 지경이었는데 일단 100만 달러를 내고 잔금은 보류해달라 했더니 200만 달러를 포기하는 대신 12개조로 이루어진 관세 협정을 앞의 삼국에 영국까지 포함한 네 나라와 조인하라는 강요를 받는다. 그 협정 제11조에 '일본 정부는 외국 교역을 위해 개항한 각 항구에 선박의 안전을 위해 등명대, 부목, 조수간만표식 등을 설치해야 한다'라는 항목이 있었다.

이 조항에 근거해 제일 먼저 영국이 일곱 개의 등대 설치를 요구했다. 다른 세 나라의 요구까지 조정한 결과 총 열 개가 결정되었다. 그중 두 개는 등선이라 빠지고 나머지 여덟 개의 등대를 '조약 등대'라고 부르게 된다. 한편 막부는 영국과 협의해 다섯 개 지역에 등대를 더 설치하게 되었다.

막부가 등대 건설에 적극적으로 나선 것은 배상금 때문만은 아니다. 일본에서도 항로 안전이 요구되는 시대를 맞은 것이다. 이 등대의 정비 계획은 이후 메이지 정부의 부국강병책에 근거한 해군력 증강으로 이어진다.

이런 사실을 배운 모토로이 하야타는 매우 착잡했다. 일본의 높은 군사력이 청일과 러일전쟁을 일으키고 결국에는 태평양전쟁으로까지 이어지게 만들기 때문이다. 만주 건국대학에서 학도병 징병으로 태평양전쟁을 겪은 그는 말할 수 없는 큰 상실감을 느끼면서도 패전 후의 일본 부흥을 가혹한 노동 현장에서 돕겠다는 결의로 등대지기가 되었다. 그런데 그의 직장인 등대가 사실은 전쟁에 가담했던 존재라니…….

아니, 그건 다 알고 있던 사실 아닌가.

하야타는 등대 역사를 배울 때 자연스레 자신의 과거를 돌아봤다. 그는 통칭 '아카쓰키부대'라고 불린 육군 선박부대에 입대했다.

그곳은 육군의 해상 수송을 지휘하는 부문으로, 그는 히로시마 우지나의 육군 선박포병교도대에 들어갔다. 그리고 교도대를 졸업한 그와 동기들은 수습 사관으로 수송선에 탔다.

여기서 운명이 크게 갈렸다. 하야타는 내지 근무 명령을 받았는데 동기들은 속속 전쟁터로 보내졌고 그 대다수는 돌아오지 못했다. 참담했던 하야타에게 드디어 승선 명령이 내려졌다. 두 개 분대로 구성된 소대의 지휘를 맡은 것이다. 하지만 이미 남방의 제해권과 제공권은 완전히 미군의 수중에 있었다. 그가 탄 무장선의 사명은 사단 규모의 병사를 태우거나 군수물자를 싣고 일본과 다롄, 부산항을 오가는 것이었다.

그럼 남쪽 바다보다 부산해협대한해협 중 부산과 쓰시마 사이의 바다이 안전했느냐면 당연히 아니다. 미국의 잠수함이 물고기처럼 헤엄치고 다니는 상태였다. 초계기의 호위가 붙는 것도 처음뿐이고 무장선이 외해로 나오면 돌아가버렸다. 그다음은 선원들이 쌍안경으로 감시하는 방법밖에 없었다.

무장선은 외해로 나오면 지그재그로 항해했다. 잠수함의 위협을 조금이라도 피하기 위해서다. 그래도 어뢰 공격을 받고 배가 침몰할 경우를 고려해 승조원들이 해안까지 헤엄칠 수 있도록 연안에서 그리 떨어지지 않는 항로를 선택했다. 그렇게 조심하고 또 조심했는데 점점 중국과 일본을 오가는 항해는 어려워졌고 따라서 야간에 출발하는 일이 잦아졌다.

그러므로 하야타는 무장선을 지휘하면서 당연히 등대의 도움을 받았다. 불빛의 지도 없이 캄캄한 바다를 항해하는 일은 지극히 어렵다. 아마도 그는 등대 불빛에 수없이 구원받았을 것이다.

그런데 아무리 당시 상황을 돌이켜봐도 등대는 전혀 기억나지 않는다. 부산해협의 어둠을 가르는 빛의 깜빡임을 봤나, 아무리 기억을 뒤져도 생각나지 않는다. 어쩌면 주요 등대는 모두 미군에 의해 파괴되었던 걸까. 본토의 등대는 전시 중 피해를 받은 경우가 적지 않다. 전사자도 나왔다. 눈에 띄도록 만들어진 등대만큼 공격하기 좋은 표적은 없을 것이다.

임무의 중요성 덕분에 등대지기는 병역을 면제받았다. 그런데 생각 없는 사람들은 젊은 등대지기들에게 "병역 때문에 등대지기가 되었겠지"라는 비난을 퍼붓기도 했다. 전시의 등대는 도망칠 수도 숨을 곳도 없는 전쟁터이다. 병역 도피를 노리는 사람은 절대 임무를 완수할 수 없는 힘든 직장이다.

미군의 공격 걱정이 사라진 지금도 등대가 가혹한 현장임에는 변함이 없다. 전사는 있을 수 없겠으나 장소나 계절에 따라서는 순직의 위험도 있다. 그러나 일본 부흥을 위해서는 없어서는 안 될 존재이다. 미국이 파괴한 등대 대다수는 이미 수리를 마쳤다. 그 등대들의 불이 꺼지지 않도록 하려면 앞으로 많은 등대지기가 필요하다.

하야타는 그런 생각으로 요코하마의 등대관리양성소의 시험을 봤다. 그리고 등대지기(정식 명칭은 항로표식직원)가 된 것이다. 결단코 어정쩡한 마음은 아니었다. 그 마음은 1년에 걸친 양성소에서의 배움을 통해 더 강해졌다.

그런데 지금, 하야타는 구지암 너머로 슬쩍 보이는 어마어마한 암벽의 땅을, 육지의 외딴섬이라 불리는 고가사키를 바라보며 뭐라 표현할 수 없는 동요를 느끼고 있었다.

저게 고가사키등대…….

구지암보다 훨씬 낮은 위치의 곶 암벽 위에 새하얀 탑이 우뚝 솟아 있다. 탑의 높이는 다이코자키등대와 비슷할지 모른다.

보통 해발이 낮은 곳에는 키가 큰 등대가 세워진다. 앞바다를 항해하는 선박의 목표물이 되기 위해서는 어느 정도 높이가 필요하기 때문이다. 반대로 곶이 높이 솟아 있으면 키 낮은 등대가 많다. 지형이 이미 탑의 높이를 벌어준 탓이다.

이런 논리로 따지면 고가사키등대의 탑 높이는 낮아야 한다. 그런데 다이코자키등대 못지않은 것은, 곶 앞에 우뚝 솟은 구지암 탓일 것이다. 기암괴석에 차단당하지 않고 앞바다까지 등불이 닿기 위해서는 그 이상의 높이가 요구된다. 즉 이 등대는 충분한 이유로 저 정도의 탑 높이를 갖춘 것이다.

하지만…….

하야타에게는 고가사키의 높이가 왠지 부자연스럽게 보였다. 마치 구지암의 동료가 되려고 탑의 높이를 높인 듯했다.

그런…….

바보 같은 일이 있을 리 없다. 머리로는 그렇게 생각했으나 마음은 달랐다.

구지암 사이에서 꿈틀거리다 쏟아져 나오는 시퍼렇고 성난 파도,

등대 뒤로 바싹 다가온 밀림 같은 깊고 짙은 푸른 숲, 어느샌가 하늘 가득 펼쳐진 회색 구름, 주변 일대에 펼쳐지고 있는 옅은 우윳빛 안개, 그 한복판에 선 새하얀 탑을 바라볼수록 점점 불안이 엄습했다.

이 감각은······.

전에도 비슷한 경험이 있었는데. 하야타는 생각했다. 그곳으로 가는 게 망설여지는, 그런 두려움에 시달린 기억이 있는데. 하지만 그게 언제 어디였더라.

가는 게 아니라, 들어간다고 해야······ 하나.

아니, 그게 아니야.

내려간다······ 내려간다······. 무시무시한 속도로······.

기억이 소환되자마자 커다랗게 입을 벌린 탄광의 갱구 모습이 생생하게 되살아났다. 그를 땅 밑으로 데려가던 인차 테두리의, 까칠한 촉감까지 떠올랐다.

일본 패전 후, 육군 선박포병교도대는 해산하고 하야타는 고향인 와카야마로 돌아왔다. 고향 집에서의 생활은 그에게 잠깐의 안락함을 주었으나 이 전쟁으로 얻은 뭐라 할 수 없는 허무함은 도무지 털어버릴 수 없었다. 그때 건국대학의 후지타 쇼지 교수가 농민들에게 살해당했다, 라는 놀라운 소식이 도착했다.

1932년, 대일본제국이 중국 만주 땅에 세운 만주국은 '민족 화합의 왕도낙토王道樂土'를 소리 높여 외쳤다. 민족 화합이란 일본계와 만주계(중국인과 만주인)와 조선계와 몽골계에 의한 민족 자결을 가리켰다. 실제로 건국대학에는 러시아계도 있던 오족협화五族協和

와, 왕도낙토가 만주국의 건국 이념이었다.

그러나 일본 정부의 관료와 군벌, 다양한 권리에 얽매여 만주로 건너온 기업 등이 이 땅을 일본의 괴뢰국가로 바꿔버린다. 식민지와 전혀 다르지 않게 된 것이다. 이런 상황에 분노한 제국육군의 이시와라 간지는 만주국 재건에는 젊고 우수한 인재를 육성하는 게 중요하다는 생각으로 건국대학 건립에 주력한다. 하지만 유감스럽게도 대학이 완전한 자치를 획득하고 당시의 전쟁과 관계없이 존재할 수 있었던 시기는 짧았다. 이상과 현실, 희망과 좌절 사이에서 하야타를 비롯한 학생들은 큰 고민에 빠지고 말았다.

하지만 어떤 상황에서도 후지타는 흔들리지 않았다.

"만주 농민과 함께 열심히 일하십시오. 이곳을 결실 있는 풍요로운 대지로 만들고, 그 사람들에게 돌려주십시오. 이 땅은 그 사람들 것입니다."

그렇게 말하고 묵묵히 농사일하던 후지타가 바로 농민들에게 살해당한 것이다. 믿을 수 없는 이 사건은 하야타에게 전쟁 이상의 정신적 타격을 주었다.

우리가 대학에서 배운 것은 도대체 무엇이었나.

이 전쟁에는 과연 어떤 의미가 있었나.

앞으로 나는 어떻게 살아야 하나.

하야타는 고민 끝에 우선 국립대학에 다시 들어간다. 하지만 그곳에서는 배울 게 하나도 없었다. 그래서 1년 만에 그만뒀다. 그리고 간사이의 신문사와 출판사 일로 입에 풀칠했는데 그것도 그만두고 방랑 여행에 나섰다.

그러다가 흘러간 곳이 기타큐슈 야코야마 지방의 게쓰네역이었다. 그곳에서 그는 아이자토 미노루라는 청년과 만나 누쿠이 탄광의 하나인 넨네 갱의 광부가 되었다. 나쓰메 소세키가 《갱부》에서 '세상에 노동자 종류는 많지만, 그중 가장 괴롭고 가장 하등한 것'이라고 썼던 것이 광산 노동자인데 그중 하나인 탄炭 갱부도 마찬가지다. '가장 괴로운'이라는 말은 맞지만, '가장 하등한 것'이라는 표현은 말할 것도 없이 편견이다. 분명 석탄 캐기는 바닥 인생의 직업이라 예전부터 멸시를 당한 역사가 있다. 하지만 지금의 일본 산업과 경제를 훌륭하게 지탱해온 것이 바로 그들이다.

하야타는 어떤 일보다 가혹한 데다 바닥이라고 여겨지는 노동자가 됨으로써 패전 후 일본의 부흥을 뒷받침하기로 결의했다. 전쟁으로 잃어버린 일본인의 마음을 그런 노동을 통해 볼 수 있지 않을까 생각한 탓도 있다.

그런데 하야타는 탄광으로 내려가는 갱도 입구로 갈 때마다 두려움에 떨었다. 굳이 말하자면 늘 다른 사람보다는 대담한 편이었던 그로서는 매우 드문 일이었다.

두 번 다시 갱도 밖으로 나오지 못하는 게 아닐까…….

첫날에 그런 두려움을 느끼는 것은 어쩔 수 없다. 아니, 며칠이나 일주일 정도는 이어질 감정이다. 그런데 아무리 시간이 흘러도 사라지지 않았다. 땅 밑으로 내려가는 공포에 한없이 시달렸다.

얼마 후 갱 안에서 대규모 낙반 사고가 발생했고 아이자토 미노루가 생매장당했다. 구출에 나서려 해도 가스 누출로 여의치 않았다. 아이자토의 생존이 절망적인 상황에서 밀실 상태인 탄광 주택 안에서 사람이 목을 매고 죽는 기묘한 사건이 잇따라 발생했다. 하야타는 이 불가해하고 기묘한 사건에 어쩔 수 없이 휘말렸는데…….

갱으로 내려가기 전에 느꼈던 두려움은 그 사건을 예견한 것이었을까. 거기에는 금줄 연쇄살인 사건도 포함된 걸까.

하야타는 아이자토가 무사하길 기원하며 사건 해결에 분주하면서 어느새 그렇게 생각하고 있는 자신을 깨달았다. 전쟁 중 그가 지휘했던 무장선이 폭발의 불꽃 속에 가라앉을 때도 그런 예감은 전혀 없었는데. 갱에 들어갈 때마다 느꼈던 불길한 감각이 모든 일을 암시했던 게 아니었을까, 점차 그런 생각이 들었다.

그때와 같은 것 같다…….

격렬하게 흔들리는 고깃배 위에서 구지암 너머로 슬쩍 보이는 고가사키등대를 본 하야타의 등줄기에 부르르 전율이 내달렸다.

가능하다면 저 곳에는 가고 싶지 않다…….

아니면 저 등대에 오르고 싶지 않은 걸까.

예전에는 갱으로 내려가고 싶지 않은데 지금은 부임지인 곳과 등대에 오르는 게 두렵다. 그래도 '가능하다면'이라고 표현한 것은 하야타에게도 첫 부임지를 거치면서 다소나마 등대정신이라는 게 싹트기 시작했기 때문이다. 그렇다고 해서 그의 불안이 사라졌느냐 하면 그렇지는 않다. 넨네 갱에서의 께름칙한 일을 떠올린 탓에 불안은 더 커지고 말았다.

도대체 무엇이, 저기서 날 기다리고 있을까.

하야타가 품은 커다란 동요에 호응이라도 하듯, 후루미야항에서 고깃배를 내어준 단자와라는 어부가 낮고 어두운 목소리로 말을 걸어왔다.

"바다가 조금 잔잔하면 구지암 사이를 헤쳐 고가사키에 배를 댈 수 있지만, 이런 파도로는 어렵겠습니다." 패전 후 몇 년간, 오사카에서 일했다는 그가 아직 고치지 못한 간사이 사투리로 미안하다는 듯 말했다.

"천천히 가도 안 될까요?"

이 황량한 풍경을 처음 본 충격이 조금 가라앉은 탓인지, 하야타는 어떻게든 갈 수 있지 않을까 생각했다.

"유감스럽지만, 아지키항까지 가서 안내인을 고용해 고가사키등대까지 걸어가는 방법밖에 없겠어요."

"알겠습니다. 어쩔 수 없죠."

지금은 그리 거칠어 보이지 않았으나 하야타는 바다 전문가인 어부의 판단에 순순히 따르기로 했다. 이럴 때는 '뱀의 길은 뱀이 안다'라는 말을 믿어야 한다고 생각했기 때문이다. 게다가 단자와는 고가사키등대에 부임한 등대지기를 여러 차례 데려다준 경험이 있다고 들었다. 또 헐값에 이 일을 맡았다. 그러니 부담을 줄 수는 없었다.

"……허연 게 춤을 춰서 말이야."

그래서 단자와가 마지막으로 툭 흘린 말을 들었을 때도 별로 신경 쓰지 않았다. 거친 파도 모습이나 갑자기 발생한 안개나, 아무튼 어부들의 용어이리라 생각했을 뿐이다.

그런데 하야타가 자신의 의견을 받아들이자마자 단자와의 얼굴에 안도의 빛이 떠오르는 듯 보였다. 정말 한순간이었으나 성가신 일에서 해방된 것 같은 표정이었다.

아…… 거짓말에 당했나.

순간 하야타는 의심을 했다. 그러고 보니 단자와는 구지암 앞바다가 아니라 그 너머 등대를 보지 않았나? 본인에게 직접 물을 정도로 그에게 확신이 있었던 것은 아니다. 가령 물어봐도 얼버무리면 그만이다.

그건 그렇고 단자와는 뭔가 본 게 아닐까.

그렇다면 **그것**은 도대체 무엇이었을까.

2장 아지키항

조금 전의 불길한 예감과 단자와의 기묘한 반응에는 어떤 관계가 있지 않을까.

하야타는 점차 멀어지는 고가사키등대의 하얀 탑을 바라보면서 한 가지 가설을 세웠다. 억지일지 모르겠으나 그렇게 생각하지 않으면 오히려 더 기분이 나빠질 것 같았다.

이 가설이 맞는다면, 그 원인은 구지암이나 고가사키곶, 혹은 고가사키등대에 있을 가능성이 크지 않을까. 단자와가 단순히 파도 상태나 지형 관계로 곶에 대길 싫어했다면 별문제는 없다. 하지만 등대나 곶과 얽히고 싶지 않은 이유가 혹여 다른 데 있다면 문제는 골치 아파진다.

하야타는 더 멀어진 고가사키등대를 다시 바라보면서 근심에 잠겼다. 단자와에게 물어봐도 여기 올 때까지 입에 담지 않은 문제를,

아지키항까지 가는 동안 말할 것 같지 않았기 때문이다. 역시 등대가 아니라 조금 전의 상태를 걱정했을지 모른다.

하야타는 그렇게 생각하기 시작했다. 무엇보다 안개가 나올 때는 부드러운 바람이 불어오니 파도가 그리 거칠지 않다. 그런데 고가사키의 구지암은 파도가 소용돌이치는데 안개까지 발생했다. 자연을 거스르는 기묘한 현상은 아무리 생각해도 찜찜하다. 어부인 단자와는 그 점에 강하게 반응한 것이다. 그렇게 생각하면 앞뒤가 맞는다.

그건 그렇고 등대를 보고 이런 기분이 들다니…….

첫 부임지였던 다이코자키등대를 올려다봤을 때 하야타의 가슴은 크게 뛰었다. 앞으로 짊어질 자신의 사명을 떠올리자 그야말로 떨렸다. 그것은 이번 바다 여행 중에도 마찬가지였다. 바다에서 바라본 여러 등대에 비슷한 감정을 느꼈다. 궁벽한 장소일수록 등대정신은 더 자극을 받았다.

그런데 고가사키등대는 왠지 달랐다. 다이코자키등대의 간자키 등대장이 지적한 대로 하야타가 바라는 부임지 등대 조건과 딱 맞는데도 아무래도 께름칙했다. 자꾸 몸을 빼려는 자신이 있다. 도무지 영문을 알 수 없었다. 상당히 멀어진 고가사키등대를 응시하며 어쩔줄 모르고 있을 때였다. 희끄무레한 게 눈에 들어와 흠칫했다.

등대 회랑에, 하얀 사람이 서 있다.

그 하얀 사람 그림자가 이쪽을 물끄러미 바라보고 있다.

그렇게 보였는데 어…… 하고 다시 자세히 보니 등대의 하얀색과 뒤섞여 분간할 수 없게 되었다.

그때 소녀가…….

순간적으로 하야타의 뇌리에는 2년 전 다이코자키등대에서 구했던 소녀의, 흠뻑 젖은 하얀 교복 블라우스가 떠올랐다.

자살을 막은 데 한을 품고 언젠가 소녀가 복수하러 오지 않을까.

어느샌가 그런 막연한 망상에 사로잡힌 탓이리라. 그래서 그녀가 먼저 와서 고가사키등대 회랑에 있는 게 아닐까. 순간적이었으나 그런 의심이 들었는데…… 아무리 생각해도 있을 수 없는 일이리라.

정말 복수할 마음이었다면 하야타가 아직 다이코자키등대에 근무할 때 나타났겠지. 그런데 새삼 2년이나 지나, 고가사키라는 변경의 땅까지 굳이 쫓아왔을 리 없다. 무엇보다 그 소녀는 그의 부임지를 알 도리가 없다. 해상보안청에 문의해도 친족이 아닌 한 쉽게 알려주지 않을 것이다. 하얀색에서 그 소녀를 연상했을 뿐이다.

언젠가 그녀가 복수하러 온다……. 평소 이런 망상을 품고 있었기 때문이다.

확실히 그 기묘한 아이에게는 어딘가 남다른 점이 있었지만…….

그래서 회랑에 이상한 하얀 사람 그림자를 보고 훌쩍 소녀를 연상한 것이다. 어쨌든 등대라는 공통점이 있는 이상 그리 이상할 것도 없다. 그녀를 떠올린 것은 오히려 자연스러운 반응이었을지 모른다. 하지만 그럼 하얀 사람의 정체가 더 신경 쓰였다.

고가사키등대의 직원이었나.

그게 제일 수긍할 만한 대답일 것이다. 저곳에는 등대장인 이사카 고조와 그 아내 미치코, 또 독신 직원인 하마치와 스나가가 있다고 들었다. 다만 스나가가 전근 가는 대신 하야타가 부임한다. 그러므로 그가 본 것은 이사카이거나 하마치라고 생각하는 게 가장 자연스럽다.

하지만…….

왜 이리 기분이 찜찜할까. 억지로 나를 속이고 있는 듯한 느낌이 드는 것은 왜일까.

그 사람 그림자가 등대지기였다면 회랑에서 뭘 하고 있던 걸까. 일에 열중한 것처럼 보이지는 않았다. 그저 우두커니 서서 이쪽을 응시하는 것처럼 보였다.

앗! 혹시 나를 마중 나왔나?

고가사키등대의 등대장은 오늘 그가 부임한다는 사실을 알고 있을 터이다. 하지만 파도가 거칠어 고깃배가 접안할 수 없으니까 상대도 어쩔 수 없이 회랑에서 지켜본 게 아닐까.

하야타는 마침내 제일 가능성이 큰 해석을 제대로 찾아내고 다소 안도했다. 하지만 그것도 오래 이어지지는 않았다. 새로운 의문이 생겼기 때문이다.

나를 마중하러 나온 거라면 왜 손을 흔들지 않았을까.

등대에 관한 일을 하는 사람들만큼 일단 손부터 흔들고 보는 사람도 없을 것이다. 등대에 있을 때는 바다를 지나는 배만 보면 손을 흔들고, 배를 타고 있을 때는 등대만 보면 손을 흔든다. 그만큼 동지의식이 강하고 사람이 그리운 환경에서 일하는 탓이리라. 물론 업무에 지장을 주는 경우라면 별개지만 거기에는 만남을 소중히 여기는 정신도 있을 것이다.

하지만 조금 전처럼 굳이 회랑까지 나와놓고 아무것도 안 하고 우두커니 서 있다니 역시 이상하지 않나. 게다가 그 사람 그림자는, 묘하게 하얗다…….

셔츠를 풀어 헤치고 있었다면 확실히 하얗게 보일 것이다. 그럼 바지까지 하얀색이었을까. 그래도 모자를 쓰면 그렇게 하얗게 보이지는 않는다. 만약 마중을 나왔다면 예의로라도 모자는 절대 까먹지 않았을 테고 한 손에 들고 흔들었을 것이다.

그런데 그것은, 우두커니 서 있었다.

그리고 그것은 하얀 사람이었다…….

조금 전 단자와의 혼잣말이 문득 귓가에 되살아났다.

……허연 게 춤을 춰서 말이야.

그 말은 무슨 뜻일까. 바다 상태를 가리키는 어부들의 용어가 아니었다. 나쁜 의미였나.

……하얀 마물魔物.

문득 하야타의 뇌리에 그런 표현이 떠올랐다.

완전히 멀어진 고가사키등대가 구름 사이로 스며든 한 줄기의 강한 여름 햇살을 받아 묵직하게 빛나고 있었다. 등탑의 자재가 철이기 때문이다. 그렇게 이해하면서도 번쩍번쩍 빛나는 빛의 반사가 마치 손짓이라도 하는 듯 느껴졌다. 그런 탓인지 그 등대에서 떨어졌음에도 그는 묘하게 가슴이 시끄러웠다.

등대의 건축 자재에는 돌, 나무, 벽돌, 철, 콘크리트와 이들의 혼합

등 여러 종류가 있는데 전쟁 후에는 콘크리트가 주류가 되고 있다. 공습이나 지진 등의 자연재해로 파괴된 등대는 전에 무엇이었든 복원되거나 다시 지어질 때는 대부분 콘크리트가 사용되었다.

일본에 최초로 지어진 서양식 등대는 벽돌로 지은 간논자키등대이다. 첫 점등은 1869년 2월 11일로 프랑스인 기사 프랑수아 레옹스 베르니에 의해 건설되었다. 당시 등대 분야에서 건설은 영국이, 기기는 프랑스가 앞서 있었다. 하지만 막부는 등대 기기를 먼저 프랑스에 발주하면서 등대 건설도 같은 나라 사람에게 맡기기로 했다. 직후 265년간이나 이어진 도쿠가와 막부가 종언을 맞는다. 막부는 그 전에 영국에도 등대 기기 발주와 기술자 파견을 요청했는데 메이지 정부가 그 발주를 그대로 이어받은 것이다.

따라서 간논자키를 비롯해 노지마자키, 조가시마, 시나가와까지 네 개 등대는 베르니를 비롯해 프랑스인이 담당했고 그 이후는 '일본 등대의 아버지'로 불리는 영국인 기사 리처드 헨리 브런턴이 담당했다. 하야타의 첫 부임지인 다이코자키등대도 사실 그가 건설한 것이다.

일본에 오기 전까지 브런턴은 런던에서 철도 일에 참여한 토목 조수에 불과했다. 영국 외무성의 의뢰를 받은 등대 설계 회사의 공모에 합격해 거기서 강습과 실지 연수를 받은 다음 일본에 왔다고 한다. 이 경위만 보면 이후 '일본 등대의 아버지'라고 불린 그의 미래는 좀처럼 그려지지 않는데 그래도 성공을 거둔 걸 보면 매우 우수한 인물이었을 것이다.

등대 건설에는 다양한 어려움이 따르는데 그 최고가 지리적 문제이다. 등대를 빨리 건설해야 할 곳은 구지암이 앞을 막고 있는 고가사키곶처럼 아무래도 벽지인 곳이 많다. 그런 땅에서 브런턴은 건설지 측량부터 시작해야 했다. 자재 운반만 생각해도 힘들었을 것이다.

그런데도 브런턴은 귀국 때까지 8년간, 스물세 개의 등대를 완성했다. 임기가 끝난 뒤의 완성까지 포함하면 스물다섯 개나 된다. 여기에 두 척의 등선과 다섯 개의 등간등불을 단 기둥까지 만들었으니 굉장하다. 게다가 그는 항로표식 관리 규정의 제정과 등대 관리 방식의 지도까지 담당했다. 그것만이 아니다. 그가 머물던 요코하마의 시가지 측량, 전신선 가설, 철교 건설, 하수도 시설, 항구 정비, 철도 부설 등도 토목 기사로 관여했으니까 그 유능함을 짐작할 수 있다.

브런턴이 지은 등대는 석조가 열한 개로 압도적으로 많다. 이어서 목조 여섯 개, 철조 네 개, 벽돌 축조가 네 개이다. 하지만 벽돌은 내진 문제가 있고 나무와 철은 바닷바람과 강우에 의한 부식이 격렬하고, 돌은 건설할 때의 자재 운반이 힘들다. 그래서 전후에는 콘크리트 축조가 중심이 되는데 아직도 현역인 석조와 목조, 철조, 벽돌 축조 등대가 각지에서 기능하고 있다.

따라서 철조 등탑인 고가사키등대가 번쩍거리는 것은 극히 자연스러운 일이다. 그런데도 하야타는 그 번쩍거림이 불길하게 느껴졌다. 조금 전의 예감은 누쿠이 탄광의 넨네 갱 때보다 훨씬 으스스한 느낌이었다.

하야타가 이제 거의 보이지 않게 된 고가사키등대 방향을 한없이 바라보고 있는 가운데 고깃배가 아지키항에 도착했다. 예상보다 빨라 그는 일단 안심했다. 다만 등대에 배를 대지 못한 탓인지 해는 일찌감치 서쪽 하늘로 기울어져 있었다.

단자와가 짐 보따리를 짊어져주는 통에 하야타는 가방만 들고 배에서 내렸다.

"수고하셨습니다."

그가 고개를 숙여 감사 인사를 하자 단자와가 말했다.

"곶에 배를 대지 못해 죄송합니다."

하야타보다 더 깊이 고개를 숙이며 어부가 진심으로 사과했다. 하지만 그 모습에 안도의 감정이 숨어 있는 것만은 틀림없는 듯했다.

하야타는 내심 단자와의 반응을 알아차렸으면서도 무던하게 대답했다. "바다가 거칠었으니 어쩔 수 없죠."

"그렇게 말씀해주시면 제가 고맙죠."

뭔가를 숨기고 있는 점은 기분이 좋지 않았으나 여기까지 싼값에 와준 것도 사실이다.

안심하는 어부의 얼굴을 보고 하야타가 덧붙여 물었다. "그럼 지금부터 서두르면 해가 지기 전에 등대에 도착할 수 있겠죠?"

별문제 없을 거라는 대답을 듣고 싶었는데 갑자기 상대 낯빛이 변했다. "……그건 안 됩니다. 그래선 절대 안 됩니다."

"하지만 거리가 그렇게……."

"배라면 그렇지만 육지로 가면 한나절 이상 걸립니다."

하야타는 너무 과장해서 말하는 게 아닐까 생각했는데 어부의 심각한 눈빛을 보니 아무래도 진심인 듯했다.

"저 숲을 혼자, 그것도 해가 지고 통과하다니……."

자기도 모르게 말한 듯 단자와는 말하다 말고 문득 정신을 차린 듯 얼버무렸다.

"어, 어쨌든 오늘은 이제 무리입니다." 딱 잘라 말했다. "오늘 밤은 여관에 묵고 목욕이나 하며 충분히 피로를 풀고 내일을 대비하는 게 최선입니다. 그리고 안내인을 꼭 고용하세요. 절대 혼자 숲에 들어가지 마시고요. 아시겠죠? 꼭 그래야 합니다."

단자와는 그렇게 말하고 재빨리 보따리를 짊어지고 친분이 있다는 '고지야'라는 여관까지 데려다주었다.

"여러모로 감사했습니다."

하야타는 헤어질 때 다시 감사 인사를 건넸다. 사실은 어부의 친절함이 자신의 죄책감을 얼버무리는 것처럼 느껴져 감사하면서도 복잡한 심경이었다.

내일은 무사히 등대에 도착할 수 있을까.

하지만 그런 불안도 여관에서 목욕을 한 후 저녁 식사하며 맥주를 마시자 금세 옅어졌다. 역시 정신적으로 피로했던 듯하다.

식사가 끝났을 무렵 상당히 나이 들어 보이는 여주인과 손녀로 보이는 기리에라는 아름다운 소녀가 인사차 나타났다. 여주인은 본인도 기억하지 못할 정도로 옛날인 수십 년 전에 결혼해 교토 여관에서 이리로 왔다고 한다. 그래서 여관 이름이 고지야인가, 하고 나는 고개를 끄덕였다. 교토에는 '○○고지'라는 지명이 상당히 많기 때문이다. 그러고 보니 기리에도 교토 미인처럼 보이니 우습기도 했다. 다만 교토 스타일이라는 말에서 상상되는 차가운 아름다움보다 태어나고 자란 땅의 영향 탓인지 그녀는 귀여움이 더 강했다.

단자와가 말을 해둔 덕에 여주인은 갑자기 찾아온 손님이 신임 등대지기임을 아는 듯 "젊은데 굉장하네!"라며 한껏 감탄했다. 하야타가 다이코자키등대에서 왔다고 하자 그때까지 쑥스러운 듯 고개를 숙이고 있던 기리에가 "중학교 수학여행 때 간토 쪽으로 갔는데 우시오에도 갔었어요"라고 기뻐하며 이야기에 끼어들었다.

그때부터 여주인과는 이 지방 이야기를, 기리에와는 이미 정이 한껏 든 듯한 우시오의 추억을 이야기했는데 덕분에 완전히 마음을 풀 수 있었다.

상황을 살피던 하야타는 이런 분위기라면 쉽게 물어볼 수 있겠다 싶어 여주인에게 물었다. "고가사키등대까지 안내와 짐을 옮겨줄 사람이 필요한데 적당한 사람이 있을까요?"

"그 일이라면 괜찮은 사람이 있어요."

아지키 마을과 등대에서 좀 떨어진 곳에 시로고무라라는 촌락이 있는데 그곳의 모스케라는 남자가 마침 내일 이리로 온다고 한다. 그는 자기 동네와 아지키 마을을 오가며 힘쓰는 일을 하니까 딱 맞는 사람이라고 했다.

"게다가 모스케는 종종 마을에서 산속 절까지 온갖 짐을 실어 날라요. 절까지 안내도 하니까 손님에게 도움이 될 겁니다."

하야타는 여주인의 말을 듣고 안심했는데 옆에 있는 기리에의 탐탁지 않은 얼굴을 보고 의아해졌다. 그녀는 여주인만큼 모스케를 높이 사지 않은 듯했다.

"그분은 언제쯤 오십니까?"

하야타가 시간을 물은 것은 달리 물을 게 없어서였다.

"자기 동네에서 새벽에 출발하면 모스케의 걸음으로는 10시쯤이 지 않을까요."

느긋하게 대답하는 여주인에게 그래서 제때 갈 수 있느냐고 물었더니 대답이 돌아왔다.

"여기서 절까지는 대충 한나절 걸려요. 모스케는 해지기 전까지는 절에 도착할 겁니다."

"등대까지도 비슷하게 걸린다고 들었는데 괜찮을까요? 게다가 모스케 씨는 등대까지의 길을 아시나요?"

그런데 여주인은 그 질문에는 대답하지 않았다.

"손님은 괜찮은 남자지만……."

애교 섞인 웃음을 지으며 갑자기 이상한 말을 했다. 옆에서 기리에가 부끄러운 듯 고개를 숙였다.

"괜찮은 남자라고 하면 옛날부터 훤칠한 남자를 가리키죠. 하지만 손님은 체력도 좋아 보이니까 틀림없이 모스케를 잘 따라갈 거예요. 그럼 저녁까지는 틀림없이 등대에 도착할 겁니다."

하야타는 여주인이 너무 태평해 보였으나 모스케를 잘 아는 듯해 괜찮겠다 싶었다. 배 여행의 피로도 있어서 일찌감치 자리에 눕자 그는 푹 잠들었다.

날이 밝아 다음 날이 되었다. 어제저녁의 흐린 하늘이 눌러앉은 얄미운 날씨였다. 강한 햇살이 없는 것은 고마운 일인데 등대까지 걸어가다가 비를 맞는 일은 가능하면 피하고 싶었다.

하야타는 아침을 먹은 다음 하늘을 수시로 올려다보면서 아지키 마을을 산책했다. 고향인 와카야마에서 보던 어촌 마을과 분위기가 아주 비슷한 것 같았다. 주위 자연과 마을 건물이 아니라 공기가 비슷하다고 해야 할까. 덕분에 산책을 끝낼 무렵에는 기분이 완전히 풀렸다.

여관으로 돌아와서는 바람이 잘 통하는 1층 객실에서 오사카 게이키치의 《죽음의 쾌속선》 가운데 〈등대 귀신〉과 《인간 등대》의 표제작을 읽었다. 둘 다 제목에서 알 수 있듯이 등대가 무대이다. 전자가 본격 탐정소설인 데 비해 후자는 서스펜스 장르의 작품인데 둘 다 등대 특유의 구조를 훌륭하게 이용한 작품이다.

하야타는 두 작품 모두 다시 읽는 거라 작품의 트릭을 알고 있었는데도 전과 다른 부분에서 크게 감탄했다. 전에는 등대에 관한 지식이 거의 없었으나 요코하마의 등대관리양성소를 졸업하고 등대지기가 된 지금은 달랐다. 그런 그가 읽어도 두 작품에 그려진 등대 묘사에 전혀 부자연스러운 부분이 없었다. 등대에 관한 저자의 기초 조사에 빈틈이 없었다는 증거일 것이다.

만약 살아 있었다면…….

더 멋진 탐정소설을 썼을지 모르겠다. 하지만 유감스럽게도 오사카 게이키치는 1943년에 징집되었고 2년 뒤에 필리핀 루손섬에서 병사했다. 전쟁 때 목숨을 잃은 작가는 그 이외도 많고 그 사람들이 '살았다면 어떤 걸작을 썼을까?'라며 안타깝게 여겨졌겠으나 오사카의 애독자는 특히 그런 느낌이 강했다. 왜냐하면 전쟁 전 탐정소설계에서는 드물 정도로 본격파 작가였기 때문이다.

만약 살아서, 장편 본격 탐정소설을 썼다면…….

그렇게 바라지 않은 사람이 없을 정도로 오사카 게이키치가 남긴 단편 탐정소설은 모두 완성도가 높았다.

탄광이 무대인 〈갱귀〉도 걸작이었는데.

하야타는 잡지 〈가이조〉 1937년 5월호에서 읽은 〈갱귀〉를 바로 떠올렸다. 참고로 〈등대 귀신〉은 잡지 〈신세이넨〉 1935년 12월호에 발표되었고, 〈슈피오〉 1937년 5월호에 다시 실렸다. 〈인간 등대〉가 처음 발표된 것은 〈체신협회잡지〉 1936년 7월호였다.

다 '귀신 귀' 자가 붙었네.

그가 〈등대 귀신〉과 〈갱귀〉라는 제목의 유사성을 새삼 깨달았을 때였다. 누쿠이 탄광의 넨네 갱에서 친절하게 대해줬던 광부 난게쓰 나오마사와 〈갱귀〉 얘기를 했던 게 떠올라 순식간에 배 속이 차갑게 식는 듯한 한기를 느꼈다.

그 탄광에서, 소름 끼치는 연쇄살인 사건에 휘말렸다…….

그리고 자신은 이제 새로운 부임지인 고가사키등대로 가려 한다.

하야타는 황급히 고개를 흔들었다. 당연히 오사카 게이키치의 〈갱귀〉와 넨네 갱 사건은 전혀 관계없는 일이다. 그 작품을 읽은 직후에 바로 불길한 예감을 느꼈고, 그리고 사건이 일어났다면 이야기는 다를 수 있겠으나 그건 아니었다.

그렇지만 지금 하필 〈등대 귀신〉과 〈인간 등대〉를 다시 읽은 것은 사실이다. 요코하마의 등대관리양성소 시험을 쳤을 때도, 다이코자키등대에 부임했을 때도, 오사카 게이키치의 작품 같은 건 전혀 떠오르지 않았는데.

고가사키등대 부임이 정해지고 지참할 수 있는 책이 한정된 가운데 하필 등대에 관한 단편이 수록된 두 권을 골랐다니 우연이라고 해도 너무 지나치지 않나.

아니, 그야말로 지나친 생각이다.

하야타는 《죽음의 쾌속선》을 들고 페이지를 휘리릭 넘겼다. 그대로 마지막 페이지를 보니, 프로필출판사가 1936년 1월에 간행했다고 나와 있다. 그는 이어서 《인간 등대》의 마지막 페이지를 보다가 저절로 온몸이 굳고 말았다.

대동아출판사 강덕康德, 만주국 연호 10년 4월 15일.

이 출판사가 있던 곳은 만주국 봉천시현재의 선양로, 창업자는 작가 야기리 도메오였다. 야기리는 자신의 소설을 출판함과 동시에 탐정소설과 역사소설 등을 간행했다. 무엇보다 이 필명은 패전 후의 것이고 관동군의 어떤 장교와 자결을 시도했으나 미수로 끝나 '할복하지 못한 남자'라는 의미에서 '하기리 도메오'라는 이름을 지었다고 한다.

하야타가 반응한 것은 물론 출판사나 창업자의 이름이 아니다. 그게 존재한 땅이자 책의 마지막 페이지에 기록된 지금은 없는 연호였다.

1932년에 건국한 만주국 연호는 원래 '대동'이었다. 그게 1934년에 푸이가 황제로 즉위하며 제정으로 이행하자 대만주제국이 되었고 연호도 '강덕'으로 바뀐다. 따라서 강덕 10년이란 1943년을 가리킨다. 이 연호가 사용된 것은 만주국이 붕괴하는 1945년까지다.

하야타가 입학한 건국대학은 대만주제국의 국도였던 신경특별시 교외의 고지대인 환희령에 있었다. 그 배움터에서의 생활을 결코 잊은 적이 없다. 하지만 시간이 흐르면서 생각할 기회가 줄어든 것은 확실했다.

학도병으로 전쟁을 겪고 패전 후의 우울한 날을 보낸 다음 마침내 남쪽으로 흘러와 기타큐슈에서 광부가 되어 그곳에서 큰 사건에 관여했다. 탄광을 관두고 상경해 암시장에서 일하기 시작했다가 또 무시무시한 사건에 휘말리고 만다. 그 후 역시 일본의 부흥을 뒷받침하는 일을 하고 싶어서 등대지기를 목표로 해 오늘에 이르렀다.

그러고 보니 암시장에서의 사건 때도…….

그는 갑자기 전에도 불길한 예감을 느꼈던 일을 떠올리고 아연했다. 그때도 예지력 같은 게 작동했던 것 같은데 왜 잊었을까. 넨네 갱에서 느낀 조짐의 기억과 함께 자연스레 이 기억도 되살아났어야 하지 않나.

……뭐가 다르지?

하야타는 생각하다 바로 알아차렸다.

넨네 갱과 고가사키, 그리고 도쿄 암시장의 차이점은 전자는 자연에 있고 후자는 도시에 있다는 것이다. 아마도 탄광과 등대를 앞두고 느낀 예감은 대자연에 대한 경외에 가까운 전율이 아닐까. 하지만 암시장에서 느낀 예지 비슷한 감각은 다분히 패전 후 혼란기에 사람들이 발산하는 날것 그대로의 무시무시한 공기에 감화된 것이었다.

그래서 넨네 갱의 경험은 떠올렸으면서 암시장의 그것은 잊었나.

하야타는 고개를 끄덕였다. 하지만 넨네 갱과 고가사키의 두 예감에도 큰 차이가 있음을 뒤늦게 깨달았다.

탄광에는 불길한 검은 여자의 소문이 있었고 넨네 갱에서는 검은 얼굴의 여우를 두려워했다. 이들은 탄광에 따라다니는 괴담인데 동시에 땅 밑이라는 미지의 공간에 대한 두려움이 그런 존재로 드러난 것이리라. 실제로 넨네 갱에서 일어난 일은 현실의 살인사건이었다. 모든 게 합리적으로 설명되지는 않았으나 대부분은 인간의 이성과 지혜로 수렴할 수 있는 일이었다.

하지만…….

고가사키에서 느낀 예감은 인간의 이성을 뛰어넘는 것만 같았다. 이유는 모르겠으나 그것은 본능이 충고하는 것이리라. 넨네 갱에서의 예감이 '불쾌함'이었다면 구지암 앞에서 느낀 것은 '꺼림직함'이었다.

혐오와 두려움의 차이…….

좀 더 쉽게 말하자면 넨네 갱에서는 너무나도 탐정소설 같은 사건에 휘말렸다면 고가사키에서는 아무래도 괴기소설과 분간이 안 될 어떤 현상과 맞닥뜨릴 것 같은 느낌이다.

말도 안 돼…….

근거라 할 만한 것이 하나도 없다. 영문 모를 자신의 예감과 단자와의 살짝 거슬리는 언동만 있을 뿐이다. 그런데…….

하야타는 독서도 제쳐놓고 계속 생각에 잠겨 있었는데 기리에가 나타나 책에 관심을 보이는 바람에 이후로는 탐정소설 얘기로 그녀를 즐겁게 해주었다.

"실렛!"

그때 여관 뒷문에서 누군가 인사하는 소리가 들려왔다. 아무래도 "실례합니다"라고 말한 듯하다. 그런데 주인과 여주인 모두 자리를 비웠는지 대답하는 기척이 없다. 여종업원들은 2층에서 청소와 뒷정리를 하느라 전혀 알아차리지 못한 듯하다. 기리에는 겁먹은 듯 그 자리에서 움직이려 하지 않았다. 어쩔 수 없이 그가 출구까지 가니, 검게 그을린 단단한 몸집의 마흔 전후의 남자가 멀거니 서 있었다.

"주인과 여주인 모두 외출한 것 같은데요."

하야타의 말에 남자는 별 곤란한 기색 없이 말했다.

"나중에 오죠."

무뚝뚝하게 대답하고는 바로 몸을 돌렸다.

"아, 혹시 죄송하지만……."

하야타가 바로 알아차리곤 서둘러 부르자, 문으로 향하던 남자가 그 자리에 멈췄다.

"당신이, 모스케 씨 아닌가요?"

"그런데요."

그렇게 대답했지만 모스케는 변함없이 등을 돌린 채였다.

"여기 여주인에게 소개받은 모토로이 하야타라고 합니다. 실은 모스케 씨에게 꼭 짐 운반과 안내를 부탁하고 싶습니다."

하야타의 말에 남자는 몸을 휙 돌리고 환하게 웃었다. 의외로 그 얼굴은 장사꾼의 싹싹한 미소를 짓고 있었다. 이어서 그는 짐의 무게와 크기에 따른 요금 등을 아주 유창하게 설명하기 시작했다. 다만 사투리가 섞여서 알아듣는 데 조금 애를 먹었다. 모스케는 다른 지역 손님을 상대하는 게 익숙한 듯 애써 표준어를 써주긴 했다. 덕분에 하야타가 스스로 가방을 들 경우, 운반해주는 것은 보따리뿐이니 요금은 그리 높지 않다는 것을 알았다. 이걸로 일단 안심이다.

협상이 끝나고 모스케가 물었다. "잠시 머무는 건가요?"

"아뇨, 잠시로 끝나지 않아요. 적어도 2, 3년은 근무할 겁니다."

하야타도 최대한 친근하게 미소를 지으며 대답했는데, 모스케의 미소가 단숨에 굳어지더니 시커먼 어둠을 담은 말투로 말했다.

"짐을 운반하는 것은 산의 절이지요."

어미의 느낌이 분노를 담은 강한 뜻으로 들렸다. 사투리라서 제대로 알아들었는지 의문이었지만, 하야타는 '절'이라는 말은 입 밖에 내지 않았다. 처음부터 목적지를 밝히지 않은 것은 그의 잘못이나 모스케도 어림짐작을 한 셈이니까 어느 쪽이 더 나쁘다고 할 것도 없었다. 그러나 하야타는 그냥 사과하기로 했다. 모스케가 기분 좋게 짐을 옮기도록 하는 게 최선이라고 생각했기 때문이다.

"죄송합니다. 먼저 갈 곳을 말했어야 했네요. 저는 새로 온 등대지기입니다. 안내해줬으면 하는 곳은 고가사키등대입니다."

"당신이……."

모스케의 얼굴이 굳었다. 그에게 후회가 점점 밀려들고 있는 게 손에 잡힐 듯 느껴졌다.

산속 절이라면 상관없는데 등대에는 가고 싶지 않단 말인가.

상대의 반응을 그대로 해석하면 그랬다. 왜 그러는지 이유를 알고 싶었으나 여기서 괜한 질문을 던지면 짐꾼과 안내인을 동시에 잃는 상황이 될지도 모른다. 그런 위태로움이 지금 모스케에게서 느껴졌다. 하야타는 순간적으로 판단하고 운임 요금을 다시 정하자고 했다. 모스케는 마지못해 받아들였다. 다만 절보다 훨씬 많은 요금을 댔다. 둘 다 마을에서 한나절 거리인데 말도 안 되는 차이였다.

"그 요금으로 하겠습니다. 잘 부탁드립니다."

그러나 하야타는 상대가 말한 가격을 받아들이기로 했다. 다른 사람을 찾을 시간적 여유가 더는 없었기 때문이다. 사실은 어제 등대에 도착했어야 한다. 내일로 미뤄지는 사태만은 절대 피하고 싶었다.

상당히 유리한 조건으로 이야기가 끝났는데도 모스케는 여전히 부루퉁했다. 그러던 얼굴이 순간 환해졌다. 그의 시선을 따라 하야타가 돌아보니 기리에가 황급히 복도 모퉁이에 숨는 게 보였다. 아무래도 둘의 대화를 몰래 엿듣던 중이었나 보다. 기리에가 안으로 몸을 숨기자마자 모스케는 다른 일을 봐야 한다며 그때까지 여관에서 기다려달라고 하고는 훌쩍 가버렸다.

설마, 저러고 안 오는 건 아니겠지…….

순간 하야타는 불안했다. 하지만 한참 올라간 운임을 떠올리며 괜찮을 거라고 스스로 다독였다.

그때 여주인이 돌아오는 바람에 하야타는 모스케와의 대화를 한바탕 늘어놓았다. 목적지가 절이면 문제가 없는데 등대는 왜 꺼릴까. 아주 자연스럽게 이유를 물었다.

"절은 익숙한데 등대는 다르니까요. 아마 낯을 가렸을 거예요. 촌사람은 다 그래요."

얼버무리는 듯한 대답에 하야타는 더 파고들었다.

"낯을 가리는 게 아니라 두려워하는 것 같았습니다. 모스케 씨만이 아니라 여기 항구까지 태워준 후루미야의 어부에게서도 비슷한 인상을 받았는데 왜 그런 겁니까?"

"그야 무리도 아니죠." 여주인이 별일 아니라는 듯 선선히 응수했다. "이런 지방에서 등대는 특별한 존재죠. 무엇보다 건물이 멋지잖아요. 그 하얀 탑만이 아니라 관사라고 하나, 직원분들이 사는 곳도 훌륭하죠. 촌사람들이 보기에 외국의 집 같잖아요. 게다가 등대지기분들은 국가에서 파견한 사람이에요. 그것만으로도 모스케 같은 사람들은 굳어버려요. 두려워하는 것 같다고 하셨는데 어려워하는 게 아니었을까요?"

등대의 현대적인 분위기에 지역 사람들이 매료된다. 그건 드문 일도 아니다. 특히 인근에 서양식 건물이 없는 지방에서는 등대가 '외국처럼' 느껴지는 유일한 곳일지 모른다.

등대지기들의 직무 내용에 오해가 많기도 하지만, 해당 지방에서는 귀중한 존재인 것 또한 사실이다. 등대지기의 자녀가 좁은 시골길을 걷고 있으면 앞에서 걸어오던 할머니가 멈춰 서서 가만히 응시한다. 아이가 "왜 그러세요?"라고 물으면 그녀는 "등대 도련님이 지나가니 여기서 기다리는 거예요"라고 대답했다고 한다.

하야타는 다이코자키등대의 등대장에게 그런 일화를 들은 적이 있다. 따라서 단자와 모스케도 그와 비슷한 반응을 보인 것으로 생각할 수 있다. 그들의 언동이 공포가 아니라 공경이었다고 생각하면 여주인의 말도 이해할 수 있다.

하지만…….

하야타는 속으로 중얼거렸다. 여주인은 실제로 그들을 보지 못했다. 반면 그는 두 사람의 기묘한 반응을 직접 봤다. 이 차이는 분명 크다.

……잠깐.

여기서 하야타는 한 가지 가능성을 떠올리고 흠칫 놀랐다.

실은 여주인이 사실을 은폐하고 있다. 등대에 관해 뭔가 알면서도 전혀 모르는 척하고 있다. 그럴 가능성도 있지 않을까.

의구심을 품은 하야타는 뚫어지게 여주인을 바라봤다.

"아니, 왜 그래요? 손님처럼 괜찮은 남자가 그렇게 보면 부끄럽잖아요."

그 나이에 양쪽 뺨에 양손을 대기까지 하다니. 그는 서둘러 시선을 피했다. 하지만 이 모든 게 여주인의 계산일지 모른다.

"고가사키는 어떤 곳인가요?"

하야타는 그래도 질문을 이어갔다. 사실은 등대에 관한 소문을 듣고 싶었는데 아무래도 무리일 듯싶어 포기했다. 그래서 곶에 관해 물은 것인데 의외로 여주인이 달려들었다.

"옛날에는 다들 도도가사키라고 불렀다죠."

"고가사키의 '고矗'의 한자를 도도로라고 읽기도 하니까요. 어떤 한자를 쓰나요?"

"그건 모르겠는데 나중에 '백 백白' 자를 두 개 붙여서 도도가사키가 되었다고 해요. 이건 시로고무라가 생겼기 때문인 것 같아요." 그녀는 한자를 설명한 다음 계속 말했다. "예전에 시라뵤시 일행이 도도가사키까지 흘러 들어와 지금의 마을을 일궜대요. 시라뵤시란 헤이안시대794년~1192년에 유행했던 남장 유녀들이 노래하고 춤추는 전통 예술이죠. 예전에 그 일행이 남쪽에서 왔다고 하더군요."

"하얀 박자라는 뜻의 시라뵤시白拍子 사람들이 만든 마을이라 하얀 사람 마을이란 뜻의 시로고무라白子村인가요?"

"어디까지나 전해지는 말이니까 진짜인지는 모르죠." 여주인은 일단 그렇게 전제하고 계속 말을 이었다. "도도가사키에 '백'이라는 한자가 붙은 것은 시로고무라의 '흰 백白'에 '한 일一'을 더해 '일백 백百'이 된 거라고 전쟁 전에 묵었던 민속학자 아이자와 선생님이 말씀하셨어요."

"그런데 그게 어떻게 고가사키로 바뀌 불리게 된 거죠?"

"아이자와 선생님에게 들은 바로는, 시로고무라에 신내림 받은 집이 생겨서……랍니다. 그 집이 마을 사람을 상대로 가지기도를 하기 시작했다죠. 가지기도란 신불의 힘을 빌려 병이나 재난, 부정을 막아주는 기도예요. 게다가 하얀 신이라는 뜻의 시라가미白神를 모시기 시작했죠. 하지만 시로고무라의 마을 신사도 시라가미를 모시는지라 둘이 대립하게 되었답니다. 안 그래도 아이자와 선생님이 시로고신사에도 비밀이 많다며 고개를 갸웃하셨습니다. 모시는 시라가미가 도대체 뭔지 정확하지가 않네요. 게다가 시라가미가 수십 년마다 새로운 신으로 변한다고 했던가."

"아니……."

하야타로서는 도통 종잡을 수 없는 얘기였다.

"끝으로 선생님은 아직도 불명확한 부분이 많아서 더 자세한 조사가 필요하다고 말씀하셨어요. 그리고 얼마 있다가 전쟁이 터졌죠. 전쟁이 끝난 뒤에 계속 기다렸는데 아직 선생님을 뵙지 못했네요."

"그거, 걱정이네요."

하야타는 패전 후 입학한 대학에서 '민속학'을 배웠다. 그런데 다른 대학을 둘러봐도 '아이자와'라는 선생은 기억에 없다. 민간 민속학자일지 모르겠다.

탄광에서 일하기 시작했을 때 이보다 좋은 민속 채집 현장은 없으리라 생각했다. 일 틈틈이 광부들의 이야기를 듣고 필기하면 대학에 가지 않더라도 생생한 학문을 할 수 있겠구나. 건국대학에서 했던 실습이나 마찬가지 아닐까. 민속학이란 수집한 전승을 분석하고 연구해 일본인의 역사와 문화를 탐구하는 학문이다. 이런 자세야말로 지금의 자신이 나아갈 길일지 모른다.

하야타는 새로운 희망을 품었으나 탄광 일은 쉽지 않았다. 게다가 그는 기괴한 사건에 휘말리고 만다. 민속학 타령이나 하고 있을 때가 아니었다.

그런데 지금 '여주인에게 민속학자의 이야기를 듣고 있다니'라고 생각하며 물었다. "아이자와 선생은 명칭 변화를 어떻게 설명하셨나요?"

"원래 도도가사키의 '도도'란 발음에서, 곶에 부딪히는 성난 파도의 요란한 소리를 떠올렸고, 그리고 발음은 다르지만, 한자가 같은 단어를 따와 고가사키라고 했을 거라고……. 어머! 손님이 했던 말과 똑같네."

여주인과 떠드는 사이에 정오가 되었는데도 모스케는 여관에 나타나지 않았다. 하야타는 걱정되기 시작했는데 여주인은 개의치 않으며 괜찮다고 안심시켰다.

어쩔 수 없이 그는 마을의 식당에서 점심을 먹은 다음 여관 1층 객실에서 다시 책을 읽었지만, 전혀 집중할 수 없었다.

마을에서 누군가 다른 사람을 구해야 하나.

이제 그럴 여유는 없다. 바로 출발하지 않으면 아무래도 해지기 전에 등대에 도착하지 못할 것이다.

마침내 하야타는 혼자, 고가사키등대까지 가기로 마음먹었다.

3장 산중 방황

"손님, 고가사키까지 혼자 가다니, 그건 안 될 말이에요."

여관 여주인은 뜯어말렸으나 하야타의 결심은 굳건했다.

"제게는 등대지기로서의 소중한 사명이 있습니다. 예정대로 부임하지 않으면 선임자에게 어떤 민폐를 끼칠지 상상조차 할 수 없습니다. 그러니 무슨 일이 있더라도 오늘 안에 등대까지 갈 겁니다."

여주인은 당장 출발하려는 그를 일단 붙잡아두고 주방으로 가 서둘러 도시락을 만들고 근처 만물상 주인에게 고가사키등대까지의 지도를 그리게 했다. 만물상이라는 장사의 성격상, 등대까지 몇 번쯤 짐을 가져다줬다고 한다.

하야타는 그렇다면 안내인으로 고용하겠다고 했으나 지금은 손이 부족해 안 된다며 거절당했다. 어쩌면 모스케와 마찬가지로 등대에 가길 꺼리는 게 아닐까 하는 느낌이 들었으나 사실이 어떤지는 알 수 없다.

도시락과 지도가 완성되길 기다리는 동안 그는 오사카 게이키치의 책 두 권을 모두 기리에에게 건넸다.

"반드시 읽을 테니 꼭 다시 받으러 오세요."

"그때 다시 탐정소설 얘기하자."

신문지에 싼 도시락을 가방에 넣고 끈으로 엮은 보따리를 등에 멘 하야타는 바지 주머니에 지도를 넣고 출발했다.

"여름이라 밥이 쉽게 쉬니까 되도록 해지기 전에 드세요."

헤어질 때 여주인이 건넨 말이 묘하게 뇌리에 남았다. 딱히 이상한 말도 아니다. 당연한 주의다. 그런데도 마음에 걸린 것은 그녀의 말투에서 뭔가 느껴졌기 때문일까.

여주인과 기리에는 여관이 보이지 않을 거리 모퉁이까지 나와 손을 흔들며 배웅했다. 하야타도 돌아보며 손을 흔들었고 마지막에는 고개 숙여 인사했다.

마을 밖으로 나오자 갑자기 길이 좁아졌다. 양쪽으로 난 무성한 잡초는 헤치고 나아가기 힘들 정도로 웃자라 있었다. 푹푹 찌는 풀의 훈김에 둘러싸이자 곧바로 숨이 거칠어졌다. 가득 풍기는 신록 향기에는 심호흡하고 싶은 마음이 들게 마련인 데 반해 여름철 덤불의 열기는 숨을 멈추고 그냥 지나치고 싶을 만큼 너무 짙고 무거웠다.

처음에는 길이 평탄해 걷기 편했는데 점차 비탈길로 변하더니 곧 가파른 산길로 접어들었다. 게다가 구불구불한 비탈길을 다 오른 뒤에도 또 같은 길이 나오니 앞길을 도통 예상할 수 없는 탓에 묘한 불안감에 휩싸였다.

진짜 이 길이 맞는 걸까.

지도대로 왔다면 여기까지 갈림길은 두 개밖에 없다. 틀릴 리 없다. 그런데 아무리 외면하려 해도 완전히 산속으로 들어왔다는 사실을 의식해버려 동요하고 만다.

맞다. 벌써 산속이구나.

해변 등대로 가려는데 이런 산속을 걸어야만 한다. 하야타는 새삼 상황의 고단함을 깨닫고 눈앞의 산길을 보며 느끼는 불안보다 등대지기라는 존재에 더 깊고 아련한 슬픔을 느꼈다. 그도 당연히 등대지기였으나 아직 다이코자키등대밖에 경험하지 못했다. 이렇게 벽지의 등대를 직접 찾아가는 지금에야 비로소 선배들의 노고를 실감할 수 있었다.

와락 쏟아진 땀과 분투하면서 구불구불한 비탈길을 올랐다. 다 오르자 울창하게 솟은 너도밤나무와 물참나무, 자작나무 사이로 난 산길이 구불구불 인간의 장처럼 복잡하게 뻗어 있다. 거목들에 시야가 가려졌으나 그래도 앞은 볼 수 있었다.

앞이 보여도 또, 불길하네.

확실히 어느 정도 앞까지는 볼 수 있다. 도대체 어디까지 뻗어 있는지 모르게 사행하는 외길은 구불구불, 고불고불, 굽이굽이…… 몸을 비틀며 춤추면서 말도 안 되는 곳으로 이끄는 듯 보였다. 지도를 보고 제대로 된 길을 찾으려 해도 산길이 곧장 다른 방향으로 인도할 것 같은 느낌이 들었다.

생판 모르는 땅에다 인적도 희박한 산속에 안내인도 없이 홀로 들어온 탓에 주위 상황과 관계없이 기어이 불안해지는 거겠지. 머리로는 이해하겠는데 마음이 놓이진 않았다.

그래도 고가사키등대로 가야 한다.

하야타를 움직이게 한 것은 사명감이었다. 목적지인 등대에 도착하지도 못하고 앓는 소리나 하다니 정말 한심하네.

굽이치는 길은 내리막길이 되었다. 그래도 역시 구불구불하다. 이렇게 오르내리기를 몇 차례 거듭하다 보니 강가로 나왔다. 고지야를 출발하고 한 시간 반쯤 지났으니 물통에 물을 보충할 겸 조금 쉬기로 했다.

그렇지만 여관에서 넣어준 물이 아직 많았다. 물을 너무 많이 마시면 쉽게 피로해지니 물 마시기를 꺼린 점도 있지만, 그보다는 등대지기로서 물의 소중함을 너무나도 잘 알았기 때문이다.

눈앞에 바다가 펼쳐져 있지만, 등대 대다수는 심각한 물 부족에 시달린다. 눈앞을 가득 채운 바닷물은 당연히 염분을 포함하고 있어 생활용수로는 적합하지 않다. 빗물에만 의존하는 곳도 적지 않아서 그런 곳은 쌀뜨물로 세수한다고 한다. 목욕도 닷새에 한 번이면 감지덕지. 그런 경험담을 수없이 들으면 물을 소중히 여기는 마음이 절로 커진다.

손수건을 강물에 담갔다가 가볍게 짜서 목에 둘렀다. 산속을 흐르는 차가운 강물이 한동안 손수건을 차갑게 해주어 기분 좋았다.

휴식을 끝내고 다시 걷기 시작해 한참 앞으로 나아가니 불가사의

한 곳에 도달했다. 길 양쪽이 솟아 있는데 오른쪽은 초목이 우거져 있고 왼쪽은 암벽이 괴상한 형상이었다. 아무래도 계곡 같은 좁은 길이 구절양장처럼 이어져 있는 듯하다. 당연히 머리 위로는 아직도 강렬한 햇살이 떨어지고 있는데 괜스레 어두워진 것 같았다. 이따금 산비탈에서 튀어나온 나무가 그늘을 만들고 있는 탓이 아닐까. 좌우로 솟은 자연의 벽에 낀 탓에 마치 터널 속을 걷는 느낌이었다. 앞이 전혀 보이지 않는다는 점은 구불구불했던 조금 전 비탈길에 비할 바 아니었다.

이상하게 숨이 막히네.

하야타는 자신이 식은땀을 뻘뻘 흘리고 있음을 깨달았다. 여름이라는 계절 때문도, 깊은 산중에 들어왔기 때문도 아니었다. 이곳의 기묘한 분위기 탓이었다.

솟아오른 양쪽의 높은 절벽, 아주 조금밖에 보이지 않는 앞, 나아가거나 뒤돌아가는 수밖에 없는 좁은 길…… 모든 것이 두려움으로 이어진다. 한시라도 빨리 여기서 빠져나가야 한다고 생각하는 한편으로 애당초 사람이 들어와선 안 될 곳이 아닐까…… 하는 불안이 머리를 스친다. 마치 덫에 걸린 동물 같은 심정이다. 우물쭈물하다가 덜컥 장치가 작동해 영영 빠져나가지 못할 것만 같다.

작작 좀 해라.

하야타는 자신을 질책했다. 여기는 전쟁터가 아니야. 그저 산속일 뿐이지. 말하자면 하야타는 거대한 자연의 품에, 안겨 있는 것이다. 두려워할 건 하나도 없다.

……아니야.

정신을 차려보니 하야타는 저도 모르게 고개를 흔들고 있었다.

탄광에서는 갱 속인 땅 밑이 그냥 무서웠다. 사고에 대한 공포가 대부분을 차지했으나 원래는 인간과는 연이 없는 땅속에 있다는 사실 역시 무서웠다. 똑같은 감각을 고가사키의 구지암에서도 느끼지 않았나.

땅 밑, 바다, 산…….

모두 다 태곳적부터 인간이 경외하던 장소이다. 물론 어디나 그런 건 아니다. 산과 바다라 해도 안전한 곳 또한 분명 있다.

하지만 이곳은…….

그렇게 생각한 순간, 하야타는 너무나 무서워졌다. 더는 쓸데없는 생각 하지 말고 일단 서두르자. 그렇게 생각했을 때였다.

……부스럭, 부스럭.

뒤에서 누군가가 오는 것 같았다. 순간 그 자리에 멈춰 귀를 기울였는데 횡…… 하는 정적뿐 아무것도 들리지 않았다. 뒤를 돌아 한동안 기다렸으나 아무도 나타나지 않았다.

……부스럭, 부스럭.

계곡 같은 이곳에 다시 누군가의 발소리가 울려 퍼지기 시작했다. 산비탈에 난 잡초를 한 걸음씩 밟는 듯한 소리였다.

누구 계십니까.

하야타는 저도 모르게 소리를 지르려다가 주저했다. 아무 대책 없이 나의 위치를 알려줘도 괜찮을까. 괜히 경계하게 된다.

상대도 마찬가지…….

이런 생각이 들었지만 어떻게 해야 좋을지 몰랐다.

같은 여행자일까.

저쪽도 사람일까.

정말 그럴까…….

혹시 어떤 괴상한 존재의 기척이 아닐까.

그렇게 생각할수록 무서워졌다. 시로고무라의 사람일까 잠시 생각했으나 만물상 주인이 그려준 지도는 그 마을을 통과하지 않는다.

설마, 고가사키의 직원일까.

아무리 기다려도 오지 않는 신임 등대지기를 걱정해 일부러 마중 나온 걸까. 그렇다면 저쪽에서 올 리 없잖아. 뒤쪽에서 오는 건 아무래도 이상하다.

하야타가 느리게 걷는 동안에도 그 소리는 확실히 뒤를 따라왔다.

……부스럭, 부스럭.

여러 번 뒤를 돌아봤지만 길이 구불구불해 도통 보이지 않았다. 갑자기 뒤쪽 기척이 사라졌다. 공포심에 마음이 무너질 것 같았으나 꾹 참았다.

그래!

하야타는 아랫배에 잔뜩 힘을 주고 휙 몸을 돌려 왔던 길을 빠르게 걷기 시작했다. 도대체 어떤 것과 대치할지 모르겠으나 정면으로 부딪쳐볼 생각이었다. 그래도 모퉁이를 돌 때마다 가슴이 덜컹했다. 그것이 암벽 너머에서 얼굴을 휙 내밀 것 같아 제정신이 아니었다.

담력은 강한 편이라 자부하나 만약 상대가 정체 모를 무언가라면 어떻게 할 것인가. 잠깐의 상상만으로도 견딜 수 없을 것 같았다.

그런데 아무리 되짚어가도 아무도 없었다. 어떤 것과도 만나지 않았다. 그러고 있자니 자신이 길을 되짚어가고 있는지, 앞으로 나아가고 있는지조차 알 수 없게 되었다.

아니야. 이건 되짚어가는 거였어.

그렇게 자신을 다독이고 몸을 돌려 다시 앞으로 나아가기로 마음먹었다.

아마도 이 특수한 지형이 자신의 발소리를 되울린 것이리라. 걸음을 멈추면 배후의 기척도 사라지는 게 그 증거 아닐까.

이런 불가해한 일을 겪을 때는 무엇보다 합리적인 해석이 중요하다. 그는 그 사실을 기타큐슈의 넨네 갱 사건을 통해 뼈저리게 배웠다. 이번에도 똑같이 생각하면 된다. 괴물이 아닐까 하는 생각은 농담이라도 해선 안 된다.

무엇보다 괴물을 '기척'이라고 표현하는 것만 봐도 괴물은 어차피 마음 탓이다. 봄가을의 화창한 날이라면 마음이 편안해 기분도 좋겠지만, 나름 사연 많은 인간이 이런 으스스하고 기분 나쁜 곳을 지나가자면 정신적인 영향을 받는 게 당연하지 않을까.

하야타는 앞을 향해 걷기 시작했다. 그러자 조금 뒤 다시 기척이 돌아왔다.

……부스럭, 부스럭.

약간의 시간 차이가 나는 것은 아마 지형 탓이리라. 바로 울리는 곳과 그러지 않는 곳이 있는 게 분명하다.

……부스럭, 부스럭.

또 들린다. 하야타가 멈추면 조용해진다. 아무것도 울리지 않는다. 다시 걷기 시작하면.

……부스럭, 부스럭.

그 기척이 갑자기 시작된다. 뒤를 밟히는 듯한 느낌은 내 발소리의 반향이니까 당연하다. 내가 걸음을 멈추면 어떨까.

……부스럭, 부스럭.

배후의 발소리가 멈추지 않는다. 그대로 계속 울린다. 어두컴컴하고 좁은 계곡 같은 곳에서 그것은 뒤에서, 쉴 새 없이 다가오고 있다. 말도 안 돼…….

순간, 움직임을 멈추고 뒤에서 뭐가 오는지 자기 눈으로 똑똑히 확인해야겠다는 마음이 들었다. 그런데도 역시 망설여졌다. 여기서 잠시라도 망설이면 순식간에 공포심이 싹틀 것이다.

그는 뛰기 시작했다. 짐을 짊어진 데다 장소도 장소인지라 빨리 달리는 것은 무리였으나 최대한 빨리 뛰었다.

……부스럭, 부스럭.

그러자 뒤의 기척이 단숨에 멀어졌다. 이대로 따돌릴 수 있겠다 싶었다.

……다다다다.

그것이 달리기 시작했다. 게다가 하야타보다 훨씬 걸음이 빠르다. 잡히는 건 시간문제이다.

급히 머릿속으로 지도를 떠올렸다. 바지 주머니에서 꺼낼 틈이 없다. 분명히 조금만 더 가면 갈림길이 나올 것이다. 오른쪽으로 가면 수풀을 헤치고 나가야 하는 길이고, 왼쪽은 바위 절벽을 올라야 하는 처지가 된다. 다만 오른쪽은 돌아가는 길인 반면 왼쪽은 지름길이었던 걸로 기억한다.

하야타는 불온한 계곡 길을 빠져나오자마자 산길에 떨어진 시든 가지를 찾았다. 좀처럼 적당한 게 보이지 않았다. 여기 오는 동안 수없이 봤는데 막상 필요하니 하나도 없는 건 왜일까.

……무언가가 방해하나?

무언가란 따라오는 그것인가.

아니면 산 자체인가.

하야타는 자신의 사고회로가 완전히 멈췄음을 깨닫고 전율했다. 여기서 냉정한 판단력마저 잃으면 틀림없이 조난하고 만다.

……다다다다.

등 뒤에서는 그 기척이 쫓아온다. 자신의 존재를 들킨 걸 마치 기뻐하는 발소리처럼 들린다. 인간을 추격하는 즐거움을 진심으로 만끽하는 듯한 발소리다.

스스로 기합을 넣기 위해 양 손바닥으로 뺨을 탁탁 때린 하야타의 시야에 문득 산길 끝에 떨어진 시든 나뭇가지가 들어왔다. 길이와 굵기가 딱 적당하다. 정말 딱 맞는 크기였다. 그는 잰걸음을 멈추지 않고 나뭇가지를 주운 다음 갈림길까지 쉬지 않고 달렸다.

다행히 갈림길까지는 금방 도착했다. 오른쪽은 조릿대가 무성한 산길이, 왼쪽으로는 경사가 가파른 언덕이 나왔다. 주위는 울창한 숲이라 둘 다 앞은 보이지 않는다. 그야말로 안성맞춤인 장소이다.

하야타는 발소리를 죽이고 왼쪽 비탈길을 올라가, 뒤를 따르는 그것이 갈림길에 도달하기를 기다렸다가 오른쪽 길 쪽으로 시든 나뭇가지를 던졌다.

툭.

나뭇가지가 떨어지며 바스락거리는 소리가 울린 다음 그것이 오른쪽으로 나아가는 기척이 나자 그는 한숨을 후 토해냈다.

……살았다.

그렇게 안심하자마자 호기심이 뭉게뭉게 머리를 채웠다.

도대체 그것의 정체는, 무엇일까.

그런 걸 신경 쓸 때가 아니다. 빨리 갈 길을 서둘러야 한다. 그렇게 생각하는 한편으로 확인해보고 싶은 마음이 점점 커졌다.

하야타는 산비탈을 더 올라가 나무 틈 사이로 아래쪽을 살폈다. 잘만 하면 수풀을 헤치고 나아가는 그것의 모습을 볼 수도 있겠다.

그때 빽빽하게 치솟은 굵은 나무 사이로, 휙휙 움직이는 허연 게 보였다. 그것은 동그란 머리처럼 보였는데 오목하고 볼록한 요철 형태를 하고 있었다. 인간보다 두 배는 크고 머리 부분이 없는 것치고는 아주 커 보였다.

그런 허연 것이 휙휙…… 숲속을 나아간다. 우습게 보이는 움직임이라고 할 수도 있겠으나 물론 조금도 웃기지 않았다. 오히려 불온하다. 도무지 인간이라 생각할 수 없는 움직임에 공포마저 느껴졌다.

비탈길을 끝까지 오르자 갑자기 암벽이 나타났다. 게다가 거의 절벽이다. 등반의 보조가 될 만한 고리도 사다리도 보이지 않으나 자세히 보니 발판이 될 만한 팬 구석이 요소요소에 있었다. 아무래도 저 작은 구멍만을 의지해야 할 듯하다.

하야타는 짐을 고쳐 메고 눈앞의 암벽을 오르기 시작했다. 아주 신중하게 조금씩 올랐다. 코가 바위에 스칠 정도로 수직이라 가능한 한 절벽에 꼭 매달렸다. 그러지 않으면 짐 무게에 몸이 뒤로 쏠려 순식간에 떨어질까 봐 무서웠다.

조금 전까지 저곳에서 느낀 것은 미지에 대한 공포였다. 하지만 지금은 순수하게 생명의 위험을 느끼고 있다. 어느 게 더 무섭느냐의 문제는 아니다. 둘 다 싫다. 유일한 구원은 이 위기 상황에서 그것이 바로 밑에서 쫓아오지 않는다는 점이다.

육체적으로나 정신적으로나 피폐한 상태에서 간신히 절벽을 다 기어올랐다. 하야타는 곧 큰 타격을 받았다. 눈앞에 드러난 풍경에 절로 절망하고 말았다.

암벽 위는 좁지만 평평한 공간이었는데 그 앞은 산맥의 봉우리처럼 가늘고 뾰족한 길이 있었다. 아니, 도무지 길이라 할 수 없다. 굳이 말하자면 고문 도구인 삼각 목마를 거대하게 만든 것 같은 형태의 바위가 바로 앞에 뻗어 있다. 거리로 따지만 3미터쯤일까. 길이만 따지면 전혀 문제가 아닐지 모르겠다. 다만 저 가늘고 좁은 바위를 건너가려면 그야말로 줄타기 기술이 필요하다. 조금이라도 균형이 무너지면 곧장 추락한다.

참고로 뾰족한 바위 좌우는 모두 깎아지른 암벽이다. 특히 왼쪽은 수 미터 밑까지 푹 파여 있다. 오른쪽 아래는 갈림길에서 이어진 조릿대 수풀이 보였으나 역시 높이가 있다. 왼쪽보다는 괜찮아 보였으나 떨어지면 역시 크게 다칠 것이다.

아 참, 만물상 주인은 오른쪽으로 가라 했지…….

뒤늦게 생각났으나 이미 늦은 일이다. 기껏 올라온 절벽을 다시 내려가는 일은 시간을 통째로 버리는 일이나 마찬가지다.

앞으로 가는 수밖에 없어.

하야타는 다시 아랫배에 힘을 주고 양손을 쫙 벌려 균형을 잡으면서 조심스레 오른발을 앞으로 내밀었다. 그리고 충분히 밑을 확보한 다음 왼발을 앞으로 내민다.

절대 밑을 보지 마.

자신을 다독이면서 오른쪽, 왼쪽, 오른쪽으로 번갈아 발을 내밀었다. 그러나 아래를 보지 않으면 확인할 수 없으니 너무 불안했다. 다음 걸음에서 발을 헛디디는 게 아닐까, 도무지 살아 있는 것 같지 않았다.

그렇게 한 걸음씩 신중하게, 발바닥으로 수없이 바위를 확인한 다음 앞으로 나아간다. 그야말로 달팽이가 기어가는 속도였다.

식은땀이 이마를 따라 흘러 눈으로 들어갔으나 목에 두른 손수건을 풀어 닦을 수도 없다. 한바탕 눈을 깜빡이다가 발밑을 소홀히 살피는 바람에 가슴이 덜컹했다. 석양을 받아 견디기 힘들 정도로 더운데도 왼쪽 위에서 불어오는 차가운 바람에 부르르 몸을 떨게 될 것만 같아 순간 당황했다. 여기서 격렬하게 움직이면 곧바로 추락한다.

그러나 그런 반응은 참을 수 없는 법이다. 아무리 참으려 해도 자연스럽게 나오고 만다.

앗…… 하는 순간 부르르 한기가 등줄기를 타고 내달렸다. 그 순간 몸의 중심이 흐트러졌다. 간신히 유지해온 평형감각이 완전히 무너졌다.

떨어진다!

뒤집힌 듯 치솟은 암벽으로 떨어지는 자신이 보였다. 돌이킬 수 없는 후회와 함께 도리 없이 추락하는 자신의 모습이 뇌리에 떠올랐다.

이런 곳에서 죽나…….

압도적인 절망감에 휩싸인 직후 남쪽 전쟁터에서 돌아오지 못한 건국대학 친구들의 얼굴이 차례차례 떠올랐다.

내게 죽을 것 같으냐!

강한 의지가 갑자기 용솟음쳤다.

하지만 이미 몸의 균형은 무너졌다. 이대로는 분명히 떨어진다.

"으악!!!!"

하야타는 포효하며 모 아니면 도라는 심정으로 달리기 시작했다. 얼마 남지 않은, 가늘고 좁은 바윗길을 있는 힘껏 달려 통과하려 한 것이다.

불과 몇 초 사이의 일이었으나 그에게는 너무나 길게 느껴졌다.

자신의 움직임이 느린 그림처럼, 문득 눈에 들어온 날아가는 새의 모습까지 느리게 보였다. 그래서 간신히 발밑을 보는 것도 가능했다.

이대로만 가면 저쪽까지 무사히 도착할 수 있겠다.

하야타가 확신에 찬 순간 점점 다가오는 앞쪽 암벽이 눈에 들어왔다. 산맥의 봉우리처럼 뻗은 길 끝의 평평한 공간은 다다미 한 장 정도밖에 되지 않았다. 그 앞은 또 불쑥 솟은 절벽이었고 좌우는 급경사의 가파른 절벽이었다.

이대로 돌진하면 상반신이 암벽과 충돌하는 것은 피할 수 없다. 그렇다고 속도를 줄이면 바로 추락한다.

어쩌지…….

그야말로 찰나의 판단이 요구되었다. 여기서 떨어질 수는 없어. 잘못했다가는 목숨을 잃는다. 자칫 충돌하면 틀림없이 크게 다친다. 둘 중 하나를 고르라면 지금은 후자밖에 없다.

어쩔 수 없어.

하야타는 마음을 먹고 남은 바위를 달려 빠져나가면서 눈앞에 닥친 암벽에 부딪혔다. 그리고 다음 순간 몸을 비틀었다. 거의 본능적으로 휙 몸을 돌렸다.

쿵!

등짐이 격렬하게 암벽에 부딪혔고 그 반동으로 다다미 한 장 반 정도의 공간에서 튀어 나갈 뻔했으나 간신히 멈췄다.

"후우."

안도의 숨을 내뱉음과 동시에 온몸의 힘이 빠지면서 식은땀이 왈

칵 분출했다.

……고마워. 덕분에 살았어.

정신을 차렸을 때 하야타는 속으로 그리운 친구들에게 고마움을 전하고 있었다.

다시 절벽을 오른 뒤 이번에는 길고 긴 산길을 내려가야 했다. 비탈길을 올라가는 것보다는 편하다며 좋아한 것도 잠시, 곧 양쪽 무릎이 삐거덕거리기 시작했다. 내리막길을 너무 많이 걸어선지 무릎에 실리는 부담이 컸다.

산 너머로 숨어드는 태양을 의식하며, 잠깐씩 쉴 수밖에 없었다. 마음이 급해져 초조해지는 건 금물이다.

마침내 비탈이 완만해지다가 평탄한 땅으로 나왔다. 산길은 어느새 짐승들이나 다닐 법한 좁은 길로 변했다. 지도를 수없이 봤지만 도통 알 수 없었다. 그 갈림길에서 조릿대 길 앞은 자세히 그려져 있었으나 암벽 쪽 길은 대부분 생략되어 있었다.

이쪽으로 가는 게 맞을까.

하야타는 자석을 꺼내 확인했다. 지도에 그려진 표시 가운데 하나 (둘로 갈라진 거목과 묘석 같은 기암과 세 갈래 길)를 발견하면 어디쯤 왔는지 가늠할 수 있다. 하지만 사방을 둘러봐도 눈에 들어오는 것은 한없이 펼쳐진 삼림뿐이었다. 아니, 이것은 밀림이라 불러야 하지 않을까. 아니면 나무의 바다인가. 그는 그토록 짙은 나무들에 둘러싸여 있었다. 의지할 것은 가느다란 한 줄기의 짐승 길뿐이었다.

끝없이 이어진 가는 길을 한참이나 더듬어가고 있는데 이번에는 그 길조차 사라졌다. 우거진 풀들을 헤치며 찾아보니 간신히 발견할 수는 있었으나 그게 원래 길인지 알 수 없었다. 어쩌면 다른 짐승 길일지 모르겠다. 아니, 어쩌면 산속 짐승이 다니는 길조차 아닐지 모른다.

……길을 잃었네.

드디어 깨달았을 때는 이미 숲은 어두컴컴해지기 시작하고 있었다. 역시 안내인을 고용했어야 했다고 후회했으나 유감스럽게도 너무 늦은 일이다.

노숙할 곳을 찾을까.

하야타는 일찌감치 마음을 다잡으려 했다. 그러다가 시로고무라로 가는 게 낫지 않을까 생각했다. 참고로 지도에는 마을 위치도 그려져 있었다. 고가사키등대로 가는데 마을을 들르면 돌아가는 셈이 된다. 그러나 길을 잃었으니 어쩌면 마을 근처까지 왔을 가능성도 있다.

현재 자신이 어디 있는지 알지 못하니 어쩔 도리가 없다.

그는 불현듯 하늘을 올려다봤다. 생각보다 하늘이 어두워진 사실을 발견하고 깜짝 놀랐다. 산에서의 황혼은 떨어지는 두레박과 같다고들 하는데 그 말을 뼈아프게 실감한 순간이었다.

큰일 났네.

이러다가는 잘 곳을 찾을 시간도 없이 순식간에 주위가 어두워질 것이다. 가방에서 손전등을 꺼내봤자 밤을 맞은 산속에서는 그다지 도움이 되지 않을 것이다.

하야타가 어쩔 줄 모른 채 주위를 둘러보고 있을 때였다. 문득 뭔가가 시야에 들어와 서둘러 다시 봤다.

그것은 저 멀리 희미하게 반짝이는, 등불 같았다.

4장 외딴집

……집이라고?

그 불빛이 눈에 들어온 순간, 자기도 모르는 새 시로고무라에 왔나 싶어 하야타는 안도했다. 하지만 그렇다면 적어도 수십 개의 등불이 보여야 하는 게 아닐까. 한 집만 있다니 도무지 이해할 수 없었다.

그렇다면 저 불빛은…….

곧바로 정체 모를 것에 대한 두려움이 가슴속에 뭉게뭉게 퍼졌다.

이런 밀림 속에 집이 있을까…….

상식적으로 있을 수 없는 일이나 등대도 마찬가지다. 다만 등대는 필요해서 만들어진 것이다. 즉 저 집에도 피치 못할 사정이 있을까.

그는 가만히 전방 어둠 속에 희미하게 떠오른 불빛을 응시했다. 계속 깜빡이고 있는 듯한 불빛은 일종의 신호처럼 보이기도 했다.

등대 같네…….

하야타는 전쟁 때 무장선의 지휘를 맡았다. 그래서 등대마다 등질이 정해져 있음을 안다. 지금 문득 그 사실이 뇌리에 떠올랐다.

등질燈質이란 그 등대만의 조명 방식을 가리킨다. 등대 상부의 등실에 설치된 기기의 회전으로 만들어지는 섬광과 하양과 빨강, 초록으로 이루어진 등의 색깔을 조합해 등질이 결정된다. 일반인들이 '등대 불빛'으로 인식하는 빛의 깜박임이 등대마다 완전히 다르다는 사실을 아는 사람은 유감스럽게도 매우 적지 않을까. 사람들에게 등대 불빛은 다 똑같아 보일 것이다.

이 등질을 표시 삼아서 모든 배가 해상을 운항한다. 배를 운항할 때는 모든 배가 해상보안청이 간행하는 《등대표》를 반드시 휴대한다. 이 책과 해도에는 등대의 등질이 기호로 표기되어 있고 그것을 읽어 배의 현재 위치를 파악할 수 있다. 이른바 배의 비상 연락망이다.

하야타는 암흑 속에서 반짝이는 불빛을 보고, 등대의 등질을 떠올렸다. 실제 등질은 배를 인도하는, 문자 그대로 광명인데 저 희미한 반짝임은 과연 그의 구원이 될까.

……암흑?

깜짝 놀라 주위를 둘러보니 완전히 해가 저문 상태였다. 아직 저녁 무렵이라고 다소 안심하고 있었는데 어느새 일몰을 맞았나. 산의 일몰이 빠른지는 알았는데 이 정도일 줄은 몰랐다.

이렇게 된 이상 저 불빛에 의지할 수밖에 없다.

하야타는 결단을 내리고 가방에서 꺼낸 손전등으로 발밑을 비추면서 반짝반짝 빛나는 광원을 향해 걷기 시작했다. 일단 근처까지

가서 살펴보고 기괴하다 싶으면 도망치자.

나름 마음의 준비는 해두었다. 물론 도망칠 수 있는 곳이 없다는 건 그도 잘 안다. 그러나 일단 자신 먼저 이해시키지 않으면 한적하고 깊은 산 속에서 우두커니 깜빡이는 빛을 향해 다가갈 수 없었다.

막상 가려니 길이 없었다. 짐승 길도 완전히 사라졌다. 손전등만 들고 찾는 건 무리인 데다 가령 찾더라도 방향이 틀릴 것 같다. 광원까지의 길이 여기서부터 이어져 있을 것 같지도 않다.

어쩔 수 없이 울창한 나무 사이로 펼쳐진 덤불을 가로지르기로 했다. 지면이 바로 보이지 않아 일단 신중하게 천천히 걸음을 옮겼다. 이 지방에 독사가 있다는 소리는 듣지 못했으나 주의해서 나쁠 건 없었다.

스르륵, 스르륵.

두 발이 초목을 스치는 소리가 조용한 나무의 바다에 울린다. 수풀을 헤치고 나가고 있군. 낮 동안의 무더위가 거짓말처럼 어느새 소름이 돋았다. 그야말로 산속은 변화무쌍했다.

스르륵, 스르륵.

처음에는 무릎 정도의 높이였던 초목이 점점 올라오더니 허리까지 왔다. 곧 가슴을 넘기더니 마침내 목만 나오는 모양새가 되었다.

이대로는 덤불에 파묻히겠어…….

조금 전까지의 소름이 다시 무더위로 변했다. 이대로 덤불에 파묻히면 빠져나오지 못하게 된다. 아무리 외면하려 해도 그런 공포가 찾아왔다.

하야타는 일부러 걸음을 멈추고 진정하며 자신을 다독였다.

아까부터 불빛은 계속 보인다. 즉 완전히 시야를 가리는 것은 없다는 증거 아닌가.

그의 추론은 앞으로 나아갈수록 증명되었다. 목까지 올라온 덤불이 가슴과 허리로 조금씩 내려가기 시작하더니 원래 자리인 무릎까지 돌아왔다. 그리고 덤불 헤치기가 완전히 끝났을 때 그는 한 오두막 같은 건물 옆으로 나왔다.

역시 집이었나.

그렇다고는 해도 나무와 흙벽으로 만들어진 오두막은 밤에 봐도 이상하게 보였다. 처음에는 작았는데 마치 집이 자신의 의지로 팽창하는 듯 보였다. 다만 계획이란 게 전혀 없는 탓인지 여기저기 이어붙여진 흉측한 건물이 되고 말았다. 그런 생각이 들 정도로 오두막은 울퉁불퉁해 외관이 형편없었다.

하야타는 처음에는 사냥 오두막인가 했다. 하지만 그러기에는 너무 크다. 그렇다고 민가라고 하기에는 너무 작다. 게다가 민가일 경우, 아무래도 지어진 장소가 이상하다. 사는 사람은 시로고무라 사람일 텐데 너무 고립되어 있다.

창문으로 조금씩 새어 나오며 흔들리는 불빛이 집의 속삭임처럼 여겨졌다. 가만히 귀를 기울이면 당장이라도 집이 자신의 정체를 밝힐 것 같다. 하지만 조금이라도 집의 목소리를 듣게 되면 안으로 끌려가 먹혀버릴 것이다. 그런 말도 안 되는 착각에 사로잡히자 그는 초조해졌다. 이대로 도망쳐야 한다는 생각에 반사적으로 몸을 돌렸다.

그렇다고 밤의 장막이 내려진 미지의 산속에서 일단 불빛을 본 이상 쉽게 그 불빛에서 멀어질 수 없었다. 그 빛에 불온함이 느껴져도 아무래도 끌려들게 된다. 아무리 저항해도 불 쪽으로 가고 싶어진다.

불에 날아드는 나방처럼…….

자연스럽게 떠오른 비유에 등줄기가 서늘해졌다. 그야말로 오두막 안에서는 화롯불이 타오르고 있고 그곳으로 그가 들어가려 하고 있다. 정말 비유와 같은 상황이 아닐까.

하지만…….

여기서 도움을 청하지 않으면 이대로 노숙할 수밖에 없다. 노숙 자체는 그리 싫지 않으나 이토록 정체 모를 산속으로 다시 들어가는 일은 솔직히 망설여졌다. 위험한 일은 절대 없을 거라고 단언할 수 없지 않나.

그렇다면…….

여기에 집이 있으니 오늘 밤 재워달라고 부탁해야 할 것이다. 그게 가장 정확한 판단이다. 누가 생각해도 같은 결론을 내릴 것이다. 하야타는 오두막 입구로 여겨지는 곳으로 걸음을 옮겼다. 두세 걸음을 나아가다 자연스레 그 자리에 멈춰 섰다.

……이 집은, 도대체 뭐지?

아무래도 걸린다. 사냥 오두막도 아니고 집도 아니라면 이 집의 정체는 무엇인가. 왜 이런 곳에 지어졌나. 그리고 누가 사나. 외부인이 이런 곳을 방문하는 게 과연 허락된 것일까.

나는 왜 이토록 우유부단할까. 하야타는 어이가 없었다. 이런 적이 없었는데 한 자리에 서서 돌아가지도 앞으로 나아가지도 못했다.

무서우니까…….

문득 자기 마음의 소리가 들린 것만 같았다. 계속 집을 방문하는 것도, 노숙하는 것도 다 무섭다. 다 큰 남자가 망설일 만큼의 무언가가 이 산에도, 눈앞의 집에도 깃들어 있지 않을까.

그 자리에 우두커니 선 채, 하야타가 결단을 내리려 할 때였다. 갑자기 어디선가 자신을 지켜보는 듯한 느낌이 들었다.

슬쩍 주위를 둘러봤는데 물론 아무도 없었다. 덤불 속에 숨어 있는 기척도 전혀 느껴지지 않았다. 집 좌우를 둘러봤으나 마찬가지였다. 이상하다고 생각하면서 정면으로 다가간 그가 살짝 목소리를 높이려던 참이었다.

빛이 흘러나오는 창문에서 이상한 얼굴이 내다보고 있었다.

실내에 광원이 있는 탓에 거의 시커멓게 보였다. 그런데도 나이든 여자라는 것은 알 수 있었다. 다만 꼭 인간이라고 단언할 수 없는 듯했다. 노파의 모습을 한 어떤 것이다. 그런 것이 창문에 얼굴을 딱 붙이고 뚫어지게 이쪽을 보고 있었다.

하야타는 서둘러 손전등을 껐다. 이러면 상대에게 더는 그의 모습이 보이지 않을 터였다. 도망치려면 지금이다. 놀란 토끼처럼 등 뒤의 덤불로 돌아가려고 했는데 거의 동시에 뒤에서 소리가 들렸다.

"누구세요?"

절로 걸음을 멈췄다. 그 목소리가 너무 젊었기 때문이다.

하야타가 조심스레 뒤를 돌아보자 집의 오른쪽 끝에 유카타 집 안에서 또는 여름철 산책할 때에 주로 입는 일본의 전통 의상를 입은 아가씨가 서 있었다. 10대 중반쯤을 넘겼으나 아직 성인은 안 된 풋풋함이 느껴졌다. 열린 문이 바로 옆에 있는지 실내 불빛이 그녀의 하얀 피부를 비추었다. 그것이 뜬금없이 신비롭게 느껴져 그는 흠칫했다.

"저, 저는……."

어떻게 설명해야 할지 망설이며 그녀 쪽으로 가다가 하야타는 갑자기 걸음을 멈췄다.

그 얼굴이 창에서 사라졌다.

도대체 어디로 갔을까. 설마 싶었는데 그것이 문가에 선 아가씨로 변한 건 아닐까. 젊은 여자로 변해 그를 오두막으로 유인하려는 게 아닐까.

평소라면 너무 바보 같은 의심이겠으나 이때만은 하야타도 진심으로 흔들렸다. 옛날이야기의 괴담 같은 일이 정말 있을 리 없다. 머리로는 아는데 도무지 발이 움직이지 않았다. 그 자리에 우두커니 선 채 문가와 창문을 번갈아 쳐다볼 따름이었다.

아가씨가 문가에서 떨어지지 않은 채로 물었다. "등산객이세요?"

"아, 아닙니다. 고가사키등대로 가려는데 길을 잃어서……."

그러자 아가씨가 문가에서 조금 떨어져 그를 살피는 듯했다.

"산의 일몰은 빠르니까요. 당황하시는 것도 무리는 아니죠." 그녀가 하야타를 가만히 응시하더니 물었다. "새로 오시는 등대지기신가요?"

"그렇습니다."

하야타는 주저하면서도 창문 불빛이 닿는 곳까지 나아갔다.

"밤에는 추우니까 괜찮으시면 들어오세요."

여기까지의 대화로 아가씨는 이 남자가 수상한 사람은 아니라고 판단했는지 다시 문가로 돌아가다가 그를 돌아봤다.

"고맙습니다."

이 무렵에는 하야타의 무시무시한 의구심도 반쯤 사라지고 없었다. 그러나 의구심을 완전히 내려놓지 못한 것은 창문 너머의 이상한 얼굴을 목격했기 때문이었다. 다만 아가씨와 평범한 대화를 나눈 지금은 그 정체를 확인하고 싶은 마음이 강해졌다.

"그렇게 말씀해주시니, 그럼 실례하겠습니다."

하야타는 슬쩍 창문으로 시선을 던지고 짊어진 짐을 내려 양손에 든 채 문 쪽으로 향했다.

"어서 들어오세요. 누추한 곳이지만……."

아가씨의 말이 결코 겸손이 아님을 바로 알 수 있었다.

천장에서 매달린 낡은 서양 램프 밝기로 간신히 보이는 실내는 상당히 누추했다. 문 입구 안쪽의 현관은 왼쪽 봉당까지 이어져 있다. 봉당에는 낡은 부뚜막이 있고 그 주위에는 냄비와 솥이 있었다.

현관에서 구두를 벗고 오르자 아무것도 없는 마루였다. 가구 하나 보이지 않았다. 으스스할 정도로 텅 비어 있었다. 부뚜막과 냄비, 솥이 있는데 왠지 사람 사는 느낌이 조금도 없다. 너무나 불길한 공간이었다. 해가 지고 밤이 되어서가 아니라 원래부터 공기가 싸늘한 곳인 듯했다.

그런 데다 기묘한 게 하나 더 눈에 들어왔다. 천장에서 굵은 밧줄 하나가 딱히 매단 것도 없이 덜렁 늘어져 있었다. 서양식 램프가 있는 곳에서 조금 떨어진 곳에 끝을 단단히 묶은 상태로 툭 떨어져 있다. 마치 천장에서 내려온 푸른 구렁이처럼.

여기는 뭐지?

하야타는 오두막에 들어와버린 것을 후회했다.

"이쪽으로 오세요."

아가씨가 쑥스러워하는 듯한 모습으로 들어오라고 청했다.

"실례하겠습니다."

그도 바로 뒤따르려 했는데 허리춤까지 오는 포럼 같은 천 더미에 가로막혀 우왕좌왕했다. 마치 살아 있는 것처럼 몸에 들러붙는 천 조각을 헤치면서 다음 방으로 들어가자 그곳은 창문으로 불빛이 반짝이던 방이었다.

짐승 냄새가 훅 코를 찔러 순간 숨을 헐떡였다. 전실前室의 공기가 건조했던 만큼 이 변화에 놀랐다. 이곳도 역시 마루방이었으니 돗자리가 빼곡하게 깔려 있다. 다만 오래 사용해선지 너덜너덜한 상태였다. 화로가 놓인 중앙에서는 불꽃이 크게 일렁이고 있어, 전실 같은 차가운 기운은 전혀 없었다. 가정집 화로의 온기라기보다 모닥불에 가까울 것 같다. 아니면 의식에 사용하는 장작불과 비슷하다 해야 할까.

그 불빛 덕분에 사방의 벽이 잘 보였다. 하야타가 헤치고 온 그런 무수한 천 같은 것이 창문을 제외한 벽에 가득 쌓여 있었다. 원래는 하얀 손수건이나 무명 마포, 기모노였을 것 같다. 더 자세히 살펴보니 그중에 하얀 백발이 섞인 것도 있어서 하야타는 생리적인 혐오감을 느꼈다.

사람 사는 느낌이 전혀 나지 않는다는 점에서는 전실과 마찬가지였다. 하지만 적어도 여기에는 어떤 기운이 있었다. 인간인지 아닌지는 별개로 하고 무언가 있는 게 분명하다.

역시 괴물의 서식처인가…….

그렇다면 아가씨도 한패라는 소리다. 하지만 불꽃의 빛을 받아 드러난 그녀를 다시 보자 그런 의심은 완전히 날아가버렸다. 소박하면서도 매우 사랑스러운 이목구비였다. 고지야의 기리에가 교토를 연상시키는 미인이라면 이쪽은 소박하고 사랑스러운 시골 처녀였다. 여기서 시골 처녀란 물론 칭찬이다.

나도 참 어지간하다.

이렇게 집 안에 들어와놓고 여전히 바보 같은 의심을 버리지 못하다니. 하야타는 스스로 한심했다. 그러나 더 안으로 안내하려는 아가씨의 건너편으로 시선을 던진 순간 그 생각은 완전히 바뀌었다.

음습하고 허연, 그리고 무표정한 여자 얼굴이…… 쪼글쪼글한 피부를 지닌 늙은 여자의 얼굴이…… 그렇다고 인간도 아닌 너무나 기이한 여자 얼굴이…… 윤기가 잘잘 흐르는 백발의 여자 얼굴이…… 마루방의 안쪽 포렴 같은 천 더미를 헤치고 불쑥 나타났다.

……아, 저, 저 얼굴이다.

창문으로 보였던 시커먼 얼굴이, 눈앞에 있다. 타오르는 불꽃으로 또렷이 보였다. 다만 천 더미에서 얼굴을 내민 탓인지 마치 고개만 존재하는 듯했다. 아니, 실제로도 그렇지 않을까 여겨질 만큼 너무나 불길하고 으스스했다.

게다가 얼굴의 무표정과 달리 두 눈은 이글이글 타오르고 있었다. 불꽃을 받아 무섭게 빛나고 있었다. 초대된 타인을 위협하듯 이쪽을 가만히 노려봤다. 그래선지 아가씨의 이야기를 들었을 때 하야타는 바로 받아들일 수 없었다.

"……할머니예요."

도통 눈을 뗄 수 없는 무시무시한 얼굴로부터 간신히 아가씨로 시선을 옮기자, 치욕으로 뒤덮인 표정이 있었다. 그가 퍼뜩 자세를 가다듬고 아가씨의 처지를 고려하려 하는데 그보다 앞서 아가씨의 표정이 확 변했다. 마치 자신의 운명을 받아들일 각오가 되었다는 듯 매우 심각한 표정으로 변한 것이다.

……아름다운 얼굴이네.

하야타는 솔직히 그렇게 느꼈다. 굳이 말하자면 화가 난 표정임에도 그는 그 얼굴에서 독특한 아름다움을 느꼈다.

"안으로 가시죠."

아가씨가 가리키는 곳으로 시선을 돌리자 그 얼굴이 사라졌다.

"……네."

하야타는 조용히 대답하고 인사한 다음 그 얼굴이 나왔던 포렴 같은 천을 지나쳤다. 그 찰나, 천이 자신의 목을 칭칭 감아 조르고,

딸깍 목뼈가 부러진 끝에 자신도 머리만 남은 괴물이 되는 게 아닌가…… 하는 공포에 휩싸였다. 비명을 지르거나 도망치지 않은 것은 옆에 아가씨가 있었기 때문일지도 모른다.

안쪽 방도 마루방이었는데 앞의 두 방과 달리 깔끔해 보였다. 가운데 화로에 불이 붙어 있었고 직접 만든 갈고리에 걸린 주전자가 잔뜩 김을 내뿜고 있었다. 그 주위에는 방석이 놓여 있고 벽 쪽에는 거의 폐품처럼 보이는 서랍장과 찬장도 보였다. 특히 눈길을 끈 것은 서랍장 위의 오래된 라디오와 상당히 오래되어 보이는 국어사전 같은 책이었다. 이 두 가지만이 실내에서 묘하게 들떠 있었다.

방의 왼쪽은 전실과 마찬가지로 봉당이 있었는데 여기에는 사람 사는 느낌이 났다. 하야타는 그제야 안심했는데 그것도 잠시였다. 화로 건너편에 아가씨의 할머니라는 이상한 얼굴의 인물이 앉아 있었기 때문이다.

"짐은 거기 구석에라도 놓아두세요."

그렇게 말하면서 아가씨가 가리킨 곳은 다행히 아가씨 할머니의 정면이 아니라 왼쪽 방석이었다. 사실 화로를 끼고 앉는 편이 상대와 가장 먼 곳이라는 걸 앉고 나서야 깨달았다. 여기에 앉으면 저 얼굴이 시야의 오른쪽으로 들어온다. 그쪽을 무시하면 그만이겠으나 상대가 침입자를 감시하는 듯한 눈빛을 보내는 이상 완전히 모른 척하기는 힘들다.

아가씨는…….

절로 눈으로 아가씨의 행방을 쫓았는데 봉당으로 내려가 무슨 준비를 시작했다.

"아, 저기……."

하야타는 이쪽으로 오라는 말을 하려 했다.

"정말 아무것도 없어요. 잡곡밥이라도 지을게요."

그 대답을 듣고서야 그는 까맣게 잊고 있던 고지야 안주인이 챙겨준 도시락의 존재를 떠올렸다.

"아니, 그러지 않으셔도 됩니다. 여관 도시락이 있으니까 괜찮으면 같이……."

먹지 않겠느냐고 권하려는데 거기에는 아가씨의 할머니도 포함되나 싶어, 그는 입을 다물고 말았다.

"여관 도시락……."

묘하게 앳되게 들리는 아가씨의 목소리를 듣고는 어라, 싶었다. 그녀를 보니 간신히 기쁨을 억누르는 표정을 짓고 있다.

그런가. 이 아가씨에게 여관 도시락은 좀처럼 먹기 힘든 진수성찬일지 모르겠다.

지금까지 본 실내 모습을 보건대 쉽게 이해가 갔다. 아마 평소 제대로 된 식사를 하긴 어려우리라.

극히 현실적인 생각을 한 탓인지 조심스럽게나마 아가씨의 할머니를 살필 여유가 생겼다. 다행히 상대도 이제는 그에게서 시선을 돌리고 가만히 화롯불을 바라보고 있었다. 지금이라면 신경 쓸 필요 없이 응시할 수 있겠다.

그 결과 그토록 두려웠던 얼굴의 정체를 완전히 파악할 수 있었고 파악이 끝나자 온몸에서 힘이 빠지는 듯했다.

……가면이잖아?

화롯불에 가까이 비춘 탓에 분명히 인식할 수 있었다. 형태는 전통 예술인 노能의 가면과 비슷했는데 더 얇은 것 같다. 얼굴에 딱 달라붙은 탓에 어두컴컴한 데서는 진짜 얼굴처럼 보였을 것이다.

"할머니인 시라쿠모예요."

아가씨가 봉당에서 화롯가로 올라와 자기 정면에 앉은 할머니를 소개했다.

"한밤에 갑자기 폐를 끼치게 되어 정말 죄송합니다." 하야타는 정중히 고개를 숙이고 말했다. "이번에 고가사키등대의 등대지기로 부임했습니다. 모토로이 하야타입니다."

시라쿠모에게 자기소개를 했는데 본인은 여전히 타오르는 화로 불꽃만 응시할 뿐 전혀 반응이 없었다.

"할머니는 마을 사람들에게 시라가미님의 뜻을 전하는 무녀인 백녀예요. 산파이기도 하고요."

아가씨의 설명으로 노부인이 민간신앙의 사제라는 것과 하얀 신이라는 뜻의 시라가미를 모셔서 백녀라 부르고, 이름도 하얀 구름이라는 뜻의 시라쿠모라는 것은 알았는데 왜 가면을 쓴 채 생활하는지, 왜 인가와 떨어진 밀림 속 오두막에서 살고 있는지, 이 가옥의 뒤틀림에는 어떤 의미가 있는지, 전혀 이해가 가지 않았다.

"당신 이름은?"

하야타는 품은 의문을 내뱉기 전에 그녀의 이름부터 물었다. 어쩌

면 그녀는 할머니와 집에 관한 질문을 받는 게 무엇보다 괴로운 일
일 수도 있겠다는 생각이 들었기 때문이다.

"하쿠호입니다."

제일 먼저 떠오른 것은 흰 백白에 돛 범帆 자를 떠올렸는데 한자
를 들으니 같은 발음이라도 '이삭 수穗'를 쓴 게 더 어울리는 듯했
다. 그런 생각을 전하자 하쿠호는 부끄러워했는데 마침 그때 그녀의
배에서 꼬르륵 소리가 나서 하얀 얼굴이 바로 붉어졌다.

"도시락을 먹죠."

하야타가 못 들은 척하며 구석에 놓아둔 가방에서 신문지로 싼
도시락을 꺼냈다.

"뭐가 들었을지 기대되네요."

그의 말에 하쿠호도 살짝 고개를 끄덕이더니 다시 얼굴을 붉히며
찬장에서 접시를 꺼냈다. 시라쿠모는 여전히 화로 앞에 앉아 있었
다. 신문지를 벗기니 타원형 나무 도시락이 나타났다. 그 뚜껑 위에
반으로 접은 종잇조각이 있어서 뭐지 하고 열어봤다.

만약 길을 잃더라도
하얀 집에는 가지 마세요.
거기서 묵으면 안 됩니다.

그런 글이 적혀 있었다. 이것은 여주인의 필체일까. 적어도 기리
에는 아닌 듯하다. 더 나이 든 사람이 쓴 글자 같다.

하지만 도대체 누가? 게다가 하얀 집이란…….

그렇게 생각하다 깜짝 놀랐다.

설마, 이 집…….

하야타가 종잇조각에서 퍼뜩 고개를 들었을 때 어떤 시선을 느꼈다. 천천히 화로 쪽을 돌아보니 시라쿠모가 가만히 이쪽을 바라보고 있었다.

그때였다. 무표정이어야 할 가면이 씨익 하고, 무시무시하게 웃었다.

5장 시라몬코

하야타는 도시락에 담긴 주먹밥과 반찬을 삼등분해 접시로 옮겨 담았다.

"맛있는 음식을 받았어."

하쿠호가 할머니 앞에 접시를 놓자, 시라쿠모는 살짝 고개를 저으며 뭐라고 말했다. 목소리가 작고 사투리인 탓에 전혀 알아들을 수 없었다.

"자기는 됐으니까 우리 둘이 먹으래요."

하쿠호는 그렇게 말하면서 하야타에게 접시를 건네고 차 끓일 준비를 시작했다.

시라쿠모가 뭐라고 했는지는 알 수 없으나 어쩌면 "네가 먹어라"라며 손녀에게 줬을지도 모른다. 그런 느낌이 든 그는 자기보다 그녀의 접시에 많이 덜었다. 도시락은 맛있었으나 하야타는 맛을 음미

할 여유가 전혀 없었다. 여전히 화롯불만 응시하는 시라쿠모가 신경 쓰여 제정신이 아니었기 때문이다.

그 웃음은······.

아무래도 착각이겠지. 가면에 화롯불이 반사되어 그렇게 보인 거겠지. 허연 얼굴의 정체는 알았으나 이 노부인이 풍기는 불온함까지는 사라지지 않았으므로 틀림없이 웃는 것처럼 착각했으리라.

하야타는 합리적인 해석을 시도했다. 도시락을 먹으면서 화로 너머로 슬쩍슬쩍 시라쿠모를 살폈다. 진짜 가면을 쓰고 있다면 양쪽 눈은 더 들어가 있어야 하지 않나.

저렇게 코가 튀어나와 있다니, 가면을 썼다면 이상한 거 아닌가.

가면이라고 했는데 하쿠호와 얘기할 때 입가가 움직이지 않았나.

이제까지 놓쳤던 부자연스러움이 점점 눈에 들어왔다. 그렇다고 가면을 쓰고 있지 않다고 할 수도 없었다. 가면을 썼다는 게 확실한 만큼 더 영문을 알 수 없었다. 그저 눈앞의 노부인에 대한 두려움만 커졌다.

유일한 구원은 하쿠호였다. 도시락 반찬을 하나씩 맛볼 때마다 "이거, 맛있네요"라며 좋아했다. 고지야의 요리사가 이 자리에 있었다면 틀림없이 감격했을 것이다. 그런 그녀를 보는 것만으로 하야타의 마음도 조금 따뜻해졌다.

그렇지만 시라쿠모에게 시선을 돌리면 그런 기분이 순식간에 사라졌다. 아니, 그녀의 존재가 문제인 것만은 아니다. 이곳에서는 어딜 봐도 가난만이 느껴졌는데 그것은 패전 후 일본에서는 드물지 않은 광경이었다. 낡고 누추한 오두막이라 해도 그래도 집이니 그나마 다행일지 모른다. 그런데도 이곳에는 너무나도 이상한 전실과 가운뎃방이 있다. 일반 가옥에서는 찾아볼 수 없는 이질적인 두 공간이 이 오두막을 꺼림칙한 장소로 만들었다.

이 집이 역시 하얀 집인가.

물론 불길하기 짝이 없는 시라쿠모가 살고, 정체 모를 전실과 가운뎃방이 있어서 그렇게 단정한 것은 아니다. 하지만 평범한 장소가 아닌 것만은 확실하다.

한편으로 누군지는 모르겠으나 아무래도 이유가 있을 텐데 일부러 하얀 집에 대해 충고해준 사람이 있다. 등대에 가는 도중 길을 잃으면, 거기에 도착할 우려가 다분했기 때문일 것이다.

아무래도 이곳과 메모에서 말하는 곳이 같은 집일 가능성이 적지는 않을 것 같았다.

오히려 같은 집으로 보는 게 극히 자연스럽지 않을까.

그런 의심이 조금이라도 드는 이상, 여기서 한시라도 빨리 떠나야 할까.

등대까지의 길을 알려달라 해서 밤길을 걸을 각오로 나서야 할까.

하야타는 도시락을 다 먹고 차를 마시면서 골똘히 생각에 잠겼다. 하쿠호를 신경 쓰면서도 지금은 내 신변을 걱정해야 할 듯해 망설여졌다.

"목욕물을 데울까요?"

하쿠호의 말에 정신이 번쩍 들었다.

"아닙니다. 여관에서 이미 씻고 왔습니다. 마음만으로도 고맙습니다."

여기서는 큰 수고일 것 같아서 바로 거절했다. 목욕통에 물을 다 채운 다음 장작을 때서 목욕물을 데우는 일이 간단치 않을 듯했다. 다른 이유도 있다. 여기서 목욕까지 하면 싫어도 이곳에 묵을 수밖에 없지 않을까.

"충분히 쉬었으니 이만 출발하겠습니다."

"예……?"

그때 하쿠호가 지은 쓸쓸한 표정에 하야타의 마음이 아팠다. 그래도 숙박할 마음은 조금도 들지 않았다.

"지금부터 밤길을, 등대까지 갈 수 있으세요?"

"원래 일정이라면 어제 도착했어야 했습니다. 그런데 배 사정으로 늦어져 오늘이 되었습니다. 그러니 내일까지 미뤄지면 안 됩니다."

"산길을 밤에 걷다니 너무 위험해요. 오늘 밤 안으로 도착하기는 커녕 조난당하고 말 거예요."

하쿠호의 말투에서 그를 돌려보내고 싶지 않은 마음이 묻어났다. 그보다는 그를 걱정하는 마음이 더 강하게 전해졌다.

"하지만 제게는 등대의 등불을 지켜야 하는 중대한 책임이 있습니다. 이 땅에 등대지기로 부임한 것은 그 일을 하기 위해서입니다."

"……."

그녀는 하야타의 강한 태도에 힘없이 고개를 젓는 수밖에 없었다.

"……그건 안 돼요."

쥐어짠 듯한 목소리로 그를 말리려 했다.

"······시라몬코······."

그때 시라쿠모가 갑자기 말하기 시작했다. 하지만 하야타는 그녀가 무슨 말을 하는지 여전히 알 수 없었다. 다만 '시라몬코'라는 단어만은 왠지 분명히 들렸다. '시라몬코'라는 말이 귀에 남았다.

"뭐라고 하셨습니까?"

그가 묻자 하쿠호는 조금 망설인 뒤 말했다.

"밤의 산에는 무서운 게 나온다······ 그러니까 집에서 나가지 말아라······. 그렇게 말했어요."

"그게 뭡니까?"

재차 물었으나 그녀는 답하지 않았다.

"분명히 '시라몬코'라고 들었는데요······. 무슨 뜻이죠?"

더욱 망설이던 하쿠호는 부끄러움과 두려움과 포기가 뒤섞인 말투로 말했다. "이 지방 사투리로 '몬코'는 괴물이에요."

"산에 출몰하는 괴물입니까?"

순간 농담으로 넘기려 했는데 바로 하야타의 얼굴이 굳어졌다.

······부스럭, 부스럭.

순간 그의 등줄기에 그 불길한 기운이 느껴졌다.

······다다다다.

귓가에 그 무시무시한 발소리가 들리기 시작했다.

휙휙······.

그의 뇌리에 숲속을 나아가는 무시무시한 모습이 또렷이 떠올랐다. 시라쿠모가 꺼낸 '시라몬코'라는 것은 그 허연 괴물을 가리키는 게 아닐까. 그렇다면 밤의 산길은커녕 벌겋게 해가 떠 있을 때도 **그 것은** 나타났다. 아니면 밤이 더 위험하다는 말인가. 낮처럼 도망치는 일은 불가능하다는 소리인가.

완전히 생각에 잠긴 하야타를 보고 마음을 굳힌 듯했다.

"목욕 준비할게요."

하쿠호는 말하기 무섭게 일어나 봉당 안쪽의 작은 문으로 사라졌다. 아무래도 목욕탕은 오두막의 뒤쪽 바깥에 있는 모양이다.

목욕한 다음에 여기서 나갈까.

아니, 오히려 지금…….

하쿠호에게는 정말 미안한 일이지만, 그녀가 돌아오기 전에 나가는 게 제일 좋겠다고 하야타는 생각했다. 슬쩍 시라쿠모를 살피니 꾸벅꾸벅 고개를 떨구고 있었다. 아무래도 졸고 있는 듯했다. 마침 잘됐다. 이 노부인이 말릴 것 같지는 않지만, 오히려 그가 나가는 걸 좋아하지 않을까. 그래도 몰래 가자.

하야타는 조용히 일어나 구석에 놔둔 보따리와 가방을 들고 조용히 안쪽 방을 빠져나왔다. 이미 가운뎃방 화롯불은 꺼져 있어서 상당히 어두웠다. 그 탓인지 벽에 늘어뜨린 천 조각이 정체 모를 생물처럼 보여 생리적인 혐오감에 등줄기가 부르르 떨렸다.

서둘러 전실까지 이동했는데 그곳은 완전히 캄캄했다. 천장에서 늘어져 있던 서양 램프를 더듬더듬 찾다가…… 잠깐, 하며 고개를 갸웃했다.

여기 들어올 때 서양 램프는 켜져 있었다. 가운뎃방으로 먼저 간 사람은 하쿠호였다. 안쪽 방도 마찬가지다. 그렇다면 그녀가 서양 램프를 끈 건 아니다. 그럼 시라쿠모가 껐나 싶었는데 그 노부인도 그보다 먼저 전실에서 사라졌다. 그러므로 전실의 불을 끄는 것은 불가능했다.

그런데 지금, 여기 서양 램프가 꺼져 있다.

도대체 누가 껐을까.

사소한 일이었으나 하야타에게는 참을 수 없는 공포였다. 낡은 서양 램프니까 어쩌다 꺼졌을지 모른다……고는 생각했지만, 그래도 받아들이지 못하는 자신이 있다.

일단 도망치자.

틈이 생겼으니 일단 나가자에서 나간 김에 도망치자로, 이 짧은 시간에 그의 마음은 정신없이 변했다. 그 탓에 초조해졌는지 짐을 짊어지고 밖으로 나와 이제 막 달려 도망치려는 순간 갑자기 한 발이 겹질려 넘어지고 말았다.

"……으윽!"

한쪽 팔과 무릎이 부딪힌 고통에 그 자리에서 몸을 웅크리고 저도 모르게 소리를 질렀다. 하지만 우물쭈물할 시간이 없었다.

하야타는 간신히 고통을 참고 일어나려 했다. 그런데 등의 짐이 쏠린 듯 제대로 균형을 잡지 못했다. 다시 양손으로 땅을 짚고 말았는데, 그때 그는 그대로 움직임을 멈췄다.

……부스럭.

앞쪽 덤불 너머에서 희미하게 소리가 들렸다. 동물인가 싶었으나 반사적으로 움직임을 멈추고 귀 기울이자 다시 들렸다.

……부스럭, 부스럭.

그것은 분명 움직이고 있었다. 이동하고 있다고 해야 할까. 그 정체가 무엇이든 사라지길 기다려야겠지. 그는 그렇게 생각했다.

……부스럭, 부스럭.

그것이 발소리처럼 들리기 시작하자 하야타의 얼굴에서 핏기가 사라졌다.

……부스럭, 부스럭.

아무래도 이 오두막으로 오는 듯하다.

아픈 한쪽 무릎을 감싸면서 슬그머니 키가 큰 덤불 너머를 살피려고 했다. 발소리 같은 게 들리는 방향을 필사적으로 응시했다. 그러자 어둠 속에서 뭔가 꿈틀거리는 게 보였다. 허옇고 키가 큰 무언가였는데 휙, 휙…… 움직였다.

……그거다!

산속에서 추격당한 정체 모를 무언가가 지금 이 오두막까지 온 듯했다.

시라몬코…….

시라쿠모의 말이 떠올랐다. 그 순간 하야타는 비로소 노부인이 그에게 충고한 게 아니라는 사실을 깨달았다. 그녀는 대놓고 그를 환영하지 않았다. 그러므로 밤의 산길은 위험하다고 얘기했을 리 없다. 어쩌면 "외부인 같은 건 쫓아내서 시라몬코에게 먹히게 해라"라고 말했는데 하쿠호가 바꿔 말한 게 아닐까.

……부스럭, 부스럭.

시라몬코일지 모를 무언가가 이쪽으로 다가오고 있음을 강렬하게 느끼면서 하야타는 어쩔 줄 모르고 우두커니 있었다. 도망쳐야한다는 생각에 초조해하면서 어느 쪽으로 가야 좋을지 도통 알 수없었다. 아무 생각 없이 달린다 해도 그것은 바로 알아차리고 쫓아올 테니 순식간에 잡힐 게 분명하다. 여기서 어둠 속으로 도망치는것은 거의 자살 행위나 다름없지 않을까.

이러지도 저러지도 못하고 있는데 갑자기 누가 하야타의 어깨를잡았다.

"으악!"

시라몬코의 동료가 뒤에서 덮쳤구나. 하야타는 최악의 상상을 하며 뒤를 돌아봤고, 그 순간 온몸에서 순식간에 힘이 빠졌다. 하쿠호였다. 안심한 것도 한순간이었다. 화났으면서도 슬픈 그 얼굴을 보자마자 마음이 아팠다.

"집으로."

그녀가 재촉해 하야타는 서둘러 전실로 들어갔다.

……부스럭, 부스럭.

곧바로 시라몬코의 발소리에 변화가 생겼다. 그것이 오두막 주위의 잡초를 밟기 시작한 듯한 소리가 들렸다. 상당히 다가온 듯하다. 하야타는 캄캄한 실내에서 하쿠호와 바싹 다가서서 숨을 죽이며 귀기울였다.

……바스락!

마침내 발걸음이 멈췄다. 느낌으로는 그래도 아직 집과는 거리가 있는 듯했다.

그런 데서 왜 멈췄을까.

도대체 뭘 하는 걸까.

그런 의문이 생김과 동시에 지금 살짝 바깥을 보면 그걸 볼 수 있겠다는 생각에 하야타는 몸을 떨었다.

보고 싶지 않은 것을 보고 싶다.

모순된 심리에 흔들리던 그가 호기심에 져서 문을 살짝 열려고 할 때였다.

하쿠호가 그의 왼쪽 팔을 확 잡아채며 귓가에 속삭였다.

"시라몬코에게 들키면, 그걸 제대로 보면 그냥 끝이에요."

그 계곡 같은 장소에서 추격당했을 때도, 암벽 위에서 내려다봤을 때도, 그것과 정면으로 대치한 일은 없다. 어디까지나 기척을 느꼈을 뿐이고 정수리 같은 부분만 본 데 지나지 않았다. 덕분에 자신이 살아남을 수 있었다는 사실을 깨닫고 하야타는 아연했다.

……부스럭, 부스럭.

다시 발소리가 들리기 시작했는데 그것은 집에서 멀어졌다.

……부스럭, 부스럭.

소리는 곧 덤불 속으로 걸어가는 기척으로 바뀌었고 점차 작아졌다. 아무래도 완전히 사라진 듯하다.

하쿠호는 말없이 어깨의 보따리를 잡아 바닥에 내릴 수 있도록 도우면서 아무 일 없었다는 듯 말했다. "목욕물을 데웠어요."

"……죄송합니다."

하야타는 사과할 수밖에 없었다. 목욕 준비를 해준 데 대한 감사처럼 보일 수도 있겠으나 몰래 도망치려 한 것, 시라몬코로부터 구해준 것, 그리고 아무 말 없이 다시 받아준 것 등에 대한 사과가 모두 포함되어 있었다. 사실은 더 많은 말을 건네야 했겠으나 자신의 행동이 너무 부끄러워 제대로 말할 수 없었다.

짐을 든 하쿠호를 따라 가운뎃방으로 들어갔는데 다시 불붙은 화로 쪽에 얇은 잠옷을 입고 누운 시라쿠모가 있어서 하야타는 깜짝 놀랐다. 두 사람이 안쪽 방의 화롯불 옆에서 자리라 예상했기 때문이다.

그는 안도했다. 도망쳤다는 사실을 들키는 것도, 한심하게 돌아온 모습을 보이는 것도 최대한 피하고 싶었다. 상대가 시라쿠모이니 더욱 그랬다.

하쿠호는 안쪽 방으로 들어가 처음과 마찬가지로 구석에 하야타의 짐을 내려놓았다. 그리고 그가 가방에서 갈아입을 옷과 수건을 꺼내길 기다려 봉당 안쪽 뒷문으로 나가라고 했다.

집 뒤쪽 평지에는 목욕탕과 우물과 뒷간이 있었다. 잡초는 거의 없었으나 짙은 숲이 바싹 다가와 있었다. 이러다가 숲에 삼켜지는 게 아닐까. 그런 두려움이 느껴질 정도의 존재감이었다. 그야말로 숲속의 외딴집이라 불러야 어울릴 듯하다.

안내된 목욕탕은 상당히 간소한 오두막이었다. 사방에 벽은 있었으나 뚫린 창에 유리가 없어 겨울이었다면 정말 춥겠다 싶을 정도로 날림이었다. 그래도 문에 들어서자 낡긴 했으나 훌륭한 목욕 솥이 나타났다. 아무래도 철제 바닥에 나무 목욕통을 올린 고에몬五右衛門 목욕통 같았다. 오두막 구석에 달린 서양 램프 불빛을 받아 묵직하게 빛을 반사하는 모습에 상당한 세월이 느껴졌다.

물건의 시대와 수준이 너무나 뒤죽박죽이라 조금 의외였는데 하야타의 신경은 곧 밖으로 쏠렸다. 여기까지 안내해준 하쿠호가 돌아가지 않고 그대로 아궁이에 앉은 듯했다.

그는 재빨리 옷을 벗고 나서 몸에 물을 끼얹은 다음 물에 떠 있는 발판을 양발로 누르면서 조금 뜨겁게 느껴지는 물에 몸을 담갔다. 촥…… 물 넘치는 소리가 나자, 괜스레 아깝다는 생각이 들었으나 이야말로 목욕의 참맛이 아닐까.

"물 온도는 어떠세요?"

아궁이에서 그녀의 목소리가 들려 하야타는 바로 대답했다.

"딱 좋습니다."

실제로는 조금 뜨거웠는데 통에 들어오면서 어느 정도 적응했다.

"이제 충분합니다."

그보다 하쿠호가 빨리 집으로 돌아갔으면 좋겠다. 더는 폐를 끼치고 싶지 않은 데다 밖에서도 반쯤 보일 것 같아 부끄러웠기 때문에 하야타는 간절하게 그렇게 생각했다.

그런데 그녀는 여전히 아궁이에서 움직이려 하지 않았다.

"정말 기분 좋은 온도네요."

하야타가 넌지시 더는 불을 지키지 않아도 된다는 뜻을 전했다.

"주위가 완전히 캄캄해져서 당신이 혹시 물에 빠질까 봐 살피고 있어요."

하쿠호는 도무지 영문 모를 대답을 해 그를 아연하게 만들었다. 게다가 탕에서 나오길 기다려 오두막 안으로 들어오기까지 했다.

"앗…… 아, 저기……."

이런 상황이니 하야타는 얼이 나가고 말았다.

"등을 밀어드릴게요."

"아, 아뇨. 제가 할 테니까……."

그가 황급히 거절했는데도 하쿠호는 이미 유카타를 걷어 올려 하얗고 매끄러운 허벅지를 드러내고 있었다. 그 모습에 두근대기 시작한 심장 소리를 들으면서 자기 몸까지 가리려다 보니 자연스레 등을 댄 꼴이 되어버렸다.

"앉으세요."

하쿠호가 시키는 대로 갈대로 엮은 방석에 가부좌를 틀고 앉자 그녀가 비누 거품을 낸 수건으로 그의 등을 닦기 시작했다.

흠칫…… 하는 떨림이 목덜미에서 등줄기를 타고 내려온다. 그것이 쾌감인 듯도 오한인 듯도 해 콩닥콩닥 그의 심장 고동이 더 빨라졌다.

무슨 말이라도 해야 할 것 같은데 입을 열어 꺼내려고 하면 죄다 하쿠호와 시라쿠모에 관한 사적인 질문뿐이다. 이런 곳에서 기묘한 생활을 하는 둘을 보니 둘에 관한 호기심을 느끼는 건 당연할 것이다. 다만 상대가 그런 질문을 저항 없이 순수히 받아줄지는 물론 별개였다.

"할머님과 둘이 사십니까?"

그래서 하야타는 이미 답을 아는 무난한 질문을 던졌다.

"저는 할머니가 키워주셔서 부모님을 전혀 몰라요." 상당히 어두운 얘기가 돌아왔다. 하쿠호는 말을 계속했다. "아버지는 한 군데 정착하지 못하고 전국을 떠도는 방랑자였다……고 할머니가 말했어요."

"시로고무라에 왔던 유랑 예인 가운데 하나였나요?"

그는 문득 떠오른 말을 내뱉었다. 오래전 도도가사키에 시라뵤시 일행이 흘러 들어와 시로고무라를 세웠다는 고지야 여주인의 말을 떠올리며 그 얘기도 덧붙였다.

"그럴지도 모르겠어요. 몇 년마다 한 번씩 다이헤이이치자라는 유랑극단이 마을을 찾아오니까 어쩌면……. 하지만 할머니가 아무 말도 안 해주고 저도 자식을 버린 부모에게는 관심이 없어서요."

그녀의 반응은 상당히 차가웠다. 하쿠호는 바로 시라쿠모의 분노를 대변하듯 말했다.

"할머니는 자신의 뒤를 이어야 할 딸 시라쓰유, 그러니까 하얀 이슬이란 이름의 제 어머니예요. 딸을 빼앗아간 아버지를 절대 용서하지 않고 있죠. 할머니는 할머니의 어머니로부터 무녀가 되는 수업을 받았대요. 그걸 딸에게 물려주려고 수행 중이었는데 아버지가 다 망쳐버렸어요. 그 아버지를 따라간 어머니도 역시 같은 죄고요. 할머니는 그래서 둘에게 저주를 내렸다……고 종종 말해요."

하쿠호는 어마어마한 얘기를 털어놓았다. 시라쿠모가 평범한 노부인이라면 '저주'라는 말도 일종의 비유라고 받아들일 수 있다. 하지만 그녀는 시라가미님을 모시는 무녀라고 했다. 시라가미님이 어떤 신이고 무녀가 어떤 역할을 하는지는 모르나 민간신앙의 종교인임은 분명하다. 그렇다면 '저주'도 진짜일지 모른다.

설마…….

하야타는 속으로 고개를 젓고 있었다.

"앞에도 닦아드릴까요?" 바가지로 등에 물을 끼얹던 하쿠호가 물었다.

"아니, 제가 하겠습니다."

황급히 돌아보며 수건을 받으려 했는데 허벅지 깊은 곳까지 벌어진 유카타의, 그 깊은 곳의 무성한 부분이 눈에 들어왔다. 가슴 부분도 옷이 벌어져 하얗고 탄력 있어 보이는 가슴이 반쯤 보였다. 아직 성인이 되려면 여러 해가 있어야겠지만 이미 몸은 소녀에서 어른으로 변해가고 있었다.

보통은 유혹하는 것으로 생각할 수 있는 몸짓이나 당사자의 해맑은 모습을 보니 그건 절대 아닌 듯했다. 열심히 등을 닦아준 결과 그런 상태가 되었으리라. 외모는 어엿한 성인 여성이 되고 있으나 속은 아직 소녀인 채 성장하지 않았다. 그런 격차가 오히려 요염함으로 느껴진다는 점을 정작 본인은 모를 것이다.

성인 남자인 하야타는 당연히 그녀의 색기에 정신을 차리지 못했다. 그래서 느낀 낭패감은 범상치 않았다.

"다, 당신은 할머님처럼 사투리를 쓰지 않네요."

느닷없이 관계도 없는 말을 내뱉는 것에서 그가 얼마나 당황했는지 알 수 있었다.

"라디오를 듣다가 자연스럽게 말할 수 있게 됐어요."

"학교에서 배운 줄 알았습니다."

"고등학교에는 다니지 않아요."

지금의 생활을 본 만큼 고교 진학은 무리였겠다는 생각에 하야타는 그만 말문이 막히고 말았다.

"그럼 평소에는 할머님을 돕고 있나요?"

무난한 화제를 골랐는데 왠지 그녀는 입을 다물어버렸다. 등을 돌리고 있어서 표정이 어떤지까지는 확인할 수 없었다.

"열여섯부터 전반기 무녀 수행에 들어가요." 갑자기 하쿠호가 입을 열었다. "그리고 열여덟이면 하얀 가면을 쓰고 완전한 무녀가 되기 위한 후반기 수행을 시작하고 성인이 되면 끝나죠."

"당신은 아직, 전반기 수행 단계인가요?"

하얀 가면을 쓰지 않은 데다 아직 열여덟이 된 것 같지 않아 물었는데 그녀는 다시 입을 다물었다.

"아니면……."

수행 실습을 할 때만 가면을 쓰는데 실제 나이보다 어리게 봐서 화났나. 하야타는 초조해졌다.

"무녀가 되면 시라가미님의 계시를 들으니 마을 사람들도 조심스럽게 대하죠. 시라가미님은 마을의 시로고신사에서 모시는 신인데 신사에는 절대로 알려주지 않는 신탁을 무녀는 들으니 마을 사람들도 좋아한답니다. 하지만 결국은 적당히 이용하는 것일 뿐이죠."

갑자기 고백 비슷한 말을 내뱉어 그는 깜짝 놀랐다.

"산파로 나서서 무사히 아이의 출산을 도와도 그 축하 자리에는 절대 부르지 않아요. 자신들에게 곤란한 일이 생길 때만 도움을 요청하죠……."

아무래도 시로고무라와 하얀 집의 관계는 상당히 특수한 모양이다. 하지만 갑자기 그런 말을 들어도 도대체 어떻게 대해야 할지 몰라서 하야타는 난감했다.

"이제 끝나셨나요?"

아무 일 없었다는 듯 묻는 소리에 그제야 자신이 수건을 든 채 우두커니 있었음을 깨달았다.

"역시 제가 닦을까요?"

"아뇨. 괜찮습니다."

하야타는 그런 대화를 재차 나누면서 앞부분을 다 씻고 그녀가 통에 길어온 뜨거운 물로 때를 씻어낸 다음 다시 더운물에 몸을 담갔다.

"잠자리를 준비할게요."

그가 목욕을 끝낼 때까지 머무를 줄 알았는데 하쿠호는 그렇게 말하고 집으로 돌아갔다.

"후우."

하야타는 바로 큰 한숨을 내쉬었다. 하쿠호의 보살핌이 싫은 건 아니다. 부끄러운 마음이 강했으나 동시에 기쁘고 따뜻한 마음이 되는 것도 사실이다. 다만 그녀가 아무렇지 않게 내뱉은 부모와 할머니 이야기가 너무 버거웠다. 본인은 신경 쓰지 않는 듯하나 사실은 모를 일이다.

게다가…….

느닷없이 먼저 수행 얘기를 꺼내놓고 자세한 얘기는 하지 않았다. 어쩌면 그녀의 어머니는 무녀가 되는 게 싫어서 어쩌다 알게 된 남자, 그러니까 하쿠호의 아버지이자 예인인 듯한 사람과 도망친 게 아닐까. 어렴풋하게나마 그녀도 그 사실을 알기에 수행 얘기를 꺼내기는 했으나 계속할 수 없었을지 모른다.

그는 욕조에서 나와 몸을 닦고 잠옷을 입었다. 사실은 갑작스러운 사태에 대비해 옷을 입고 자고 싶었는데 하쿠호 앞이라 역시 힘들었다. 언제든 도망치려는 모습을 보면 그녀는 틀림없이 슬퍼할 것이다. 그런 마음을 갖게 하고 싶지 않다.

무엇보다…….

돌발적인 사태란 무엇인가. 집 안에 있으면 시라몬코의 습격을 받을 위험은 없겠지. 시라쿠모의 환영은 받을 수 없겠으나 그래도 자는 동안 덮칠 것 같지는 않다.

"……아무 일도 일어나지 않을 거야."

하야타는 소리 내어 중얼거리고 목욕탕에서 나와 집으로 향했다.

주위의 밀림은 완전히 어둠에 휩싸여 있었다. 시로고무라나 고가사키등대의 불빛이 어딘가에서 보이지 않을까 기대했는데 한 점 불빛도 보이지 않았다. 그 대신 정체 모를 소음이 희미하지만 빈번하게 들려왔다. 물론 밤바람이나 작은 동물일지 모른다. 그래도 가만히 듣고 있으니 묘한 소리가 울렸다.

……톡톡. ……톡톡.

처음에는 작은 동물이 나뭇가지를 밟으면서 걸어가는 소리라고 생각했다. 그런데 소리는 도무지 이동하는 기척이 없었다.

……톡톡. ……톡톡.

내내 같은 곳에서 울리는 것처럼 들렸다. 그런데 어디서 들리는지 도통 알 수 없었다.

……톡톡. ……톡톡.

게다가 그것은 이상하게도 일정한 간격을 두고 울렸다. 자연의 소리라기에는 너무 규칙적이라 께름칙했다.

그렇게 느끼던 참에 하야타는 시커먼 어둠 속에서 무언가가 자신을 응시하는 듯한 착각에 사로잡혔고, 부르르 등줄기가 떨렸다. 실제로 그를 응시하는 존재가 있는지는 의문이나 그 기척만으로도 이미 충분했다.

그는 뒷문까지 달려갔다. 한눈팔지 않고 달렸다. 집 안으로 들어가자마자 진심으로 안도했다.

"왜 그러세요?" 화로 옆에서 자리를 깔던 하쿠호가 놀란 얼굴로 물었다.

"……아닙니다." 일단 부정했으나 그녀에게는 거짓말하고 싶지 않아 말했다. "밤의 숲을 보았더니 살짝 무서워져서요."

상당히 조심스레 에둘러 말한 것이지만 하야타는 정직하게 털어놓았다.

"정말 무서워요. 마을 사람도 극히 일부만 밤에 나다녀요. 그것도 딱 정해진 길로만 다니죠."

"시라몬코가 나와……서요?"

그의 질문에 하쿠호는 고개를 까딱했을 뿐인데 그 동작에 설득력이 있었다.

"이렇게 누추한 것만 있지만 편안히 주무세요."

화로 옆에 준비된 요와 이불은 잔뜩 구겨진 것을 수없이 방망이질해 간신히 편 것에 불과했다. 하지만 지금의 하야타에게는 고마울 따름이었다.

"그럼 신세 지겠습니다."

그는 고개를 숙이면서 감사의 말을 전하다가 다른 이불이 없다는 걸 깨달았다.

"당신과 할머님은 어디서 주무십니까?"

"기도 방이요."

그게 가운뎃방임을 알 수 있었는데 그 말을 듣고 하야타는 당황했다.

"평소에는 화로 옆에서 두 분이 주무셨던 거 아닌가요?"

"손님이 오실 때는 아니에요. 거의 없지만 가끔 여행객이 길을 잃으니까."

그와 같은 일이 있다는 소리다.

"그럼 제가……."

하야타가 자신이 기도 방에서 자겠다고 말하려는데 그보다 빨리 하쿠호가 인사했다.

"안녕히 주무세요."

하쿠호는 취침 인사를 한 다음에는 자신도 목욕하러 봉당 뒷문으로 나가버렸다.

하쿠호가 돌아올 때까지 그도 깨어 있었는데 그냥 자는 척했다. 목욕을 마친 그녀를 보는 게 왠지 쑥스러웠기 때문이다. 그러나 그런 달콤한 감정도 잠시뿐이었다.

'만약 길을 잃더라도 하얀 집에는 가지 마세요. 거기서 묵으면 안 됩니다.' 누군가가 하야타에게 편지로 충고했다. 그런데 바로 그 집으로 보이는 오두막에서 하룻밤을 보내게 되었으니까…….

6장 그 밤

하야타는 화톳불이 상당히 약해질 때까지 잠시도 눈을 붙이지 못했다. 내일을 위해 잠을 자둬야 한다는 생각은 들었으나 아무래도 이런저런 생각이 떠올랐다.

이 집이 하얀 집이라면 왜 가까이 가면 안 되는 걸까.

이유는 말할 것도 없이 시라쿠모에게 있을 것 같다. 첫인상만으로 그렇게 단정하는 것은 좋지 않으나 아무래도 그 노부인과 전혀 상관 없을 것 같지는 않다.

시라가미님의 계시를 전하는 무녀이기 때문일까.

애당초 그녀처럼 신을 모시는 사람은 어느 마을이나 혼자 산다. 별로 드문 일도 아니다. 게다가 시라쿠모는 산파이기도 하다고 하쿠호가 말했다. 그런 인물의 집을 꺼리는 이유가 도대체 뭐란 말인가.

……잠깐.

여기서 하야타는 생각해냈다.

고지야에 묵었던 민속학자 아이자와는 예전에 시로고무라에 신내림 받은 집이 생겼다……는 얘기를 여주인에게 했다고 하지 않았나. 그 문제의 신내림 받은 집이란 게 혹시 시라쿠모의 가계 아닐까.

지금도 지방에 가면 특정 혈통 집안의 사람을 차별한다고 들었다. 이 집이 숲의 바다 한가운데 세워진 것도, 죄인 비슷한 취급을 받는 것도 그러면 일단 설명이 된다.

그게 사실이라면…….

하쿠호의 어머니가 아버지와 손을 잡고(인지는 분명하지 않으나, 그와 비슷한 상황이었음이 분명하다) 집을 나간 마음도 이해가 갔다. 자신이 시라쿠모의 뒤를 이어 이 집에서 백녀로 평생 살아야 한다고 생각하면 견딜 수 없었을 것이다.

하지만…….

갓난아이를 데리고 도망치는 건 어려울 것 같아 어머니는 딸을 두고 갔을지 모른다. 하지만 너무 이기적인 것 아닌가. 그에 대해 아버지는 아무 말도 없었단 말인가.

하쿠호 씨가 불쌍하다.

그런 생각이 들자마자 하야타의 뇌리에 흐트러진 유카타 사이로 드러난 부푼 가슴과 요염한 허벅지의 하얀 살이 선명하게 떠올라, 덕분에 잠이 완전히 달아나고 말았다.

……하얗고 아름다웠어.

반추할수록 잠들지 못하게 되니 억지로라도 다른 생각을 하려던 그는 문득 어떤 사실을 뒤늦게 깨달았다.

하얀 게 너무 많네.

예전에 시라뵤시 일행이 흘러 들어와 정착해서 시로고무라가 생겼다. 마을 신사에서는 시라가미님을 모셨다. 얼마 후 신내림 받은 집이 생겼고 그곳에서도 시라가미님을 모시기 시작한다. 둘 다 같은 시라가미님인지는 모르겠으나 어쨌든 한쪽은 시라가미님을 모시는 백녀가 된다. 그리고 그 백녀가 사는 집이 아무래도 하얀 집인 듯하다. 현재 백녀의 이름은 시라쿠모이고 그녀의 딸은 시라쓰유였고 손녀는 하쿠호이다. 게다가 마을 주위의 숲에는 시라몬코라는 괴물이 나온다. 여기 등장하는 시라나 시로, 하쿠, 백은 모두 하얀색을 뜻하는 백白 자를 쓴다. 온통 하얀 것뿐이다.

하야타는 이불 안에서 휙 몸을 돌렸다.

고가사키등대 회랑에 있었던 것은 기묘한 하얀 사람 그림자였다. '하얀 사람'이라고 표현해야 할 모습이었다. 게다가 어부 단자와는 "허연 게 춤을 춰서 말이야"라며 배를 고가사키에 대지 않았다.

등대 위에서 몸을 꿈틀대면서 하얀 사람이 춤추고 있다.

혹시 단자와는 그런 무시무시한 모습을 본 게 아닐까. 그래서 고깃배의 접안을 포기하고 하야타를 아지키항으로 보낸 게 아닐까.

아니야. 아무리 그래도 지나친 생각이야.

무엇보다 고가사키는 '하얀 것'과 전혀 상관이 없잖아.

다소나마 안심하려다가 다시 고지야 여주인에게 들은 아이자와의 말이 떠오르자, 배 속에 묵직한 무언가가 쿵 떨어지는 느낌이 들었다.

원래는 '도도가사키'라 부르던 땅의 표기에 일백 백百 자를 쓰게 된 것은 시로고무라의 '흰 백白'에 '한 일一'을 더해 '일백 백'으로 만들어, 원래의 '도도'와 같은 발음을 만들었다고 했다. 그럼 왜 '흰 백'에 '한 일'을 더했을까.

시로고무라에서 한 집을 배제했으니까…….

그런 말도 안 되는 해석이 문득 그의 머리에 떠올랐다. 그 하나의 집이란 물론 시라쿠모의 가계이다.

보통은 '흰 백'에 '한 일'을 빼면 '날 일日'이 될 것 같은데 거꾸로 '흰 백'에 '한 일'을 더해 '일백 백'으로 했다. 백 자를 두 개 연달아 붙이면 도도라는 발음이 되기 때문인데 그보다 시로고무라에서 가계 하나가 줄었다는 뜻이 아니라 성가신 혈통이 하나 늘어났다고 봤기 때문이 아닐까.

아냐, 그건 아니지.

하야타는 바로 자신이 세운 가설을 부정했다. 아이자와는 시로고무라에 신내림 받은 가계가 생겼기 때문에 '도도가사키百々ヶ崎'가 '고가사키'로 바뀌었다고 말했다. 그게 사실이면 '시로고무라에서 한 집을 배제했기' 때문에 이전의 '도도가사키'라는 호칭에서 흰 백에 한 일을 붙여 같은 발음의 다른 한자인 도도가사키로 바뀌었다는 설은 전혀 성립되지 않는다. 그때는 아직 죄인 취급을 받는 혈통이 존재하지 않았으니까.

하지만…….

아이자와의 주장이 옳다는 근거는 당연히 없다. 본인도 아직 불명확한 점이 많아 더 많은 연구가 필요하다고 말했다고 한다.

오히려 내 해석이 맞는 것 같다.

도도가사키 때부터 실은 하얀 집과 백녀 문제가 이미 있지 않았을까.

하야타에게 묘한 자신감이 있었던 것은 어제부터 오늘에 걸친, 특히 오늘 밤의 다양한 경험 탓이었을지 모른다. 여기까지 골똘히 생각해도 분명하게 알게 된 사실은 하나도 없었으나 그래도 그의 마음이 조금 편안해진 것만은 사실이었다. 그 증거로 얼마 후 수마가 덮쳐왔다. 이대로 가면 바로 잠들 수 있을 것 같았다.

……끽.

어디선가 집 울림 같은 소리가 났다.

……끼익.

또 들린다. 그러나 안쪽 방은 아닌 것 같다.

……끼익. ……끼익.

아무래도 옆의 기도 방에서 울리는 듯하다. 그래도 같은 곳에서, 게다가 연속적으로 울리는 건 아무래도 이상하지 않나.

점차 멀어져가는 의식 속에서, 하야타가 그렇게 느꼈을 때였다.

……끼익. ……끼익.

집 울림이 이동한다는 사실을 깨달았고 이윽고 하야타는 그 정체를 알아차렸다.

……누군가 걷고 있어.

순간 흠칫했으나 옆방의 마루가 삐걱대는 소리임을 깨닫고 필시 시라쿠모나 하쿠호가 뒷간에라도 가려고 일어났나 싶었다. 발소리가 안쪽 방으로 다가오는 것은 틀림없이 봉당 뒷문을 통해 밖으로 나가기 위해서이리라.

하야타는 그대로 자는 척했다. 상대가 시라쿠모라면 상대하고 싶지 않았고 하쿠호라면 부끄럽게 생각할 것 같았다.

······끼익. ······끼익.

그건 그렇고 걸음이 너무 느리네. 그렇다면 시라쿠모인가. 노화 탓에 걸음이 둔할지도 모르겠다.

······끼익, ······끼익.

발소리가 변했다. 안쪽 방으로 들어온 듯하다. 하지만 여전히 아주 느리다. 마치 발소리를 죽이고 있는 듯하다.

······스윽, 스윽.

하야타가 자는 곳은 봉당과 반대편 벽 쪽이다. 발소리는 화로를 끼고 반대편에서 울렸다.

······스윽, 스윽, 스윽.

그대로 화로를 지나치지 않고 발소리가 이쪽으로 이동하는 듯한 기척이 났다. 그가 누워 있는 쪽으로, 그것이 다가오고 있음을 알 수 있었다.

하쿠호 씨인가······.

하야타도 남자였다. 어쩔 수 없이 순간 불순한 생각을 하고 말았다. 하지만 그렇다 하더라도 어찌하면 좋을까. 본능의 한 부분은 그

녀를 받아들이고 있는데 본능의 다른 부분은 경고를 발하는 이유는
뭘까.

아니, 그보다…….

하쿠호일 리 없어. 하야타가 망상을 품은 것은 정말 찰나였다. 그
럴 사람이 아니라고 마음을 고쳐먹었다.

그렇다면…….

시라쿠모일 수밖에 없다는 생각이 들자마자 공포에 사로잡혔다.
그 목적이 무엇이든 결단코 좋은 일은 아닐 것이다.

……스윽, 스윽.

그의 머리는 집 뒤쪽을 향하고 있었다. 즉 화로를 돌아온 발소리
의 주인은 이제 곧 그를 내려다보는 위치까지 온다는 소리다.

……스윽.

갑자기 걸음을 딱 멈췄다. 아직 그가 있는 곳까지는 거리가 있는
데 화로 중간쯤에서 멈춰버렸다.

왜지?

무슨 일인지 알고 싶어 온몸이 근질근질했으나 그렇다고 눈을 뜰
용기는 없었다. 무엇을 보게 될지 상상만으로도 거부 반응이 일어났
다. 이대로 계속 자는 척하는 수밖에 없다.

가만히 있자니 집 밖에서 바람 우는 소리, 나뭇잎 스치는 소리, 동
물 울음소리 같은 것들이 들려왔다. 그런데 실내는 고요했다. 아니,
그래도 가만히 귀를 기울이면 끼…… 끼익 하고 희미하게 바닥 울
리는 소리가 났는데 아마도 진짜 집 울림일 것이다. 타닥…… 하고

x

x

x

근처에서 울린 것은 틀림없이 화로에서 탄이 터지는 소리일 것이다. 스르륵…… 하고 기도 방에서 들린 소리는 하쿠호가 잠결에 뒤척인 소리일 수도 있겠다.

다른 소리는 들리지 않았다. 다만 아주 가까이에서 어떤 기척이 강하게 느껴졌다. 그저 가만히 응시하고 있을 뿐인데 압박감이 예사롭지 않다. 바로 옆에 있다. 아무것도 하지 않는데도 그 존재가 절절히 느껴졌다.

……끼이익.

갑자기 마루판이 삐걱댔다. 한 걸음 앞으로 내디뎠다기보다 그냥 다리에 더 체중을 실은 듯한 울림이다. 그렇다고 뭘 하는지는 도통 모르겠다. 그래서 더 께름칙하고 무서워졌다.

하야타는 살짝 눈을 떠 확인하기로 마음먹었다. 상대가 알아차리지 못할 정도로, 천천히 눈꺼풀을 조금씩 떴다. 조바심을 내선 안 돼. 눈꺼풀이 떨리지 않도록 최대한 노력하며 속눈썹 너머로 조심스레 살펴봤다.

어렴풋하게 허연 게 보였고 그 불온한 하얀 얼굴이 바로 위에서 내려다보고 있었다. 그 순간 그의 얼굴에서 쫙…… 핏기가 사라졌다. 자기도 모르게 두 눈을 부릅뜰 것만 같았는데 간신히 참았다. 시라쿠모의 모습을 다 보진 못했으나 그녀가 허리를 90도 이상 구부리고 누워 있는 그의 얼굴 위로 자기 얼굴을 대고 있다는 것만은 확인할 필요도 없었다.

이 사람, 뭐하는 거지?

당연한 의문이 머리에 떠올랐다. 이런 상황을 경험하면 누구나 같은 생각이 들 것이다. 하지만 그런 생각도 길게 이어지지 않았다.

빨리 좀 가라…….

공포심이 호기심을 이겼기 때문이다. 당연히 왜 이러는지 알고 싶은 마음도 있었으나 그보다는 한시라도 빨리 사라져줬으면 했다. 그런데 하야타의 바람은 이루어지지 않았다.

"아이고, 소름이네. 정말 징해."

시라쿠모는 자리를 뜨기는커녕 속삭이듯 중얼중얼 말하기 시작했다. 하야타도 사투리에 어느 정도는 익숙해졌는지 아까보다는 알아들을 수 있었으나 무슨 뜻인지 전혀 알 수 없는 것은 마찬가지였다. 다만 이 말만은 이상하게 귀에 남았다.

그녀는 한참을 속삭였다. 그러니 그녀의 말이 주문처럼 머릿속에 울려대 주문에라도 걸리는 듯한 기분이 들었다. 가만히 있자니 불안했다. 바로 눈을 떠서 입을 다물게 하지 않으면 엄청난 재앙이 닥칠 것 같아 무서웠다. 이대로 있다가는 너무 늦고 만다.

좋았어!

마침내 결심한 하야타가 눈을 뜨려는데 시라쿠모의 주문이 뚝 끊겼다.

……스윽, 스윽.

화롯가에서 멀어지는 발소리가 들리기 시작했다.

……끼익, 끼익.

드디어 기도 방으로 들어갔나 했더니 조금 있다가 조용해졌다. 아무래도 다시 잠든 모양이다.

도대체 뭐라고 떠든 거지?

영문도 모른 채 공포에 떨던 상황이 지나가자 생각할 여유가 생겼다.

시라쿠모에게 모토로이 하야타는 자신이 잠든 사이 하쿠호가 제멋대로 묵게 한 외부인이니까 불청객임이 틀림없다. 전혀 환영받지 못하고 있음은 피부로 알 수 있었다. 따라서 그녀의 속삭임은 필시 좋지 않은 내용일 것이다. 문제는 무슨 소리였느냐는 것이다.

……정말 주문에라도 걸린 게 아닐까.

한심한 생각이었으나 이 집 안에서는 그럴 수도 있을 듯했다. 무엇보다 상대는 시라쿠모 아닌가. 하지만 이 밤이 지나면 나는 떠난다. 그것은 그녀도 아는 사실이다. 아침이 되면 사라질 외부인에게 굳이 주문을 걸까.

하야타는 속으로 갸웃하다가 하쿠호가 밝힌 부모 얘기를 떠올린 순간 역시 가능할 수도 있겠다 싶었다. 시라쿠모는 자신의 뒤를 이어야 할 딸을 빼앗아간 하쿠호의 아버지를 지금도 용서하지 않고 있다. 노부인은 하야타에게서 유랑 예인이었다는 그 남자의 그림자를 발견한 게 아닐까. 그래서 예방책으로 주문을 걸었다.

……웃기지 좀 마.

그게 정말이라면 좀 봐주길 바란다. 시라쿠모의 명백한 착각이고 말도 안 되는 혼자만의 오해다. 하쿠호에게 끌리지 않았다면 거짓말이겠지만, 거기에는 다분 동정심도 섞여 있다. 부모님 얘기를 들은 게 컸다. 이런 땅의 이런 집에서, 저런 시라쿠모와 단둘이 살아야 하고 결국은 할머니의 뒤를 이어야 한다는 그녀의 처지가 무엇보다 그의 마음을 움직였다. 어떻게든 해주고 싶다. 그런 마음이 절로 생겼다.

하지만 내게는 등대지기로서의 사명이 있다.

다이코자키등대 때보다 훨씬 강한 등대정신이 지금의 하야타에게 싹트고 있었다. 그것은 어제, 고가사키 앞바다에서 고가사키등대를 바라봤을 때, 그곳이 얼마나 변경인지를 깨닫고 새삼 든 감정이다. 이 강력한 정신이 있는 한 하쿠호에게 아무리 특별한 감정을 느낀다 해도 그가 등대를 버리는 일은 절대 있을 수 없다.

그러므로 시라쿠모가 걱정할 필요는 전혀 없으나 본인에게 그 뜻을 전할 방법이 없다. 가장 좋은 방법은 아침이 되면 정중히 인사하고 바로 등대로 떠나는 거겠지.

하야타는 그 후로도 한동안 잠들지 못하고 수없이 뒤척이다가 간신히 잠들었다. 그러다가 이상한 꿈을 꿨다.

그가 등대의 나선 계단을 오르는데 철벅, 철벅…… 아래쪽에서 누군가의 발소리가 들리기 시작했다. 등대장인가 싶어 멈춰 서서 말을 걸었는데 도통 대답이 없다. 동료의 이름을 불러도 마찬가지다. 휭…… 계단실 내부는 적막했다. 그런데 발소리는 멈추지 않았다. 철벅, 철벅…… 역시 들려온다.

등대의 나선 계단은 위아래가 훤히 보이는 철제가 아니라 중심에 두꺼운 콘크리트 기둥이 관통하고 있다. 그래서 그가 선 자리에서는 계단 몇 개밖에 보이지 않는다.

철벅, 철벅…….

눈에 들어오는 계단 바로 아래에서 그 발소리가 나는 건 틀림없다. 하지만 너무 이상하다. 왜냐하면 등대지기들은 보통 저벅저벅, 마른 소리를 내기 때문이다.

철벅, 철벅…….

젖은 맨발로 올라오는 듯한, 이런 축축한 발소리는 절대 날 리 없다. 도대체 뭐지…….

아래쪽에서 오고 있는 걸까. 그렇게 생각하자 두려워졌다.

남은 나선 계단을 서둘러 오르면 좁은 층계참이 나오고 다른 철제 계단이 나타난다. 그것을 올라 광원 제어와 회전 장치가 있는 원형 공간으로 나온 그는 잠시 망설이다가 그 자리에 멈춰 서서 아래를 바라봤다. 여기서는 나선 계단을 올라오는 어떤 것의 모습을 상대 몰래 볼 수 있다. 솔직히 그 정체를 확인하는 건 두려웠으나 모르고 도망치는 게 더 무서웠다. 그럴 바에는 마음을 다잡고 보자는 생각이 들었다.

철벅, 철벅…….

하지만 불길한 발소리를 듣고 있자니 그 자리에서 도망치고 싶어졌다. 보자고 마음먹은 것을 진심으로 후회했다. 뭔가 봐선 안 될 걸 보게 될 것만 같은 불안과 공포에 가슴이 조여드는 듯했다.

철벅, 철벅…….

그래도 그 자리에서 움직이지 않았던 것은 밑에서 올라오는 무시무시한 기적에 온통 그의 정신이 팔려 있었기 때문이었을까.

철벅, 철벅…… 하는 발소리와 함께 마침내 나선 계단 아래에서 머리 같은 게 불쑥 나타났다. 그것은 하얀색이었다.

시라몬코…….

그는 반사적으로 몸을 획 돌려 도망치려다 망설였다. 더 위쪽 등실로 이어지는 철제 계단을 오를지, 회랑으로 나가는 문을 열지. 어느 쪽을 선택해야 할까.

하지만 그것도 순간이었다. 등실로 가면 더는 도망칠 곳이 없다. 회랑으로 나가면 시라몬코가 등실로 올라갈 수도 있다. 그러면 상대를 따돌리고 나선 계단으로 도망칠 수 있다.

그는 일부러 소리 내면서 철제 계단 몇 개를 올라간 다음 재빨리 살금살금 내려와 문을 살짝 열고 회랑으로 나갔다. 그다음 문을 조용히 닫고 그 자리에서 가만히 귀를 기울였다.

이제 그것이 그가 등실로 올라갔다고 착각하면 되는데.

철버덕, 철버덕…… 철제 계단을 올라오는 발소리가 들렸다. 그리고 다 올라왔는지 조용해지더니 잠시 침묵이 흘렀다. 그냥 바로 앞의 계단을 올라갈까, 아니면 옆문을 열까, 마치 고민하는 듯.

철버덕, 철버덕…… 하고 다시 철제 계단 오르는 발소리가 들리기 시작했다. 그의 작전이 성공한 것이다. 그것이 등실로 들어가는 기척이 나면 바로 회랑에서 탑 안으로 다시 들어가 나선 계단을 뛰어내려가면 살 수 있다. 그러나 운 나쁘게도 이쪽으로 오면…….

끽, 안쪽에서 문에 힘을 가하는 게 느껴져 그는 깜짝 놀랐다. 서둘러 온 힘을 다해 문을 누르면서 자신의 계획이 실패했음을 깨달았다.

젠장……. 그의 단순한 속임수가 통하지 않았다. 그 사실이 너무나 무서웠다.

문에 실리는 힘이 갑자기 훅 사라졌다. 포기했나 싶었는데 방심은 금물이다. 내가 안심하는 순간 덜컹 문이 열릴지 모른다.

문을 더 세게 밀고 있는데 안에서 둔탁한 소리가 났다. 분명 익숙한 소리인데 순간적으로 무슨 소린지 알 수 없었다.

……앗!

깨달은 순간 두 팔에 소름이 돋았다. 그것은 바로 앞에 있는 문 반대편에 있는 또 다른 문이 열리는 소리였다. 평소에는 계단 옆의 문만 사용하기 때문에 문이 하나 더 존재한다는 사실을 까마득히 잊고 있었다. 그것이 지금 자신의 목숨을 앗아가려 하고 있었다.

철벅, 철벅, 철벅…….

그것이 회랑을 돌아 이쪽으로 오는 발소리가 바로 왼쪽으로 전해졌다. 그래서 급히 오른쪽으로 도망치려다가 생각했다.

……정말 왼쪽일까.

순간 그는 망설였다. 그때까지 전혀 의식하지 않았는데 회랑에는 강한 바람이 불고 있다. 요란한 바람 소리의 방해로 그것이 내는 발소리 방향을 착각하진 않았을까. 일단 의심이 들자 더는 움직일 수 없었다.

좌우 어디로도 도망칠 수 없게 된 그는 그 자리에 굳은 채 왼쪽, 오른쪽, 왼쪽으로 정신없이 회랑을 두리번거렸다.

철벅, 철벅, 철벅…….

기척이 더 가까워진 듯 강해지더니 하얀 무언가가 왼쪽에서 확 나타났다. 그는 그것의 한 부분을 보고 놀란 토끼처럼 오른쪽으로 달리기 시작했다. 반대쪽 문을 열고 탑으로 들어가 도망치기 위해.

다다다다…….

그것도 달리기 시작했음을 깨달았다. 그를 쫓아오는 것인지, 아니면 몸을 돌려 돌아가고 있는지, 도무지 판단을 내릴 수 없었다.

회랑 중간에 멈춰 가만히 귀를 기울였다. 이윽고 그것이 돌아갔음을 깨닫고서야 서둘러 몸을 돌렸다. 이렇게 된 이상 자신이 나온 문을 통해 탑 안으로 들어가는 수밖에 없다.

다다다다…….

그런데 그것의 발소리에 다시 변화가 생겼다. 어쩌면 상대도 방향을 바꾼 게 아닐까. 그렇게 생각하며 걸음을 멈췄다.

이제 회랑을 왼쪽으로, 아니 오른쪽으로, 아니, 아니야, 왼쪽으로, 역시 오른쪽으로…… 그야말로 악몽처럼 계속 같은 일을 죽어라, 아침이 되어 하쿠호가 흔들어 깨울 때까지 계속했다.

하야타가 그대로 눈을 뜨지 않았다면, 과연 어떻게 되었을까.

7장 하얀 거인의 탑

하야타가 번쩍 눈을 떴을 때, 하쿠호의 얼굴이 걱정스럽게 내려다 보고 있었다.

"죄송해요. 제가 괜히 깨웠나 봐요."

왜 사과를 받아야 하는지 몰랐으나 그래도 그는 안도했다.

"너무 힘들어하셔서 제가 보다 못해 아직 이르긴 해도 깨우고 말 았어요."

"……아, 부끄럽네요."

하야타는 일어나면서 머리맡의 손목시계를 봤다. 확실히 아직 이른 시각이었다. 그러나 그대로 악몽을 계속 꿨을지 모른다 생각하니 그녀에게 감사하고픈 마음이다.

"무서운 꿈이라도 꾸셨어요?"

"아, 예……."

순간 말하려다가 결국은 입을 다물고 말았다. 시라몬코에 쫓기는 꿈이었다는 얘기 따위 듣고 싶지 않으리라.

"아침 식사를 준비할 테니까 더 주무세요."

하쿠호는 그렇게 말했지만, 더 자고 싶지는 않았다. 무엇보다 그녀가 일하는 옆에서 태평하게 잠잘 수 없었다.

"돕겠습니다."

말도 안 된다며 고개를 젓는 하쿠호에게 하야타는 미소로 답하고 물을 기르려 뒷문을 통해 밖으로 나왔다. 밤이 샜다고는 해도 이른 아침의 숲은 어두컴컴했던 터라 밤과는 다른 불온함이 느껴졌다. 귀가 아플 정도로 울어대는 새 울음소리도 평소라면 활기차게 느껴졌을 텐데 아무래도 불길하게 들렸다. 경계해, 조심해. 이렇게 호소하는 듯했다.

우물로 가는 도중에 한바탕 주위를 둘러본 것은 꿈에서 본 시라몬코가 덤불 속에 숨어 있지는 않을까, 아무래도 확인하지 않고는 배길 수 없었기 때문이다. 너무나도 겁쟁이 같은 행동이었으나 그만큼 생생하고 무서운 악몽이었다는 증거이리라.

아니, 다른 이유도 있었다. 어젯밤 목욕하고 있을 때 그녀는 "주위가 완전히 캄캄해져서 당신이 물에 빠지지 않게 살피고 있어요"라는 이상한 말을 했다. 해가 지면 이 근처에 시라몬코가 나온다는 소리 아닐까. 이 집에서 도망치려 했을 때도 그런 기척이 있었다. 그것은 하얀 집에 들러붙어 있을지 모른다.

그런 흔적이 어디 남아 있지 않을까, 그는 열심히 주위를 둘러보며 우물과 봉당 사이를 여러 차례 왕복했다.

하야타는 물을 다 길은 후 절대 안 된다며 고사하는 하쿠호를 달래 식사 준비도 도왔다. 처음에는 어색해했는데 곧 둘이 준비하는 즐거움을 깨달았는지 그녀의 모습이 점점 밝아졌다.

"덕분에 평소보다 빨리 준비했네요."

화로 옆에 세 사람의 식사가 준비되자 하쿠호는 매우 기뻐하면서 시라쿠모를 부르러 서둘러 기도 방으로 갔다. 하야타는 그 모습을 보고 진심으로 돕길 잘했다고 생각했다.

그런데 그녀가 좀처럼 돌아오지 않았다. 무슨 일인가 싶어 당황하고 있는데 소곤대는 소리가 들렸다. 몰래 들으면 안 된다고 생각하면서도 기어이 귀를 기울이고 말았다. 떠들어대는 사람이 시라쿠모인지라 역시 무슨 말인지 도통 알아들을 수 없었다. 간신히 알 수 있었던 사실은 할머니의 말에 손녀가 이의를 제기하고 있다는 것 정도였다.

불온하게만 들리는 대화가 한동안 이어진 뒤 얼마 후 하쿠호가 혼자 돌아왔다.

"할머니는 아직 못 일어나실 것 같으니까 둘이 먼저 먹어요."

거짓말인 게 너무 빤해 그는 조금 놀랐다. 그렇다고 자신이 끼어들 일이 아니라 그냥 믿는 척했다. 다만 조금 전까지 둘 사이에 흐르던 달콤한 분위기가 순식간에 옅어진 것이 유감스러웠다.

하야타는 아침 식사를 하며 다이코자키등대 얘기를 했다. 관광지 일화를 소개해 그녀의 마음을 풀어주려 했다. 하지만 효과는 거의 없었다. 오히려 침울해 보였다. 그렇다고 암시장이나 탄광 경험은 더 어울리지 않으리라.

순간 암시장 사건으로 알게 된 괴담을 좋아하던 잘생긴 청년이 떠올랐는데 그럼 무서운 이야기가 되고 만다. 그건 정말 안 될 일이다. 더 곤란해진 그는 고향 와카야마에 대해, 가업인 화물 운반 거룻배에 관한 재미있고 웃긴 이야기를 꺼냈다.

그 내용이 희한했는지, 하쿠호는 관심을 드러냈다. 하지만 동력으로 달리는 프로펠러 배가 등장해 거룻배 수요가 점차 줄어 하야타의 아버지가 뒤를 이를 무렵에는 집안 살림이 어려워졌다는 어두운 이야기로 나아가자 그는 이것도 실패했다 싶었다. 멍청하게 그토록 솔직히 말할 필요는 없지 않았나 하고 뒤늦게 후회했다.

그런데 그녀의 반응은 달랐다. 그 후로 그가 어떻게 되었는지 듣고 싶어 했다.

하야타는 학교 성적이 좋았던 터라 교사가 유명 대학 몇 군데를 권했다. 그러나 집안 형편을 생각하면 아무래도 진학은 무리였다. 대학에 가더라도 일도 병행해야 했다. 임시직이 아니라 급료를 받는 일자리를 잡지 못하는 한 학비와 생활비를 조달하는 일은 도저히 불가능했다.

그때 교사가 '재학 중 학비는 국가가 내준다'라는 규칙이 있는 만주국의 건국대학을 알려주었다. 상당히 들어가기 힘든 학교였으나 그는 시험에 합격한다. 그 탓에 모토로이 하야타의 운명이 크게 달라졌으나 당연히 거기까지는 자세히 말하지 않았다.

"자신의 운명을 스스로 훌륭하게 결정했네요."

하쿠호가 가장 관심을 보인 것은 그 점이었다. 시라쿠모의 뒤를 이어 백녀가 되는, 스스로 바라지도 않은 미래가 바로 코앞에 닥쳤기 때문일까.

"아닙니다. 그리 대단한 일도 아닙니다." 하야타는 자세한 얘기를 더 하고 싶었지만, 결국은 지장 없는 대답을 건네는 데 그쳤다. "게다가 전쟁이 모든 것을 망치고 말았죠."

그렇게 덧붙이고 만 것은 전 건국대학 학생으로서 지난 침략 전쟁에 뭐라 표현할 길 없는 분노가 치솟았기 때문이다.

아침 식사가 끝나자 하쿠호는 바로 주먹밥 도시락을 만들었다.

"지금부터 서둘러도 등대에는 오후 늦게야 도착해요. 중간에 드세요."

"정말 고맙습니다."

하야타는 정중히 감사 인사를 건네고 만물상 주인이 그려준 지도를 꺼내 등대까지의 길을 물었다. 그러자 그녀는 지도 위의 한 지점을 가리키면서(그곳과 시로고무라와 등대를 연결하면 딱 삼각형이 되는 곳이었다) 놀라운 소리를 했다.

"여기가 시로고무라 사람들이 '하얀 집'이라고 부르는 우리 집이에요."

하야타는 역시……라는 감정이 겉으로 드러나지 않도록 애썼다.

"역시 제가 멀리 돌아왔다는 거군요."

"드문 일도 아니에요."

당연하다는 듯한 하쿠호의 말투에, 그가 의아한 표정을 짓자 답이 돌아왔다.

"햐쿠에 숲은 사람을 현혹하니까요. 시로고무라 사람들도 방심하면 자주 길을 잃어요." 역시 당연한 듯 말했다.

지도에 '햐쿠에 숲'이라는 표기는 없었는데 시로고무라와 하얀집, 등대를 연결하는 삼각지대가 온전히 들어가는 밀림 전체를 그렇게 부른다는 것을 알았다. 하얀 옷의 숲이라니 또 '하얀'이 들어간다.

"사실은 어제 여기 도착하기 전에 계곡 바닥 같은 길을 걸었습니다만……."

하야타는 마음에 걸렸던 그 경험을 얘기했다.

"아아, 거기요? 그 이상한 길은 '갓도스 길'이라고 해요."

하쿠호에 의하면 '갓도스'는 사투리로 '추월하다'라는 뜻이라는데 그녀는 이어서 아주 이상한 말을 꺼냈다.

"갓도스 길을 걸을 때는 앞에 누군가 있는 듯한 기척이 있으면 반드시 이름을 밝혀야 해요."

"시로고무라의 누구……다, 이렇게요?"

"맞아요. 그럼 앞에서도 어디의 누구라고 답하죠."

"……대답이 없으면?"

"아뇨, 앞에서는 틀림없이 대답이 올 거예요. 문제는 뒤에서 누가 오는 것 같은 기척이 있는데 아무리 기다려도 이름을 대지 않을 때죠."

어제 바로 자신이 겪었던 일이라 그는 흠칫 놀랐다.

"앞 사람이 먼저 이름을 대면 안 됩니까?"

"그야 괜찮은데 뒤에서 아무 대답이 없으면 큰일이……."

"영영 뒷사람이 이름을 대지 않으면……?"

"최대한 빨리 갓도스 길을 빠져나와야 해요."

"왜요?"

"거기서 뒤에서 쫓아온, 사람이 아닌 것에 추월당하면 반드시 병에 걸리니까요. 잘못하면 목숨을 잃는다고 했어요."

그런데 하야타는 뒤를 돌아봤을 뿐만 아니라 일부러 돌아가 상대를 확인하려 했다. 그가 당시의 행동을 설명하자 갑자기 그녀의 얼굴이 창백해졌다.

"용케 무사히……."

"앞으로 병이 날까요?"

"아뇨. 만약 뭔가에 씌었다면 우리 집에 왔을 때는 이미 병에 걸려 있었을 겁니다. 게다가 얘기를 들어보니 추월당하지는 않은 것 같네요."

하지만 그것은 그 후로도 하야타를 계속 쫓아오지 않았나. 그 증거로 고문 도구인 삼각 목마를 거대하게 만든 것 같은 형태의 바위 바로 앞에서 그는 휙, 휙…… 숲속을 나아가는 그것을 내려다봤다.

이 이야기를 꺼내놓자 하쿠호는 이상한 반응을 보였다.

"……이상하네요. 그런 이상한 얘기는, 이제까지 들어본 적 없어요. 갓도스 길의 마물은 거기에만 나타나요. 완전히 거리가 벌어졌는데 한없이 쫓아오다니 그건 다른……."

"시라몬코, 말입니까?"

그녀는 말없이 가만히 서 있다가 바로 옆의 기도 방으로 들어갔다. 잠시 후 주문 같은 소리가 들렸는데 그게 끝나자마자 "뭐야" 또는 "그럴지도"라는 시라쿠모의 목소리가 들렸다. 이전 사투리와 마찬가지로 의미는 알 수 없었으나 "저런 남자와 얽히지 마라"라고 잔소리하는 것만은 틀림없을 것이다.

말대답하는 소리가 전혀 들리지 않았는데 얼마 후 하쿠호가 안쪽 방으로 돌아왔다.

"등대에 도착할 때까지 이걸 목에 걸거나 배에 두르든, 어쨌든 몸에 꼭 붙이고 계세요."

그렇게 말하며 하얀 어깨끈 같은 것을 내밀었다. 하얀색 천 곳곳에 검은 실로 불가사의한 모양이 그려져 있고, 목에 걸면 양쪽 끝이 허리까지 내려오는 길이였다.

"부적인가요?"

"부디 등대에 도착할 때까지는 절대 몸에서 떼면 안 돼요."

그녀의 진지한 눈빛과 말투에 하야타는 몹시 당황했다. 하지만 그래서 더 농담이 아니라는 사실을 뼈저리게 느꼈을지 모른다.

처음에는 부적 천을 배에 두르려고 했는데 전쟁 중의 센닌바리千人針가 떠올라 주저하고 말았다. 전쟁터에서 무사히 돌아오기를 바라며 천 명의 여성이 하얀색이나 노란색 무명천에 붉은 실로 수를 놓는다. 그렇게 완성한 것이 센닌바리라고 불리는 부적이다. 아들이나 남편, 형제에게 소집 영장이 도착하면 어머니나 아내, 자매가 천과 바늘, 실을 들고 거리로 나가 지나가는 여성들에게 바느질해달라고 부탁한다. 이웃 주민이나 지인만으로 천 명을 모으는 것은 도저히 불가능하다. 소집에서 출정까지의 한정된 시간 안에 센닌바리를 만들기 위해서는 제삼자의 힘을 빌릴 수밖에 없다. 그래서 여성이 많은 회사나 학교에는 자주 센닌바리 부탁이 들어왔다.

출정하는 병사가 센닌바리를 배에 두르면 적의 총알이 비켜 간다는 믿음이 있었다. 이 한 장의 천에는 아들과 남편과 형제를 어쩔 수 없이 전장에 보내야 하는, 어머니나 아내나 자매의 '부디 무사히 돌아오게 해주세요'라는 절절한 기도가 담겨 있었다. 그러나 유감스럽게도 그 간절한 바람과는 달리, 그런 것은 당연히 어떤 도움도 되지 못했다.

하야타의 뇌리에 이 뼈아픈 사실이 떠올라 주저한 것이다. 그래서 부적 천을 목에 두르고 늘어진 부분은 셔츠 안에 넣기로 했다.

전실 현관에 벗어놓은 그의 구두를 하쿠호가 가져다주었다. 기도방의 시라쿠모와 대면하지 않고 말없이 가는 것은 무례로 여겨졌다.

"한마디라도 감사 인사를……."

하야타의 말에 하쿠호는 조용히 고개를 저었다.

"하지만……."

"할머니와 만나지 않는 게 좋을 거예요."

마치 시라쿠모와 이별 인사를 나누면 상대가 주문을 걸 우려가 있다고 충고하는 듯해, 그는 불안해졌다.

"큰 신세를 졌습니다."

하야타는 옆방을 향해 인사하고 안쪽 방의 뒷문을 통해 밖으로 나왔다.

하얀 집의 앞까지 둘은 말없이 걸었다. 이때만은 주위 상황보다 바로 옆에 있는 하쿠호만이 마음에 걸렸다. 이 땅에서의 그녀 인생은 아무래도 걱정이었다. 그러나 일개 등대지기인 그가 할 수 있는 일은 아무것도 없다.

"부디 조심하세요."

"여러모로 감사했습니다."

피차 아직 하고 싶은 말은 더 있었으리라. 적어도 하야타는 그랬다. 하지만 그는 살짝 미소를 지었을 뿐이다. 그리고 그녀도 미소를 지은 채 그 자리에서 그를 배웅했다.

하야타는 어제 해가 진 후 하얀 집의 불빛을 봤던 지점까지 덤불을 헤치면서 나아갔다. 도중에 수없이 돌아봤는데 그때마다 하쿠호가 손을 흔들고 있어서 그도 돌아봤다. 마침내 밀림의 나무 그늘로 들어가 하얀 집도 하쿠호도 보이지 않게 되었다. 그 순간 숲에 삼켜진 듯한 느낌이 들어 반사적으로 걸음을 돌렸다.

저 소녀는, 저 집에서 태어나고 자랐다.

그렇게 간신히 자신을 다독이며 마음을 다잡았다. 한편으로 하얀 집에서 도망칠 수 있다는 게 기쁜 것도 사실이었다.

그 집뿐일까…….

사실은 하쿠호와 멀어져 안도한 것은…….

……아니야. 그건 아니야.

한동안 그의 마음속에서 갈등이 일었는데 곧 그럴 처지가 아님을 알게 되었다.

지도에 의지해 가장 짧은 거리를 잡아 등대로 향했으나 아무래도 길이 없는 길을 가게 되고 말았다. 그야말로 밀림 속 나무의 바다를 헤엄쳐 나아가야만 했다. 덤불 높이도 무릎에서 머리 위까지 각양각색이라 체력 소모가 상당했다. 그런 데다 다시 길을 잃을 우려도 있었다. 그런 생각이 들자 어제 걷다가 길을 잃었던 지점까지 돌아가 거기서부터 원래 가려던 길로 가는 게 무난하겠다는 마음이 들었다. 하지만 그러면 시간이 너무 걸린다는 문제가 있다. 일단 등대와는 반대 방향으로 가야 하니 결과적으로 돌아서 가는 셈이다.

잘못하면 도착하기 전에 또 해가 질지 모른다.

하야타는 여러 가능성을 두고 오랫동안 숙고했다. 등대 부임이 더 늦어져서는 안 된다. 등대장은 물론 직원에까지 엄청난 폐를 끼치게 된다.

게다가…….

햐쿠에 숲에서 노숙할 상상을 하니 절로 몸이 떨렸다. 들판에서 자는 일 정도는 아무것도 아니었으나 이곳은 얘기가 다르다. 다른 숲과는 다르다. 애당초 인간이 침범할 수 있는 땅인 것 같지 않다.

다만 거기에 등대가 있다면 별개 문제다. 가령 아무리 저주받은 땅이라도 그 땅에 등대가 존재하는 한 아무리 두려워도 등대지기는 그곳에 갈 것이다. 무슨 일이 있더라도 도착하려 할 것이다. 하야타도 그런 마음을 강하게 갖고 있었다. 그러므로 불안이 크더라도 결국은 최단 거리를 선택하기로 했다.

언제 끝날지 모를 나무의 바닷속 덤불을 헤친 뒤에는 담쟁이로 뒤덮인 바위를 올랐다. 그리 높지 않은 데다 담쟁이라는 의지할 게 있어서 어제의 암벽보다 등반에 어려움을 겪지는 않았다. 그래도 담쟁이가 단단한지는 충분히 확인하며 올랐다.

암벽 다음에는 다시 덤불이 펼쳐졌는데 한참을 나아가니 내리막의 바위너설이 나타났다. 그 후로는 오르내리는 바위 혹은 바위너설, 아니면 울창하게 우거진 덤불이 한도 끝도 없이 나타났다. 가면 갈수록 하염없이 이런 길들의 반복이었다.

방향은 맞나.

하야타는 새로운 바위에 설 때마다 자석을 꺼내 확인했다. 그래도 걱정되는 이유는 표시가 될 만한 게 전혀 없었기 때문이다. 하쿠호는 하얀 집에서 등대 방향을 알려줬지만, 그 중간에 어떤 곳이 있는지까지는 몰랐다. 즉 지금 여기가 어딘지 그는 전혀 알 수 없다는 소리다.

한참 덤불을 헤치든, 바위 위에 올라서든, 주위에 키 큰 나무가 솟아 있었고 나뭇잎 사이로 흘러드는 햇빛 외에 빛이라고는 없었다. 그래서 시원했느냐면 그것도 아니다. 밀림 속을 가득 채운 풀의 열기 같은 푹푹 찌는 공기가 항상 떠돌았다. 땀이 이마와 뺨을 타고 뚝뚝 떨어져 옷을 완전히 적셨다. 그래서인지 목에 건 부적 천이 영 거슬렸다.

잠깐 벗어둘까.

그는 천을 목에서 빼낸 후 둘둘 감아 바지 주머니에 넣었다. 그것만으로도 조금 후련했다. 목덜미에 시원한 바람이 갑자기 휙 불어온 듯했다.

기분 좋네.

하얀 집을 떠나고 처음으로 느끼는 편안함일지 모른다. 이 정도라면 목에 이런 걸 감지 않을 걸 그랬다. 아니, 더 빨리 벗을 걸 그랬다.

이렇게 더운데 도대체 무슨 짓인가.

하쿠호의 마음 씀씀이는 잘 알겠으나 지금은 부적 천이 너무 성가셨다. 바지 주머니에 넣었더니 이번에는 걷기가 불편했다.

걸리적거리네.

안내인만 제대로 있었으면 이런 부적은 필요 없었다. 뒤처지지 않게 제대로 따라가기만 하면 되는 일이었다.

……사사삭.

딱 허리 높이의 앞쪽 덤불에서 소리가 들렸다. 그 주변의 덤불이 꿈틀댔다. 덤불이 부르고 있다. 그가 나아갈 길을 알려주고 있다.

하야타가 바지 주머니에서 부적 천을 꺼내자 스르륵 자연스럽게 풀리는 바람에 그대로 그냥 내던졌다. 이제 아주 시원해지겠어. 그러면서 휙 버렸다. 그 순간 목덜미의 쾌적했던 시원함이 흠칫 소름으로 변했다.

사사사사사사사삭.

앞에서 나던 소리가 갑자기 사방으로 흩어졌다. 지금 그의 주위에서, 그를 에워싸듯 덤불이 수런거렸다.

사삭사삭, 사삭사삭.

게다가 덤불의 수런거림이 조금씩 다가왔다. 수런거리는 원이 조금씩 좁아지기 시작했다. 그에게 달려들려는 것이다.

……당했다!

왜 부적 천을 목에서 풀었나. 왜 버렸을까. 필사적으로 생각해봤자 알 도리가 없었다. 그저 후회뿐이었다.

어디 있지?

하야타는 서둘러 주위를 둘러봤다. 조금 전 바로 근처에 던졌다. 그런데 보이질 않았다. 하얀 천이니 틀림없이 눈에 띌 텐데.

근처 덤불에 양손을 넣고 마구 휘저었다. 그러나 도무지 보이지 않았다. 아무리 찾아도 도통 나오지 않았다.

덤불이 삼켜버렸다…….

그렇게 생각할 수밖에 없는 상황이었다. 그토록 가볍고 긴 천이 이렇게 무성한 초목에 걸리지 않고 그렇게 빨리 땅에 떨어졌을 리 없었다.

사삭사삭. 사삭사삭.

그동안에도 주위 덤불의 속삭임이 쑥쑥 그에게 다가왔다. 조금만 더 빨랐다면 속삭임과 속삭임 사이를 뚫고 도망칠 수 있을지 모른다. 하지만 이제 늦었다. 저마다의 속삭임이 하나가 되려 하고 있었다. 큰 원이 되려던 참이었다.

저기 손을 넣으면…….

도대체 무슨 일이 일어날까 하는 생각이 들자 양쪽 팔에 쫙 소름이 돋았다.

아니, 일부러 손을 집어넣지 않더라도…….

저 술렁이는 덤불의 원이 줄어들면 하야타는 삼켜진다. 그때 자신은 도대체 어떻게 될까.

구체적인 상상이 들기 전에 그는 미친 듯 주위 덤불을 뒤지기 시작했다. 이 위기에서 벗어나려면 그 부적 천이 필요하다. 무슨 일이 있더라도 찾아야 한다.

부스럭부스럭, 툭툭.

하야타가 주위 덤불을 격렬하게 휘젓는 시끄러운 소리.

사삭사삭, 사삭사삭, 사삭사삭.

그리고 그를 둘러싼 커다란 원이 조금씩 좁아지며 다가오는 소리 외에 밀림 속은 정적에 지배당하고 있었다. 모든 작은 동물들이 상황을 지켜보며 숨을 죽이고 있는 듯 나무의 바다는 소름 끼칠 정도로 적막했다.

……없어.

덤불의 술렁임은 양손을 펼치면 닿을 곳까지 더 육박해 있었다. 그런데도 부적 천은 찾을 수 없었다. 이렇게 된 이상 강행 돌파밖에 없나…….

두 손을 툭 양옆에 늘어뜨린 채, 하야타가 비통한 결의를 다질 때였다.

휘리릭.

오른손에 무언가가 감겼다. 드디어 술렁이는 덤불 속에서 괴물이

촉수 같은 것을 뻗었다고 생각하고 그는 절규했다.

"으아아아악!"

반사적으로 오른손을 들었는데 손목에 부적 천이 감겨 있었다.

앗…….

순간 모든 사고가 정지했다. 하지만 바로 오른쪽 손목에서 풀어 목에 걸었다. 그것만으로는 불안해 넥타이처럼 묶어 절대 벗겨지지 않도록 했다.

사사사사삭.

원형이었던 덤불의 술렁임이 딱 보기에도 한 곳으로 모여들기 시작했다. 그리고 하나가 되자 그대로 작은 소리를 내면서 멀어져갔다.

……살았, 나?

하야타는 한동안 넋을 놓고 있었다. 부적 천을 버리자마자 당한 조금 전 경험을 믿을 수 없었다.

그 후 그는 자석을 꺼냈다. 그러자 등대 방향과 90도나 틀어져 있음을 알았다. 가령 부적 천을 버리지 않았더라도, 바지 주머니에 넣어뒀다 하더라도, 그 덤불 속 무언가에 이끌려 등대와는 다른 방향으로 갔을지 모른다.

큰일 날 뻔했네.

하야타는 다시 정신을 차리고 궤도를 수정했다. 하지만 아까처럼 덤불 헤치기는 도저히 할 자신이 없었다. 또 덤불이 술렁이면…….

그런 상상을 하면 방어적인 자세가 되고 만다. 비유하자면 독사가 있다는 걸 알고 나무의 바닷속을 나아가는 것 같지 않을까. 그래도 진행 방향의 조금 앞을 경계하면서 가다 보니 조금 괜찮아졌다. 앞이나 좌우 덤불이 술렁이면 바로 몸을 돌려 도망치자고 생각했기 때문이다. 하지만 한동안 덤불을 헤치다가 문득 자신의 발밑에 신경이 쓰였다.

사사삭, 사사삭.

하야타가 걸을 때마다 생기는 덤불의 소란이 그 정체 모를 술렁임처럼 느껴져 제정신이 아니었다. 그것이 바로 자기 발밑에 있고 내 걸음에 맞춰 움직이고 있다. 그리고 그가 안심한 순간 확 덮친다. 그런 불안에 시달리다 급히 걸음을 멈추고 뚫어지게 발밑을 확인했다.

……아무것도 없어.

다시 걷기 시작한다. 그러나 얼마 가지 않아 동요가 머릿속에 일어난다. 또 멈춰 아래를 살펴보지만, 역시 아무것도 없다.

이런 짓을 하면 더 늦어질 뿐이야.

내가 이렇게 겁쟁이였나.

그는 자신을 질책했다. 하지만 이 밀림 속에서는 당연한 거 아닐까. 햐쿠에 숲에 들어온 이상 인간의 용기 따위는 아무 쓸모도 없는 듯했다. 그렇다면 그녀를 믿어야 한다.

그렇게 생각하며 자연스럽게 가늘고 긴 부적 천을 움켜줬다. 그러자 불가사의하게도 조금쯤 불안감이 옅어졌다. 완전히 사라진 것은 아니지만, 그래도 희망을 느낄 수 있었다.

이윽고 앞에 높은 암벽이 나타나서 그곳에 의식을 집중하며 나아갔다. 저 가파른 곳을 어떻게 넘어갈 수 있을까. 어디를 잡을까, 어떻게 오를까. 그것만 생각했다. 덕분에 발밑이 그리 신경 쓰이지 않았다.

너도밤나무와 밤나무가 눈에 띄는 암벽 위에 섰을 때 마침 정오가 되었다. 앞에는 변함없이 짙은 녹음의 해원이 펼쳐져 있었고 그 너머 폭포처럼 떨어지는 게 보였다. 아직도 같은 길이 이어져 있는 듯하다.

하야타는 점심을 먹으면서 조금 오래 쉬기로 했다. 등대까지 얼마나 남았는지 도무지 짐작되지 않았으나 무서운 경험까지 했다. 여기서 충분히 쉬어둬야 한다.

하쿠호가 만들어준 주먹밥을 먹고 물통 가득 채운 물을 마신다. 그것만으로도 조금 기분이 편안해진다. 조금 전의 공포가 조금씩 사라지는 것 같다. 암벽 위에서 괴이와 만난 덤불을 내려다보는 상황이 좋았는지도 모른다.

그는 도시락을 다 먹고 잠깐 눈을 붙이기로 했다. 사실 이런 숲 한가운데에서 자고픈 마음은 없었으나 어젯밤 그다지 숙면하지 못한 데다 여기까지 오느라 체력도 기력도 상당히 소비했으므로 낮잠이 필요하다고 판단했다.

……톡.

묘한 소리에 눈을 떴다. 손목시계를 보니 16분쯤 숙면한 듯하다. 좀 더 자고 싶었으나 눈이 떠졌으니 어쩔 수 없다. 하야타가 일어나려고 할 때였다.

……탁.

또 근처에서 소리가 났다. 황급히 주위를 둘러보는데 어디서 들리

는지 모르겠다. 그저 왠지 돌과 돌이 부딪치는 소리가 아닐까 생각
했다.

……탁.

이번에는 소리가 울림과 동시에 그의 바로 옆을 뭔가가 날아가는
게 눈에 들어왔다.

……탁, 탁.

다음에는 조그맣고 까만 그림자가 날아오는 모습이 또렷이 보였
다. 그 순간, 이 이상한 상태를 이해할 수 있었다.

덴구 돌멩이다!

산속을 걷다 보면 어디선가 돌멩이가 날아온다. 그러나 주위를 둘
러봐도 아무도 없다. 상대의 정체도 원하는 바도 도통 알 수 없다.
그럴 때 옛날 사람들은 덴구얼굴이 붉고, 코가 높으며 신통력이 있어 하늘을 자유로이
날면서 깊은 산속에 산다는 상상의 괴물의 짓이라고 생각했다. 그야말로 하야타
는 지금, 무언가가 던지는 돌멩이를 보고 있다. 찬찬히 주위를 확인
했으나 그럴 만한 사람의 그림자는 전혀 보이지 않았다.

이러다 웃음소리가 들려오고…….

그런 상상을 하고 있자니 왠지 기분이 나빠졌다. 왜냐하면 덴구
돌멩이는 높은 웃음소리와 함께 나오는 일이 많았기 때문이다.

오래 있을 수는 없겠어.

하야타는 재빨리 채비하고 반대쪽 암벽을 내려가기 시작했다. 최
대한 조바심을 내지 않고 조심스럽게 한 걸음씩 내려갔다.

부디 덴구 돌멩이가 날아오지 않길.

이 상황에서 맞으면 매우 위험할 것 같아 절로 기도했다. 그 기도가 통했는지 그가 암벽을 다 내려갈 때까지 돌멩이는 하나도 날아오지 않았다.

……탁.

무사히 내려와 머리 위를 올려다보는데 근처 덤불에 덴구 돌멩이가 떨어지는 바람에 그는 급히 그 자리를 떠났다.

저 암벽 위가, 설마 덴구의 자리였나.

하야타는 어린 시절, 할아버지에게 들은 이야기를 떠올리고는 묘한 두려움에 떨었다.

거대한 소나무와 삼나무에서 옆으로 길게 뻗은 가지 같은 게 있으면 옛날 사람들은 '덴구의 자리'라고 불렀다. 덴구가 쉬는 것처럼 보였기 때문일 것이다. 이 밖에도 산꼭대기나 높이 솟은 바위 위 등도 그렇게 불렸다.

하지만 저런 암벽 위가…….

전혀 덴구의 자리처럼 보이지 않는다. 너무 어울리지 않아서 오히려 기분이 나빴다. 아니면 알아차리지 못했을 뿐 저기에 뭐가 있었을까.

아니, 애당초 덴구 같은 건 없어…….

애써 자조적인 웃음을 지으려 했으나 도무지 그게 되지 않았다. 화롯가에서 할아버지가 얘기해주는 산과 강의 괴담에 벌벌 떨던 아이 때로 돌아간 것만 같았다.

비난을 이기지 못하고 도망친다는 본래 의미와는 다르지만, 문자 그대로 돌팔매에 쫓겨나듯 하야타는 잰걸음으로 그 자리를 떴다. 다음에 목표로 삼은 곳은 폭포처럼 저 너머로 떨어지는 지점이다. 여기까지의 여정으로 추측하건대 아마도 거대한 바위너설이겠지 생각했다. 아니면 내려가는 게 불가능할 정도로 깊은 절벽이 갑자기 눈앞에 나타나지 않을까.

불안이 가슴에 차올랐는데 예상대로 바위너설이었다. 이전보다 더 높고 디딜 곳도 없어 보였으나 내려가는 게 불가능해 보이지는 않았다.

와르르, 후드득.

아무리 발밑을 조심하며 내려가도 크고 작은 돌이 무너져내린다. 발이 미끄러져 떨어지는 게 아닐까 싶어 그는 내내 조마조마했다.

드디어 무사히 내려와 휴 한숨을 내쉬고 고개를 들었다가 그 자리에 굳어버렸다. 눈앞에는 다시금 무성한 덤불이 펼쳐져 있었는데 그 앞의 밀집된 나무 너머로 거대한 하얀 얼굴이 불쑥 나타나 이쪽을 바라보고 있었기 때문이다.

시라몬코라는 괴물…….

할아버지에게 들은 미아게뉴도길가에 갑자기 나타나 키가 점점 커지는 요괴처럼, 하얀 것이 등을 꼿꼿이 세우고 거대해지는 게 아닐까, 순간이나마 진심으로 믿을 뻔했다.

……그게 아냐.

그 직후 바로, 하야타는 자신이 고가사키등대에 도착했다는 사실을 깨달았다.

8장 등대 부속 관사

하야타의 얼굴이 환해졌다. 그야말로 환호했다. 진심으로 안도도 했다.

그저께 저녁나절, 어부 단자와가 모는 고깃배로 고가사키에서 등대를 바라본 이후의 여정을 돌이켜보면 그런 반응도 무리는 아니다.

……한때는 여기까지 오지 못하리라 생각했으니까.

지금이라면 오히려 약한 소리를 할 수 있다. 바로 앞에 등대가 보이니까 이제 걱정할 건 하나도 없다. 바로 마음이 편해졌다.

발걸음이 무거워지는 덤불 헤치기도 더는 그리 힘들지 않았다. 다시 커다란 폭포 같은 낭떠러지가 나와 크게 우회할 필요가 있다는 걸 알았을 때도 그의 기분은 여전히 좋았다. 등대의 하얀 등롱 지붕과 등실 뒤편에 해당하는, 하얀 차단막 부분을 오른편에 두고 올려다보면서도 내려갈 만한 지점을 도통 찾지 못할 때도 매우 낙관적이었다.

이제 곧 고가사키등대에 도착한다.

굳게 믿었기 때문이다. 무엇보다 등대가 보이니까 이보다 확실한 것은 없었다.

그런데 그 믿음이 조금씩 무너졌다.

폭포 같은 낭떠러지를 따라 왼쪽으로 계속 나아가자 이윽고 높낮이가 줄기 시작했다. 적당한 곳을 찾아 내려가자 갑자기 덤불의 키가 높아져 고생했으나 그 속을 통과하는 가운데 짐승 길 같은 가는 선을 만났다. 어쩌면 이게 제대로 된 산길일지도 모른다. 엄청나게 돌아왔지만, 드디어 원래 길로 나온 게 아닐까.

하야타는 대놓고 기뻐하다가 당황스러워졌다. 아무리 걸어도 도무지 등대와 가까워지지 않는 것이다. 덤불과 주위 나무의 높이로 보건대 등대의 차단막만이 아니라 회랑까지 보일 때도 있고, 등롱 지붕은커녕 피뢰침, 풍향계밖에 보이지 않을 때도 있었다. 그래도 정말 바로 저기에 등대는 존재하고 있다. 그런데 아무리 걸어도, 아무리 시간이 흘러도 거리는 조금도 줄지 않았다. 아무리 생각해도 전진한 것 같지 않았다.

등대는 저기에 있다.

똑같은 상태가 계속 이어지고 있었다. 덤불로 만들어진 미로 가운데 선 등대를 향해 가는데 그 주위를 빙글빙글 돌 뿐 조금도 중심에 다가가지 못하고 있다. 그런 느낌이 들었다.

……미로가 계속 변하고 있다.

도저히 있을 수 없는 현상이, 문득 하야타의 뇌리에 떠올랐다. 상대는 움직일 수 없는 식물인데, 재빠르게 이동하며 길을 바꾸는 풍경이 보이는 것만 같았다.

말도 안 돼…….

등대를 봤을 때 느꼈던 환희는 완전히 사라지고 지금은 정체 모를 불안감에 휩싸였다. 그런 그의 정신 상태와 호응하듯 주위는 어두컴컴해졌다. 어느새 해가 저물려 했다.

벌써 해가 지나.

하야타는 아직 이른 오후라고 생각하고 있었다. 점심 휴식을 취하고 등대를 발견할 때까지 그렇게 많이 걸었나. 의외로 빨리 발견하지 않았나.

그렇다면…….

미로 같은 덤불 속에 발을 들여놓은 뒤로 사실은 상당한 시간이 흘렀다는 소리다. 실감이 나지는 않았으나 이미 꽤 오래 걸었을지 모른다.

그런데도 등대에는 도착하지 못했다.

저기 보이는데 갈 수가 없다.

마치 프란츠 카프카의 《성》과 같지 않나. 작자 사후 발표된 이 미완성 작품은 측량사 K가 눈이 잔뜩 쌓인 마을의 성주 베스트베스트 백작에게 고용되었으나 문제의 성에 한 걸음도 들어가지 못하는 상황을 그리고 있다. 다만 K는 인간 때문에 들어가지 못하는데 하야타는 상황이 다르다.

……자연이 방해하고 있다.

고가사키 땅 자체가 새로운 등대지기를 거부하고 있는 듯하다. 아니면 시라몬코의 짓일까. 저것이 그를 미혹하고 있나.

그러고 있는 동안에도 햇살은 더 약해졌다. 이대로 가다가는 등대를 눈앞에 두고 노숙해야 할 판이다. 그게 현실이 되면 정말 우스운 일이겠으나 그로서는 전혀 우습지 않았다. 그보다 괴로웠다.

하야타는 자리에 멈춰 서서 한동안 주위를 살피며 생각했다. 무의식적으로 오른손이 부적 천을 만지작거리고 있었다. 그 사실을 문득 깨달은 그는 갑자기 몸을 움직여 주위 덤불을 헤쳤다. 그리고 적당한 나뭇가지를 찾아들어 자기 목에서 풀어낸 긴 천을 나뭇가지 끝에 묶었다. 다음은 그 가지를 칼처럼 오른손에 들고 천천히 덤불 속 짐승 길을 나아가기 시작했다.

이런 즉석 부적으로…….

내심 효과 같은 건 없으리라 생각했다. 그러나 부적 천은 하쿠호가 준 '진짜'였다. 아침나절, 위험한 순간에서 그를 구했다. 어쩌면 이번에도 효과가 있지 않을까.

어이없게도 그 결과는 금세 나타났다. 그토록 애를 태웠는데 마치 거짓말처럼 얼마 후 덤불 미로에서 벗어날 수 있었다. 정말 여우에 홀린 기분이었다.

아니, 이것도 그녀 덕분이다.

하쿠호에 대한 감사의 마음이 강해질 틈도 없이 하야타는 눈앞에 나타난 이상한 풍경에 옴짝달싹하지 못했다. 기괴한 구지암을 등지고 석양을 받아 피처럼 붉게 물든 고가사키등대가 서 있었다.

석양을 받은 등대는 다이코자키에서 물릴 정도로 봐왔다. 하지만 절대 질리는 법이 없었다. 거기에는 늘 고고한 아름다움이라 할 만한 화려함과 장엄함이 있었기 때문이다. 게다가 일몰을 맞아 점등한 등대는 또 다른 아름다움을 보여준다. 그걸 잘 알기에 매일 저녁, 그는 잔뜩 기대감에 부풀고는 했다.

그런데…….

이토록 무시무시하게 느껴지는 적갈색을 본 적이 있을까. 아니면 등대까지의 기괴한 여정이 그렇게 보이게 만드는 걸까.

이때 하야타의 뇌리에 절대 잊을 수 없는 두 개의 석양이 떠올랐다. 하나는 만주국에서 건국대학 동기생들과 봤던, 대지로 가라앉는 웅대한 석양이었다. 다른 하나는 기타큐슈의 지쿠호 땅을 달리는 열차 차창으로 바라본, 산간을 멋지게 물들인 석양이었다.

만주국의 석양을 보면서는 희망에 불타올랐다. 하지만 지쿠호의 석양을 볼 때는 실의의 바닥에 있었다. 그런데도 대자연의 아름다움을 충분히 느낄 수 있었다. 지금부터 서쪽으로 기울어 사라질 태양의 위대함을 새삼 깨달았다. 그러니까 당시 하야타의 정신 상태와는 관계없이 두 태양은 그를 감개무량하게 만들었다.

그렇다면 이 꺼림칙한 감각은, 도대체 무엇이란 말인가…….

하야타는 그 자리에 우두커니 서서 이곳에서의 새로운 생활에 뭐라 표현할 수 없는 두려움을 느꼈다. 등대지기로서의 직무를 정말 잘 해낼 수 있을까, 다이코자키등대에 부임했을 때보다 훨씬 더 동요했다.

다이코자키등대에서는 모든 시설이 담으로 둘러싸인 부지 안에 있었다. 등대도 부속 관사도, 안개를 조심하라고 알리는 경고 고동이 설치된 무적실도 걸어서 금방 갈 수 있는 거리에 지어져 있어서 일상 업무와 생활은 각 건물을 오가며 이루어졌다.

그런데 고가사키등대는 달랐다. 엄청나게 거대한 바윗덩어리인 곳 위에 세 개의 커다란 평지가 펼쳐져 있고 가장 낮은 곳에 부속 관사, 가운데에 등대, 가장 높은 곳에 무적실이 보였다. 바다 위에서 관사가 보이지 않았던 것은 이 바위 뒤에 숨어 있었기 때문일 것이다. 하지만 무적실의 커다란 나팔은 눈에 들어왔을 텐데 전혀 기억나지 않았다. 아마도 구지암에 시선을 빼앗긴 탓이리라.

세 건물이 들어선 바위는 돌계단으로 연결되어 있었다. 첫 번째 바위에 있는 부속 관사에서 두 번째 등대로, 등대에서 세 번째 무적실로 바위를 잇듯 돌계단이 뻗어 있었다. 날씨가 좋다면 문제는 없겠으나 비바람이 격렬하거나 태풍이 왔을 때, 그리고 눈 내리는 겨울철에는 상당히 위험할 것 같았다.

하야타는 눈앞의 광경을 바라보면서 어느새 각오를 다졌다. 그는 정신을 차렸고 무시무시한 석양의 마력에서 단숨에 해방되었다.

덤불에서 완전히 빠져나오자 고가사키 능선을 따라 난 길을 걷기 시작했다. 거대한 바다거북의 등을 넘듯 일단 오른 뒤 내려갔다. 그러자 곶의 가장 낮은 지점에 도달했는데 거기서부터 돌계단이 시작되었다. 등대의 부속 관사로 이어지는 계단이다.

이런 상황이라면 육로로의 물자 보급은 상당히 어렵겠다.

하야타는 돌계단을 오르면서 생각했다. 그런데 구지암을 헤치고 곳에 배를 대는 일도 그저께 단자와의 모습으로 보건대 쉽지 않을 것이다. 그래도 그는 굴하지 않았다. 곤란한 상황에 처하면 처할수록 모토로이 하야타라는 남자는 투지가 솟았기 때문이다.

돌계단을 다 올라 첫 번째 바위 위에 서자, 눈앞에 부속 관사가 나타났다. 콘크리트로 지어진 서양식 단층집이었다. 시커먼 지붕을 제외하면 나머지는 전부 하얀색뿐이다. 세 단밖에 없는 계단을 오르면 나오는 하얀 기둥이 쭉 가로로 늘어선 바깥 복도는 아주 세련되었다. 애당초 등대의 표본을 프랑스나 영국에서 찾았던 터라 어떤 관사나 조금씩은 서양식 외관을 지녔다. 그래선지 지방으로 갈수록 등대에 대한 현지인의 동경은 예전부터 강했다. 그것은 전쟁 전이나 패전 후나 거의 변함이 없었다.

하야타는 바깥 복도로 올라가다가 문득 고개를 돌려 조금 전 자신이 빠져나온 햐쿠에 숲을 바라봤다.

……감시당하고 있다.

갑자기 그런 느낌이 든 탓이다. 거기에는 울창하게 우거진 나무들의 짙은 녹음이 펼쳐져 있을 뿐 아무것도 없었다. 혹여 뭔가 있더라도 밀림에 묻혀 보이지 않을 터이다. 즉 상대도 하야타를 보지 못한다는 소리다.

기분 탓일까.

그는 다시 바깥 복도를 오르다가 그대로 걸음을 멈췄다. 양쪽으로 열리는 프랑스창이 쭉 늘어서 있었다. 그렇다고 창문으로 불쑥 들어갈 수는 없는 노릇이다.

좌우를 살펴보니 왼쪽에는 별채처럼 보이는 건물이 보여서, 그대로 오른쪽으로 돌아갔다. 그러자 다시 세 개의 돌계단과 현관문이 나타났다.

등짐을 내리고 계단을 올랐다.

똑똑.

문을 노크하고 열었다. 그러자 쭉 뻗은 복도가 한눈에 들어왔다. 오른쪽으로 네 개, 왼쪽으로 두 개, 정면에 하나 문이 있었다.

여기서 부임 인사를 하면 이상하겠지.

그런 생각이 들어, 양손에 짐을 든 채 관사 안으로 들어간 다음 손을 뒤로 돌려 현관문을 닫았다. 그런데 여기서부터가 곤란했다. 일곱 개의 문 가운데 어디에 대고 방문 사실을 알리면 좋을까.

"이번에 고가사키등대에 부임한 모토로이 하야타입니다!" 하야타는 일단 목소리를 높여 인사했다. "원래 그저께 도착했어야 했는데 늦어져서 죄송합니다!"

이런 상황에서 그의 판단은 늘 빠른 편이다. 우물쭈물하다가 등대장이나 다른 직원과 만나면 피차 어색해진다. 그렇다면 지금 큰 소리로 인사하는 편이 더 무난할 것이다. 그렇게 생각했다.

그런데 관사 안은, 휑…… 정적만 흘렀다. 한참을 기다려봤으나 응답도 일곱 개 가운데 열리는 문도 없었다.

등대에 있나?

일몰이 코앞이다. 이제 수십 분만 지나면 주변은 어둠에 휩싸일 것이다. 불을 켜려고 등대에 갔다고 생각하는 게 자연스러울 것이다.

하지만 전원이?

고가사키등대 관사에는 등대장 이사카 고조와 그의 아내 미치코, 거기에 독신 직원인 하마치와 스나가가 있다고 들었다. 그 가운데 스나가의 전근으로 대신 하야타가 온 것이다.

등대장과 하마치가 등대에 있는 건 이해한다. 일이니까 당연하다. 하지만 미치코는 다르다. 보통 관사에 있어야 하지 않을까. 밭에라도 갔나.

변경 지역에 세워진 등대에서는 생활용수나 식량 확보가 무엇보다 중요하다. 1년에 몇 번 찾아오는 식량선이나 직접 사들이는 것만으로는 생활할 수 없는 곳이 많다. 게다가 물건을 사러 가는 일 자체가 목숨을 거는 일인 땅도 있다. 해안선의 바위들을 통과해야만 마을까지 갈 수 있는 홋카이도의 가무이미사키등대에서는 다이쇼시대1912~1926에 등대장의 아내와 어린 자식, 게다가 신혼이었던 직원의 아내가 큰 파도에 휩쓸려 안타깝게 행방불명된 적도 있다.

이 비극적인 사건을 비통하게 생각한 마을 사람들은 당시 관청에 터널 건설을 진정했고, 관청이 이를 받아주지 않자 직접 파기 시작했다. 전부 아마추어였던 탓에 어려움은 극에 달했다. 양쪽에서 파 들어갔는데 가운데서 만나지 못했다. 그래서 염불을 외우고 징을 울리면서 다시 판 끝에 드디어 두 개의 구멍이 만났다. 완성까지 4년이 걸린 터널은 중간에 휘어져 캄캄하기 이를 데 없으나 등대 직원들에 대한 마을 사람들의 마음이 담겨 있다.

40년 전 이야기라고 우습게 봐선 안 된다. 등대지기와 그 가족에게는 지금도 다양한 위험이 따라다니고 있다. 그런 식량 문제에도 해결책이 없는 건 아니다. 직원이 스스로 밭을 경작하는 것이다. 바다에 면해 있으므로 생선은 부족하지 않지만 고기나 채소는 늘 부족하다. 그래서 주위 토지를 경작해 부지런히 채소를 기르는 데 주력하는 사람도 있다.

하지만 이미 해가 저물었는데.

아직도 관사에 돌아오지 않았다니 아무래도 이상하다. 게다가 덤불에서 빠져나와 고가사키등대를 바라봤을 때 밭처럼 보이는 것은 어디에도 없었다. 바위투성이 땅을 경작할 수 있을 것 같지 않다. 아니면 다른 땅이 있나.

무시무시한 정적만이 내려앉은 관사 복도에 우두커니 서 있자니, 혹시 나쁜 일이라도 벌어졌나…… 하는 불안이 하야타를 조여오기 시작했다.

등대장과 하마치가 사고나 병으로 동시에 쓰러져 미치코가 대신 등대를 돌보나…….

둘은 마을 병원으로 실려 갔거나 관사의 방에서 누워 있다. 그래서 미치코 혼자 등대를 지키고 있는 게 아닐까. 실제로도 그런 얘기를 많이 들었다.

등대지기 아버지가 업무차 등대를 떠났는데 일몰 시간이 되어도 돌아오지 않았다. 더 기다리지 못한 어머니가 점등했는데 등명기를 돌리는 장치가 고장 나 제대로 작동되지 않았다. 아버지라면 수리할 수 있었을 텐데 어머니는 무리였다. 그래서 당시 일곱 살과 다섯 살 정도였던 어린 형제가 맨손으로 등명기 렌즈를 돌렸다. 물론 등질 같은 건 고려할 여지가 없었다. 무거운 렌즈를 돌리는 것만으로도 정신이 없었다. 너무 힘들어 동생이 울음을 터뜨렸으나 불을 꺼뜨릴 수는 없었다. 아버지가 돌아올 때까지 어린 형제들은 있는 힘을 다해서 애썼다.

하야타는 그 얘기를 떠올렸다. 여기서도 비슷한 사태가 일어났을지 모른다. 정말 직원들이 방에 누워 있지 않은지, 우선 확인해보기로 했다.

"실례하겠습니다."

복도 오른쪽의 첫 번째 문을 열었으나 텅 비어 있었다. 그 모습을 보자마자 여기가 자신의 방이리라 짐작했다. 현관문에서 가장 가까우니 아직 경험 없는 신임 등대지기에게 어울리는 듯 보였다. 조금 망설이다가 일단 짐을 이 방에 놓기로 했다.

다음은 왼편 방문을 열었다. 그곳도 빈방이었으나 상당히 컸다. 바깥 복도로 난 프랑스창 네 개 가운데 오른쪽 두 개가 이 방에 딸려 있었다. 난로도 갖춘 것으로 보아 중요한 장소로 보였다.

혹시 시찰원이 쓰는 방인가.

하야타는 다이코자키등대의 경험으로 판단했다. 원래 시찰선을 타고 방문하는 시찰원은 역할이 끝나면 다음 등대로 향하는 경우가 많다. 숙박은 거의 배에서 한다. 그래도 섬에 있는 동안 쓸 방은 필요하다. 시찰의 중요성을 고려하면 당연하다.

시찰원은 등대와 무적실, 무선방위신호소 등 각종 전문적인 기기를 점검할 뿐만 아니라 관사 내부도 충분히 살펴볼 필요가 있다. 또 여러 권의 장부를 열람해야 한다. 비품 소모나 경비 등에 관해 등대장의 설명을 듣고 모든 것을 장부와 비교해본다. 이 작업이 다 끝날 때까지는 상당히 긴박한 공기가 흐른다.

전쟁 전 일이다. 한 등대를 점검하던 시찰원은 신호 깃발 하나가 없다는 것을 알아차렸다. 직원에게 묻자 "찢어지고 더러워져서 버렸다"라고 대답했다. 평소 온후했던 시찰원은 "국가 비품을 마음대로 처분하면 곤란하다"라며 벼락같이 성을 냈다. 결국은 너덜너덜 해진 깃발을 찾아내 제출하도록 해서 가지고 돌아갔다고 한다. 그만큼 관리가 철저했다.

복도 오른쪽 두 번째 방은 아무래도 하마치의 방인 듯했다. 소지품이 없는 점과 정리가 안 된 정도로 보아 단박에 알 수 있었다. 그리고 세 번째 방 역시 빈방이었다. 첫 번째와 마찬가지로 텅 빈 채 아무것도 없었다. 틀림없이 스나가의 방이었을 것이다.

왼쪽 두 번째 방은 다다미와 마루가 반씩 깔려 있었다. 시찰원용으로 짐작했던 옆방보다 넓다. 다다미에는 낮은 탁상이, 마루에는 테이블과 의자가 놓여 있고 난로도 있는 것으로 보아 직원들의 식당 겸 거실이 틀림없다. 바깥 복도로 난 프랑스창 네 개 가운데 왼쪽 두 개가 이 방에 딸려 있다. 실내에 있는 문은 부엌으로 통하지 않을까.

복도 오른쪽의 네 번째 방은 등대장과 그 가족의 방으로 보였다.

다른 세 개의 방보다 훨씬 넓다. 책상 위에는 등대장의 것으로 보이는 업무 일지와 개인 일기가 펼쳐진 채 놓여 있었다. 슬쩍 내용을 보고 말았다. 아무래도 상당히 꼼꼼하게 기록하는 성격인 듯했다. 이밖에도 개다 만 빨래와 수선 중이던 옷 등 하마치의 살풍경한 방보다는 생활감이 있다. 무엇보다 여성의 존재가 느껴졌다.

그것만으로 하야타는 안심했다. 등대장에게 미치코라는 아내가 있다는 사실은 알았는데 실제로 확인하니 기뻤다.

등대의 '세계'는 남자들의 사회다. 가혹한 기후와 기기 문제로 늘 많은 체력과 담력이 요구되니 남자에게 적합하겠지. 때에 따라서는 가족과 떨어져 홀로 부임해야 하는 특수한 상황도, 굳이 말하자면 남자에게 더 어울릴 것이다. 그래서 더 관사에서 동거하는 직원 가족의 존재는 매우 소중했다.

그렇다고 등대장 부인이 독신 직원의 먹고 입는 것까지 돌봐주길 바라느냐고 하면 그건 아니다. 사생활은 당연히 별개 문제다. 그래서 근무를 끝내고 피로에 절어 방으로 돌아온 독신 직원이 등대에서 홀로 지내는 게 얼마나 힘든지를 뼈저리게 느끼고 빨리 결혼하고 싶어 할 때도 많다. 그래도 다른 조직이나 사회와 비교하면 등대 직원들의 사이는 끈끈했고 그것은 가족에게도 마찬가지였다. 그러니 하야타가 안심한 것도 지극히 자연스러운 일이다. 다른 방보다 훨씬 오래 머물렀을 정도다.

복도 막다른 곳의 문을 열자 세면실이 나타났다. 정면과 오른쪽에 각각 문이 있다. 확인하니 정면은 욕실이고 오른쪽은 화장실이었다.

물론 아무도 쓰고 있지 않았다. 남은 것은 식당 겸 거실 너머에 있을 것으로 여겨지는 부엌만 남았다.

그런 생각이 들자, 하야타는 막상 그곳을 보는 게 두려워졌다.

저기에도 사람이 없으면…….

느닷없이 요코하마 등대관리양성소의 교관 요코야마의 얼굴이 떠올랐다. 이 교관은 하야타를 무척 아꼈다. 처음에는 어디까지나 가르치고 배우는 관계였는데 어느새 술을 좋아하는 요코야마와 어울리며 친해졌다. 술자리에서의 화제도 거의 등대 관련이었다. 다만 양성소에서는 항로표식에 관한 지식을 배운 데 반해 요코야마와의 술자리에서는 등대지기에 필요한 다양한 지혜와 다양한 등대 관련 일화를 들었다. 덕분에 보통은 부임한 곳의 등대장이나 선배 직원에게 들을 이야기를 하야타는 등대지기가 되기 전부터 알 수 있었다.

요코야마와 꽤 친해진 어느 날, 교관은 망설이는 표정으로 이야기를 꺼냈다. "등대에서의 일과 생활은 두말할 것도 없이 힘들어."

"정말 그렇겠죠."

절로 맞장구를 칠 정도로, 적어도 머릿속으로는 등대지기를 충분히 이해하고 있다는 자부심이 하야타에게는 있었다.

"뭐가 그렇게 힘들 것 같나?"

그래서 이런 질문을 받았을 때도 술술 대답이 나왔다.

"어떤 일이나 다 힘든 법이지요. 하지만 등대지기는 해상을 운행하는 선박의 안전을 담보합니다. 그것은 패전 후 일본 경제의 부흥에 필요한 해운과 수산을 뒷받침해주는 무엇보다 중요한 역할입니다. 게다가 인명과도 관련되죠. 이런 일은 달리 또 없을 겁니다."

요코야마는 잠자코 듣고 있었다.

"그만큼 중요한 역할임에도 등대지기 대다수는 가혹한 환경에 놓입니다. 그들이 하는 일의 중요성을 생각하면 국가의 지원이 더 충실해져야 한다고 생각합니다. 개인의 힘에 너무 의존하고 있지 않나요? 지원이 힘든 원인 중 하나는, 등대의 입지 문제일 테지만 좀 더 힘을 보태줘야 하지 않을까요. 저도 그렇게 느낄 정도입니다."

약간 딱딱한 말투로 하야타가 단숨에 쏟아냈다.

"그런 가혹한 환경에서 일하고 있으니까 교관님이 말씀하신 수많은 일화가 탄생했다고 생각합니다. 동료끼리의 도움이나 마을 사람들과의 교류 같은 얘기는 국가의 지원이 충분했다면 생기지 않았을 이야기가 많으니까요."

그렇게 덧붙인 것은 요코야마의 비위를 맞추려던 게 결코 아니었다. 그가 들려준 일화에서 등대지기만의 귀중한 경험을 뼈저리게 느낀 탓이다.

그런데 요코야마의 반응이 이상했다. 평소라면 "이런 일이 어디 등대에서 언제쯤 있었어"라고 이야기를 시작했을 텐데 여전히 뭔가 주저하는 표정이었다.

"왜 그러세요?" 하야타가 의아해하며 물었다.

"등대에 관한 이야기 가운데 소문이 돌아도 이상할 게 없는, 오히려 당연히 그래야 하는데 전혀 전해지지 않는, 그런 이야기가 있는데 자네는 모르나?"

갑자기 이상한 질문을 던졌다.

"등대여서 생기는 이야기가 있을 거라는, 말씀입니까?"

"그것도 크지만, 등대가 지닌 환경 탓인 면도 크지."

"혹시……."

하야타는 퍼뜩 생각이 났으나 말하기를 망설였다.

"뭐지? 걱정하지 말고 얘기해보게."

"……괴담, 인가요?"

그러자 요코야마는 바로 파안대소했다.

"역시 모토로이 군이야! 바로 알아차렸네." 그러더니 다시 복잡한 표정을 지었다. "다른 게 하나 더 있는데, 어때? 알겠나?"

"더 생각할 수 있는 것은 등대에서의 인간관계와 관련된 얘기 정도인데요."

요코야마는 말없이 고개를 끄덕였다. "매우 한정된 좁은 공간에서 짧아도 2, 3년에서 길면 5년 이상이나 똑같은 사람들과 일뿐만 아니라 일상생활도 같이 해야 하지. 그동안 전근이 생겨 얼굴이 바뀔 때도 있겠지만 말이야. 이런 생활은 아주 힘들어."

"직원이 독신이거나 기혼자이거나, 기혼자라도 아이가 있느냐 없느냐에 따라 달라질 것 같은데요."

"거기에는 반드시 갈등이 생겨. 그게 인간이니까."

"하지만 그런 종류의 이야기는 그다지 없다…… 아니, 있는데 소문이 돌지 않는 거군요."

"돌았다고 하더라도 일부 관계자만 듣고 거의 밖으로 새어 나오지 않지."

"그런 얘기가 퍼지면 특히 신임 등대지기들의 사기가 떨어질 테니까⋯⋯."

요코야마가 다시 말없이 고개를 끄덕이고 말했다. "등대지기니까 다들 등대정신은 있겠지. 하지만 그 정도는 사람마다 달라. 이게 정답이라는 기준도 전혀 없어. 등대정신이 지나치게 강한 등대장이 있으면, 그 밑에서 일하는 직원들에게 끼치는 영향도 커져. 일이 정신론으로만 치우치면 힘들어지지. 그렇다고 일과 관련되어 있으니 무시할 수도 없고."

"그래서 과거 사건이 일어났나요?"

그런 일이 있었다면 알고 싶은 게 하야타의 솔직한 마음이었다.

요코야마는 잠시 뜸을 들이고 말했다. "⋯⋯자네라면 말해줘도 괜찮겠지. 아냐, 역시 하면 안 되겠어."

"괴담이야 어디든 있잖아요."

"게다가 완전히 전해지지 않는 것도 아니지."

요코야마의 의미심장한 대답에 하야타는 조금 기대했다. 그렇다고 억지로 캐묻는 것은 어렵겠다고 생각했다.

"아오모리 시모키타반도의 시리야자키등대는 1945년 7월, 미군의 기총소사와 포격을 받았어." 요코야마는 끌끌 혀를 차는 듯한 말투로 이야기를 시작했다. "간신히 등탑은 남았으나 등실의 등명기와 계단도 파괴되어 등대의 기능을 완전히 잃어버렸지. 그것만이 아니라 무선교신 중이던 표식 기사가 순직했어. 이것도 엄연한 전사라고 생각하는데.”

“맞습니다.” 하야타가 묵념하듯 고개를 숙이고는 말했다. “시리야자키등대는 브런턴이 설계한 얼마 안 되는 벽돌 축조였어요.”

“자네는 역시 우수하군.” 요코야마의 딱딱한 표정에 설핏 미소가 나타났다. “그런데 다음 해 여름, 공격으로 파괴된 등실 아래 창문에 밤이면 밤마다 불이 들어왔어. 다시 말하지만, 계단은 파괴된 상태였지. 이 불빛 덕분에 고장 난 고깃배들이 무사히 돌아올 수 있었어. 또 요코하마로 가는 선박이 갈 때는 등대 불빛을 봤는데 올 때는 꺼진 상태였다고 보고했어. 당시 ‘환상의 등대’라는 소문이 돌았지. 안개신호소에서 대신 점등했더니 이 의문의 빛은 사라졌어.”

“정말 괴담이네요.”

“이 얘기는 공문서에도 정식 기록되어 있어.”

“비슷한 일을 겪은 등대가 또 있군요.”

“어쩌면 최초의 피해는 오키나와의 이케마시마등대일지 모르겠군. 1945년에 미군 공격으로 파괴되었는데 지금은 응급 공사를 거쳐 복구했지. 미야자키의 도이미사키등대는 등실이 완전히 파괴되었고, 나가사키의 이오지마등대는 원폭으로 손상당했지. 완전히 파괴된 예도 있어. 가고시마의 사타미사키등대는 철조였는데 지금은 콘크리트로 바뀌었어. 홋카이도의 에산미사키등대와 이와테의 도도가사키등대도 공습으로 소실되어 다시 지었어.”

“순직자가 더 있나요?”

“미야기의 긴카산등대는 미군 잠수함의 포격을 받았어. 이때 등대장이 순직했지. 그러나 특별히 괴담 같은 이야기는 없어."

하야타의 질문을 예상한 듯 요코야마가 미리 말을 막았다.

"다만, 등대에서 누군가 죽었으니까 당연히 그런 이야기가 생긴다고 말하고 싶지는 않아."

"등대 직원 대부분은 상당히 벽지에다 극히 폐쇄적인 환경에서 큰 책임이 따르는 일을, 때로는 목숨을 걸고 적은 인원이 수행합니다. 이런 상황을 생각하면 괴담 하나둘쯤은 생겨도 이상할 게 없죠."

"시리야자키등대 괴담이 전해진 것은 당시 선박 운영회사가 등대사무소에 보고했기 때문인데 동시에 이 얘기가 등대정신과 이어지는 괴담이었기 때문일 거야."

"그냥 무섭기만 한 경험은 전혀 없다, 그게 이상하지 않느냐…… 는 말씀이시군요."

요코야마는 잠시 생각에 잠긴 듯하더니 이어 말했다. "해외 등대에는 그런 이야기가 꽤 있거든."

"어떤 얘기죠?"

"미국 필라델피아에서 영국 에든버러를 향해 기선 아처호가 출발했어. 1900년 12월 15일이었지. 이때 아처호는 하마터면 플래넌제도와 충돌할 뻔했어. 스코틀랜드 서쪽 헤브리디스제도 만에 있는 아일린모어섬의 등대가 점등되어 있지 않았기 때문이야."

그 말을 들은 하야타가 흠칫 놀란 것은 등대지기가 된다는 강한 자각이 있었기 때문이다.

"헤브리디스제도의 양치기들은 양을 배에 태워 섬에 데려가 풀을 뜯게 했어. 하지만 절대 섬에서는 자지 않아. 왜냐하면 난쟁이 유령이 나타난다며 두려워했기 때문이지."

"요정 전승이라도 있나요?"

하야타의 질문에 요코야마는 "글쎄, 나는 모르지"라고 말하듯 고개를 기울였다.

"아일린모어섬의 등대는 한 해 전에 완성되었으니 고장이 일어났다고 생각하기 어려웠어. 선장은 그리녹항에 도착하자마자 당국에 연락했어. 그런데 휴가로 등대를 떠나 있던 등대지기 무어와 조사원을 태운 헤스페라스호가 섬에 도착한 것은 무려 26일이나 지난 뒤였어. 그동안 섬의 등대와는 연락이 제대로 되지 못했다고 해."

"그래서 등대 상황은……?"

"등대는 100미터나 되는 높은 절벽 위, 당시 폐허가 된 수도원 위에 서 있었어. 아처호 선장의 보고대로 등대 불빛은 꺼진 상태였지. 헤스페라스호가 신호를 보내봤지만, 규정 깃발이 흔들릴 기척이 없었지. 일행은 섬에 상륙해 등대지기들이 살던 오두막으로 향했어. 그곳에는 무어가 제일 먼저 들어갔어. 테이블 위에 접시와 찻잔이 놓여 있었고 의자 하나만 쓰러져 있었어. 시계는 멈춰 있었고 난로는 식은 상태였지. 침대는 정돈되어 있었고 옷장에도 옷이 그대로 있었네. 그런데 마셜, 듀커, 맥아더까지 세 명이었던 직원은 아무도 없었어. 등대도 확인했는데 역시 발견되지 않았어. 다만 이상한 점은 옷걸이에 방수복 하나, 장화 하나만 남아 있었다는 거야. 즉 셋 중 하나는 겨울 추위에 코트도 입지 않고 장화도 없이 밖에 나간 거지. 하지만 도대체 어디로? 이 섬은 100미터만 걸으면 바다인데. 그리고 섬에서 나가려면 반드시 배가 필요하고."

"둘이 방파제에서 작업하다 갑자기 덮친 높은 파도에 쓸렸다거나, 그 사실을 안 세 번째 사람이 코트를 입고 장화를 신을 틈도 없이 달려갔으나 같은 신세가 되었다는 추리는 어떨까요?"

"역시 자네는 훌륭해. 그런 해석이 바로 나왔지. 하지만 유감스럽게도 그건 아닐 거야. 이 지역의 12월 중순 바다는 그리 거칠지 않거든."

"섬의 다른 곳은?"

"물론 샅샅이 수색했지. 폐허가 된 수도원도 포함해 섬을 샅샅이 뒤졌으나 어떤 흔적도 찾지 못했어."

"정말 으스스해지는데요."

"마셜의 일지가 발견되어 그 내용을 분석했는데 수수께끼만 더 늘었어."

"뭐라고 적혀 있었는데요?"

하야타는 몸을 내밀 정도로 완전히 이야기에 빠져 있었다.

"12월 12일에는 이제까지 경험하지 못한 무시무시한 폭풍우를 만났다는 기록이 있었어. 하지만 아주 기묘한 점은 듀커가 너무 화를 많이 낸다고 적어놨다는 거야. 보통 그런 사적인 일은 일지에 적지 않잖아."

"확실히 그러네요."

"같은 날 기록에서 여전히 바람이 지독하다는 것과 여러 배의 불빛을 봤다는 것, 그리고 화가 난 듯한 듀커가 조용해졌다는 내용이 적혀 있었어. 게다가 이번에는 맥아더가 운다고 적었어."

"왜요?"

"이유는 적어놓지 않았어. 하지만 휴가로 섬을 떠나 있었던 무어 는, 맥아더는 속이 단단한 사람이라 무슨 일에도 눈물을 흘릴 사람 은 아니었다⋯⋯고 했지."

"이상하네요."

"13일에는 폭풍우가 더 거세졌다고, 또 듀커는 여전히 조용하고 맥아더는 기도 중이라고 적었어."

"일지는 며칠까지?"

"문제의 15일에 끝나는데 그 기록이 또 수수께끼야. 폭풍우가 그 쳤다고 적은 다음 마지막은 '신은 만물 위에 있다'라고 적어놓았어."

"신은 모든 곳에 있다, 라고 얘기하고 싶었을까요?"

"그럴까? 의미는 전혀 알 수 없었어. 아니, 알 수 없다는 면에서는 이 일지의 기록 자체가 현실과 모순되어 있었지."

"무슨 말씀이시죠?"

"12일부터 15일에 걸쳐, 헤브리디스제도에는 폭풍우가 발생하지 않았거든."

"네⋯⋯?"

"혹시나 해서 같은 시기 근처를 항해한 배의 선장이나 고깃배의 어부에게도 물어봤지만 심한 폭풍우를 만난 사람은 없었어."

"음."

하야타는 의외의 전개에 신음했다.

"적어도 15일까지는 아주 날이 맑았어. 그리고 폭풍우가 시작된 것은 다음 날부터였고."

"그렇다면……."

"세 등대지기가 경험한 그 지독한 폭풍우란 무엇이었나…… 도대체 그들에게 무슨 일이 일어났나……." 여기서 요코야마가 말도 안 되는 말을 꺼냈다. "다만 말이야, 일지를 쓴 사람이 마셜이 아니라 듀커라는 자료도 있어."

"네?" 하야타는 당황했다.

"그게 사실이라면 일지에 적힌 내용도 거짓이라는 얘기지."

"하지만 왜 그런 짓을……."

"그야 얘기를 흥미롭게 하기 위해서겠지. 이런 사건은 전해지면서 점점 살이 붙으니까."

"……그렇죠."

"하지만 말이야, 거짓이라 해도 좀 이상하지 않아?"

"거짓말로 불가사의함과 기괴함을 높일 생각이라면 좀 더 구체적인 거짓말을 하는 게 자연스럽지 않을까, 그 말씀이시죠?"

"역시 훌륭해. 누군가 화가 났다거나 울고 있다는 정도의 거짓말을 왜 하지?"

"저도 그렇게 생각합니다."

"그렇지만 일지 기록자가 분명하지 않은 이상 그 내용을 검토해야겠지."

"그렇다고 해도……."

"맞아. 맑은 날에 등대지기 셋이 이유도 없이 섬에서 홀연히 자취를 감춘 사실만은 분명해."

하야타는 하필 지금 기괴한 이 이야기를 떠올리면서 식당 겸 거실로 다시 들어가 안쪽 벽에 달린 문 앞에 섰다.

여기에도 없으면…….

그는 현실이 되려는 무시무시한 상상을 간신히 억누르고 문을 열었다.

상상대로 내부는 부엌이었다.

그리고 역시, 아무도 없었다.

9장 등대와 무적실

틀림없이 등대에 있을 거야.

하야타는 인기척 없는 부엌에 우두커니 서서 생각했다. 아니, 자신을 타일렀다. 그렇게 자신을 안심시킬 필요가 있을 정도로 텅……빈 부엌은 살짝 으스스했다.

서둘러 뒷문으로 나왔다. 그곳은 현관 반대쪽에 해당하는데 역시세 개의 돌계단이 있었다. 거기서 올려다본 위치에 우뚝 등대가 솟아 있었다.

고가사키등대.

조금 남은 노을빛을 받아 적동색으로 물든 등대는 거대한 밀랍양초 같았다. 등실에 불까지 들어오면 정말 촛불에 불을 붙인 것처럼 보이겠다. 원래 등대 불빛은 바다 쪽에서 보는 것이므로 차단판만 보이는 등대 뒤쪽에 있는 그는 그런 광경을 볼 수 없다. 석양을 받아 묵직하게 번쩍이는 등탑에서 등실로 고개를 들어 시선을 옮길 뿐이었다.

그때 회랑에, 하얀 사람 그림자가 보였다.

……그렇게 생각했는데, 다시 급히 살펴보니 사라지고 없었다. 아무리 열심히 봐도 회랑에는 아무도 없었다.

역시 등대에 있구나.

원래는 안도할 일인데 도무지 그런 기분이 들지 않았다. 오히려 지금부터 등대에 가야 한다는 게 께름칙했다.

왜 이런 바보 같은 생각을…….

하야타는 두 번째 바위로 이어진 돌계단을 오르면서 등대 회랑을 힐끔힐끔 바라봤지만 역시 아무도 없었다. 바위 위에 도착하기 직전 획 뒤를 돌아봤다.

……또 그러네!

숲속에서 누가 지켜보는 듯한 느낌이 들었다. 밀림까지는 거리가 꽤 되는데 왜 그런 느낌이 들까.

그는 햐쿠에 숲을 한동안 둘러본 다음 두 번째 바위로 올라갔다. 몇 미터 앞 정면에 등대 입구가 있었다. 위쪽과 좌우 세 방향을 빙 둘러싼 석조 장식의 장엄한 문이라 이것만 보면 유적으로 착각할 수도 있겠다. 윗면에는 첫 점등 기념 명판이 붙어 있었다. 처음 점등한 날을 기념한 액자로 어느 등대에나 반드시 있다.

등탑 아래쪽 좌우에 딸린 작고 하얀 건물 중, 오른쪽 문을 노크하고 말을 걸며 열었다. 그곳은 기계실인데 안에 들어갔으나 아무도 없었다. U자를 거꾸로 놓은 모양의 통로를 거쳐 왼쪽 문을 통해 밖으로 나왔다. 두 문은 기계실로 연결되어 있었다.

열린 등탑의 문을 넘어서자 바로 굵은 기둥이 나타났다. 전력을 이용하지 않았던 시대에는 분동무게를 달 때 쓰는 추 통이 이 기둥을 관통했다. 중추식 회전 기계이다. 분동 통 내부에는 납이나 주철로 만든 추가 매달려 있어서, 그 낙하하는 힘을 이용해 등실의 등명기를 회전시켰다. 이 장치는 아주 정교했으나 한 가지 큰 문제가 있다. 탑 높이가 큰 등대는 낙하 시간도 길어 분통을 도르래로 끌어올리는 횟수가 적다. 그러나 탑 높이가 낮은 등대는 낙하 시간이 짧아 하룻밤에도 수없이 다시 끌어올려야 했다. 직원들의 부담이 커진다. 전력화로 중추식 회전 기계의 중노동이 사라진 것은 그야말로 대서특필할 사건이었다.

등대 중심을 관통하는 굵은 기둥 오른쪽에는 전원 설비로 통하는 문이, 왼쪽에는 나선 계단이 보였다. 혹시나 해서 문을 노크하고 열었으나 사람은 없었다.

등실에 있나.

조금 전 회랑에 있던 사람 그림자를 생각해도, 그렇게밖에 생각할 수 없었다. 다만 그게 진짜 등대 직원이라면 말이지만…….

"정말 한심하군!"

하야타는 일부러 소리 내어 말하고 나선 계단을 오르기 시작했다.

이제 등대장과 선배 직원을 만날 텐데 이상한 상상이나 하고 있다니. 이러면 표정이나 태도에 드러나고 만다. 괜한 생각은 그만두고 지금은 부임 인사만 생각하는 게 좋겠다.

그렇게 자신을 다독였으나 여전히 뇌리에는 교관 요코야마에게 들은 외국 등대의 괴담만 떠올랐다.

스코틀랜드 북쪽의 키너드헤드등대는 16세기 성에 지어졌다. 어느 날 성을 방문한 백파이프 연주자와 성주 딸이 사랑에 빠진다. 성난 성주는 딸을 방에 가두고 남자는 지하 동굴에 유폐했다. 얼마 후 폭풍우가 오자 남자는 익사한다. 딸은 비탄에 빠져 절벽에서 몸을 던졌다. 이후 그 동굴 깊은 곳에서 이따금 백파이프 소리가 울렸다고 한다.

미국 최초의 등대는 1716년에 건설된 매사추세츠주 리틀브루스터섬의 보스턴등대이다. 하지만 불행히도 초대 등대지기는 가족과 함께 등대로 돌아오는 도중, 전원 바다에 빠져 익사하고 만다. 그리고 후임 등대지기도 똑같이 익사했다. 그 후로 등대에서는 기분 나쁜 웃음소리와 소녀의 울음소리가 메아리치기도 하고, 또 라디오 채널이 멋대로 바뀌었다고 했다.

1824년에 지어진 플로리다주 세인트오거스틴등대는 1800년대 말에 보수 공사가 이루어졌다. 그때 고용된 남자에게 두 딸이 있었는데 "공사용 짐수레 근처에는 절대 오지 말아라"라는 아버지의 잔소리를 듣지 않고 놀다가 바다에 빠져 죽었다. 이후 밤만 되면 딸들의 웃음소리가 들렸다고 한다.

그런 얘기들이 차례로 떠올랐다. 혹시 지금, 이 좁은 나선 계단 위에서 웃음소리가 들려오면……. 상상만으로도 걸음이 무거워진다.

평소라면 직원들이 담소를 나누고 있구나. 그렇게 생각했을 것이다. 하지만 그게 아이들 웃음소리라면…… 혹은 울음소리라면…….

하야타는 나선 계단 중간에 멈춰 서서 가만히 귀를 기울였다.

……아무 소리도 안 들리네.

세로로 긴 사각형 창문이 있는 곳이었다. 창문이 동쪽에 있어서 완전한 일몰이 다가왔음을 창문 너머 풍경만으로도 금방 알 수 있었다.

서두르지 않으면.

그는 다시 계단을 올랐다. 그 순간 느닷없이 하얀 집에서 꿨던 악몽이 되살아났다. 철벅, 철벅…… 누군가의 발소리가 계단 밑에서 울려온다. 나를 쫓아오는 듯한 정체불명의 발소리가 올라온다. 그 악몽이다.

하야타는 다시 걸음을 멈추고 귀를 기울였다.

……아무 소리도 나지 않아.

당연하다. 사람의 모습이 보이지 않아 찾는 중이다. 여기서 발소리가 들리면 오히려 기뻐해야 하지 않을까.

그는 정신을 다잡고 남은 계단을 단숨에 뛰어올랐다. 나선 계단을 다 오르자 좁은 층계참이 나왔다. 여기서부터는 곧장 뻗은 철제 계단으로 바뀐다. 계단을 올라가면 원형 공간이 나온다. 가운데 광원 제어 장치가 놓여 있으니까 정확히는 도넛 모양이다. 좌우에는 회랑으로 나가는 두 개의 문이, 눈앞에는 등실로 이어지는 두 번째 철제 계단이 있다.

아마 저 계단을 오를 필요는 없을 것이다.

등실이라 해도 격리된 바닥이 있는 게 아니다. 등명기와 회전 장치는 연결되어 있어서 아무래도 틈이 생긴다. 게다가 바닥이 철조망 철판이므로 아래에서 위의 모습이 대부분 보인다.

여기에도 없나.

하야타는 어떻게 해야 할지 알 수 없었지만 일단 등실로 올라가 내부를 점검하기로 했다.

바다가 보이는 정면 유리판과 거대한 등명기 사이에 서자, 그는 오랜만에 다이코자키등대에서도 종종 느꼈던 기이한 흥분에 사로잡혔다.

등대의 생명인 빛을 발하는 등명기 앞에 선다는 것. 너무나 큰 렌즈에 압도된다는 것. 그 렌즈가 눈동자처럼 느껴지는 것. 거대한 안구가 자신의 모든 내면을 꿰뚫어 보는 듯한 두려움에 떠는 일.

흥분의 이유라면 그 정도일 것이다.

등명기를 한 바퀴 돌아 반대편 차단판 부분까지 확인했으나 역시 아무도 없었다. 바로 밑에서 올려다봤을 때부터 이미 알았던 사실이지만 막상 닥치니 뭐라 표현할 길 없는 기분이었다.

하야타는 철제 계단을 내려와 문을 열고 회랑으로 나왔다.

휘이이이잉…….

갑작스러운 바람의 세례를 받았다. 땀투성이 피부를 식히는 시원한 바람에 한동안 몸을 맡겼다. 하지만 곧 부르르 몸이 떨렸다. 바람 때문에 추워진 게 아니다.

관사 뒷문에서 올려다봤을 때, 분명 회랑에 하얀 사람 그림자가 있었는데…….

그 광경을 떠올렸기 때문이다. 이리로 올라올 때까지 아무도 등대에서 내려오지 않았다. 그가 등실에 있는 동안, 만약 회랑에서 안으로 들어왔다면 알아차렸을 것이다. 그런데 그런 기척은 없었다. 그러므로 그 하얀 사람은 여전히 이 회랑에 있다는 소리다.

하야타는 발소리를 죽이면서 살금살금 회랑을 걷기 시작했다. 우회전해 바다 쪽에서 반대편으로 천천히 나아갔다. 이제까지는 자신이 먼저 말을 걸었으나 지금은 침묵했다. 등대 직원에 대한 태도로는 영 아니었지만 그럴 수 없는 자신이 있다.

완전히 반대편에 해당하는 차단판을 더 지나쳤는데도 역시 아무도 없었다. 마침내 그는 한 바퀴 이상을 돌고 말았다. 그래도 만난 사람은 없었다.

상대도 똑같이 돌고 있다면…….

문득 그런 생각이 들었다. 악몽과는 반대이다. 꿈에서는 하야타가 쫓겼는데 이번에는 상대가 도망치고 있다. 아무리 생각해도 꿈이 더 무서웠다. 그런데도 그는 소름 끼쳤다.

이쪽 움직임에 맞춰 상대는 들키지 않으려 이동하고 있다.

이것만으로도 충분히 무서운 상황 아닌가. 상대의 정체도 의도도 모르는 것이다. 언제 거꾸로 쫓기는 신세가 될지 모른다.

하야타는 회랑에서 도망치고 싶어졌다. 이리로 나온 문을 통해 안으로 돌아가 그대로 단숨에 나선 계단을 뛰어 내려가 밖으로 뛰쳐나간다. 그래야 한다고 생각했다.

하지만 그는 도망치지 않았다. 자신은 등대지기라는 생각이 강했기 때문이다. 이대로 등대를 버리면 다시는 절대 고가사키등대에서 일할 수 없다. 이대로 꼬리를 감추고 도망쳐 돌아가게 되리라. 그런 느낌이 들었다.

그렇지만 무서운 것도 사실이야…….

하야타는 갑자기 달리기 시작했다. 회랑을 한 바퀴 돌고 이번에는 반대로 뛰었다. 그리고 반 바퀴쯤 달렸을 때 걸음을 돌렸다. 또 거꾸로 뛰었다.

……여기에는 아무도 없어.

서쪽 바다 끝에 태양이 잠긴 시점이 돼서야 드디어 받아들일 수 있었다. 햐쿠에 숲은 이미 밤의 장막을 내린 듯 어디를 봐도 시커멓기만 했다.

그 검은 부분에 틈이 생긴다. 마치 상처 부위가 벌어지듯 쫙 갈라지고 거기에 거대한 눈동자가 나타나……. 그는 불현듯 이런 광경을 상상했다. 조금 전까지 느꼈던 시선의 정체는 그런 숲 자신의 눈동자가 아니었을까……. 갑자기 그런 생각이 들었기 때문이다.

……아무리 그래도 있을 수 없는 일이야.

하야타는 지독한 피로를 느끼면서 나선 계단을 내려왔다. 이제 남은 곳은 무적실뿐인데 그곳에도 직원들은 없을 것 같았다. 안개가 전혀 없었기 때문이다.

게다가 직원이 둘 다 무적실에 갔을 것 같지 않았다. 혹은 기계가 고장 나서 둘이 수리 중인가. 그럴 가능성도 버릴 수 없지 않을까.

하야타는 아직도 희망을 품고 있는 자신에게 놀랐다. 그러나 그렇게라도 생각하지 않으면 설명이 되지 않는다. 아일린모어섬의 등대처럼 그냥 직원들이 사라졌다고 하기에는…….

주변이 빠르게 어두워지는 가운데 그는 세 번째 바위를 향해 돌계단을 오르기 시작했다. 나쁜 예감만 들었지만 그래도 확인할 필요는 있다. 만에 하나 상부 기관인 등대사무소에 현황을 연락하고 지원이 올 때까지 혼자 업무를 수행해야만 할 수도 있다.

무적실은 하얀 직사각형 건물이었다. 바다 반대쪽에 거대한 나팔이 설치되어 있고, 안개가 발생하면 불어야 하는 게 규칙이다. 무적은 안개 신호라고도 하며 등대마다 주기가 있다. 소리를 울리는 시간과 멈추는 시간을 조합한 주기로 선박은 등대를 특정할 수 있다. 이 장치는 등질과 마찬가지이다. 다만 무적은 그때 불어오는 바람과 주위 소음에 영향을 받는다는 결점이 있다. 그럴 때 어떤 방향으로 부는 게 가장 정확한지를 판단하는 게 매우 어렵다.

무엇보다 새로 도입된 장비이다. 현지 어부들에게는 "뿌우 뿌우 시끄럽게 불어대니 고기들이 도망가잖아!"라는 민원의 표적이 될 위험도 따랐다. 실제로 조류 때문에 고기잡이가 안 됐는데 그걸 무적 탓으로 돌린다. 관습에 따라 일하는 사람은 새로운 문물이 도입되면 조금만 불편해도 모든 책임을 그리로 돌리는 경향이 있다. 짙은 안개가 꼈을 때 무적 덕분에 해안가로 돌아오는 경험이라도 하지 않는 한 어부들은 받아들이지 않았다. 무적실에는 그런 고난의 역사가 있었다.

게다가 직원과 그 가족들도 엄청난 고통을 강요당한다. 이 등대처럼 부속 관사와 무적실이 조금이나마 떨어져 있으면 괜찮은데 인접해 있으면 소음이 지독했다. 갓난아기나 어린 자녀는 일단 너무 무서워 울음을 터뜨리고 만다. 그렇다고 관사와 무적실이 멀면 강우나 강설, 적설 때 고생한다. 어쨌든 성가신 존재였다.

무적실의 문을 열고 들어갔으나 눈에 띄는 것은 커다란 기계뿐이고 직원은 보이지 않았다. 혹시나 해서 찾을 필요도 없는 좁은 실내를 구석구석 점검한다. 그래도 수상한 점은 어디에도 없었다. 관사든 등대든 같았다.

아일린모어섬의 등대와는 달라.

하야타는 긍정적으로 생각하려고 했으나 조금도 위안이 되지 않았다.

지금 갑자기 여기서 무적이 울리면…….

그럼 틀림없이 자신의 머리가 이상해질 거야. 하야타는 생각했다. 그리고 사라진 직원들과 마찬가지로 그도 행방불명이 되고 만다. 일단 그런 상상만 떠올랐다.

아냐. 이러고 있으면 안 돼.

등대 직원들이 없다면, 하야타가 고가사키등대를 점등해야 한다. 외출한 등대지기 아버지가 일몰이 다가오는데도 돌아오지 않자 어머니와 어린 형제 셋이 등대를 지켰다는 이야기가 있다. 게다가 등명기를 돌리는 장치가 고장 난 형제는 인력으로 렌즈를 돌렸다. 아직 어린아이였는데도 필사적으로 아버지의 일을 완수하려 한 것이다.

나는 등대지기야.

고가사키등대의 직원이 보이지 않는 이상, 하야타에게 점등할 책임이 있다. 이리로 부임했기 때문이 아니다. 그는 등대지기였기 때문이다.

서둘러 무적실을 나왔을 때 하야타는 전율했다.

……등대가 켜졌네.

완전히 해가 져서 어둠이 펼쳐진 바다로, 환하고 따뜻한 빛을 뿌리고 있다. 캄캄한 해면을 가르듯 눈부신 광명이 비추고 있었다.

도대체 누가…….

순간적으로 그런 의문이 떠올랐으나 곧바로 당연히 등대 직원이겠지 싶었다.

하야타는 돌계단을 뛰어 내려와 그대로 등대로 가려다가 갑자기 멈췄다. 그리고 시선을 등실에서 관사로 옮긴 다음 다시 돌계단을 더 뛰어 내려갔다.

관사로 들어가려면 현관보다 뒷문이 가까웠으나 일부러 현관으로 돌아갔다. 계단 세 개를 올라가 현관문을 열고 복도로 들어가 곧장 등대장의 방으로 갔다.

쿵쿵.

문을 세게 노크하고 큰 목소리로 인사했다.

"신임 모토로이 하야타입니다. 실례하겠습니다."

재빨리 문을 열자, 40대 중반으로 보이는 남성이 반쯤 놀라고 반쯤은 안도한 표정으로 실내에 서 있었다.

"용케 무사히 왔구먼."

그 말투에 불안과 안도가 반반씩 섞여 있음을 느끼고 큰 걱정을 끼쳤음을 깨달았다.

"죄송합니다. 원래는 그저께······."

"아니, 아니야. 그건 됐네. 이렇게 무사히 왔으면 그걸로 충분해."

그렇게 말하고 남자는 반쯤 울 것 같은 표정으로 웃었다. "등대장인 이사카야. 다른 한 명, 자네 선배인 하마치라는 직원이 있지. 마침 지금, 등대에 갔네."

"혹시 두 분은······."

하야타의 죄송스러워하는 표정을 알아차렸는지, 이사카가 고개를 절레절레 흔들었다.

"아니야, 신경 쓸 것 없네. 어제도 오늘도, 일 도중에 숲을 보러 가긴 했는데 이런 벽지이니까 신임을 걱정하는 게 당연하지."

"정말 큰 걱정을 끼쳤습니다."

하야타는 깊이 고개를 숙였다.

"이제 그 얘기는 그만하지."

등대장은 앞장서서 방을 나와 그를 식당 겸 거실로 데려가 의자를 권했다.

"환영회는 나중에 하고 오늘은 푹 쉬게."

"아닙니다. 오늘부터 근무하겠습니다."

하야타는 늦게 와 끼친 폐를 조금이라도 만회하고 싶은 심정이었다. 그래서 이사카가 다독이는 말을 해도 순순히 따를 마음이 들지 않았다.

"자네의 강한 책임감은 아주 훌륭하다고 생각해." 등대장은 대놓고 달래듯 말했다. "그렇다고 오늘부터 근무를 시작하는 건 아니지. 몸이 따르질 않을 거야. 여기까지 오는 동안 체력도 기력도 상당히 소모했을 텐데."

"어제도 그저께도 잠은 다 제대로 잤습니다. 그러니 괜찮습니다."

그는 여기서 하얀 집 얘기를 해야 하나 상당히 망설였다. 그러나 결국은 하지 않았다. 등대 일과는 당연히 관계없는 일이었기 때문이다.

"쉬었다는 말은 사실이겠으나 익숙지 않은 지역이니 아무래도 피곤할 거야."

"아니……."

"자네는 모르는 것 같은데 지금 얼굴이 그래."

순간 하야타는 할 말을 잃었다. 그때 부엌문이 열리고 하얀 피부의 아름다운 여성이 들어왔다. 양손에 세 개의 찻잔을 올려놓은 쟁반을 들고 있었다.

……등대장의 딸인가?

너무 젊게 보여 그렇게 생각했는데 미리 들었던 가족 구성에 딸은 없었던 터라 고개를 갸웃했다.

"아내인 미치코네."

이사카의 소개에 놀랐다. 하지만 다가온 그녀를 자세히 보니 서른 전후일 수도 있겠다는 생각이 들었다. 아니, 젊게 보이나 사실은 마흔 전후일 수도 있겠다.

이사카가 더 놀라운 발언을 했다. "아내는 시로고무라 출신이야."

이런 미인이, 이런 변경의 땅에…….

무의식적이라고는 해도 차별적인 시선으로 시로고무라를 봤던 자신을 깨닫고 하야타는 크게 반성했다.

등대지기의 아내는 미인이 많다.

자주 듣는 소리였는데 이는 미치코에게 해당하는 얘기였다.

세상이 '등대지기'에 상당한 오해를 가진 데 반해 등대가 있는 지역의 사람들은 존경의 마음을 품는 예가 예전부터 많았다. 일의 어려움을 이해한 탓도 있겠으나 무엇보다 그들이 공무원이기 때문이다. 또 등대를 비롯해 부속 관사도 서양식이라 젊은 사람일수록 동경했다. 특히 여성이 그랬다. 게다가 등대에서 일하는 것이 등대정신에 넘치는 젊은 남성이므로 거기에서 연애 감정이 싹트는 것도 자연스러울 것이다.

등대지기와 결혼하면 몇 년 후에는 고향을 떠난다. 게다가 전국 각지를 전전하는 생활이 기다린다. 부임지에 따라서는 상당한 시련을 겪는다. 그런데도 그런 점이 장애 요소가 되지 않는 것은 변경의 땅에서 나가고 싶다는 본인의 바람, 또 내보내고 싶다는 부모의 바람도 있기 때문이리라.

참고로 '등대지기의 아내는 미인이 많다'라는 말속에는 '등대지기 본인은 특별히 미남이 아닌데'라는 뜻이 숨어 있다. 그래도 미인 아내를 얻을 수 있는 것은 앞에서 말한 이유 때문이다. 이 점을 등대지기들이 자랑스럽게 여기거나 비하하는 일은 당연히 절대 없다. 그런 현실을 인정할 뿐이다.

다만 이사카 고조는 이런 속뜻에 해당하지 않았다. 그다지 미남은 아니었으나 매우 남자다운 기백의 이목구비를 지니고 있었기 때문이다.

"새로 부임한 모토로이 하야타입니다. 잘 부탁드립니다." 하야타는 벌떡 일어나 인사했다.

살짝 미소를 지으면서 미치코가 인사했다. "저야말로 신세를 지겠네요."

그 뒤로는 완전히 하야타가 화제의 중심이 되었다. 다만 등대지기를 목표로 한 경위부터 다이코자키등대에서의 근무까지 어디까지나 등대 얘기가 중심이었다. 이전 경력은 슬쩍 건드리기만 하고 더는 하지 않았다. 이사카도 굳이 캐묻지 않았다.

다만 하야타의 이야기가 진행되면서 등대장에게 묘한 변화가 나타나기 시작했다. 처음에는 맞장구를 쳤는데 그러다가 곧 입을 다물고 생각에 잠긴 듯 보였다.

그러다 갑자기 물었다. "얘기를 끊어서 미안하네만, 어제와 그저께는 어디서 잤나?"

절대 묻고 싶지 않은데 어쩔 수 없이 물을 수밖에 없다는 듯한, 매우 모순된 모습이었다.

"아지키항에 도착한 밤에는 고지야에 묵었습니다."

"교토에서 시집온, 나이에 비해 요염한 여주인이 있는 여관이지?"

이사카가 추억에 젖은 듯한 표정을 지었다.

"제가 만난 사람은 이미 할머니라고 해도 좋을 부인이었습니다."

하야타의 대답에 이사카는 아주 쓸쓸한 표정을 지었다.

"……그렇겠지. 벌써 20년이나 지났으니까."

"그 말씀은 등대장님께선 예전에도 이곳에 오신 적이 있다는 말씀입니까?"

절로 질문을 던진 하야타에게 살짝 고개만 끄덕이고 이사카는 계속하라고 권했다.

"그래서 어젯밤은?"

"고지야의 여주인 소개로, 시로고무라의 모스케라는 남자를 고용했는데 아무리 기다려도 나타나질 않아 혼자 출발했습니다. 만물상 주인이 지도를 그려줬는데 완전히 길을 헤매고 말아서……."

"노숙했나?"

등대장은 그렇게 말하면서도 사실은 자기 말이 틀렸다는 걸 아는 듯 보였다.

"……아뇨."

하야타는 살짝 고개를 저었다. 하얀 집과 그 집 사람들 얘기를 하는 게 아무래도 망설여졌다. 이유는 알 수 없었다.

"설마…… 자네, 하얀 집에서 묵었나?"

그래서 이사카에게 그런 말을 들었을 때 흠칫 불길한 심장 박동을 느낌과 동시에 안도하는 마음도 들었다. 그 집을 등대장도 알고 있다면 더는 숨길 필요가 없다고 생각했기 때문이다.

"거기에는 나이에 비해 요염한 어머니와 젊은 딸이……."

그렇게 말을 걸다가 이사카는 입을 다물어버렸다. 고지야의 여주인과 마찬가지로 적지 않은 세월이 흘렀다는 사실을 떠올린 탓이리라.

"제가 만난 사람은 할머니와 손녀, 둘이었습니다. 등대장님이 말씀하시는 어머니가 그 할머니일 겁니다. 그리고 따님은 시로고무라에서 찾아온 예인 극단 남자와 눈이 맞아 도망쳤다고 합니다."

"그 딸이……."

"그 전에 아이가 생기고 말았죠. 그래서 아이는 남겨졌다는 사정이 있지 않았을까, 저는 그렇게 생각했습니다."

"……그러고 보니 아지키 마을에 예인들이 온 적이 있지."

"시로고무라가 아니었습니까?"

확실히 예인들이 머물기에는 산간벽지의 마을보다는 항구 마을이 훨씬 좋을 것이다. 그런데 이사카는 하야타의 질문에 대답하지 않고 꿈이라도 꾸는 듯한 눈빛을 하고 있었다.

"등대장님은 20년쯤 전에 이곳에 오신 적이 있군요."

하야타는 이번에는 질문이 아니라 확인차 그렇게 말했다.

"내가 등대지기가 되려 했던 것은……."

거기서 갑자기 이사카가 자기 얘기를 시작했다. 그것은 하야타에게는 불길함을 더하는, 도무지 정체를 알 수 없는 이야기였다.

일 모 도 궁

2부

10장 등대지기

아직 전쟁의 그림자가 짙게 드리워지지 않았던 1920년대 후반, 이사카 고조는 도쿄의 수산강습소 현업과를 졸업했다. 상경하기 전 고향에서 군립 수산학교를 졸업한 그로서는 올바른 진로라고 생각할 수밖에 없었다. 수산업에 종사하는 부모 역시 아들이 자신들의 뒤를 이어 수산물 가공 기술자가 되리라 의심치 않았다.

그런데 여기에 큰 계산 착오가 있었다. 고향의 수산물 가공 핵심은 가쓰오부시가다랑어의 살을 저며 김에 쪄서 충분히 건조시킨 후 발효시키는 방법으로 만드는 가공 식품인데 이것은 당연히 계절상품이다. 애써 이모저모 배워 당당하게 고향으로 금의환향해도 다음 해 가쓰오부시 철까지는 할 일이 없다는 중요한 문제를 그제야 깨달은 것이다.

이래서는 돌아가봤자 별 볼 일 없겠다.

고조는 졸업 후에도 도쿄에 남아 하릴없이 지냈다. 그동안 집에서는 "언제 돌아오냐?"며 성화를 부렸다. 부모 모두 아들의 상경에 맹렬히 반대했으면서 이웃들에게는 "아들이 월급이 많은 자리를 얻을 거야"라고 큰소리쳤을 것이다. 그런 상황이 눈에 선하게 그려졌기에 그는 더 돌아가고 싶지 않았다.

이유는 하나 더 있었다. 취업이 되면(실제로는 백수였으나) 다음은 결혼 얘기가 나올 게 빤했고 그는 그게 싫었다. 문제는 후보가 벌써 여러 명 있다는 점이다. 어릴 때 자주 어울려 놀았던 이웃의 소꿉동무, 어려서부터 집에 자주 놀러 왔던 어머니의 먼 친척 딸, 중매를 삶의 보람으로 삼고 있는 백모가 물어온 혼담이다. 소꿉동무는 여전히 친구일 뿐이고 먼 친척의 딸에게는 전혀 관심이 없다. 그리고 가장 문제가 백모의 혼담이다.

형님은 자신이 중매한 숫자를 늘리고 싶을 뿐이야, 라는 게 어머니의 주장인데 그도 거기에는 찬성했다. 다만 아버지에게는 통하지 않았다. 자신의 누나가 호의로 조카의 신붓감을 알아봐준다. 그렇게 믿어 의심치 않으니 어찌해볼 도리가 없었다. 여하튼 지금은 집으로 돌아가지 않는 게 좋겠다고 고조는 생각했다.

그러고 있을 때였다. 하숙과 가까운 집주인의 집에 종종 놀러 갔다가 어느새 친해진 사토나카라는 노인과 수다를 떨다가 저간의 사정을 말했다.

"자네, 항로표식 간수가 될 텐가?"

느닷없는 소리에 놀랐다. 순간적으로 '항로표식'이라는 단어의 한자가 머릿속에 잘 떠오르지 않았는데 '간수'라는 말에서 '형무소'를 떠올리고 말았기 때문이다. 그야 일반인으로서는 무리도 아닌 반응이었다.

"어디 형무소 일인가요?"

솔직히 생각난 대로 다시 묻자 사토나카는 웃으면서도 이거 참, 하는 표정으로 말했다.

"그게 아니라, 등대지기 말이야."

"앗! 배의 항로, 그 표식이란 뜻이었어요?"

고조는 드디어 알아차렸다. 그리고 사토나카가 과거 등대지기였음을 떠올렸다.

"동료들끼리는 그냥 등대지기로 부르지. 하지만 정식 명칭은 항로표식 간수야. 등대지기라는 명칭에도 오해가 많긴 하지만, 항로표식 간수라는 딱딱한 표현이 정말 좋을지."

"등대지기라고 하면 바로는 무슨 일인지 다 알 수 없죠."

고조의 지적에 사토나카는 살짝 한숨을 내쉬었다.

등불 당번, 등불 지킴이, 등대 간수, 항로표식 간수 등으로 그 명칭은 수없이 바뀌었다. 등불 당번이나 등불 지킴이는 등대지기가 아니라는 의견도 있으나 그 역사를 생각하면 무시할 수 없다. 1931년에는 해무원 항로표식 기수로 이름이 바뀌는데 1948년에 해상보안청이 발족하면서 운수성으로부터 '등대국'을 인수해 '등대부'로 하고, 정식 명칭은 해상보안청 직원이 되었다.

돌이켜보면 '등대지기'라는 이름에 문제는 있으나 사람들 사이에 제대로 쓰이지 않더라도 역시 가장 어울리는 호칭일 수도 있겠다.

사토나카에게 등대지기의 일 얘기를 여러모로 들었던 터라, 고조도 나름대로 그 일의 중요성을 이해하고 있었다. 그런 탓에 더 쉽게 결정 내릴 수 없었다.

"하룻밤, 잘 생각해보겠습니다."

그렇게 대답한 고조는 밤새도록 이불 속에서 번민했다.

바다에 임한 땅에서 태어나고 자랐으므로 등대지기에는 매력을 느꼈다. 그러나 재미 삼아 시작할 수 있는 일이 아니다. 그것은 사토나카의 경험담을 들어봐도 알 수 있었다. 한편 지역 사람들과의 교류 등 다른 직업에서는 얻을 수 없는 만족감이 있는 것은 확실했다. 그리고 무엇보다 고향을 떠나 북에서부터 남쪽까지 퍼져 있는 등대에 부임하는 생활이 자신에게 맞는 것 같았다. 고향으로 돌아가고 싶지 않은 지금의 심정이 그렇게 느끼게 하는 걸까……. 그렇게 의심도 했으나 결국은 그게 결정타가 되었다.

그 시절의 자신은 미숙했다.

등대지기가 되고 쓰기 시작한 일기에는 당시의 상황이 그렇게 적혀 있었다.

다음 날 오전 중, 고조는 사토나카의 집을 찾아 상담한 뒤 바로 체신성 항로표식간수훈련소에 지원서를 제출했다. 그리고 시험을 봤는데 중학교 졸업 정도면 풀 수 있는 난이도여서 쉽게 합격했다.

그렇게 그는 체신성 항로표식간수훈련소에 들어가 약 마흔 명의 연습생과 함께 일반 보통 학과부터 관련 법규, 제도와 기상 관측, 수기 신호, 대장 일과 용접법, 페인트칠까지 배웠다. 일단 배워야 하는 과목이 많아, 외우고 또 외우는 날들이었다. 게다가 강의 사이사이에 실습이 있어서 힘들었다.

조금만 정신을 놓고 있으면 교관들의 벼락이 떨어졌다. 머리 위에서 호통이 날아다녔다. 칠판을 가리키는 지시봉이 채찍처럼 울린다. 기간이 반년밖에 되지 않은 관계로 어느 교관이나 귀신처럼 무서웠다. 너무 엄격해 고조도 비명을 질렀다. 그래도 참은 것은 한 교관의 얘기 덕분이었다.

"우리 대선배들은 외국인에게 노예 취급을 당했지. 등대를 만드는 지식과 기술이 없었기 때문이다. 이시카와현의 노토반도에 있는 로쓰코사키등대는 일본에서 유일하게 국화 문장 명판이 있다. 왠지 알겠나. 그 석조 등대를 설계한 사람은 브런턴이지만, 그 건설에는 일본인만 참여했다. 일본인들이 지은 등대였지. 국화 문장은 그 기념이었다. 물론 우리는 이미 일본인이 설계하고 등대를 짓고 있지. 그러나 앞으로도 외국에서는 항로표식에 관한 새로운 기술이 생길 거야. 우리는 거기에 뒤처져선 안 돼. 일본이 세계열강 못지않은 나라가 되기 위해서라도 해상의 안전을 지키는 등대지기의 일은 매우 중요해. 그걸 자네들 같은 젊은이가 앞으로 짊어지고 나가야만 해."

고조는 태어나서 처음으로 '사명감'을 느꼈다. 물론 교관의 '일본이 세계열강 못지않은 나라가 되기 위해서라도'라는 부분은 당시 정부와 군부에 의해 제2차 세계대전이라는 최악의 결과를 초래하는 프로파간다로 이용되고 말았으나 당시의 고조가 이를 예측할 수는 없었다.

하루가 길고 힘들기는 마찬가지였으나 순식간에 반년이 흐른 것 같았다. 모순된 표현 같으나 둘 다 생생한 느낌이었다. 정신없이 종합시험을 준비하고 합격해 훈련소를 나올 무렵에는 다른 연습생들과의 사이에 강한 유대감이 생겨 있었다. '한솥밥을 먹었다'라는 이상의 관계였다.

이사카 고조의 첫 부임지는 우시오의 다이코자키등대였다. 조금은 더 간토에서 멀어지리라 생각했던 그는 솔직히 조금 실망했다. 집에서 멀리 떨어진 곳의 등대에 가길 내심 기대했기 때문일 것이다. 그래도 다이코자키등대를 처음 봤을 때 감동했다. 푸른 하늘과 바다를 배경으로 우뚝 솟은 새하얀 등대는 마치 이국의 풍경 같았다. 눈을 가리고 끌려와 갑자기 등대를 마주했다면 이곳이 일본이라는 사실을 믿지 않았을 것이다.

그런 낮의 아름다움과 달리, 일몰을 맞아 점등한 등대도 멋졌다. 밤의 등대 불빛을 촛불에 비유하는 사람이 있는데 더 어울리는 단어는 '캔들'이다. 이처럼 반짝이고 환상적인 빛이 과연 어디에 있을까.

고조는 흥분하고 환희했다. 이런 직장에서 일하게 된 것을 진심으로 감사했다.

그런데 그는 곧 지치고 만다. 아름다운 곳이었기에 다이코자키는 관광지였다. 따라서 매일 구경 오는 사람들이 몰려들었다. 휴일이라도 되면 정말 많은 사람이 모였다.

당연하게도 등대 업무에 그런 방문객을 접대하는 일은 포함되어 있지 않다. 그렇다고 '관계자 외 출입금지'는 결코 아니므로 참관하고 싶어 하는 사람들이 끝없이 찾아온다. 그러면 그냥 놔둘 수 없다. 그럼 누군가는 관리를 해야 하는데 자연스럽게 신임의 몫이 된다. 비번인 선배가 도와줄 때도 많았으나 아까운 휴일을 쓰게 하는 건 미안한 일이다. 고조는 되도록 먼저 나서서 찾아오는 사람들을 안내했다. 그렇다고 불만이 없는 것도 아니었다.

이곳은 관광지이기 전에 등대야.

어디까지나 등대지기의 업무가 우선이고, 여유가 있으면 사람들을 챙겨야 한다. 그게 그의 생각이었다. 그래서 등대장의 얘기를 듣고는 놀랐다.

"관광객들에게 등대를 안내하고 등대지기가 무슨 일을 하는지 이해시키는 것도 훌륭한 업무야. 유감스럽게도 일반인은 등대지기에 관해 잘못된 인식을 지닌 경우가 많다. 그것을 개선하는 일은 나아가 지방에서 일하는 동료들을 지원하는 일이기도 하다. 하나씩 공들여 쌓아가는 수밖에 없는 일이지. 그리고 이는 관광지인 우리 다이코자키등대만 할 수 있는, 아주 중요한 사명이야."

다시 생각하게 되었다. 등대를 보러 오기 위해 찾아온 관광객들을 안내하는 일이 그대로 '등대지기'의 이해와 이어진다고 생각하니 그동안 자기 생각이 얼마나 얄팍했는지 깨달았다.

등대지기들을 위해.

항상 그는 자신을 다독이면서 관광객을 돌봤다. 때로는 정말 무례하게 구는 사람도 있었지만, 체신성 항로표식간수훈련소에서 함께 고생했던 동기들의 얼굴을 떠올리며 '이것도 동료를 위한 일이야'라며 참고 견뎠다.

　등대 참관을 원하는 사람들은 남녀노소를 불문하고 개인부터 단체까지 다양했다. 아침에 문을 여는 순간부터 닫을 때까지 쉴 새 없이 찾아왔다. 거기에는 초중고생 소풍이나 수학여행도 포함되었다. 학생들이 먹다 버린 도시락을 치우면서 "학교에서는 지식만이 아니라 공중도덕도 가르쳤으면 좋겠어!"라며 동료들과 투덜대기도 했다. 그래도 소풍이나 수학여행은 인솔 교사가 있는 만큼 그래도 괜찮았다. 가장 어려운 상대는 개인적으로 오는 나이 많은 꼰대였다.

　등대 문을 지나면서나 구경을 끝내고 나갈 때 지갑을 꺼내며 "어이, 참관 요금은 얼마야?"라며 거만하게 묻는 시골 신사가 꽤 있다. "그런 사람은 지금은 사라진 아사쿠사 12층1890년 도쿄 아사쿠사 공원에 세워진 12층짜리 전망대로, 1923년 간토대지진으로 파괴되어 철거이라도 올랐나 보네"라며 역시 동료들과 쓴웃음을 짓고는 했다. 대체로 사람들은 "무료입니다" "돈은 필요 없습니다"라고 대답하면 "그래?"라고 말하고는 돌아간다. 다만 그 가운데 "받아둬"라며 가끔 억지로 주려는 사람도 있어 난감했다.

　어느 날 선배가 그런 사람에게 냉정하게 "등대는 볼거리가 아닙니다, 이렇게 참관을 용인하는 것은 국민에게 바다를 생각하는 정신을 보급하기 위해서입니다"라고 말한 적이 있다. 그러자 상대방은 "……아, 그거 큰 실례를 범했군"이라며 고개를 숙이더니 쑥스러워하며 서둘러 자리를 떴다.

　고조는 날마다 쌓였던 마음의 응어리가 쑥 풀리는 듯한 쾌감을 느꼈다. 등대지기에 대한 세상의 이해를 위한다는 대의명분은 잘 알 겠다. 그래도 역시 관광객 뒤치다꺼리에는 엄청난 정신적 긴장이 요 구되었다.

이 일이 있은 다음부터 견딜 수 없을 정도로 불손한 태도를 보이 는 상대가 나타나면 종종 선배의 말을 따라 했다. 대부분은 머쓱한 반응을 보이니까 이 정도는 말할 필요가 있겠다는 자신감도 생겼다. 그러나 뒤집어 생각하면 이는 사람들이 등대지기란 일을 얼마나 모 르는지 알 수 있는 증거였다. 다이코자키등대를 찾는 사람들을 안내 하는 일이 너무나 먼 여정처럼 느껴졌다.

그래도 상대가 반성의 뜻을 조금이라도 보이고, 등대의 존재와 등 대지기의 일에 의의를 인정하면 모든 피로가 날아가는 듯 기뻤다. 달팽이가 기어가듯 아무리 느리더라도 역시 소중한 일이라 믿었다. 하지만 유감스럽게도 그렇게 사정을 알아주는 착한 사람만 있는 건 아니었다.

어느 날 저녁, 막 문을 닫으려는데 이른바 '도련님' 스타일의 남자 가 기녀처럼 보이는 여자 둘을 데리고 나타났다.

"오늘은, 이미 끝났습니다."

물론 고조는 거절했다. 보통은 알았다며 돌아가는데 이 남자는 달 랐다.

"잠깐 올라가, 경치를 보려는 것뿐이야."

"곧 문 닫을 시간이니까 지금은 들어가실 수 없습니다."

"그러니까 잠깐만 들어가겠다고."

하지만 남자는 집요했다.

"오늘은 안 됩니다. 내일 오세요."

"내일이라니, 다음 열차로 돌아가야 하니까 좀 봐주게."

"아니, 그렇게 말씀하셔도……."

대화를 나누는 두 사람 옆에서 두 여자가 생글생글 웃었다. 이야기가 어디로 흘러가든지 여자들에게는 '즐거운 일'이었기 때문일까.

남자는 결단코 물러서지 않겠다고 생각한 듯했다.

"아, 이거, 그러지 말고."

천천히 지갑을 꺼내 고조에게 얼마쯤 쥐여주려 했다.

"등대 참관은 무료입니다."

고조는 무뚝뚝하게 대답하며 밀어냈다.

"그러니까 편의를 좀 봐달라고……."

"그건 안 됩니다."

딱 잘라 거절했는데 남자는 거꾸로 그의 말꼬리를 잡았다.

"등대가 무료인 것은 필시 공적인 존재이기 때문이겠지. 그렇다면 국민인 우리는 볼 권리가 있을 텐데."

"그렇지만 제한 시간이……."

"이렇게 부탁하는데 야박한 말은 그만하지. 곤란하면 등대장에게 직접 부탁해보게. 자네 혼자만의 판단으로 마음대로 거절해서야 되겠나."

바쁜 등대장을 방해하고 싶지 않아서 고조는 어쩔 수 없이 셋을 들여보냈다. 다행히 셋은 오래 있지 않고 금방 돌아갔다. 사실은 '잠깐'이라는 약속을 지켰던 게 아니라 회랑에 나가 잠시 풍경을 보자마자 여자들이 지겨워했기 때문이었다.

이 셋이 돌아간 다음 고조는 업무를 끝내고 잠깐 볼일을 보러 마을까지 나왔다. 돌아올 때는 해변 도로를 선택했다. 일몰 후의 이 길을 좋아했다. 늘어선 여관과 선물 가게의 진열대부터 소나무 숲과 암초에 반사되는 등대 불빛이 회전등처럼 아름답게 빛났다. 아무리 피폐한 상태라도 이 광경을 보면 마음이 맑아졌다. 이렇게 아름다운 풍경을 연출해내는 등대에 새삼 자긍심을 느꼈다.

그런데 이날은 달랐다. 한 선물 가게 앞에 조금 전 등대를 찾았던 도련님 같은 남자와 기녀 같은 두 여자가 앉아 천박하게 웃고 있었기 때문이다. 참고로 남자가 말한 '다음 열차'는 완전히 출발한 시간이었다.

……거짓말이었구나.

순식간에 머리로 피가 솟구쳤다. 당장 달려가 고함을 칠 뻔했다. 하지만 그랬다가는 그냥 끝나지 않을 수도 있다. 상대가 어떻게 나오느냐에 따라 폭력 사태가 벌어질 수도 있다.

등대에 피해를 주게 돼.

제일 먼저 그런 생각이 떠올랐다. 참관 방문객을 힘겹게 맞이해온 선배들의 수고가 자신의 경솔한 행동으로 순식간에 허사가 된다. 경찰이 출동하고 사건이 신문에 실리는 소동으로 번지면 등대 자체에 나쁜 인상을 주게 될 것이다.

고조는 꾹 참고 등대로 돌아왔다.

물론 기쁜 일도 많았다. 등대의 항로표식 역할을 초중고생들에게 설명하고 그 중요성을 이해시켰을 때. 참관을 온 이들이 회랑에서 보이는 아름다운 풍경에 흥분하며 저마다 칭찬할 때. 짙은 안개가 낀 저녁, 무적 덕분에 무사히 바닷가까지 돌아올 수 있었다고 현지 어부가 감사의 말을 일부러 전하러 왔을 때. 외국을 항해하던 선박이 일본으로 돌아오는 도중 등대 불빛을 보고는 말로 표현할 수 없는 기쁨을 느꼈다는 말을 전해 들었을 때. 그는 자기 일이 자랑스러웠다. 등대지기가 되길 잘했다고 진심으로 생각했다.

그래도 도통 익숙해지지 않는 게 있었다. 자기 멋대로이고 불손한 방문객의 행동조차 그에 비하면 즐겁게 느껴질 정도였다. 그 일에 관여하지 않을 수만 있다면 참관을 원하는 이들을 계속 관리해도 상관없었다.

그가 그토록 싫어한 일은 자살하려는 사람을 살피는 일이었다.

관광지이면서도 자살 명소인 곳은 전국적으로 많다. 여기 다이코자키등대도 뜻하지 않게 그런 곳이었다. 다행히 아직 등대 회랑에서 투신자살한 예는 없었으나 근처 암벽에서 바다로 뛰어드는 사람이 해마다 몇 명씩 나왔다. 따라서 정확히는 '다이코자키등대'가 아니라 '다이코자키'가 자살 명소로 불려야 하겠으나 둘을 하나로 묶어 관광지로 생각하니 새삼스럽게 둘을 나눌 수도 없었다. 게다가 일단 투신자살이 일어나면 그 발견과 구조를 담당해야 하는 게 등대의 입지상 등대지기일 때가 많았다. 따라서 다이코자키등대는 명승지로 칭송되는 만큼 자살 명소라는 달갑지 않은 칭호도 갖고 있었다.

고조가 처음 자살 미수로 구조된 사람에게 품었던 감정은 동정이었다. 왜 자살하려 했는지, 그 이유를 듣고 공감한 적도 많았다. 하지만 개중에는 별다른 이유도 없이 죽음을 선택한 사람도 적지 않아 분노가 치밀었다. 그리고 얼마 후에는 자신이 아무리 동정해도, 아무리 진지하게 화를 내도, 목숨을 쉽게 여기는 사람들은 줄지 않으리란 사실을 깨닫고 허무해졌다.

여기서 우리가 말려도 다른 곳에서 저지르겠지.

이런 생각을 내뱉었을 때 등대장은 이렇게 타일렀다.

"바다에 나간 사람들의 안전을 지키는 게 등대지기의 일이지. 그렇다면 죽으려고 바다에 들어간 사람의 생명을 구하는 것도 우리 사명 아니겠나. 궤변처럼 들릴지 모르겠네만, 그만큼 등대지기란 일본 해역의 안전에 큰 책임이 있다네."

완전히 받아들인 것은 아니었다. 하지만 고조는 '등대정신'과 통하는 부분이 있음을 깨달았다. 덕분에 더는 고민하지 않고 자살하려는 사람을 어떻게 대해야 할지 마음먹을 수 있었다. 다행히도 등대장의 이 말은 그가 전근으로 다이코자키를 떠나는 3년 뒤까지 효과를 발휘했다.

다만 등대지기가 되고 1년쯤 되었을 때, 그 얘기가 통하지 않았던 사람이 딱 하나 있었다. 그렇다고 구한 걸 후회한다는 소리는 아니다. 다만 과연 본인에게 좋은 일이었을까. 그런 생각이 들 정도로 그 사람은 고조에게 강렬한 인상을 남겼다.

문제의 자살 미수자는 아직 10대 중반의 소녀였다.

그녀가 등대 문을 지나가는 걸 봤을 때부터, 딱 감이 왔다. 이때는 이미 '죽으려는 사람'을 보면 알 수 있었다. 물론 백발백중 맞힌 건 아니었으나 경험상 감이 발달한 탓인지 회랑에서 떨어지려는 걸 미리 막은 일이 몇 번 있었다.

그 소녀에게도 같은 감이 왔다. 그래서 고조는 다른 사람들을 안내하면서도 내내 남몰래 그녀를 주시했다. 그런데 아무래도 그 소녀가 알아차린 듯했다. 그가 자연스럽게 다가가면 그녀가 쓱 멀어졌다. 그런 일이 두세 번 이어진 뒤 갑자기 소녀의 모습이 보이지 않았다.

당황한 고조는 사정을 말하고 선배에게 안내 역할을 맡긴 다음 서둘러 등대 주위 암벽을 살피고 다녔다. 자살 장소가 몇 군데 있다. 그런데 그는 굳이 그곳을 피해 살폈다. 역시 감이었다고 말할 수밖에 없는데 결과적으로 정답이었다.

이제까지 자살하려는 사람 대부분은 관광객이 그다지 많지 않은 등대 뒤쪽 암벽에서 뛰어내렸다. 그곳은 회랑에서 훤히 보이는 곳이라 투신을 목격한 방문객이 난리 치며 알려줄 수 있는데, 다만 등대지기가 달려갔을 때는 이미 늦은, 그런 마의 지점이었다.

소녀가 선택한 곳은 등대 앞쪽, 곶의 동쪽 끝이었다. 선물 가게 앞을 어슬렁대는 수많은 관광객 바로 눈앞이다. 하지만 가게는 바다 건너편에 위치하므로 대부분은 그녀에게 등을 돌리고 있다. 게다가 갑자기 피어오른 안개 탓에 암벽 주변은 거의 보이지 않았다.

간발의 차이로 알아차린 사람은 고조뿐이었다.

"그러지 마!"

그는 큰 소리를 내며 달려갔다. 그 순간 소녀는 슬쩍 뒤를 돌아보고는 암벽 너머로 몸을 던졌다. 그 무렵에는 둘의 이상한 상황을 알아차린 사람 몇 명이 소리를 질러댔다.

"사람이 바다에 빠졌어!"

"아냐, 저건 투신이야."

주위가 소란스러워진 것을 등으로 느끼면서 고조도 암벽에서 바다로 뛰어들었다.

순간적인 판단이었는데 몸이 공중에 뜬 순간, 얼굴에서 핏기가 사라졌다. 잘못된 판단인가 싶어 후회가 들었으나 바로 각오를 다졌다. 이제 와 어쩔 수 없다. 그는 완벽한 다이빙 자세를 취하고 그대로 바다로 들어갔다.

바다로 뛰어든 사람을 구할 때 가장 두려운 것은 상대가 죽는다는 공포에 몸부림을 치는 경우이다. 잘못하면 구조자도 같이 익사하게 된다.

다행이라고 해야 할까, 소녀는 몸을 내맡기듯 안개가 뭉게뭉게 피어오르는 바다에 엎드린 채 떠 있었다. 뛰어든 충격으로 정신을 잃었는지 모른다. 고조는 그녀의 몸을 돌려 똑바로 눕히고 근처 바위 사이의 좁은 모래사장으로 끌어올렸다.

그는 바로 소녀의 상태를 확인하고 바로 인공호흡을 실시했다. 그녀가 다시 숨을 쉬었을 때 뭐라 표현할 길 없는 안도감과 피로감이 물밀듯 몰려왔다. 그 무렵에는 안개도 완전히 걷혀 있었다.

한동안 고조는 앉아 쉬었다. 그것은 소녀의 회복을 기다리는 것이

기도 했다. 그 뒤에 일어나 "……등대까지, 가자" 하고 말을 걸었으나 소녀는 누운 채 꼼짝도 하지 않았다.

"옷을 말려야지. 그 상태로 갈 순 없잖니."

소녀는 감색 바탕에 하얀 무늬가 있는 기모노 차림이었다. 옷깃이 벌어지고 속옷이 가슴에 달라붙은 데다 옷자락이 허벅지까지 말려 올라가 있었는데 당연히 성적인 느낌은 들지 않았다. 그저 가슴이 아팠다.

"자, 가자." 다시 재촉했으나 그녀는 조금도 움직이지 않았다. "난 처하군."

업고 등대까지 올라가야 하나, 고조가 고민하고 있을 때였다.

"괜한 짓을 해서……."

물끄러미 허공을 바라보는 듯하던 소녀의 입에서 어이없는 말이 흘러나왔다. 게다가 그녀는 갑자기 시선을 획 그에게 돌렸다.

"당신, 책임질 거야?"

도무지 영문을 알 수 없었으나 괜스레 고조의 가슴이 덜컹 내려 앉는 말을 내뱉었다.

"……무, 무슨 소리야?"

은혜를 원수로 갚는다더니, 그는 소녀의 태도보다 그 의미불명의 말이 두려웠다.

상대는 10대 중반의 아직 앳된 소녀였다. 이목구비의 생김은 절대 나쁘다고 할 수 없었으나 사랑스럽다고 하기도 어려운 어두움을 지닌 데다 지금은 물에 빠진 생쥐처럼 온몸이 젖은 채 모래를 잔뜩

묻히고 있다. 그런 그녀를 구한 게 고조였다. 생명의 은인인 셈이다.

그러나 소녀 본인의 눈빛과 말에 고조는 왠지 공포를 느꼈다.

"채, 책임이라니, 도대체 무슨 소리지?"

간신히 되물은 것은 영문 모를 그 상황이 너무나 두려웠기 때문이다.

"……길이 막혔어."

소녀에게서 돌아온 말은 더 의미불명이었다.

머리가 이상한가. 그렇다면 더 이상 엮이지 않는 게 나을 수도 있겠다. 그래도 어쨌든 등대까지는 데려가야 한다.

고조가 어쩔 줄 모르고 있는데 등대장과 선배들이 달려와 다음 일을 전부 맡길 수 있었다.

……이런 이야기를 등대장 이사카 고조에게 들었을 때, 모토로이 하야타는 뭐라 표현할 수 없는 기묘한 감각에 사로잡혔다.

이사카가 항로표식 간수를 목표로 하고 체신성 항로표식간수훈련소에서 반년의 수학을 끝내기까지의 경험은 하야타도 그런대로 정겨운 느낌으로 집중해 들었다. 당시의 훈련소는 1938년에 등대관리양성소로 바뀌면서 수학 기간도 1년으로 늘어났고, 1948년에는 해상보안청의 발족으로 도쿄의 해안보안교습소와 요코하마의 등대관리양성소, 지가사키의 수로기술관양성소까지 세 개로 나뉘었다. 1951년에는 세 개의 기관이 통합되어 마이즈루에 해안보안학교가 생겼다. 거기에 등대과를 두고 항로표식직원을 교육했다.

이렇게 하야타 때와는(그가 배운 곳은 요코하마의 등대관리양성소이다) 조금 다르고 그 후로도 변화가 있었으나 그래도 강의와 실습 내용에 극적인 차이가 있는 것은 아니다. 그래서 그도 반가운 마음이 든 것이다.

이사카의 첫 부임지가 다이코자키등대였던 것도, 단순한 우연의 일치라고 생각했다. 그러므로 등대에서의 경험담도 자신과 비교하면서 귀를 기울였다. 그가 바다에 뛰어들어 자살을 시도한 소녀를 구한 얘기도 어느 시대나 10대는 비슷하구나, 라고 느꼈을 뿐이다.

그런데 바로 그 본인의 언동이 예전 하야타가 구조했던 소녀와 너무 비슷하다고 느낀 순간, 등골이 서늘해졌다. 용모와 분위기까지 비슷한 느낌이 들어 흠칫 등줄기에 소름이 돋았다.

같은 소녀……일 리 없어.

두 번의 자살 미수 사건에는 20년 이상의 세월이 놓여 있다. 어느 시대나 10대의 자살은 드물지 않을 것이다. 우연히 비슷한 소녀가 있었을 뿐이다. 하야타는 그렇게 자신을 이해시키면서도 마음 한구석에 싹튼 다른 상상을 억누를 수 없었다.

둘 다 같은 바다의 마물이 아니었을까.

기타큐슈의 야코야마 지방에 있는 누쿠이 탄광 가운데 하나인 넨네 갱에서, 그는 또 다른 마물이라 할 만한 불길한 여자 이야기를 들었다. 그것은 탄광 안에 나타나 광부들을 유혹한다고 했다. 그렇다면 역시 갑자기 발생한 안갯속에서 바다의 마물이 나타나 등대지기를 바닷속으로 끌고 들어간다 해도 이상할 게 없지 않을까.

……하얀 마물.

고가사키등대를 처음으로 봤을 때 그런 호칭을 떠올렸던 게 생각났다.

……하얀 사람.

……시라몬코.

연상 작용이 잇따랐다. 그렇지만 그 셋이 똑같은 존재인지조차 그는 정확히 알 수 없었다.

애당초 '하얀 마물'도 '하얀 사람'도 하야타가 멋대로 명명한 것이다. 게다가 이사카와 하야타가 구조한 소녀가 같은 존재이고 바다의 마물이라는 증거는 당연히 없다. 또 '시라몬코'는 간세이 지방의 햐쿠에 숲에 사는 전설 속 괴물이다.

역시 지나친 생각이야…….

하야타는 마음을 고쳐먹었다.

"다이코자키등대에는 3년 있었네."

이어진 이사카의 다음 말을 듣는 순간 몸이 굳고 말았다.

"다음 부임지는 여기 고가사키등대였지."

11장 등대선 라슈마루

요코하마항에서 등대 순시선 '라슈마루'가 출항하자, 이사카 고조는 갑판에 서서 바다를 실컷 바라봤다. 다이코자키등대에서도 매일, 당연히 온종일 이 바다를 봤다.

그래도 전혀 물리지 않는 걸 보면 역시 고조는 바닷사람인 듯했다. 등대에서 바다를 바라볼 때는 당연히 움직임이 없다. 조금의 움직임이라도 생기면 바로 다 알 수 있다. 다이코자키 끝에서 끝이 걸을 수 있는 전부였고 어디를 걸어도 눈앞의 바다에 변화는 없다.

지금은 배가 바다 위를 달리고 있다. 고조의 눈앞에서 바다가 획획 흘러간다. 바다는 한없이 이어져 있으므로 다 똑같다고 할 수 있으나 실제로는 다르다. 지역마다 차이가 있다. 그것을 알 수 있다는 게 기뻤다. 그래서 물리지도 않고 한없이 바다를 바라봤다.

등대 순시선이란 각 등대에 다양한 물자를 운반하고 또 시찰원이나 전근자를 보내주는 역할을 담당하는 전문 선박이다. 등대 시찰선, 등대 순찰선, 등대 보급선 등의 호칭도 있는데 그냥 '등대선'이라고 부를 때가 많다. 원래 항로표식을 위해 닻으로 고정한 배도 '등대선'이라 부르므로 조금 애매하기는 하나, 특히 지방 등대지기들이 일상 대화에서 쓸 때는 대체로 등대 순시선을 가리킨다. 1년에 한 번꼴로 찾아오는 등대선만큼 그들이 손꼽아 기다리는 존재는 없기 때문이다.

등대선 안의 공동 식당에서는 메이지시대부터 보통 양식이 나왔다. 등대지기들은 외출복을 차려입은 가족을 데리고 이 특별한 회식에 서둘러 나타난다. 배 안에는 부임지 등대로 향하는 사람도 있어서 등대지기들에게는 환담의 장이기도 했다. 그 가운데 같은 훈련소나 양성소 출신 동창생이라도 있으면 이야기꽃을 피우게 된다. 그리고 등대지기의 아이들은 장난감이나 과자를 받았다.

그런 등대선 가운데서도 유명한 것이 라슈마루이다. 이 배는 원래 독일에서 만들어져 1900년에 진수進水한 러시아 선박 '아르군'이었다. 1904년, 러시아의 조차지였던 중국 청니로 향하던 중 한국 전라도 팔구포 부근에서 일본제국 군함인 아즈마가 아르군을 나포한다. 이후 해군 관용선으로 징발된 시찰선 '신하쓰타마루' 대신 이 배가 시찰선 '라슈마루'로 다시 태어났다.

라슈마루는 아름다운 새하얀 선체 때문에 '백설공주'라고 불렸다. 붉은색도 살짝 들어가 있어서 아이들에게는 해마다 한 번씩 선물을 주는 산타클로스로도 보였다. 물론 순시선이므로 등대지기에게는 매우 어려운 존재임은 분명하다. 순시원들이 무사히 일을 마칠 때까지 잠시도 긴장을 늦출 수 없다. 그래도 손꼽아 기다려지는 것이 등대선이었다.

고조가 라슈마루에 승선한 것은 두 번째 부임지인 간세이 지방의 고가사키등대로 가기 위해서였다. 다만 배는 후루미야에서 다른 곳으로 가기 때문에 그곳에 내려 거기서부터 고가사키까지는 민간 고깃배를 고용해야 했다. 선장은 정말 미안하다고 했는데 그게 라슈마루의 임무이니 어쩔 수 없는 노릇이다. 만약 그 배가 고가사키까지 가면 다른 등대지기가 곤란해진다. 시찰 업무에도 영향이 생길 것이다. 그 점을 아는 만큼 그도 불만은 없었다.

고조에 주어진 선실이 일반 여객선의 이등실 정도라는 얘길 들었을 때는 솔직히 감동했다. 물론 그가 객실에 있는 시간은 잠잘 때뿐이고 대부분은 배 안을 돌아다녔다. 수많은 이야기를 들었던 라슈마루를 직접 탔으니 어린애처럼 돌아다닌 것도 무리는 아니다.

선체 밑부분에 마련된 살롱에는 독일인 화가의 유화가 걸려 있다. 전부 넉 점이었는데 고조는 나중에 이 그림에 대해 두 번이나 일기에 언급했다. 첫 번째는 전쟁 중으로 독일, 이탈리아, 일본의 삼국동맹이 체결되었을 때, 두 번째는 패전 후 라슈마루의 승객이 되었을 때다. 전자는 그저 같은 동맹국이라 기억한 데 불과했고 후자는 독일인 화가의 유화가 일본미술가협회가 주최하는 니카센에 입선한 일본인 화가의 작품으로 바뀌어 있는 것을 봤기 때문이다.

그 유화는 어디로 갔을까.

문득 그림의 행방이 궁금해진 것은 그 그림도 전쟁에 희생되었나 하는 생각이 들었기 때문일지 모른다. 고조는 그런 흔들리는 감정을 일기에 적었는데 문제의 유화를 처음 봤을 때 그는 일본이나 자신의 장래 같은 건 전혀 모른 채 세련된 살롱과 서양식 분위기에 압도당했다.

살롱에는 항상 사람이 있어서 대화 상대를 구하긴 어렵지 않았다. 특히 변경의 땅에서 오랫동안 근무했던 사람은 언제나 다른 이와의 대화에 굶주려 있다. 화제가 끝없이 나온다. 고조에게 도움이 될 만한 얘기도 많았다. 겨울 살롱은 스팀 덕분에 포근한 정도였으나, 여름 햇살이 쏟아지는 요즘에는 너무 더워, 그는 종종 갑판에서 시간을 보냈다.

드디어 간토 땅을 떠나는구나.

등대지기가 되었을 때 각오했더라도 이런 곳에서는 망향의 감정에 사로잡히게 마련이다. 하지만 고조는 달랐다. 라슈마루에 승선한 그에게는 고향에 남겨두고 온 미련을 모두 잘라내려는 마음이 있었다. 그런 상념에 잠겨 석양에 물들어 적동색으로 빛나는 바다를 물끄러미 바라보고 있을 때였다. 낮지만 날카로운 여자 목소리가 들려와 흠칫 놀랐다. 선미 쪽에서 울려온 듯했다.

호기심에 갑판을 걸어간 고조의 눈에 다투는 듯 보이는 두 사람의 모습이 들어왔다. 남녀 커플이었던 그들이 다도코로와 그의 부인 미쓰코라는 사실을 안 순간, 그는 급히 몸을 돌리려 했다.

다도코로는 두 살 위의 등대지기로, 실은 고조와 함께 고가사키에 부임하는 동료였다. 그래서 라슈마루에서 만난 뒤로 이래저래 이야기를 많이 나눴다. 중간 기항지에서는 등대에 가져갈 선물을 같이 사자는 말도 했다. 미쓰코까지 참여해 셋이 생각한 선물의 조건은 첫째 '음식'이었고 둘째는 '가져가는 데 번거롭지 않고 가벼운 것', 세 번째는 '호불호가 적고 되도록 장기간 보관이 가능한 것'이었다. 그 결과 김 한 상자를 샀다.

고조와 다도코로 부부 사이는 좋았다. 나이도 비슷한 데다 무엇보다 상대는 신혼이었다. 오히려 고조는 둘의 다정한 모습을 어쩔 수 봐야 하는 처지였다. 그런데 선물을 사서 배로 돌아온 다음부터 미쓰코가 묘하게 이상하게 행동했다. 그녀가 제안한 물건이 아니라 고조가 의견을 낸 김을 고른 탓인가 생각했는데 아무리 그래도 그건 아닌 듯했다. 무엇보다 "모든 조건에 김이 딱 맞네요"라며 미쓰코도 좋아했다. 그녀는 고조가 말을 걸어도 건성으로 넘길 때가 많아졌다. 다른 등대지기들에게도 같은 태도였다. 그뿐만 아니라 남편인 다도코로에게도 왠지 서먹하게 굴었다.

그러던 차에 둘을 봤으니 고조는 잽싸게 사라지려 했는데 그 전에 미쓰코가 배 안으로 홀쩍 들어가버렸다. 게다가 그가 거기 있는 것을 다도코로가 알아버리고 말았다.

"아이고, 한심한 꼴을 들켰네."

다도코로가 먼저 말을 꺼내는 바람에 고조는 어쩔 수 없이 다가가며 말했다.

"부인이 뱃멀미라도 했어요?"

무난하게 그 자리를 수습하려 했다.

"그보다 심각한 문제야."

예상 밖의 답변이 돌아와 그는 당황했다. 아무래도 부부싸움을 하던 중인 듯한데 독신인 그에게는 너무 버거운 화제였다.

"그래요?"

대충 눙치고 넘어가려 했는데 더 뜻밖의 말이 들려 어안이 벙벙해졌다.

"미쓰코가 말이야, 고가사키에 가고 싶지 않다……네."

"네?"

너무 놀라 큰 소리를 내고 말았다. 그와 대조적으로 다도코로는 기운 없는 조그만 목소리로 소곤소곤 말했다.

"처음에 말했듯 내가 전에 근무한 곳은 스즈가사키등대야. 다이코자키등대와 마찬가지로 관광지여서 일상생활에 전혀 불편함은 없었지. 등대 근처 선물 가겟집 딸이 미쓰코와 사귀기 시작했어. 그리고 이번 근무를 계기로 결혼해 부부가 같이 고가사키로 가게 되었는데……."

"부인이 등대지기 일을 제대로 이해하지 못했다는 말인가요?"

고조가 조심스럽게 묻자 다도코로는 힘없이 고개를 저었다.

"그건 아니야. 친정인 선물 가게는 전부터 스즈가사키등대와 어울려서 아내도 어려서부터 등대지기의 어려움은 알았다고 들었어. 게다가 나와 만나면서 더 자세히 알게 된 것도 많고 결혼하기 전에 전근 얘기도 충분히 했어."

"그런데 왜?"

"첫 계기는 셋이 산 선물, 김인 것 같아."

"……아."

역시 그거였구나. 고조는 그렇게 생각하며 움찔했다. 하지만 다도코로의 말을 듣고 온몸의 힘이 쭉 빠지고 말았다.

"앞으로 자기가 살 곳에는 이런 김조차 부족한가…… 그런 생각이 드니 견딜 수가 없었던 모양이야."

"……아."

그 정도 고생은 미리 알았어야지. 고조는 어이가 없었지만, 다도코로에게 그렇게 말할 수는 없었다.

"아무리 어릴 때부터 다양한 등대 이야기를 들었다고 해도, 그리고 벽지 등대에서의 각오가 되어 있다고 해도, 실제로 아내가 아는 등대는 스즈가사키뿐이야. 그리 쉽게 이해할 수 없었겠지. 나도 그 정도는 마음의 준비를 했어."

"그 말씀은?"

"최악은 결혼을 끝내던지. 아니더라도 등대에는 나 혼자 가거나."

"아니……."

"내가 더 좋아하는 게 죄지."

다도코로는 살짝 아내 바보였으나 그렇다고 보기 싫을 정도는 아니었다. 오히려 미쓰코를 소중히 여기는 그니까 설득할 수 있는 일일 텐데 왜 김 선물 때문에 그녀와 싸우게까지 됐는지, 고조는 여전히 이해할 수 없었다.

다도코로는 그의 생각을 알아차린 듯 입을 열었다. "김 일로 불안해진 것뿐이라면 나도 어떻게든 할 수 있어. 등대 부인의 내조에 관해서는 얘기를 많이 들었을 테니까. 그런 예를 들면서 아내를 다시 설득하는 데 무리는 없었을 거야."

"다른 이유가 있다는 거군요."

고조의 질문에 다도코로는 갑자기 고통스러운 표정을 지었다.

"사사노 씨야."

그들과 같이 라슈마루를 타고 있는 나이 든 등대지기의 이름을 댔다.

"다음 부임지를 마지막으로 은퇴한다고 들었는데, 그분이 왜요?"

"경험 많은 노련한 등대지기라 등대 일은 뭐든 알지. 그 사람의 경험담을 듣는 일은 정말 도움이 되지만……."

거기서 다도코로는 뒷말을 흐렸다.

"하지만 술을 너무 많이 마시고 괜한 말까지 해버려서 좀 곤란하죠?"

고조가 알아차리고 선수를 치자 다도코로가 말을 받았다.

"맞아. 어디 등대의 지금 등대장 부인은 현모양처처럼 보이지만, 사실은…… 그런 얘기를 꺼내서 다들 서둘러 화제를 바꾸게 만들지. 우리 직장은 전국 각지에 퍼져 있는 듯하지만 실은 아주 좁아. 이렇게 등대선을 타면 대체로 다 아는 얼굴이잖아. 소문을 들었던 사람과 만날 수도 있어. 그래서 괜한 소문은 입에 담지 않아. 순식간에 퍼지니까. 게다가 소문 내용에 따라 우리 일이나 생활과 얽힐 우려가 있지."

"잘 압니다."

"그런데 사사노 씨는 술만 들어가면 떠벌리고 만다니까. 게다가 그 사람 말에는 제법 허풍이 많아서 끝이 안 좋아."

"부인도 이상한 얘기를 들었군요."

그것도 둘의 부임지인 고가사키에 관한 것일 가능성이 클 것이다. 그렇다면 고조도 관계가 없지 않다. 그 탓에 고조도 절로 관심이 생겼는데 다도코로는 왠지 입을 다물어버렸다.

"……응. 그렇긴 하지만 역시 말도 안 되는 일이라."

"뭔데요?"

"사사노 씨 말이……."

"고가사키등대에 관한 건가요?"

고조의 질문에 다도코로는 몸을 흠칫했다.

"맞다. 자네도 관계있는 얘기이겠구나. 아, 미안해. 생각할 틈도 없었어."

"어쩔 수 없죠. 사랑하는 부인 일이니까요."

고조가 진지하게 말하자 다도코로는 쑥스러우면서도 흐뭇한 표정을 짓더니 곧 미간을 찌푸렸다.

"하지만 과연 자네에게 말하는 게 좋을지……."

"못 들으면 내내 마음에 걸릴 것 같은데요."

"……가령 그게 기분 나쁜 일이라도 괜찮겠나?"

고조는 순간 망설였으나 바로 마음을 굳혔다.

"알려주십시오."

"김 선물을 사 온 날 밤, 미쓰코는 우연히 살롱에서 사사노 씨와 단둘이 되었어. 게다가 수십 분이나 살롱에 아무도 나타나지 않았다네. 그때 무서운 얘기를 들었지."

사사노가 자기 경험을 미쓰코에게 말하고, 그녀가 다도코로에게 그 얘기를 전했다. 지금은 또 다도코로가 고조에게 알려주려는 이야기란 다음과 같았다.

사사노는 메이지시대 말, 그러니까 1910년대 초에 등대지기가 되었다. 처음 부임한 곳이 고가사키등대였다. 그때도 지금과 마찬가지로 등대 순시선을 타고 후루미야까지 가서, 거기서부터 현지 어부의 배를 빌려 고가사키까지 가야 했다.

고깃배는 고가사키의 구지암까지 다가갔으나 바다가 거칠어 배를 댈 수 없다고 했다. 사사노가 보고 느끼기에는 해면 상태가 그리 나쁘지 않았다. 그러나 어부의 판단은 달랐다. 아지키항까지 가서 거기서부터는 육로로 등대에 가는 수밖에 없다고 했다. 사사노는 어쩔 수 없이 상륙을 포기했다.

멀어지는 등대를 바라볼 때 문득 이상한 것이 눈에 들어왔다. 곶 끝의 깎아지른 절벽 위에 뭔가 허연 존재가 보였다.

……사람인가?

자세히 보니 아무래도 사람 같았다. 그런데 온몸이 새하얬다. 그런 사람은 없을 텐데. 그럼 저건 뭐지?

어부에게 물어보려고 고개를 돌렸는데 어부는 당황한 듯 시선을 피했다. 순간 사사노는 이유 없이 소름이 돋았다. 아니, 이유라면 분명할지 모른다.

저것이 무엇인지 어부는 알고 있다.

하지만 내게 알려줄 마음은 없다.

그는 첫 부임지에 정체 모를 불안감을 느끼며, 완전히 보이지 않게 될 때까지 등대를 바라봤다.

사사노는 아지키에서는 고지야라는 여관에 머물고, 다음 날 시로고무라의 안내인을 고용해 고가사키등대로 향했다. 그 여정은 거의 등산에 가까웠다. 오르락내리락하는 길이 드디어 끝났나 싶어 안도하면 이번에는 밀림 속을 나아간다. 그런 고생 끝에 시로고무라에 도착해 안내인의 집에서 하룻밤을 묵고 다음 날 아침 일찍 출발했다.

이틀째는 다행히 등산 걱정은 없었으나 햐쿠에 숲이라 불리는 곳의 덤불 때문에 고생했다. 걸핏하면 안내인의 머리가 보이지 않았다. 그를 잃어버려 미아가 될까 봐 필사적으로 따라붙었다. 그러다가 이상한 기척을 느끼기 시작했다.

……누군가가 내 뒤를 쫓아오고 있어.

빽빽하고 무성한 덤불 속에 있는 것은 물론 안내인과 사사키 둘뿐이다. 그렇지만 그의 뒤에서 있을 수 없는 소리가 들려왔다.

……부스럭, 부스럭.

울창하게 우거진 키 큰 덤불을 헤치고 틀림없이 두 사람을 쫓아오는 소리가 울렸다.

너무 불안해진 사사노는 안내인에게 알리려 했는데 "뒤에서 누가 쫓아와요"라고 말하는 순간 그가 그 존재를 알아차렸다는 사실을 **그것 자체**에 알려주는 꼴이 된다는 걸 깨닫자 무서워져 관두고 말았다.

오로지 걷는 속도를 높여 무작정 안내인을 뒤따르려 했다. 그러면서도 뒤를 수없이 돌아봤다. 그러자 이따금 덤불 너머로 슬쩍슬쩍 어떤 허연 것이 보여 두 팔에 소름이 돋았다.

등대에는 무사히 도착할 수 있었다. 등대장도, 선배 등대지기도 매우 살뜰하게 사사노를 돌봐주었다. 등대장 가족과도 금방 친해졌다. 등대장 부인에게는 정말 신세를 많이 졌다. 일은 여러모로 힘들었으나 사람 복은 있구나 싶어 기뻤다.

그 하얀 것에 대해 여러 번 물어보려다 그만뒀다. 그 말을 꺼낸 순간 따뜻한 등대 부속 관사의 분위기가 깨지고 다시는 원래대로 돌아갈 수 없을 것 같은 느낌이 들어 도무지 물을 수 없었다.

그 대신 사사노는 고깃배 위에서 하얀 사람 같은 걸 봤던 곶 돌출부에 종종 머물게 되었다. 절대 그것을 가까이에서 보고 싶어서가 아니었다. 그 자리에 자신을 끌어들이는 무언가가 있었기 때문이었을까.

거꾸로 밀림의 덤불 속에는 두 번 다시 발을 들여놓지 않았다. 더 편한 길이 있다는 말을 등대장에게 들어서 더욱 그랬다.

사사노는 이른 아침이든 낮이든 저녁이든 시간만 나면 곶의 돌출부로 나가 머물렀다. 그래도 밤만은 피했는데 그것은 어둠에 공포를 느꼈기 때문이라기보다 손전등만 들고 바위 위를 걷는 것의 위험을 충분히 알고 있었기 때문이다.

한 달이 지나고 석 달이 지나고 반년이 되어도 아무것도 볼 수 없었다. 눈에 보이는 것은 광대한 바다와 곶 끝에 우뚝 솟은 기괴한 구지암, 그 너머를 다니는 고깃배, 더 먼 바다를 다니는 선박, 계절마다 나타나는 바닷새들…… 같은 익숙한 풍경뿐이었다.

해 저문 어느 날, 등대를 점등한 그는 문득 곶 돌출부에 가고 싶다는 충동에 휩싸였다. 이제까지는 저녁때 가더라도 등대 점등 전이었다. 대체로 비번에서 근무로 바뀌기 전에 가고 점등 뒤에는 굳이 걸음 하지 않았다. 근무 중이므로 꺼린 것도 있었고 또 일단 해가 지면 순식간에 주위가 캄캄해지기 때문이다.

그런데 그날은 이상하게 가고 싶었다. 해가 완전히 떨어지기 전에 돌아오면 아직 발밑은 잘 보일 것이다. 물론 근무 중이긴 했으나 무사히 점등을 끝낸 뒤니까 잠깐은 괜찮을 것이다. 그렇게 생각했다.

사사노는 혹시나 해서 손전등도 챙겨 등대를 나섰다. 두 번째 넓은 바위에서 곶의 끝부분까지, 물론 길 같은 것은 없었다. 하지만 여러 번 다닌 탓에 그는 어떻게 가야 하는지 잘 알았다. 늘 같은 길을 따라 늘 같은 장소에 섰다. 조금 달랐던 점은 이제까지 봤던 저녁 풍경보다 일대가 더 어두컴컴했다는 정도였다.

더 밤이 가까워지고 땅거미가 내렸을 때…….

굳이 표현하자면 그 정도가 어울리지 않을까. 말하자면 명암의 비율이 어두운 쪽으로 기울어져, 조금만 방심하면 쓱 밤이 되어버릴 것 같은 기적이 주위에 가득했다.

일몰 때마다 거대한 말뚝 같던 구지암이, 그것에 꽂힌 희생자의 피를 바른 듯 보인 것은 남아 있던 짙은 석양빛 때문이었다. 그 빛은 지금 상당히 약해져 마치 핏방울이 응고해가는 듯 바위가 거뭇거뭇했다. 그 아래에서 거친 파도가 아홉 개의 가늘고 긴 기암 밑을 강타하고 먼바다로 밀려 나갔다.

아무리 봐도 으스스한 풍경이네.

사사노는 그렇게 느끼면서도 이 풍경을 굳이 왜 보러 왔나 하는 의문을 품었다. 그만해야 하지 않을까. 이래서는 기분 전환도 되지 않잖아. 그렇게 진지하게 생각하고 있을 때였다.

훅, 하얗고 둥그런 무언가가 구지암 아래 바다에서 떠오르는 게 보였다.

처음에는 파도의 하얀 거품 부분과 뒤섞여 뭔지 알 수 없었다. 어두컴컴했으나 그 하얀 무언가가 푸른 해면을 계속 이동하는 게 보였다. 마치 곶을 향해 헤엄치듯이.

……설마, 사람인가?

사사노는 다급히 그것을 응시했다. 근처에서 배가 난파했을지 모른다. 아무리 그래도 그런 일이 있었다면 모를 리 없었을 거라고 의아해하면서도 만약의 사태를 생각했다.

자세히 보니 확실히 사람 머리처럼 보였다. 그렇다면 해면에 머리만 내놓은 상태로 저 인물은 서서 헤엄치고 있다는 소리다. 그런데 서서 헤엄친다는 것은 그 자리에 머물기 위해서가 아닌가. 이렇게 앞으로 오는 것은 아무래도 이상하지 않나.

그가 당황하고 있는 사이에 그 하얗고 둥근 것은 점점 곶으로 다가왔다. 이윽고 깎아지른 절벽 바로 아래 도착했다.

획…… **그것**이 사사노를 올려다봤다. 그렇게 보였다. 그 순간 사사노의 등줄기가 부르르 떨렸다.

후득, 후득…….

다음 순간, 그것이 절벽을 기어오르기 시작했다. 양손 같은 것을 번갈아 위로 뻗어 깎아지른 절벽을 올랐던 것이다.

……하얀 마물.

그때 사사노의 뇌리에 문득 떠오른 표현이었다. 보기에는 자신과 비슷한 모습을 하고 있으나 아무래도 인간 같지는 않다. 그럼 무엇일까. 바다의 마물이라 볼 수밖에 없다. 그런 무시무시한 존재가 구지암 아래에서 나타났나 싶더니 곧 바로 아래까지 이동해 영차영차 절벽을 기어 올라오고 있다. 내게 오려 한다.

혹시 매일, 저것은 땅거미가 질 때마다 저랬나.

왜……라고 생각하다 자신을 찾는 게 아닐까 하는 생각에 이른 그는 진심으로 오싹한 공포에 사로잡혔다.

고가사키등대에 고깃배를 타고 내리려다가 파도가 거칠다 해서 구지암 앞에서 포기했는데 그때 곶 끝에 선 하얀 사람을 봤다. 사사노가 보았듯 그것도 자신을 본 게 아닐까. 그것은 이후로 줄곧 사사노를 원했다…….

황급히 절벽을 내려다보니 그것은 반쯤 올라와 있었다. 게다가 고개를 들어 그를 본 것만 같다. 사사노는 뛰고 싶은 마음을 간신히 참고, 최대한 잰걸음으로 관사로 돌아와 등대장에게 사정을 말했다.

웃으며 놀릴까 봐 걱정했는데 등대장은 잠자코 곶 끝까지 같이 가주었다. 거기에는 아무것도 없었다. 절벽을 이미 올라왔나 싶었는데 아무래도 시간상 무리였다. 등대장에게 그리 말하자 그날 근무를 빼줬다.

사사노는 이 경험 뒤로 등대 근무를 할 수 없게 되었다. 마침내 고가사키등대에서의 근무 자체가 불가능해져 전근을 요청했다.

은퇴를 코앞에 둔 나이가 되어서도 새로운 등대에 부임할 때마다 바다에서 그것이 나타나 육지로 올라와 자신을 찾아다니지 않을까…… 하는 생각이 들어, 그 땅에 익숙해질 때까지 늘 두려움에 떨었다.

사사노는 이런 얘기를 매우 심각한 표정과 말투로, 미쓰코에게 했다고 한다.

"부인은 괴담 같은 그 얘기를 진심으로 믿게 된 거군요."

고조의 확인에 다도코로는 곤란한 표정을 지었다.

"나는 말도 안 되는 일이라고 생각해. 사사노 씨 특유의 허풍이 틀림없다고 미쓰코를 다독였지. 하지만 그녀는 그렇게까지 정교한 거짓말을 할 리 없다며."

"어떻게 하셨어요?"

"선장이라면 뭐든 알 것 같아 물어봤어. 사사노 씨와 비슷한 나이에다 선장이라는 직무상 소문도 많이 들었을 테고." 다도코로는 갑자기 입을 다물고 가만히 고조를 바라보며 말했다. "앞으로 하는 말은 다른 등대지기에게는 절대 하지 마."

"……알겠습니다."

고조가 고개를 까딱해 수긍하자 다도코로가 이야기를 이어갔다.

"선장도 처음에는 부정했어. 고가사키등대에 관한 괴담은 들어본 적 없다고. 하지만 내가 미쓰코 일을 얘기하자 선장은 절대 다른 데 가서 말하지 말라고 못 박은 다음 알려줬어. 고가사키 앞바다에서 솟아오른 구지암 앞을 저녁 무렵 배가 지나갈 때, 예전부터 곶 끝에 서 있는 하얀 사람을 여럿 목격했다고."

"……인간이 아닌 건가요?"

"그 지방의 시로고무라 사람이라고 말한 어부도 있대. 반면에 그건 사람이 아니라고 단언하는 선장도 있어서 완전히 수수께끼라더군."

"그럼 사사노 씨 얘기도……."

"전부는 아니더라도 완전히 허풍은 아닐 수 있는 거지."

"선장의 말을 부인에게도……."

다도코로는 고심하는 표정으로 말했다. "사사노 씨의 경험이 거짓말은 아니더라도 상당히 과장되어 각색된 것임을 알리기 위해서는 선장의 얘기를 전할 수밖에 없었어. 그럼 적어도 사사노 씨가 곶 끝에서 본 하얀 사람은 진짜가 되지."

"판단하기 어렵네요."

"맞아. 어쨌든 나는 아내에게 다 말했어."

그 결과 미쓰코가 고가사키등대에 가고 싶지 않다고 했다는 것인데 무리도 아니다. 다도코로의 말로는 그의 아내는 괴담을 아주 무서워하는 성격이란다.

결국, 다도코로의 탄원으로 고가사키등대 부임은 무효가 되었다. 그렇다고 대신할 사람을 바로 찾을 수는 없으므로 일단 고조 혼자 가야 하는 신세가 되었다.

……그런 이야기를 등대장인 이사카에게 듣고 있던 모토로이 하야타는 너무나도 또렷하게 새로운 공포를 느끼기 시작했다.

사사노라는 나이 든 등대지기도 하얀 마물이라는 괴이와 만난 적이 있다……. 그보다 고가사키를 지나다니는 선박의 선원들이 예전부터 하얀 사람을 목격했다…….

자신의 경험담과 바로 비교해 생각하려는 것을 꾹 참고, 하야타는 이사카의 이야기에 더 귀를 기울였다.

12장 햐쿠에 숲

등대 순시선 라슈마루가 후루미야항에 도착하자, 이사카 고조는 다도코로 부부와 헤어졌다. 그보다는 혼자 라슈마루에서 내렸다고 해야 할까. 다도코로 부부를 포함해 다른 사람들은 배에 남아 그대로 항해를 계속한다. 물론 모두 직무를 다하기 위해(그것은 다도코로 부부도 예외는 아니다) 라슈마루와 함께 떠나는 것인데, 왠지 고조는 자신만이 무리에서 떨어져나온 듯한 기분이 들었다.

"함께 가지 못해 정말 미안하네."

김 상자를 건네면서 사과하는 다도코로의 표정에 안도의 감정이 담겨 있었다. 어떤 벽지의 등대라도 부임하겠다는 각오는 했으나 무시무시한 괴담이 전해지는 땅에는 사실 가고 싶지 않다는 마음이 다도코로에게도 있었던 것일까.

후루미야항은 매우 붐볐다. 각종 상점이 늘어선 거리를 걷는 것만

225

으로 고조는 엄청난 활기에 휩싸였다. 다이코자키등대 같은 관광지가 아닌 항구 도시 특유의 시끌벅적함이 넘쳤는데 그는 그런 분위기에 익숙하지 않았던 터라 마치 술에 취한 듯했다.

똑같은 경험을 라슈마루 안에서 문제의 사사노 씨에게 들었다. 그때는 과장이라고 생각했는데 그게 사실이었음을 알고 놀랐다.

사사노에 따르면 산에서 생활하는 사람들은 읍내에 나오면 금방 피곤해진다고 한다. 산길은 높낮이 차가 있어서 걸을 때 자연스럽게 고개를 위아래로 움직이는데 읍내에서는 양쪽에 가게들이 있어서 고개를 좌우로 흔들 때가 많다. 즉 고개 움직임이 수직에서 수평으로 바뀐다는 소리다. 평소와는 다른 이 운동이 피로의 원인이라고 한다.

비슷한 논리가 등대지기에도 적용된다. 사사노와 마찬가지로 고조도 비슷한 경험을 했던 탓에 구경은 재빨리 해치우고 고가사키까지 태워줄 고깃배를 찾기로 했다. 애당초 선장과 사사노의 소개가 있었던 덕분에 단자와라는 어부는 "좋습니다"라고 단박에 받아줬다. 말수가 적은 남자였는데 물어보니 할아버지 때부터 고가사키나 아지키항까지 등대지기를 보내줬단다.

혹시 사사노 씨도……

이 어부가 데려다주지 않았을까 생각했는데 아무래도 나이가 맞지 않는다. 어쩌면 단자와의 아버지나 할아버지가 아직 젊었을 사사노를 고깃배에 태웠으리라.

더 물어보니 단자와 집안은 옛날부터 어부로 일해온 가계인데 등대지기를 데려다주는 일은 누구나 맡는 일이 아니란다. 전임에서 후임에게만 이어지는 일이라는 것이다. 장남도 차남도 아닌 셋째 아들인 자신이 물려받은 것도 아버지가 그렇게 정했기 때문이라고 알려줬다. 그런 것치고는 단자와 본인이 자기 역할에 자긍심이 있는 것처럼 보이지는 않았다. 그게 고조는 이상했는데 문득 이런 생각이 들었다.

하얀 사람에 관해 물어볼까.

대대로 어부 생활을 하며 등대지기를 데려다주는 일까지 물려받았다면 틀림없이 하얀 마물 이야기도 할아버지나 아버지에게 들었을 것이다.

그러나…….

고조는 망설였다. 괴담 얘기를 꺼내는 순간 고깃배에 태워주지 않을 우려가 있지 않을까. 바다 남자들은 미신을 많이 믿는다. 아무것도 모르는 등대지기를 고가사키까지 데려다주는 일이라면 괜찮지만, 그 본인이 처음부터 불길한 이야기를 알고 있다면 상황은 달라진다. 그런 사람은 배에 태우고 싶지 않다, 이런 식으로 나오면 아주 곤란해진다.

만약 화제로 삼더라도 거기 도착하기 직전이어야겠구나.

교활하다고 생각하면서도 고조는 그렇게 판단했다. 만약 단자와가 대답해주더라도 거꾸로 고조 자신이 고가사키등대에 가는 게 꺼려지면……이라는 상상이 들자, 역시 아무것도 묻지 않기로 했다.

단자와는 바로 출발했다. 지금부터 가면 저녁에는 고가사키에 도착한단다. 구지암 근처는 파도가 거칠어 배를 댈 수 없을 때가 많은데 그럴 때는 아지키항으로 가야 한다고 처음부터 못을 박았다. 이제까지 부임한 등대지기 대부분이 아지키에서 산을 넘고 덤불을 헤치는 수고 끝에 등대에 도착했다고 한다.

"등대 순시선은 어떻게 하나요?"

고가사키등대에도 물론 시찰은 올 것이다. 의문이 들어 물었는데 순시선에는 튼튼한 보트가 실려 있어서 괜찮다는 얘기를 단자와는 나직하게 말했다. 즉 순시선은 너무 커서 구지암을 통과할 수 없으므로 작고 움직이기 쉬운 보트를 내려 대응한다는 소리다.

이상했다. 고조가 기억하는 한 라슈마루에는 일반 보트밖에 없다. 이 고깃배가 통과할 수 없을 정도로 파도가 거친 상태에서 작은 보트를 젓는 일은 불가능하다.

어쩌면…….

단자와 집안의 어부들이 대대로 고가사키에 배를 댈 것인지 아닌지 판단하는 요소는 파도 상태가 아니라 다른 데 있지 않을까.

일테면 하얀 사람이 곶에 나와 있는지 아닌지……가 아닐까.

있으면 아지키항으로 간다. 아무것도 보이지 않을 때는 배를 댄다. 그런 규칙이 이어져 내려오는 게 아닐까.

등대지기를 보내는 역할을 물려받은 사람이 장남도 차남도 아닌 자신이라고 단자와는 말했다. 왜냐하면 두 형은 하얀 사람을 보지 못했고 그가 봤기 때문은 아닐까. 그래서 선택되었다.

만약 보지 못하는 사람이 고가사키까지 등대지기를 보내고 거기에 하얀 사람이 있는데도 배를 대면 대체 무슨 일이 일어날까…….

문득 의문이 일었으나 등대 순시선도 마찬가지겠구나 싶었다. 가령 그때 승객 중에 '볼 수 있는 사람'이 있어도 굳이 입에 담지 않았으리라. 저게 뭐지……라고 자세히 보다가 시찰원들을 태운 보트가 배에서 내려졌을 것이다.

그리고…….

곶에 보트를 대고 바위로 내릴 때나 깎아지른 절벽에 있는 돌계단을 오를 때 어떤 사고가 생긴다. 발이 미끄러져 바다에 떨어지거나, 돌계단에서 구르거나.

……아무래도 지나친 생각일까.

고조는 말도 안 되는 자신의 상상력을 비웃으려고 했다. 하지만 조금도 우습지 않았다. 거꾸로 불안만 커질 뿐이었다.

그 순간에도 그를 태운 배는 바다를 질주했다. 점점 고가사키가 가까워졌다. 이제 여기까지 온 이상 돌이킬 수는 없다. 그까지 도망치면 고가사키등대는 어떻게 될까. 이렇게 된 이상 문제의 곶과 대치하는 수밖에 없다.

고조가 새삼 각오를 다지고 있을 때였다.

"고가사키입니다."

단자와의 말에 앞을 보자 출렁이는 바닷속에서 우뚝 솟은 몇 개의 이상한 바위기둥들이 멀리 보였다.

저게, 구지암인가.

막연히 상상했던 것보다 훨씬 크고 기괴했다. 그리도 많은 바위기

등 너머로 거대한 바윗덩어리처럼 보이는 곳이 보였다.

드디어 고가사키에 왔구나.

하지만 감개에 잠길 틈은 없었다. 그 곳 위에 뭔가 하얀 것이 보이지 않나, 그는 필사적으로 살폈다.

……아무것도 없다.

안심하면서 단자와 쪽을 돌아보다가 고조는 흠칫했다. 어부의 얼굴이 굳어 있었기 때문이다. 이어서 구지암 사이의 파도가 거칠어 고깃배를 댈 수 없다는 말을 꺼냈다.

"그렇게 거친 것처럼 보이지 않는데요."

확실히 바람이 불고는 있었으나 이 정도면 갈 수 있지 않을까. 그렇게 생각하며 반대했지만, 단자와는 완고하게 고개를 저을 뿐이었다. 하얀 사람이 나오지도 않았는데…….

구지암 앞에서 멀어지기 시작한 고깃배 안에서, 고조는 도통 영문을 알 수 없었다.

이제까지의 상상은 역시 말이 안 되는 것이었나. 하얀 사람을 '볼 수 있는 사람'이냐 아니냐는 상관없이 정말 구지암 통과가 위험해서 배를 대지 않는 걸까. 등대지기가 바다를 잘 안다고 해도 어부를 이길 수는 없다. 현지 바다는 더더욱 그렇다. 괜찮아 보이더라도 실제로는 위험할지 모른다. 그저 단자와가 냉정한 판단을 내린 거라면…….

고조가 멀어지는 구지암과 고가사키, 그리고 고가사키등대를 봤을 때였다.

……하얀 사람이 그에게 손을 흔들었다.

등대 회랑에 서서 가만히 그를 응시하는 것 같은 모습으로…….

곶의 끝만을 주시했던 터라 완전히 놓치고 말았나. 그러나 단자와의 눈에는 보인 것이다. 그래서 그는 고깃배를 대지 않은 것일까.

와락 목덜미에 소름이 돋았다.

여기까지 온 것을 후회했다. 미쓰코의 판단이 옳았다는 생각이 비로소 들었다. 그녀 덕분에 다도코로까지 잘 피해 나간 것이다.

하지만 나는…….

이제는 어쩔 도리가 없다. 여기서 고조까지 부임을 거부하면 고가사키등대는 존립할 수 없다. 적어도 등대에는 등대장과 그 가족이 있다는 당연한 사실이 그제야 떠올랐다.

조금 전의 사람 그림자는 등대장이었을지 모른다.

훌쩍 멀어진 등대 방향을 바라보면서 그는 가장 합리적인 해석을 시도했다. 그렇게 해서 반쯤 이해하고 나머지 반은 여전히 아닌 것 같은 현실에서 눈을 돌렸다. 그렇게라도 하지 않으면 도저히 등대까지 갈 수 있을 것 같지 않았다.

아지키항은 후루미야에 비하면 훨씬 작았다. 단자와에게 고지야라는 여관을 소개받아 방문하자 여관 여주인이 따뜻하게 맞아주었다.

목욕하고 식사를 마친 뒤 고가사키등대까지 짐도 옮겨주고 안내까지 맡아줄 사람을 구한다고 하자 딱 맞는 사람이 있다고 여주인이 얘기했다. 등대에서 가장 가까운 시로고무라와 아지키 마을을 오가며 일하는 '다스케'라는 남자가 있다고 한다. 전에도 등대지기의 짐을 운반해주고 안내도 해준 경험이 있는데 마침 내일 정오 전에 이리로 온단다.

다음 날, 아직 정오라고 하기에는 이른 시간에 다스케가 고지야에 나타났다. 지금부터 출발하면 저녁에는 등대에 도착할 수 있다며 재촉해 고조는 서둘러 여관을 나섰다. 그때 짐 운반과 안내 요금을 냈는데 왠지 20퍼센트나 깎아주었다. 요금은 여주인에게 들었으니까 괜찮다고 했는데도 손님이 등대지기면 특별 요금을 받는다며 도통 받으려 하지 않았다.

평소라면 그냥 좋아했을 텐데 고조는 속으로 고개를 갸웃했다. 절대 나쁜 사람으로는 보이지 않았으나 그렇다고 완전히 믿을 만하냐고 묻는다면 조금 망설여진다. 짐 운반과 안내를 부탁한 정도라면 괜찮은데 그와 함께 일하게 된다면 다른 문제다. 게다가 등대지기에 경의를 표하기까지 하니 괜스레 마음이 쓰였다.

아무래도 찝찝하네.

그렇다고 이 사람을 거절하기에는 너무 늦었다. 지금부터 다른 짐꾼과 안내인을 찾을 시간도 없다. 신원은 아니까 짐을 들고 도망치지는 않을 것이다. 그렇게 생각하며 자신을 안심시켰다.

마을을 나와 조금 걸은 뒤로는 사사노가 미쓰코에게 한 말처럼 고조는 산을 넘고 덤불을 헤치며 고생했다. 짐 대부분을 다스케가 짊어지고 있지 않았더라면 비명을 지르고 말았을지 모른다. 그만큼 힘든 여정이 이어졌다.

다만 그게 더 나았다. 왜냐하면 앞으로 나아가느라 정신이 없어서 사사노가 덤불을 헤치며 경험했던 하얀 것에 쫓기는 듯한 기적을,

전혀 느낄 여유가 없었기 때문이다.

그런 게 실제로 없었던 탓이겠거니 하면서도 아무래도 그건 아닌 듯했다. 이렇게 깊은 산속이라면 인간이 감지하지 못하는 무언가가 숨 쉬고 있다고 해도 이상할 게 하나도 없겠다. 진심으로 그렇게 생각할 만한 공기가 주변 일대를 감돌고 있는 것을, 고조는 피부로 체감했다.

사사노의 얘기에 따르면 시로고무라를 거쳐 등대로 갔다고 했는데 다스케에게 확인하니 그럴 필요 없다는 대답이 돌아왔다. 마을에 들르지 않고 곧장 등대로 가는 지름길이 있는 듯하다.

잠깐씩 여러 번 휴식을 취하면서 한참을 걸은 후 조금 늦은 점심을 먹고 상당히 깊은 밀림으로 들어갔다. 주위에는 그들의 키를 훌쩍 넘긴 초목이 우거져 있었다. 앞에서 들리는 부스럭거리는 다스케의 소리만을 의지해 걸었다.

그런데 덤불 헤치는 소리가 점점 멀어져갔다. 왠지 갑자기 다스케의 걸음이 빨라지기 시작했다. 초조해진 고조가 "잠깐만!"이라고 말하자 "에이!"라는 성가신 듯한 대답이 돌아오고 잠시 속도가 떨어졌으나 다시 빨라졌다. 한시라도 빨리 덤불에서 벗어나려는 듯.

그러다가 고조가 "잠깐만요!"라고 외쳐도 대답이 없어지더니, 얼마 후 앞서가고 있을 다스케의 덤불 헤치는 소리가 전혀 들리지 않는다는 것을 깨달았다.

"이봐요, 무슨 일이에요?"

큰 소리로 불렀는데 역시 대답이 없다. 불길한 예감에 시달리면서

갈 길을 서두르는데 갑자기 뭔가에 부딪혔다.

"으악!"

놀라움과 전율에 저도 모르게 소리를 지르고 말았는데 자세히 보니 자신의 짐이었다. 그게 덤불 속에 얌전히 놓여 있었다.

……무슨 일이지?

다스케는 어디 갔지…….

주변에 쓰러져 있는 게 아닐까 해서 조심스레 덤불을 헤치며 찾아봤는데 어디에도 보이지 않았다.

무엇보다 다스케에게 불의의 사고가 일어났다면 짐이 이런 식으로 놓여 있진 않을 것이다. 더 흐트러져 있거나 적어도 쓰러져 있었겠지. 그런데 짐은 얌전히 쌓아 묶은 그대로였다. 맨 위에 선물인 김 상자가 보였다.

……누가 이랬지?

어쩐지 기분 나쁘네…….

다스케가 느닷없이 자취를 감춘 듯하다. 그때 그가 지고 있던 짐이 툭 땅에 떨어진 게 아닐까. 그래서 짐은 그대로 남고…….

짐 옆에 우두커니 서서 그런 상상을 하고 있으니 배 속 저 깊은 곳부터 서늘해졌다. 그리고 곧 견딜 수 없이 무서워졌다. 안내인이 없으면 등대까지 도착할 방법이 없다.

고조가 어쩔 줄 몰라 하며 짐을 내려다보고 있을 때였다. 김 상자 아래 화살표가 그려진 종잇조각이 보였다. 뭘까 싶어 들어봤다.

↑ 이대로 가면 등대가 있다

이렇게 휘갈겨 적은 글자가 눈에 들어왔다. 순간 무슨 소린가 싶었으나 곧 다스케가 짐을 버리면서 안내인 역할을 중도 포기했음을 깨달았다.

이 자식!

그 전까지 느끼던 두려움이 순식간에 분노로 바뀌었다. 하지만 동시에 감이 왔다. 짐 운임과 안내 요금을 20퍼센트가 깎아준 것은 처음부터 중간에 도망칠 작정이었기 때문이 아닐까. 그래서 전액을 받지 않은 것이다. 그럼 양심적인 건가?

아냐. 그건 아니야.

고조는 물러터진 자신의 성격이 한심했다. 그렇게 어정쩡하게 일할 바에는 처음부터 받질 말았어야지. 일을 맡긴 나만 곤란해질 뿐이다. 20퍼센트나 깎아준 것은 틀림없이 이게 문제로 불거지면 중간까지의 운임만 받았다는 핑계를 대기 위해서일 것이다.

약아빠진 자식.

그는 더 큰 분노를 느끼면서 짐을 짊어지고 그대로 곧장 화살표 방향으로 덤불을 헤치며 걷기 시작했다.

이 종잇조각을 믿어도 좋을지 조금 불안했으나 다스케가 거짓말을 적을 이유도 없을 것 같았다. 이 쪽지를 남긴 것도 절대 친절한 마음에서는 아니리라. 가격을 깎아준 것과 마찬가지로 자신에게 쏟아질 비난을 줄이려고 한 짓이 틀림없다. 고조가 무사히 등대에 도착하지 않으면 곤란하다고 다스케도 판단했을 것이다.

정말 제멋대로네.

분노에 성큼성큼 걷다가 문득 근본적인 의문에 부딪혀 갑자기 걸음이 둔해졌다.

하지만 왜…….

다스케는 왜 이런 어정쩡한 안내를 맡았을까. 여기까지 안내하고 왜 나머지는 가기 싫었을까. 이제까지의 힘든 길에 비하면 앞으로는 편하진 않더라도 그리 큰 문제는 아닐 텐데.

녀석은 여기서부터의 길을 싫어했다…….

거기까지 생각한 고조는 다시 무서워졌다. 그러고 보니 다스케는 이 덤불에서 한시라도 빨리 나가고 싶어 하는 것 같지 않았나.

혹시 여기가, 사사노의 이야기에 나온 햐쿠에 숲인가.

그는 걸음을 재촉하면서 항상 뒤를 신경 쓰기 시작했다. 허연 무언가가 그의 뒤를 밟지는 않나. 그게 마음에 걸려 제정신이 아니었다. 조금이라도 하얀 게 눈에 들어오면 놀란 토끼처럼 도망칠 작정이었다.

뒤를 신경 쓰며 한참을 걸었다. 그제야 고조는 해가 빨갛게 물들기 시작했는데도 좀처럼 등대가 보이지 않는다는 사실을 깨달았다. 다스케가 짐을 놓고 간 자리에서 꽤 걸어왔는데 말이다. 이제 곧 등대의 풍향계나 등롱 지붕쯤이 멀리 보일 만한 때가 되지 않았나.

다스케는 운임의 80퍼센트를 받았다. 고조는 생각했다. 그 비율에 의미가 있다면. 산 안내에 비유하자면 정상까지는 가지 않으나

80퍼센트 거리의 산등성이까지는 데려가겠다. 그 나름의 논리라고 생각했다. 즉 짐이 놓인 지점이 여정의 80퍼센트라는 거 아닌가. 그래서 다스케는 안내를 내팽개쳤다. 이 해석이 맞는다면 나머지 20퍼센트는 충분히 걸은 것 같은데. 그런데도 여전히 등대에 도착하지 못했다. 등대 그림자조차 보이지 않는다. 다스케는 저녁이면 도착할 수 있다고 했다. 거짓말 같지 않았는데…….

덤불 속에서 올려다본 하늘에는 점점 검붉은 빛이 퍼져가고 있었다. 해가 저물기 시작하면 산속은 순식간에 주위가 어두워진다. 이런 덤불 한가운데라면 더욱 그럴 것이다.

빨리 빠져나가야 해…….

초조해진 고조는 걸음을 서둘렀다. 하지만 가도 가도 덤불은 끝나지 않았다. 더 초조해져 서둘렀다. 그러나 아무리 가도 덤불이 이어졌다. 자신의 키를 넘는 무성한 초목 속에서 도저히 빠져나올 수 없었다.

퍼뜩 그가 정신을 차렸을 때는 이미 주위는 캄캄했다. 정신없이 덤불을 헤치고 나아가느라 완전히 해가 진 것조차 깨닫지 못했다.

……노숙해야 하나.

그렇다면 덤불에서 더 나갈 필요가 있다. 이대로 어둠 속에서 다스케가 남긴 쪽지의 화살표대로 앞으로만 나아가면 될까. 그게 맞는다는 보장은 전혀 없다. 가령 정답이라 해도 이미 방향을 잃었을 가능성도 있다. 전혀 앞이 보이지 않는 깊은 덤불 속에서의 감각은 틀리기 쉽다. 본인은 똑바로 걷고 있다고 생각해도 자기도 모르게 다른 길로 갔을지 모른다. 처음에는 얼마 안 되는 오차였더라도 그게 쌓이면 커진다. 처음 방향과는 90도 가까이 틀어졌을 수도 있다. 그런 상황에 빠지지 않았다고 단정할 수 없다.

실제로, 방향이 틀어진 것 같네.

여태껏 등대 그림자도 형태도 보이지 않는 것이 그 증거가 아닐까. 이런 곳에서, 미아가 되다니.

자기도 모르게 하늘을 올려다봤는데 하늘에 별이 가득했다. 캄캄한 밤하늘이 아닌 게 유일한 위안이었다. 어쨌든 계속 덤불 속에 있으면 별빛의 은혜도 거의 받지 못한다. 어떻게 해서든 나가는 수밖에 없다.

그때까지의 성급한 발걸음을 신중하게 바꾸고 주위를 둘러보면서 걷는다. 이렇게 어두워서는 그럴 수밖에 없었다. 하지만 아무리 주위를 조심하며 둘러봐도 보이는 게 하나도 없었다. 바로 눈앞의 덤불만이 보일 뿐 나머지는 완전한 어둠이었다.

이 세상에 나만 있구나.

비유가 아니라 정말 그런 느낌이 들었다. 고가사키등대는커녕 시로고무라도 아지키 마을도, 간세이 지방의 마을까지 전부 사라지고 그만이 덜렁 존재했다. 압도적인 적막감이었다. 이전에는 한 번도 느끼지 못한 고독감이었다.

그랬던 터라 덤불 사이로 희미한 불빛이 보였을 때 고조는 그야말로 전율했다. 인가의 빛이 아닐까 하고 기뻐하기 전에 그런 등불은 있을 수 없다고 부정할 뻔했다.

……도대체 무슨 생각을 하는 거야.

그는 곧바로 정신을 차렸다.

틀림없이 시로고무라의 불빛일 거야.

사사노는 마을을 거쳐 등대로 갔다. 그만큼 돌아가는 길이 될 테지만, 더 편한 길일지 모른다. 다스케가 얘기한 지름길은 그냥 던진 말인 게 틀림없다.

고조는 희미한 불빛을 향해 걸어갔다. 이러다 탈진하겠다 싶을 정도로 오로지 짙은 덤불을 헤치며 나갔다.

드디어 낮은 풀들이 자란 평지로 나왔을 때는 어깨를 들썩이며 숨을 몰아쉬고 있었다. 하지만 이제 살았다는 생각과는 다른 당혹스러움이 바로 그를 덮쳤다. 왜냐하면 눈앞에는 시로고무라 촌락이 아니라 오두막 같은 가옥 한 채만이 덩그러니 서 있었기 때문이다.

……이런 얘기를 등대장 이사카에게 듣고 모토로이 하야타는 경악했다. 충분히 예상했지만, 그래도 너무나 불길했다.

등대장도 단자와 집의 고깃배를 탔다.

게다가 그 어부가 고가사키와 구지암이 바라다보이는 곳에서 이상한 태도를 보였다.

고지야에 묵고 시로고무라 사람을 고용하는데 햐쿠에 숲에서 미아가 된다. 게다가 등대장도 그 하얀 집에 머물게 되었다…….

이토록 하야타와 똑같은 경험을 한 것이 과연 단순한 우연일까. 다른 해석은 조금도 떠오르지 않았다. 역시 우연으로 생각하는 게 자연스러울까.

첫 부임지가 다이코자키등대이고 다음이 고가사키등대였다.

이 정도 우연이라면 있을 수 있다. 다음은 두 등대가 지닌 특성 때문에 둘이 비슷한 경험을 한 것뿐이라고 생각하면 그만이다. 별로 이상할 것도 없다.

하야타는 합리적으로 생각하려 하면서도 사실은 뭐라 표현할 길 없는 기묘한 불안을 느끼고 있었다. 더는 등대장의 이야기를 듣지 말아야 할까.

지금이라도 늦지 않았으니까 귀를 막으라고 본능이 속삭였다. 더는 위험하다고 조용히 주장하고 있다. 그렇게 느낄 수밖에 없었다. 그러나 하야타는 뭔가에 씐 듯 그대로 등대장의 이야기를 계속 들었다.

13장 하얀 집과 등대

밀림 한가운데에서 홀연히 나타난 것은 옛날이야기에나 나올 법한 외딴집 같은 오두막이었다.

여행객이 산속에서 길을 잃는다. 일몰이 다가오자 일대는 캄캄해진다. 어떻게 해야 좋을지 몰라 당황하고 있는데 문득 멀리서 불빛이 보였다. 이제 살았다 싶어 그 집을 찾아 하룻밤 머물길 청한다. 그런데 심야가 되어 여행객은 괴이한 일을 당한다……라는 이야기가 외딴집 전설이다. 유명한 것은 노일본 전통의 무대 예술극 《구로즈카》의 소재가 되기도 한 아다치가하라의 귀신 할머니 이야기일 것이다.

……설마.

그 이야기는 어디까지나 전설에 불과하다. 사실이더라도 수백 년 전 이야기다. 요즘 세상에 그런 집이 있을 리 없다. 생각은 그런데 불안감이 가시지 않았다. 이렇게 깊은 산속이라면 무엇이 존재해도 이상할 게 없을 것 같았다.

그러나…….

그렇다고 눈앞에 나타난 집을 무시할 수 있는 여유가 지금의 고조에게는 없었다. 이대로 캄캄한 산속에서 노숙하는 것보다는 이 집에 신세를 지는 편이 훨씬 낫지 않을까. 아니면 노숙을 선택하는 게 더 나았겠다고 진심으로 후회하는 일을 당하게 될까.

그는 엄청나게 고민하면서도 한 걸음씩 그 집으로 다가갔다. 무슨 일이 있으면 바로 도망칠 생각으로 불이 켜진 창문을 살피면서 신중히 걸어갔다.

그 창에, 시커먼 얼굴이 불쑥 떠올랐다.

그가 비명을 삼키고 있는데 덜커덩 오른편에서 판자 문 여는 듯한 소리가 났다. 재빨리 그쪽으로 시선을 돌리니 실내에서 흘러나온 불빛 속에 새하얀 얼굴이 홀쩍 나타났다.

정면 창문의 시커먼 얼굴…….

오른쪽 문의 새하얀 얼굴…….

고조는 도무지 인간 같지 않은 두 얼굴을 가만히 바라보며 완전히 굳어버렸다. 무슨 일이 있으면 곧바로 도망칠 생각이었는데 전혀 움직일 수 없었다. '고양이 앞에 쥐'라는 게 이런 상태임을 깨닫는 순간, 온몸에 소름이 끼쳤다. 말할 것도 없이 두 이상한 얼굴이 고양이고, 자신이 쥐가 된 꼴이었으니까.

"안녕하신가."

그런데 놀랍게도 새하얀 얼굴이 인사를 건넸다. 이 지역 사투리인 듯한데 무슨 뜻인지는 알겠고 아무리 들어도 여성의 목소리였다.

"용케 왔구먼."

게다가 그를 환영하는 듯한 말투여서 더 놀랐다. 새하얀 얼굴로 보이는 것은 아무래도 가면 같았다. 왜 그런 걸 뒤집어쓰고 있는지는 모르겠으나 무시무시하게 보이는 것치고 본인은 지극히 태연하게 행동했다.

"시, 실은……."

그 자리에서 고조는 자신이 고가사키등대에 새로 부임하는 등대지기이고 등대로 가다가 길을 잃은 사정을 설명했다. 시로고무라의 다스케에 관해서는 일부러 말하지 않았다. 이 여성이 마을 사람들과 어떤 관계인지 모르니 괜한 말은 하지 않고 넘어가기로 했다.

여성은 크게 동정하며 오늘 밤은 자기 집에 묵으라고 해주었다. 조금 망설여지기는 했으나 어쩔 도리가 없었다. 그는 감사 인사를 건네고 호의를 받아들이기로 했다.

그 집은 전실, 가운뎃방, 안쪽 방까지 세 개의 방으로 이루어져 있었다. 전실은 이용하지 않는지 반쯤 폐허처럼 보였고, 마치 기도나 의식을 하는 장소 같은 가운뎃방을 지나자 마침내 생활 느낌이 나는 안쪽 방이 나타났다. 창문으로 불빛을 봤던 방이다.

그런데 또 새하얀 가면을 쓴 여자가 있어서 고조는 깜짝 놀랐다. 다만 첫 번째 여성의 태도와 목소리로 추측하건대 30대에서 40대라면 두 번째 여성은 10대 소녀처럼 보였다. 창문으로 봤던 얼굴이 이 소녀일 것이다. 그녀가 등불을 등지고 있던 탓에 캄캄한 밖에 있던 그에게는 더 시커멓게 보인 듯하다.

여성은 하얀 구름이라는 뜻의 '시라쿠모'라고 했다. 소녀는 그녀의 딸로 이름은 하얀 이슬이라는 뜻의 '시라쓰유'라고 했다. 시라쿠모의 말에는 사투리가 많이 섞여 있어서 알아듣기 힘들었으나 그래도 반쯤은 이해했다. 한편 시라쓰유는 입을 꼭 다문 채 가만히 고조를 응시했다. 기분 나쁠 정도로 열심히.

어머니 이외의 인간은, 마치 처음 만난 것처럼……

고조는 순간 얼토당토않은 생각이 들자 갑자기 두려워졌다. 서둘러 마음속으로 고개를 저었다. 아니야. 그저 외부인을 보는 게 드물어서겠지.

자신이 느낀 공포를 털어버리려고 고조는 조심스레 물었다. "두 분, 가면을 쓰고 있는데 중요한 의미가 있나요?"

시라쿠모의 말에 따르면 그녀는 '알리미'라고 한다. 알리미란 마을 사람의 의뢰를 받아 잃어버린 물건을 찾아주거나 질병 치유 기도 등을 하는 사람으로, 지방에 따라서는 기도사나 주술사 등으로 불리는, 이른바 민간 종교인인 듯하다.

평소에는 가면을 쓰지 않는데, 시라쓰유가 막 수행에 들어간 터라 다른 사람 앞에서는 가면을 써야 한단다. 그리고 어머니이자 스승인 자신도 그에 맞추고 있다. 그래서 이런 실례되는 모습이라는 취지의 설명을 시라쿠모가 했다.

물론 고조가 이의를 제기할 일은 아니었다. 사실은 너무 기분 나쁘고 싫었으나 재워주고 먹여주는 은혜를 입는 처지다. 게다가 외부인인 그가 의견을 말할 자격 같은 것은 없었다.

다만 화로 옆에 앉아 있어도, 저녁을 먹을 때도, 펄펄 끓는 목욕물에 들어앉아 있을 때도, 내내 시라쓰유의 응시를 견뎌야 했던 게 너무나 곤란했다. 목욕탕에서는 그녀가 군불을 때줬는데 문득 기척이 나서 살펴보니 창문 너머로 응시하고 있었다. 상대가 한창때의 소녀인 만큼 흠칫 놀랐다. 완벽한 침묵은 수행의 일환일지 모르겠으나 이상할 정도의 그 눈빛은 도대체 뭘까.

처음에는 그도 미소를 지어 보였는데 점점 얼굴이 굳어졌다. 시라쓰유를 최대한 보지 않으려 열심히 시라쿠모에게 말을 걸었다. 하지만 어머니는 사투리가 심해 대화가 이어지지 않아 곤란했다. 그래도 딸의 응시를 고스란히 받는 것보다는 나았다.

고조로서는 취침 시간이 빠른 게 정말 다행이었다. 또 그에게 주어진 것은 안쪽 방이고, 모녀는 가운뎃방에서 잔다는 사실을 알고는 진심으로 안도했다. 한밤중에 어쩌다 눈을 떴는데 소녀와 눈이 딱 마주친다……라는 상황은 없을 테니까.

이곳에서 평소처럼 잠들 수 있을지 걱정되었는데 고조는 바로 잠들고 말았다. 다이코자키등대에서 너무 바쁘면 비는 시간에 잠깐씩 잠을 청해왔기 때문에 언제 어디서든 잠들 수 있는 몸이 된 듯하다. 시라쿠모가 등대까지의 지도를 그려줬다. 게다가 그가 집을 나설 때는 도시락까지 싸주어 정말 몸 둘 바를 모를 정도였다.

거기서부터 등대까지는 시간이 걸리긴 했으나 그리 헤매지 않고 도착했다. 모든 것은 시라쿠모 덕분이었다.

등대장인 우마조노에게 부임 인사를 마친 다음, 고조는 그 모녀에 관해 물었다. 그러자 시라쿠모의 얘기와 거의 같은 설명을 들었는데 그 말투가 너무나 이상했다.

"어쨌든 하얀 집 여자들과는 그리 얽히지 않는 게 좋아." 마지막에 굳이 그렇게 덧붙였다.

"왜요?" 고조는 솔직히 되물었다.

"주문이나 점술 등 비과학적인 행위를 하는 자와 과학의 빛으로 선박을 이끄는 등대지기는 전혀 어울리지 않으니까."

등대장의 말투에 탐탁지 않은 감정이 담겨 있는 것은 그녀들과의 사이에 어떤 문제가 있었던 탓이 아니라 그 자신이 꽉 막힌 합리주의자였기 때문이라는 생각이 들었다. 그것은 우마조노와 조금만 얘기해보면 바로 이해할 수 있는 부분이었다.

이때 고가사키등대 부속 관사에서 함께 생활한 사람은 등대장과 그 가족뿐이었다. 그의 아내 도미코와 소학교에 다니는 아들 고타로, 여기에 딸 아키코까지 네 명이다. 아이들 이름에 '빛'을 뜻하는 고나 '밝음'을 나타내는 아키라는 글자가 들어간 것은 아버지인 우마조노가 등대 점등을 의식해 붙였기 때문이라고 했다.

같은 등대라도 다이코자키등대와는 완전히 다른 부분도 있어서, 고조는 익숙해질 때까지 조금 고생했다. 가장 큰 원인은 직원 숫자였다. 원래는 셋이 교대 근무해야 하는데 다도코로 부부가 라슈마루에 남은 탓에 등대장과 고조 둘이 처리해야 했다. 이게 진짜 힘들었다. 일이 고되다는 말로 넘어갈 수 없을 정도의 중노동이었다.

그러므로 보충 등대지기로 기도바시가 부임했을 때, 우마조노는 물론 고조도 안도의 한숨을 크게 내쉬었다. 기도바시가 다도코로보다 세 살 위인 것도 좋았다. 즉 고조보다 다섯 살 위라는 소리다. 자신과 나이가 비슷하면 어울리기 편한 건 사실이지만 그것은 다이코자키등대처럼 직원이 많을 때 얘기이고 고가사키등대처럼 벽지에서는 경험이 풍부한 동료가 훨씬 든든하다. 그 점은 우마조노도 마찬가지일 것이다. 오히려 등대장이니까 근무연수가 짧은 고조보다 경험 있는 기도바시의 부임에 가슴을 쓸어내렸을 게 틀림없다.

그렇게 기도바시도 고가사키등대에 익숙해져갈 무렵의 어느 날, 우마조노가 두 등대지기 앞에 오른손을 내밀었다. 손에는 두 개의 종이 끈이 있었다.

"제비뽑기인가요?"

의아해하며 묻는 고조와 달리 기도바시는 사정을 아는 표정으로 이상한 말을 꺼냈다.

"여기 부임한 날, 하지 않을까 싶었죠."

"아, 역시!"

등대장도 미소로 답했다.

"하지만 이사카 군은 아직 경험이 너무 없잖아요."

"그러니까 쌓을 필요가 있지."

"등대장님은 빠지는 겁니까?"

"벌써 수십 번이나 했으니까. 이번에는 젊은 사람에게 맡기겠네."

둘의 영문 모를 대화에 고조는 살짝 짜증이 났다.

"무슨 말씀이십니까?"

"자, 뽑아보면 알아."

그때 우마조노가 오른손을 쑥 앞으로 내밀었고 기도바시는 먼저 뽑으라며 몸짓으로 재촉했다. 고조는 어쩔 수 없이 종이 끈 하나를 뽑았다.

"당첨이네."

"이사카 군, 축하해."

종이 끈 끝은 빨갛게 칠해져 있었다. 혹시나 해서 기도바시가 뽑은 종이 끈을 보니 아무것도 없었다. 틀림없이 고조가 당첨된 것인데 손 놓고 좋아할 수만은 없었다.

"……무엇에 당첨된 겁니까?"

조심스럽게 물어보니 등대장이 신이 나 대답했다.

"탕탕 벌레야."

"앗, 그거요!"

고조는 그제야 제비뽑기의 뜻을 알고 이거 큰일 났다 싶었다.

항만에 들어온 선박의 녹을 제거하는 작업원을 '탕탕 벌레'라고 부른다. 선체에 벌레처럼 달라붙어 망치를 두드려 탕탕 소리를 내며 녹을 떨어뜨리기 때문에 그 모습에서 따온 속칭이다. 선박 말고도 탱크나 보일러, 굴뚝 등 녹을 제거하는 일에 종사하는 사람도 다 그리 불렀다.

아리시마 다케오의 단편 〈탕탕 벌레〉(〈시라카바〉지 1910년)와 요시카와 에이지의 《탕탕 벌레는 노래한다》(1932년)는 모두 하급

노동자인 녹 제거 작업원을 소재로 하고 있다.

이사카는 체신성 항로표식간수훈련소 실습에서 등대의 탕탕 벌레를 경험한 바 있다. 이는 등대의 페인트칠을 말한다. 철조 등대는 녹이 생기기 때문에 정기적으로 페인트칠할 필요가 있다. 다이코자키등대도 마찬가지여서 그도 경험했는데 한 번뿐이었다. 게다가 도와줄 선배도 있었다. 그런데 여기서는 오로지 혼자 해내야 했다.

우선 등대의 머리 부분이라 할 수 있는 등롱 지붕부터 시작한다. 이곳은 꼭대기에 설치된 피뢰침과 풍향계까지 갈 수 있게 사다리가 설치되어 있으므로 올라가는 게 힘들지는 않다. 그렇지만 둥근 지붕이니 미끄러지기 쉽고 등대의 가장 꼭대기이니까 높이도 있어서 처음에는 발 디딜 곳을 찾기가 쉽지 않다. 아무래도 주위 풍경을 즐길 여유 같은 건 없다. 바로 아래 빙 둘러 회랑이 있으니까 만약 굴러떨어져도 그곳으로 떨어질 거라는 것만이 유일한 위안이다.

그런데 그 회랑에서 목숨줄을 묶고 등대 탑에 매달렸을 때는 죽을 것만 같았다. 단단히 발 디딜 곳이 있다는 점에서는 등롱 지붕보다 훨씬 나았으나 아무리 그래도 아래에 아무것도 없으니 자칫 잘못하면 그대로 기계실 위로 떨어진다. 아니면 등대 입구 앞일까. 어쨌든 즉사다.

……그런 생각은 하지 말자.

페인트칠에만 집중해.

고조는 필사적으로 자신을 고무했다. 훈련소에서 했던 동기들과의 실습을 떠올리며 지금의 긴장감을 이겨내려 했다. 거기에 등대장과 기도바시의 응원 소리가 큰 도움이 되었다. 그들의 정확한 조언이 없었다면 훨씬 고생했을 것이다.

고조도 조금씩 익숙해졌다. 페인트칠에 집중하면 고소 공포도 줄어든다는 사실을 깨달았다. 어느새 서커스 단원이라도 된 듯 경쾌하게 작업을 진행했다.

"이봐, 너무 자만하지는 마!"

끝내 우마조노에게 잔소리를 들을 정도로 페인트칠 자체를 즐기게 되었다.

그쯤에는 경치까지 볼 여유가 생겼다. 그래도 시선을 밑으로 떨어뜨리는 것만은 절대 하지 않았다. 시선은 어디까지나 한없이 펼쳐진 웅대한 바다 쪽이었다. 울창하게 우거진 밀림 같은 육지 쪽도 아니었다. 산과 숲을 덮은 농밀한 녹음 풍경이 싫었던 건 절대 아니다. 하지만 사사노가 햐쿠에 숲에서 경험했던 얘기가 떠오를 것 같아 도무지 볼 마음이 나질 않았다. 곶 끝부분도 마찬가지라고 할 수 있겠으나 시선을 아래로 떨어뜨리지 않는 한 시야에 들어오지 않을 테니 안심했다.

등탑의 페인트칠이 진행됨에 따라 산과 숲을 볼 수밖에 없는 장소가 나왔다. 그런 곳을 칠할 때는 일부러 고개를 돌려야 바다가 보인다. 하지만 그런 자세는 위험한 데다 작업 자체가 늦어지고 만다.

고조는 되도록 한눈팔지 않고 눈앞의 페인트칠에 전념했다. 그러면서 등탑 벽을 이동할 때였다. 농후한 녹음이 파도치는 밀림 한가운데에 훌쩍 드러난 하얀 것을 그만 보고 말았다.

앗…….

등대에서 조금 떨어진 숲속에 하얀 사람이 서 있었다.

정말, 있네…….

내심 각오하고 있었으나 실제로 보니 충격이 컸다.

드디어 보고 말았어…….

반사적으로 시선을 돌렸으나 부르르 몸이 떨렸다. 땅에 두 발이 닿지 않은 상태라 더 무서웠다. 서둘러 등탑 벽에 꼭 달라붙어 필사적으로 마음을 가라앉히려 했다. 그 모습은 그야말로 탕탕 벌레처럼 보였을 것이다.

사실 진정한 공포가 찾아온 것은, 그다음이었다.

……이상하잖아.

숲속에 서 있는 하얀 사람의 존재 자체가 이상했으나 그와는 다른 이유로 도통 영문을 알 수 없는 가운데 그것이 지독한 위화감을 지녔음을 깨달았기 때문이다.

……뭔가 이상해.

그게 뭔지, 그 핵심을 도무지 알 수 없었다. 그렇다고 다시 **그것**을 보는 건 무리였다. 시야 끝에 걸려 있는 것만으로도 진저리가 날 정도로 싫었는데 똑바로 볼 수는 없다. 하지만 완전히 고개를 돌리지도 못했다. 무서웠기 때문이다. 눈을 피하는 순간 그것이 등대로 다가오지 않을까…… 해서.

등대장과 기도바시에게 알리고 싶었는데 우마조노는 조금 전 점등을 위해 무적실로 갔다. 회랑에 있을 기도바시는 아까부터 보이지 않았다. 고조의 페인트칠이 능숙해진 것을 확인하고 둘 다 안심한 모양이다.

소리를 지를까.

하지만 그것을 자극하는 꼴이 되지 않을까. 그 결과 오히려 이쪽으로 불러들이면 손해일 뿐이다. 고조는 그렇게 생각했다.

그때였다.

스르륵…… 하얀 사람이 시야 끝에서 움직인 것 같았다.

그 순간 뭐가 이상한지 깨달았다. 온몸에 소름이 돋았다.

……크기가! 말도 안 돼!

그것이 숲속에 우두커니 서 있다면 주위 나무에 묻혀 보이지 않아야 한다. 아무리 등대에서 내려다보는 거리라도 밀림에 가려져 보일 리 없다.

그런데 숲속에서 빼꼼 머리를 내밀고 있다. 아니, 양어깨까지 나와 있다. 키가 얼마라는 건가. 전신은 어떨까. 늘었다 줄었다 하는 건가. 도대체 정체가 뭐지.

하얀 사람을 생각하면 생각할수록 너무 무서웠다. 페인트칠이나하고 있을 때가 아니었다. 무엇보다 양발에 전혀 힘이 들어가지 않았다. 그야말로 목숨줄 하나에 매달려 있는 상태였다. 그때까지는 의식하지 못했던 등대 높이가 점점 마음에 걸리기 시작했다. 목숨줄이 있다고는 해도 이것만이 나를 지탱하고 있다는 소리이기도 하다.

휘청……. 현기증이 났다. 눈앞이 캄캄해지고 무릎부터 무너지는 듯한 감각에 휩싸였는데 공중에 매달린 상태에서 쓰러질 수도 없었

다. 취한 듯한 기분이 들었고 머릿속이 갑자기 빙글빙글 돌기 시작
했다.

"이봐, 왜 그래?"

그때 갑자기 회랑에서, 기도바시의 목소리가 났다.

"……죄송해요. 더는 못하겠습니다."

고조는 머리를 늘어뜨린 채 나약한 소리를 내뱉고 말았다. 더는
페인트칠을 계속할 수 없다는 의미보다 그것이 시야에 들어오는 곳
에서 매달려 있는 상태를 더는 견딜 수 없다고 말하고 싶었는데 제
대로 전해질 리 없었다.

그런데도 기도바시의 반응은 빨랐다.

"잠깐만 기다려. 당장 끌어올릴 테니까!"

그렇게 말하자마자 밧줄을 잡아당기기 시작했다. 틀림없이 고조
의 모습에서 심상치 않은 기운을 느꼈으리라.

"젠장, 무겁네."

고조가 이렇게 축 늘어져 매달린 상태라면 당연히 그가 감당하기
힘들 것이다.

"어이, 다친 건 아니지? 그럼 양쪽 발에 힘을 주고 밧줄을 타고 올
라와!"

너무나 지당한 질책이라 고조는 힘을 주려 했으나 아무래도 몸이
덜덜 떨리기만 했다. 양발은커녕 양손에도 힘이 전혀 들어가지 않
았다.

"드응대애자앙!"

이래서는 안 되겠다 싶었는지 기도바시가 무적실을 향해 소리를 질렀다. 그 소리를 들은 우마조노가 회랑까지 올라와 둘이 함께 고조를 끌어올렸다.

"무슨 일 있었나?" 헐떡이는 고조를 살피면서 등대장이 걱정스러워하며 물었다. "꽤 활기차게 페인트칠하지 않았나? 그 정도면 맡겨도 될 듯싶었는데."

"저도 그렇게 보였어요."

등대장의 말에 찬성한 기도바시도 영문을 모르겠다는 표정을 지었다.

"그게……."

고조는 본 대로 말하려다가 갑자기 입을 다물었다.

우마조노가 합리주의자였기 때문이다. 게다가 그는 등대장이다. 부임하고 오늘까지 고조의 평가는 그리 나쁘지 않았다. 그런데 "숲의 나무보다 큰 하얀 사람이 있었어요"라고 말하면 어떻게 될까.

"저기, 서커스단원처럼 움직였더니 갑자기 현기증이 나서……."

고조는 무난한 이유를 대며 슬쩍 얼버무렸다. 무엇보다 현기증이 난 건 사실이니 완전한 거짓말은 아니다. 그래서 죄책감은 느끼지 않았다.

"너무 흥분했다는 건가?"

"네, 면목 없습니다."

쓴웃음을 짓는 등대장과 어색한 미소를 짓는 고조 옆에서 왠지 기도바시는 밀림 쪽을 바라보고 있었다.

설마 기도바시 씨에게도 그게 보이나……?

그러나 이 자리에서 확인할 수는 없었다. 고조가 그런 생각에 빠진 사이 우마조노가 남은 페인트칠을 기도바시에게 명했다. 고조는 회랑에서 보조하라고 했다. 기도바시 덕분에 순식간에 등대 페인트칠이 끝났다.

"이사카 군이 거의 해냈어요."

그는 후배에게 공을 돌렸으나 그 말 뒤에 '그런 하얀 사람만 보지 않았으면……'이라는 말이 붙어 있는 게 않을까, 라는 생각이 문득 고조의 뇌리에 떠올랐다. 그때까지 기도바시가 그런 쪽으로 감각이 예민하다고 느낀 적은 없었는데 왠지 그런 느낌이 들었다.

고조는 이때 페인트칠 이야기를 일지에 적어 남겼는데 거기에 하얀 사람의 목격담은 전혀 나오지 않는다. 자세히 적혀 있는 것은 그의 개인 일기였다.

다음 날부터 고조는 기도바시와 단둘이 얘기할 기회를 엿봤다. 관사에서 그의 방을 방문하면 끝날 문제였는데 평소 오가지 않던 사람들이 방에 틀어박혀 이야기를 나누면 등대장의 주의를 끌 것 같았다. 그건 피하고 싶었다.

관사에는 등대장 가족을 포함해 여섯 명밖에 없다. 그 가운데 등대지기는 세 명이고 마을이나 읍내에 나가지 않는 한 그들은 등대나 무적실, 관사 중 하나에 있다. 따라서 누가 어디서 뭘 하는지 거의 다 아는 상태였다. 근무 교대 때 누군가의 방에서 얘기를 나눌 수는 있으나 거의 시간이 없는 데다 근무를 끝낸 사람은 늘 피로에 지쳐 있다. 그러니 심각한 대화는 나눌 여지가 없었다.

언제…….

이대로 끈질기게 기다려봤자 해결되지 않겠다 싶었는데 어느 날, 등대장은 둘에게 등대 기계실 점검을 명령했다. 평소에는 우마조노와 기도바시, 혹은 우마조노와 고조가 팀을 이뤘는데 이날은 달랐다. 이제 슬슬 기도바시와 고조 둘에게 맡겨보자고 등대장은 생각했을 것이다.

고조는 등대 기계실에서 점검 작업을 진행하면서 우선 다도코로 부부 얘기를 했다. 기도바시는 다도코로 대신 이곳에 부임했으니까 그래도 부부 이름은 알고 있었다. 하지만 자세한 사정까지는 듣지 못한 듯 상당히 큰 관심을 보였다.

"다도코로 부인이 안 되긴 했어. 하지만 등대지기와 결혼한 사람으로서 아무래도 각오가 부족한 거 아닌가?"

기도바시가 쓴소리를 한 것은 이렇게 궁벽한 땅의 등대로 자신이 부임한 게 다 미쓰코 탓이라고 생각했기 때문일지 모른다.

"저도 그렇게 생각합니다. 하지만 그 계기는 라슈마루에 승선했던 사사노 씨라는 나이 든 등대지기가 그녀에게 들려준 이야기였어요."

"어떤?"

고조의 말투에 뭔가 찜찜한 부분이 있었는지, 기도바시는 작업을 진행하면서 계속 이야기하라고 재촉했다.

"그게 하필 고가사키에 관한, 아주 께름칙한 얘기라……."

고조가 말을 꺼내자 기도바시는 어느새 점검하던 손길을 멈추고 가만히 귀를 기울였다. 정말 꼼짝도 하지 않고 오로지 고조의 말을 경청하는 모습이었다.

고조의 말이 끝나자 갑자기 질문을 던졌다. "이사카 군은 어떻게 생각해?"

"전혀 안 믿었죠."

"그렇지."

기도바시도 무난한 반응을 보였다.

"그런데……."

고조는 다도코로가 라슈마루 선장에게서 알아낸 '고가사키에서의 하얀 사람 목격담'으로 화제를 넘길지 망설였다. 선장은 '절대로 얘기하지 말라'고 못을 박은 다음 다도코로에게 알려줬다. 그리고 본인인 다도코로도 "다른 등대지기에게는 절대 발설하지 마"라고 말했다.

그래서 고조는 우선 선장과 다도코로의 걱정을 솔직히 전하려 했는데 기도바시는 쓴웃음을 지었다.

"확실히 너무 쉽게 말을 옮기는 건 좋지 않지, 소문이란 그렇게 퍼지니까."

"……그렇죠."

역시 말하면 안 되나 하며 고조가 맞장구를 쳤다.

"그 소문이 퍼져 등대지기 업무에 지장이 생길 경우, 등대지기의 입은 무거워지지. 선장이 다도코로에게 알려준 것은 갓 결혼한 신부를 배려해서겠지. 그리고 다도코로 군이 그녀에게 말한 건 역시 애정에서였고. 즉 둘 다 어쩔 수 없었어."

"다도코로 씨가 제게 밝힌 건……?"

"그야 죄책감이지. 둘이 이리로 부임하게 되어 있었는데 갑자기 자기만 안 가게 되었으니까 자네에게 설명할 책임이 있다고 생각했겠지. 어쩌면 등대지기의 부인임에도 미쓰코 씨가 고가사키에 가길 싫어하는 게 단순한 변덕이 아님을 자네에게 알리고 싶었을지도 모르고."

고조는 그의 설명을 완전히 이해하고 선장의 얘기를 전했다.

"하얀 사람이라……." 기도바시는 의미심장하게 읊조렸다. "이사카 군은 이곳에 오고 같은 경험을 했나?"

갑작스러운 질문에 고조는 순간적으로 입을 다물었다.

사실은 그 얘기를 하고 싶어서 내내 둘만 남을 기회를 엿봤는데 막상 상대가 물어오니 망설여졌다. 기도바시 씨도 같은 경험을 했을까. 그래서 서로의 경험을 공유하고 싶은 걸까.

그런데 상대의 모습에 여유가 느껴진다는 걸 깨달은 순간, 갑자기 이유도 없이 기도바시라는 남자가 무서워졌다. 참고로 기도바시는 단자와의 고깃배를 타고 구지암을 통과해 고가사키에 상륙해 등대로 왔다.

즉 그는 하얀 사람을 볼 수 없단 말인가.

그런데 왜 이토록 열심일까.

이 사람에게 모든 걸 털어놓는 게, 정말 잘하는 짓일까.

때늦은 후회에 시달리던 고조는 그대로 침묵할 수밖에 없었다.

……모토로이 하야타는 이런 얘기를 등대장 이사카에게 들으면서 같은 질문을 당사자에게 받으리라는 강렬한 예감이 들었다. 탕탕 벌레 얘기가 나왔을 때는 오사카 게이키치의 《탕탕 벌레 살인사건》을 떠올릴 여유가 있었는데 이제는 그럴 상황이 아니었다.

기시감이 아니라 '미시감'이라고 표현해야 좋을까. 앞으로 자신도 겪게 될 것 같은 기분…….

이 미시감이 하야타를 참을 수 없는 공포로 몰아넣었다. 이유는 모른다. 그저 질문을 받을까 두려웠다. 하지만 이사카는 담담하게 자기 얘기를 계속했을 뿐이다.

14장 하얀 사람

"이사카 군도 뭔가 짚이는 게 있지 않나?" 기도바시는 완전히 침묵해버린 고조의 얼굴을 살피며 말했다. "혹시 있다면 좀 알려주지 않겠나?"

고조는 기도바시가 여전히 무서웠으나 이 땅에서 이 일에 대해 상담할 수 있는 인물은 그밖에 없다는 중요한 사실을 떠올렸다.

원래 그럴 생각이었고…….

그렇게 자신을 설득한 그는 부임하기 전에 고깃배에서 목격한 등대 회랑에서 손을 흔들던 하얀 사람의 모습과 등대 페인트칠을 할 때 숲속에 이상하리만큼 큰 하얀 사람이 서 있던 것에 대해, 상대의 반응을 확인하면서 말했다.

"역시, 그런 건가?"

기도바시의 말을 듣고 상대에게 가졌던 공포심이 완전히 사라진 고조는 흥분해 되물었다.

"역시……라니, 기도바시 씨도 같은 일을 경험하셨습니까?"

"아니, 왜 내가?"

돌아온 것은 놀란 듯한 그의 표정이었다. 그래서 등탑 페인트칠이 끝난 뒤 기도바시의 말에서 고조가 느꼈던 바를 밝혔다.

"아주 날카롭군." 기도바시가 감탄하면서 말했다. "아니야, 그런 종류의 경험은 아직 해본 적 없어."

그는 선선히 고개를 저었다. 다만 이어서 묘한 이야기를 했다.

"그런데 이상하게 내 지인 가운데는 비슷한 경험을 하는 사람이 아주 많아."

"친구, 말입니까?"

"다행히 가족은 아무도 없어. 하지만 소학교 때 친했던 녀석도, 중학교 친구도, 보통은 사람 눈에 보이지 않는 걸 보는 경우가 있어서."

"……설마 저도, 그 가운데 하나라고요?"

고조는 말도 안 된다고 생각했는데 기도바시는 미심쩍은 듯한 말투였다.

"하지만 이사카 군도 하얀 사람을 봤잖아?"

"그, 그렇죠. 하지만 이번이 처음입니다. 기도바시 씨의 친구는 어릴 때부터 그런 걸 봤잖습니까?"

"응. 소학교 때 녀석은 종종 보인다고 했지. 그런데 10대 중반부터 보이지 않는다더군. 중학교 친구는 횟수는 얼마 안 되는데 지금도 가끔 본다고 했고."

"하지만 저는 이 나이가 되어, 여기 와서 처음 봤습니다."

"그러니까 고가사키에 문제가 있단 말이군."

"하지만 기도바시 씨는……."

"전혀 경험한 적 없어. 개인차라고 하면 그만이겠으나 거기에는 이유가 있겠지."

"어떤?"

저도 모르게 몸을 내민 고조에게 기도바시는 갑자기 느닷없는 말을 꺼냈다.

"이사카 군과 다도코로 군이 고가사키등대로 부임하라는 명령을 받은 건 여기서 근무하던 두 등대지기가 전근하게 되었기 때문이야."

"네. 그렇게 들었습니다."

"등대장까지 포함해 세 명밖에 없는데 둘을 동시에 전근시키다니, 좀 이상하다는 생각이 안 드나?"

"……듣고 보니 확실히."

고조는 그렇게 대답하면서 얘기가 어디로 흘러갈지 생각하며 크게 동요했다.

"전근이 결정된 것은 원래 나이토라는 등대지기 혼자였어. 다른 이와이라는 사람은 이곳에서의 근속 기간도 짧았지. 전근하려면 1년이나 2년은 기다려야 했어."

"그런데 왜?"

"전근 전 이와이는 등대에서 점등을 준비하다가 갑자기 무적실로 가버린 적이 있었네. 물론 안개도 없었고 등대장이 지시하지도 않았어. 그리고 어느 날은 실제로 짙은 안개가 발생해 등대장이 무적을 울리라고 지시해 이와이가 무적실로 가야 했는데 왠지 관사로 돌아오기도 했어. 게다가 관사에서 쉬고 있던 이와이가 갑자기 등대나 무적실에 나타나는 일이 늘어나기 시작했고."

"이와이 씨는 이유를 얘기했나요?"

"하얀 사람이 와서……라고."

단숨에 고조의 양쪽 팔에 소름이 돋았다.

"이와이는 다가오는 그것을 봤거나 느낄 수 있었던 듯해. 그래서 도망치려고 그 자리를 떠났다는 거야."

"이, 이와이 씨가 그런 경험을 한 것은?"

"이리 올 때까지는 한 번도 없었다고 해."

"……저도 마찬가집니다."

경악한 고조를 보며 기도바시는 의외의 말을 내뱉었다.

"다만 그는 하얀 집을 드나들었더군."

"앗……."

"몇 번이나 등대장이 말렸고 그때마다 '이제 안 가겠습니다'라고 했는데 실제로는 몰래 다녔던 듯해."

"하얀 집에는, 도대체 왜?"

"거기까지는 몰라. 어쩌면 처음에는 가벼운 마음으로, 앞으로의 운세라도 물어봤을지 모르지. 그러나 하얀 집을 드나드는 일이 계속되는 가운데 그 하얀 사람에 씐 게 아닐까. 그게 등대장 사모님의 생각이야. 하얀 집에 가기 전에는 이와이도 아주 평범했대. 실은 여기까지의 얘기는 다 등대장 사모님에게 조금씩 물어 들은 거야."

그 말을 듣고서야 고조는 이해가 갔다. 자기보다 늦게 부임했는데도 기도바시는 바로 등대장 부인 도미코와 친해진 듯 보였다. 자기보다 나이도 많고 등대 생활에 익숙한 탓이라고만 생각했는데 역시 사람과 금방 친해지는 성격인 듯하다.

"그러다가 이와이가 아무 일도 없는데 곶 끝까지 가게 되었어."

"하얀 사람한테 도망치……느라요?"

"사모님도 처음에는 그렇게 생각했다고 해. 하지만 등대장이 데려온 이와이의 모습이 아무래도 이상했어. 그런 일이 되풀이되는 가운데 퍼뜩 사모님이 알아차렸다는 거야."

"뭘요?"

"하얀 사람한테서 도망친 게 아니라 불려간 게 아닐까……."

고조는 뭐라 할 말이 없어졌다.

"어느새 거꾸로 된 거지." 슬그머니 기도바시가 무서운 말을 꺼냈다. "그래서 사모님이 등대장에게 '이대로 가면 이와이 씨가 위험해'라고 충고했다는 거야."

"하지만 등대장은……."

"하얀 사람의 존재 같은 거, 물론 믿지 않았지. 다만 이와이가 하얀 집에 드나든다는 것은 알았으니까 나쁜 영향을 받았다고 판단했어. 그러니까 하얀 집에만 가지 못하게 하면 정상으로 돌아가리라 생각했지."

"그렇지만 안 됐죠?"

"마지막은 등대장보다 사모님이 이와이의 행동을 걱정했지. 그러다 어느 날 저녁, 문득 그가 보이지 않게 되었어. 불안해진 사모님이 곶 끝에까지 서둘러 갔는데 이와이가 이상한 모습으로 춤을 추고 있었어."

"절벽 위에서……."

"그렇게 보였지. 그런데 자세히 보니 절벽 아래를 보며 손을 흔들고 있었어."

"그게 더 무섭네요."

"부인은 자신이 본 광경을 등대장에게 알렸어. 그 무렵에는 등대 업무에도 지장이 생길 정도였으니까 등대장은 이와이의 전근을 신청했지. 그것도 다른 등대가 아니라 한동안 내근하게 해달라는 의견을 달아서."

"이곳에 결원이 둘이나 생긴 이유는 알겠습니다." 고조는 가볍게 고개를 끄덕이고 말했다. "하지만 이와이 씨의 경우, 하얀 집에 드나들었다는 자업자득이 있습니다. 그런데 전 그런 일이 전혀 없었어요."

"어릴 때 그런 경험이 풍부한 것도 아니고."

"맞습니다. 그런데 왜 그런 걸까요?"

기도바시는 잠깐 생각에 잠기더니 말했다. "그렇다면 바다에서 곶이나 등대를 보고 하얀 사람을 목격한 사람들도 마찬가지네. 그러고 보니 사모님은 이렇게 말했어. 하얀 사람을 목격했지만, 등대에 도착해선 별다른 경험을 하지 않은 사람이 대부분이라고."

"곶 끝과 등대 회랑에서 가끔 하얀 사람을 봤을 뿐……이라는 겁니까?"

"나는 그런 경험조차 없지만 말이야."

기도바시의 태도에서 보지 못해 안타깝다는 듯한 여운이 느껴졌다. 하지만 정말 어떤지는 알 수 없다.

"아뇨. 그런 건, 보고 싶지 않습니다." 고조는 진심으로 말했다.

"응. 실제로 봤다면 나도 그렇겠지."

"그래서 제 경우는……."

"아아, 미안하네. 일단 생각할 수 있는 것은 그 사사노라는 등대지기의 이야기를 다도코로에게 다시 전해 들었기 때문인 것 같아."

"그런 이유로요?"

고조는 살짝 김이 새버렸다. 그러나 기도바시는 아주 진지한 표정을 지으며 말했다.

"고가사키에서 벌어지는 괴이한 사건에 어떤 예비지식도 없는 상태에서 하얀 사람을 목격한 것과 미리 알고 보는 것과는 상당한 차이가 있지 않을까?"

"전자라면 일단 잘못 봤다고 생각하겠죠."

"그게 자연스러운 반응이겠지. 그러나 후자라면 역시 그런가…… 라고 받아들일 거야. 그런 사람이 햐쿠에 숲에 들어가면 어떨까?"

"숲속의 짐승이 내는 소리에도 흠칫하겠죠." 그렇게 대답하다가 고조는 절로 기도바시에게 물었다. "그러니까 제가 두 번이나 하얀 사람을 잘못 봤다는 말입니까?"

"글쎄." 그의 대답은 신중했다. "이사카 군에게 하얀 사람은 틀림없이 존재할 거야. 그렇게 신나게 페인트칠하던 사람이 갑자기 할 수 없을 정도였으니까."

"……분명히, 봤습니다."

"그러나 같은 것을, 같은 시간에, 같은 장소에서 등대장과 나는 보지 못했어. 과연 왜일까?"

"등대장님은 혹시 목격하더라도 부정할 겁니다."

고조의 말투에 기도바시는 웃었다.

"그건 그렇지."

"기도바시 씨가 봤다면……."

"그 처지가 되어보지 않으면 모르겠으나 아마도 나는 그쪽과는 인연이 없는 것 같아."

"보이는 사람과는 친한데……."

기도바시는 천천히 고개를 끄덕인 뒤 잠깐 주저한 다음 이상한 말을 꺼냈다. "응, 그런데 그 이상일지 모르겠어."

"무슨 소립니까?"

고조는 되물으면서도 왠지 나쁜 예감을 느꼈다.

"본인은 모르는데 나만 알아차린다고 해야 하나."

여전히 의미를 모르겠으나 나쁜 예감이 들어맞은 듯한 대답이 돌아왔다.

"저도요?"

다시 기도바시가 고개를 끄덕였다.

"일테면 어떤, 건가요?"

사실은 듣고 싶지 않았는데 그렇다고 그냥 지나칠 만큼 배포가 크지는 않다. 그러므로 고조는 용기를 짜내어 집요하게 물었는데 상대는 아무래도 말하기 힘든 듯 보였다.

"어떤 말을 들어도 괜찮으니까 꼭 알려주십시오."

"……아무래도 자네에게 말해두는 게 좋겠지."

자신을 다독이는 듯 읊조린 후 기도바시는 천천히 이야기하기 시작했다. 그 내용은 고조가 듣기에 너무나 당연한 것뿐이었다.

"하나씩 꼽자면 끝도 없겠지만, 지금 머릿속에 퍼뜩 떠오른 일만 꼽으면…… 관사의 내 방에서 나가려고 했는데 이사카 군이 복도 막다른 문을 열고 슬그머니 밖을 살피는 모습을 봤어. 등대장 부인이 준비한 저녁을 같이 먹을 때 자네가 여러 번 식당 창문 밖을 보는 것을 봤고. 관사에서 등대로, 또는 무적실로 가는 도중에 자네가 숲 쪽을 응시하는 것도 여러 번 봤다네. 등대 회랑에 나올 때도 바다가 아니라 숲을 바라보는 모습을 수없이 봤어."

의미를 모른다는 점에서는 같았지만(아니, 사실은 중간부터 알았기 때문인가) 곧바로 안절부절못했다.

"이제까지 말한 행동 모두 그것만 보면 별로 이상할 게 없어. 회랑에서 바다를 주시하는 게 아니라 육지를 보는 것은 근무 중인 등대지기로서는 칭찬받을 만한 일이 아니지. 하지만 눈을 쉬게 하려고 숲속 녹음을 이따금 볼 필요도 있어. 햇살에 번쩍이는 파도는 가끔 우리 눈을 아프게 하니까. 그러니까 숲을 보는 일은 오히려 권장할 만한 일이라 할 수도 있지."

"다만 거기에도 한도가 있다……는 말이죠."

고조가 먼저 말하자 기도바시는 조금 안도한 듯한 표정을 지었다.

"그런 자신의 행동을 자네도 알고 있었나?"

"……아뇨. 하지만 이렇게 지적을 받으니 내내 뭔가를 의식하고 있었던 것 같습니다."

"무의식적으로, 말이지."

"네. 그러니까 저도 하얀 사람에게 씌었다는……."

"글쎄, 그게." 기도바시는 의외로 부정했다. "확실히 자네는, 하얀 사람을 두 번이나 봤네. 첫 번째는 사사노의 경험을 전해 들은 탓일지 몰라. 그리고 두 번째는 하얀 집에 묵은 탓일지 모르고. 그리고 내가 알아차렸듯 자네는 햐쿠에 숲을 정말 자주 의식했어. 하지만 자네는 내가 지적할 때까지 몰랐지. 게다가 매일 하얀 사람을 본 것도 아니야."

"두 번뿐입니다."

"이대로 하얀 집과 얽히지 않으면 보이지 않게 될지도 모르지."

"진짜로요?"

저도 모르게 흥분한 고조를 보고 기도바시는 서둘러 말했다.

"물론 보장할 수는 없어. 하지만 그리 생각해도 무리는 없을 것 같을 뿐이야. 게다가 앞으로 더는 햐쿠에 숲을 의식하지 않으면 세 번째 경험은 하지 않을 수도 있지."

"이제 안 보겠습니다."

"그러면 좋지. 하지만 이제까지 무의식적으로 해온 행동을 갑자기 멈출 수 있을까……." 기도바시는 말을 꺼내다가 정신을 차린 듯 말했다. "아니, 앞으로는 의식적으로 숲을 가능한 한 보지 않는 게 좋겠어. 완전히 안 보는 것은 불가능하겠으나 응시하는 것만은 피하 도록 주의하게."

"네, 그러겠습니다. 여러모로 감사합니다."

등대 기계실에서의 대화는 고조에게 매우 뜻깊었다. 이와이의 얘 기는 정말 충격적이었으나 그 전철을 밟지 않기 위해서는 그를 반면 교사로 삼아야 할 것이다. 그렇게 마음먹었다.

덕분에 고조는 세 번째 난을 피할 수 있었다. 햐쿠에 숲을 계속 의 식했다면 빠르든 늦든 하얀 사람을 또 봤을 게 분명하다. 며칠, 몇 주, 몇 달이 지나도 그런 조짐은 한 번도 나타나지 않았다.

……살았다.

고조는 진심으로 안도했다. 고가사키등대에서의 일과 생활은 변 함없이 힘들었으나 당시 그에게는 오히려 그게 다행이었다. 만약 여 유가 있었다면 기어이 하얀 집을 떠올릴 위험이 있었기 때문이다.

그런데 언젠가부터 이상한 감각에 사로잡혔다. 처음에는 그 의미 를 알 수 없었다. 그저 뭔가를 느꼈을 뿐이다. 게다가 아주 평범치 않은 무언가인데 그 정체를 도통 알 수 없었다. 그런데다 날마다 그 것이 강해지는 느낌이 들어 견딜 수 없었다.

……도대체 뭐지?

점차 그는 초조해졌다. 그러나 이렇게 초조해하며 안달하던 게 사 실은 더 좋았음을 어느 날 갑자기 깨달았다.

그때 고조는 등대로 향하고 있었다. 두 번째 바위로 이어진 돌계단을 다 올라갔을 때 문득 뒤가 걸렸다. 다음 순간, 그의 목덜미에 소름이 돋았다.

……누가 지켜보고 있어.

지금 바로 이 순간, **그것**이 햐쿠에 숲에서 가만히 고조를 노려보고 있다.

그가 무의식적으로 그것을 찾는 행동을 중단한 대신 상대가 이쪽을 응시하게 된 게 아닐까. 이 무시무시한 시선을 설핏 느꼈으나 본능은 무시하려 했다. 하지만 위화감까지 없앨 수는 없었다. 오히려 조금씩 쌓여갔다. 그리고 지금, 드디어 자신도 느낄 수 있게 된 것이다.

그것이, 보고 있다.

말도 안 되는 상상이었으나 이상하게 확신이 들었다. 그렇다고 숲을 볼 마음은 없었다.

이러다가 정말 그것을 봐버리면 모든 게 끝이다.

그런 생각이 강했지만 그렇다고 바로 쉽게 털어버릴 수 없다는 점이 인간의 문제다. 감시당하고 있을지 모른다는 무시무시한 사실을 확인하기 위해 아무래도 숲을 살피고 싶다. 확증을 얻은 다음에는 무시하면 그만이다. 애매한 상태로 아무것도 하지 않는 것은 더 이상 참을 수 없을 것 같았다.

그렇다고 해서 햐쿠에 숲을 보고 거기에 하얀 인간을 확인하면 어떻게 할 것인가. 지금까지 피해온 재난을 당하게 되는 게 아닐까. 이와이의 전철을 따르게 되지 않을까. 그렇게 생각하니 아무것도 할 수 없었다.

기도바시 씨에게 물어볼까. 대답은 쉽게 예상할 수 있었다. "절대로 숲을 보지 마라"라고 할 게 빤하다. 그걸 참을 수 없게 되어서 지혜를 빌리려고 한 것인데 말이다. 이 초조함을 이해하게 한다는 것 자체가 아무래도 무리이지 않을까.

고조는 깊이 고민한 끝에 해결할 수 있는 하나의 행동에 나서기로 했다. 사실은 전혀 '해결'이 아닐지 모르겠으나 그가 할 수 있는 유일한 수단이었다.

그것이 보고 있다는 느낌이 들면 숲 쪽을 슬쩍 보고는 시선을 돌린다. 이 방법이라면 가령 하얀 사람이 있더라도 슬쩍 볼 뿐이다. 보는 것은 마찬가지지만 영향을 최소한으로 줄일 수 있지 않을까. 그야말로 고육지책이겠으나 이 밖에 좋은 방법이 떠오르지 않으니 어쩔 수 없다.

고조는 재빨리 이 작전을 실행했다. 그런데 생각지도 못한 폐해가 곧 그를 덮쳤다. 그것의 기척을 느끼면 재빨리 숲을 본다. 아무것도 보이지 않는다. 그래서 시선을 급히 돌린다. 그 순간, 힐끗 시야 끝에 하얀 것이 보인 것만 같다. 하지만 확실치 않다. 서둘러 다시 확인하려다가 잠깐 하는 생각이 든다. 덫이 아닐까. 일부러 조금씩 모습을 드러내 이쪽의 주의를 끄는 게 아닐까. 자신의 모습을 더 확실히 보여주려고 하는 것이라면…….

그다음은 악몽 같았다.

그것을 느낀다. 숲을 본다. 바로 시선을 돌린다. 시야 끝에 하얀 것이 보인다. 찌릿 가슴이 아프다. 아니, 그렇게 보일 뿐이라고 생각한다. 그러나 신경 쓰인다. 확인하려 한다. 그러지 말라는 자제심이 작동한다. 참는다. 응어리 같은 게 남는다.

같은 일의 반복이 이어졌다. 정체 모를 응어리가 쌓이고 쌓여 그를 완전히 곤란하게 만들었다. 이대로 가면 이와이와 똑같든 아니든, 상당히 위험한 정신 상태에 빠질 것만 같았다.

이런 상태가 계속되면 당장이라도 머리가 이상해지겠다.

아무에게도 도움을 청하지 못한 채 그는 완전히 궁지에 몰렸다.

……그렇게 말하는 등대장 이사카의 말을 듣고, 모토로이 하야타는 고가사키등대에 도착했을 때의 경험을 떠올리며 몸을 부르르 떨었다.

등대 부속 관사의 바깥 복도로 오르려는 순간, 그는 햐쿠에 숲에서 무언가가 지켜보는 듯한 감각에 사로잡혔다. 등대가 있는 두 번째 바위에 오르려고 했을 때도 역시 같은 경험을 했다. 무적실에 갔을 때는 아무 일도 없었으나 그것은 등대 점등을 봤기 때문이었을지 모른다. 그 빛이 없었다면 틀림없이 무시무시한 시선을 세 번째 느꼈을 것 같다. 그다음 무슨 일이 일어났을지 상상하고 싶지 않다.

그건 그렇고…….

왜 이토록 이사카의 경험과 겹칠까. 하야타가 의문을 품은 가운데 등대장의 얘기가 이어졌다.

15장 시로가구라

이사카 고조가 정신적으로 완전히 지쳐 있을 때였다.

"시로고무라에서 가구라가 있어. 같이 갈까?"

웬일로 우마조노 등대장이 권했다. 나중에 생각한 일이지만, 아마도 기도바시가 "이사카 군이 조금 지친 것 같으니까 기분 전환이라도 시켜주세요"라고 등대장에게 부탁한 게 분명하다.

하지만 마을 사람들과 어울린다는 것은…….

기도바시의 배려에 감사하면서도 어느새 사람을 꺼리는 성격이 되어버린 고조는 솔직히 아주 난감했다.

등대 인근 마을에서 등대장의 지위는 아주 높다. 지방에 따라 차이는 있으나 촌장이나 마을 대표, 학교장, 경찰이나 소방서장 등과 같은 대우를 받았다. 이른바 지역 명사였다. 그래서 마을 행사에 종종 초청받았다. 일의 성격상 늘 참석할 수 있는 것은 아니었으나, 우마조노는 되도록 응하려 했다.

그런 초청 가운데 하나가 시로고신사의 가구라였다. 한 해에 두 번, 봄가을의 대제에서 신사 무녀가 춤을 추는 행사인데 마을에서는 하얀 춤이라는 뜻의 '시로가구라'라고 불렀다. 행사가 끝난 뒤 연회가 열린다는 말을 듣고 등대장의 노림수는 후자라는 걸 알아차렸다.

연회라고 할 것까지는 없겠으나 다이코자키등대에 있을 때도 자주 회식이 있었다. 회식에는 등대 직원뿐만 아니라 지역 사람들과의 교류도 포함되었다. 물론 한 해에 몇 번 안 되었지만 기분 전환으로는 충분했다. 고가사키등대에서는 아무래도 그와 비슷한 회식은 바랄 수 없었다. 문득 생각해보니 1년 이상, 그런 시끌벅적한 모임과는 인연 없이 지내왔다.

기도바시에게 다이코자키등대에서의 그런 추억을 이야기하다 보니, 처음에는 별로 흔쾌한 마음이 들지 않았던 고조도 가구라 참석에 조금씩 흥미가 생겼다. 물론 기도바시가 그렇게 마음먹도록 화제를 골랐을 테지만.

덕분에 고조는 등대장과 외출하는 당일에는 상당히 기운이 난 상태였다. 등대장 부인인 도미코와 함께 배웅하는 고타로와 아키코 둘이 무척 부러운 듯한 표정을 짓고 있다는 걸 알아차릴 정도의 여유도 생겼다.

사실은 이 아이들이 따라가는 거였나.

마침 아지키 마을에는 다이헤이이치자라는 유랑극단 사람들이 체류하고 있었다. 매년은 아니지만 몇 년에 한 번씩 찾아온다고 했다. 그 시기가 시로고신사의 시로가구라와 맞아떨어지면 반드시 시로고무라에서도 공연을 한단다. 그러면 노점도 차려지니까 산간 마을이라 할 수 없을 정도로 시끌벅적한 축제가 된다.

틀림없이 고타로와 아키코는 아주 오래전부터 손꼽아 기다렸을 게 분명하다. 그렇다면 아이들도 데려가면 좋을 텐데. 우마조노는 그런 융통성을 발휘할 여지가 없는 듯하다. 기도바시의 탄원도 있으니 이번에는 이사카를 데려간다. 그것만으로 '이건 공무다'라고 판단했을 것이다. 따라서 '아이를 데려가는 건 말도 안 돼'라고 생각한다. 좋든 싫든 매우 고지식하다.

성실한 등대장 같기는 한데.

고조는 한편으로 수긍하면서도 고타로와 아키코도 함께 갔으면 싶었다. 등대장과 둘만 가는 것보다 그쪽이 훨씬 마음 편할 테니까. 하지만 "자녀분들도 같이 가죠?"라는 말을 도무지 꺼낼 수 없는 분위기를 우마조노가 발하고 있었다. 어디까지나 공무의 일환이라고 판단했기 때문이리라.

"선물 사 올게."

고조는 헤어질 때 겨우 그렇게 말했다. 둘의 얼굴이 살짝 풀어진 게 그나마 위안이었다. 하지만 부속 관사를 떠나 고가사키를 따라 이어진 길을 걷기 시작했을 때였다.

"이사카 군, 마을의 가구라를 보는 것 또한 엄연한 공무임을 잊지 말게."

시작부터 등대장의 잔소리를 들었다. 아무래도 선물 얘기를 한 게 우마조노에게는 놀러 가는 듯 보인 모양이다.

"죄송합니다."

고조는 바로 고개를 숙이며 사과한 다음 그래도 약속했으니까 선물은 사고 싶다고 조심스럽게 주장했다. 승산은 있었다. 무엇보다 등대장은 '약속은 꼭 지켜야 한다'라고 생각할 게 분명했으니까.

"그야 뭐, 문제는 없지만……. 아니, 정말 고맙네. 괜한 신경을 쓰게 했군."

예상대로 등대장은 말을 흐리면서도 받아들였을 뿐만 아니라 부하에게 사과까지 했다.

고가사키등대에 부임한 지 1년이 지났는데 고조가 시로고무라에 가는 것은 이번이 처음이었다. 아지키 마을에는 몇 번 나갔으니 부자연스러운 일일 수도 있다. 항구 마을뿐만 아니라 산간 마을에도 일이 있게 마련이니까.

시로고무라를 방문할 일이 있으면 늘 등대장이나 기도바시가 갔다. '내게 맡길 만한 믿음이 없나'라며 한동안 실망하기도 했는데 어느 날 기도바시가 "그건 아니야"라고 말해주었다. "이사카 군이 만에 하나라도 하얀 집에 가지 않도록 하기 위해서야"라는 설명을 듣고 놀랐다.

고가사키등대에 오기 전날, 고조는 하얀 집에서 묵었다. 길을 잃은 탓이니 어쩔 수 없는 일이지만 그래도 무녀와 얽히고 말았다.

잘못하면 이와이의 전철을 밟을지 모른다.

등대장은 그 점을 걱정한 듯하다. 그래서 고조가 햐쿠에 숲에 들어가는 일을 되도록 줄였다는 것이다.

아지키 마을도 숲을 통과해야 하지만 다행히 잠깐뿐이다. 그러나 시로고무라에 가려면 중간까지는 하얀 집이 있는 곳과 같은 방향으로 가야 한다. 물론 갈림길에서 마을로 가는 길을 선택하면 그만이다. 하지만 또 길을 잃고 하얀 집으로 갈 수도 있다. 그렇게 해서 또 관계가 생기면 이와이처럼 무언가에 씌어버리지 않을까. 등대장은 그런 걱정을 품은 것이다.

"씌어버린다고 해도 정신적인 문제를 말하는 거지만."

기도바시가 얘기하다 말고 굳이 그렇게 설명한 것은 우마조노가 고집스러운 합리주의자였기 때문이다.

"하지만 말이야, 갈림길에서 길을 잃으리라 생각하는 것 자체가 등대장답지 않잖아?"

"갈림길이 정말 헷갈린다거나……."

"아냐, 그렇지는 않아. 적어도 사전에 주의를 받고 좌우만 헷갈리지 않으면 틀릴 리 없어. 고타로와 아키코 같은 애들도 매일 마을 학교에 다니니까. 다 큰 어른이 헤맬 이유는 없지."

"등대장님이 걱정이 많은 성격이라 그런 건 아니죠?"

"이제까지 본 바로 그런 것 같아?"

고조가 잠시 생각한 뒤 고개를 흔들자 기도바시가 이어 말했다.

"본인은 인정하고 싶지 않겠지만, 자네 혼자 갈림길까지 가면 무슨 일이 생기지 않을까, 등대장도 걱정한 게 아닐까?"

"무, 무슨 일이요?"

조심스레 묻는 고조에게 어디까지나 자기 생각이라며 기도바시는 진지한 얼굴로 말했다.

"이사카 군이 하얀 집에 불려가지 않을까…… 하고."

실제로 그럴 것 같아서 고조는 순간 공포를 느꼈다.

그런 기도바시와의 대화를 떠올리면서 고조는 결코 걷기 쉽다고 할 수 없는 밀림 속의 길을 등대장과 함께 나아갔다. 덤불 헤치기에 비하면 훨씬 나았으나 그래도 편하지는 않았다. 오히려 어렵다고 해야 할 것이다.

이런 길을 매일, 고타로와 아키코가 다닌단 말인가.

그렇지만 둘이 "학교에 가고 싶지 않아!"라며 떼를 쓰는 모습은 본 적 없다. 등대장의 훈육이 엄격한 탓일지 모르겠으나 그보다 둘의 됨됨이가 좋은 증거일 것이다.

마침내 문제의 갈림길에 도착했다. 그곳에 '←시로고무라'라는 나무 팻말이 걸려 있는 것을 보고, 그는 말하기 힘든 충격을 받았다.

이런 표시가 있는데 등대장은 내가 길을 잃으리라 생각했다는 말인가…….

상대가 이성주의자인 만큼 고조는 더 두려웠다. 지금까지 마음속으로 어딘가 '너무 지나친 생각 아닌가?'라고 여겨왔는데 말도 안 되는 착각이었음을 깨달았다. 우마조노에게 한없이 감사해도 부족함이 없음을 드디어 느낄 수 있었다.

이토록 등대장이 우려한 것은 이와이 씨의 상태가 정말 지독했기 때문이다…….

그러므로 과잉보호일지 모르겠으나 절대 고조를 마을로 보내지 않았다. 이와이의 전철을 밟지 않도록 한시라도 하얀 집에 다가가지 못하도록 한 것이다.

그런 생각을 했더니 시로고무라에 다 왔을 무렵, 고조의 마음은 완전히 어두워져 있었다. 하지만 그런 침울함도 어쩔 수 없이 밝아질 정도로 마을은 왁자지껄했다. 문자 그대로 시끌벅적한 축제였다.

애당초 그가 시로고무라에 품은 인상은 산간의 오지 마을에 지나지 않았다. 마을이라기보다 촌락이라고 부르는 게 어울릴 법한, 그런 작고 가난한 곳이라고 생각해왔다.

그런데 실제로 시로고무라는 예상보다 넓었다. 주위를 산과 숲이 감싸고 있으니 갇힌 변경의 땅임은 분명했으나 활기가 느껴졌다. 물론 아지키 마을과는 비교할 수 없었으나 그렇다고 적막하기만 하지는 않은 어엿한 마을이었다.

게다가 지금은 마을 여기저기에 제등이 내걸려 있고, 다이헤이이치자의 장대 깃발까지 세워져 있었다. 시로고신사로 이어진 양쪽 길가에는 다양한 노점이 있었고 경내에는 무대가 마련되어 있었다. 그리고 마을 사람 대다수가 돌아다니고 있었다. 아이들은 죄다 들떠서 특히 시끄러웠다. '오봉·양력 8월 15일에 지내는 일본의 명절과 새해가 같이 온 것 같은'이라는 표현이 있는데 그야말로 시로고무라가 그런 상태였다.

등대장은 제등에도 깃발에도 노점에도 한눈 한 번 팔지 않고 곧바로 신사로 향했다. 가는 길에 마을 사람 대부분이 고개 숙여 인사했다. 등대장은 살짝 고개만 까딱일 뿐 그대로 전진했다.

신사에는 마을의 유력자들이 모두 모여 있었고 등대장도 정중하게 대응했다. 촌장, 마을 대표, 우체국장, 소학교장, 주재 순사, 유지들에게 고조도 차례차례 소개되었는데 문득 경내에 모인 마을 사람 가운데서 다스케의 모습을 발견한 순간 완전히 정신을 빼앗기고 말았다.

다스케 본인도 바로 고조를 알아본 듯했다. 순간 놀란 표정을 짓기에 그대로 도망치려나 했는데 배짱 좋게 씩 웃었다. 그뿐인가 인파를 헤치고 이쪽으로 다가왔다.

등대장이 촌장과 열심히 대화하는 모습을 한동안 살피던 다스케는 괜찮다는 판단이 섰는지 뻔뻔하게 고조에게 말을 걸었다. 게다가 마을의 젊은 여자 대다수가 기도바시와 고조를 놓고 수다를 떨었는데 고조가 더 인기가 있었다는 말도 안 되는 얘기를 스스럼없이 했다.

"쓸데없는 소리는 하지 마세요."

고조는 화를 내고야 말았다. 물론 거기에는 쑥스러움이 들어 있었다. 지방으로 갈수록 젊고 독신인 등대지기를 두고 수군거린다는 얘기는 그도 들었기 때문에 새삼스러울 일은 아니다. 다만 다스케의 말은 있을 수 없는 사실이라 화를 낸 것이다.

"기도바시 씨라면 모르겠지만 내가 마을에 온 건 오늘이 처음이야. 마을 여성들이 나를 알 리 없잖아!"

그런데도 다스케는 변함없이 싱글대며 이렇게 설명했다.

전에 도쿄에서 한 학자가 마을을 조사하러 왔다. 그때 학자는 신사에서 신주와 얘기를 나누고 같이 사진을 찍은 다음 등대까지 갔다. 나중에 학자는 감사의 표시로 사진을 보내줬는데 거기에 등대장과 가족, 그리고 기도바시와 고조의 사진이 섞여 있었다. 그것을 보고 마을 여자들이 놀라며 몇 명은 남몰래 등대까지 보러 갔다.

이 얘기에 고조도 놀랐다. 확실히 반년 전쯤, '아이자와'라는 도쿄의 민속학자가 등대를 찾아와 등대장에게 이런저런 얘기를 듣고 사진을 몇 장 찍은 적 있다. 그게 마을 여자들 사이에서 돌아다닐 줄은 생각도 하지 못했다.

게다가 다스케의 말로는 신주의 딸 미치코가 특히 고조에게 반했다고 한다. 게다가 그녀가 몇 년 전부터 시로가구라에서 무녀로 춤을 춘다고 했다. 그 말을 듣고 고조는 안절부절못했다. 등대장과 고조에게 준비된 관람석이 바로 무대 앞이었기 때문이다.

어리둥절해진 고조를 두고 다스케는 어느새 자취를 감췄다. 혹시 허풍인가 싶었는데 학자의 사진 얘기는 정말이었으니까 새빨간 거짓말 같지는 않았다. 얼마 뒤 등대장이 불러 무대 앞에 깔린 돗자리에 앉을 수밖에 없었다.

이윽고 와곤일본 고유의 6현금 소리가 울리고 탁탁 샤쿠뵤시양손에 들고 맞부딪쳐 소리를 내는 타악기 소리가 남과 동시에 가구라와 히치리키중국에서 전래된 피리의 일종 소리가 섞인 연주가 시작되자 무녀 옷을 입은 젊은 세 여성이 무대 위에서 춤을 추었다.

고조가 그 모습을 제대로 볼 수 있었던 것은 셋이 새하얀 가면을 쓰고 있었기 때문이다. 덕분에 그는 얼굴을 붉히지 않고 춤을 감상할 수 있었는데 살짝 안타까운 마음도 들었다.

미치코를 보고 싶었는데.

가면 탓에 원래 얼굴을 볼 수 없게 되니 오히려 더 보고 싶어진다. 남자니까 어쩔 수 없지. 아니, 가령 남녀 성별이 바뀌었다고 해도 마찬가지 아닐까.

셋의 춤을 똑같이 보려고 했으나 아무래도 미치코로 보이는 가운데 무녀에게 시선이 갔다. 왜 가운데 무녀가 그녀인지 알았느냐면 다른 둘보다 자주 시선이 마주쳤기 때문이다. 가면 너머라 알기 힘들었을 텐데도 서로의 시선이 여러 번 얽혔다.

그때마다 오싹했다. 목덜미와 등줄기가 아니다. 두 팔도 아니었다. 가슴이나 배도 아닌 듯했다.

뇌인가. 아니면 아랫배인가.

어딘지 알 수 없으나 오싹오싹 몸이 반응해버린다. 절대 두려워서가 아니다. 흠칫하는 게 아니라 오싹하는 쾌감에 가까운 듯하다. 거기에는 부도덕한 미묘한 감정도 있었다. 그녀가 무녀의 옷차림을 하고 있기 때문일까. 피부가 드러난 곳은 양손 정도이고 가끔 소매가 올라가도 팔꿈치조차 보이지 않는데 이상하게 요염하게 보였다. 우아한 춤 때문일까, 슬쩍슬쩍 보이는 하얀 목덜미 때문일까. 그에게 날아오는 시선 때문일까.

한동안 홀린 듯 바라보던 고조는 문득 정신을 차렸고 그러자마자 무서워졌다. 왠지 알 수 없어 자신도 놀랐고 무녀들의 춤을 제대로 볼 수 없게 되어버렸다.

……하얀 가면.

자기도 모르게 하얀 집의 으스스한 모녀를 떠올려서 그랬음을 깨달았을 때는 다행히 가구라는 끝나 있었다.

하얀 사람 마을인 시로고무라의 하얀 사람 신사라는 뜻의 시로고 신사에서 열리는 하얀 춤 시로가구라니까 하얀 가면인 게 당연하지 않나?

그렇게 생각하면서도 세 무녀가 무대에서 내려오는 것을 보고는 진심으로 안도했다. 다만 촌장이 "연회에서 무녀들이 술을 따른다"라는 취지의 말을(너무 심한 사투리라 그렇게 해석한 데 불과했으나) 등대장에게 하는 걸 주워듣고 고조는 아주 초조해졌다.

미치코를 만나고 싶다.

그녀를 만나지 않고 돌아가고 싶다.

그는 상반되는 감정에 시달렸다. 남자의 본심은 전자일지 모르겠는데 인간의 본능은 후자라고 속삭였다. 그런 복잡한 감정에 시달린 건 물론 하얀 가면 탓일 것이다. 그것이 다른 색이었다면 틀림없이 그는 연회를 기다렸을 것이다.

이어서 고조는 등대장과 함께 신사의 넓은 다다미방으로 안내되었다. 거기에는 시로고무라뿐만 아니라 아지키 마을의 유력자들도 이미 자리를 잡고 있었다. 고조는 한바탕 인사를 하고 다니는 우마조노를 따라다녔다.

이윽고 연회가 시작되고 마을 여성들이 심부름하며 술을 따라주었다. 고조도 잔을 받았는데 술잔이 자신에게 집중되어 곤란했다.

"이사카 군, 정말 인기가 많네."

등대장이 웬일로 농담을 던질 정도로 또래 여성들이 연달아 술잔을 따랐다. 덕분에 촌장을 비롯한 연장자들의 보기 좋은 안줏감이 되었다.

얼마 지나자 조금 나아지나 싶어 안도했는데 아름다운 거동의 젊은 여성들이 가세해 그 자리가 단숨에 환해졌다.

"조금 전의 무녀들이야."

등대장이 말할 때까지 고조는 전혀 알아차리지 못했다. 무녀 옷을 벗고 다른 옷을 입고 왔기 때문이기도 했으나 다다미방에는 셋이 아니라 둘이 들어왔기 때문이다.

……미치코가 없다.

얼굴도 모르는 주제에 순간적으로 직감했다. 그의 직감이 증명된 것은 연회가 거의 끝나갈 무렵, 신사의 신주 부부가 술을 따라주러 왔을 때였다.

황공한 마음으로 잔을 받는 고조에게 "딸 미치코는 하필 감기에 걸리는 바람에 실례하게 되었어요"라는 뜻의 설명을 신주가 했다. 이어서 그의 아내가 "당신과 만나길 손꼽아 기다렸는데"라고, 또 "하지만 딸은 한참 늦돼서"라는 말도 하는 걸 보니 다스케의 말은 역시 사실이었던 듯하다. 무엇보다 촌장과 마찬가지로 사투리가 너무 심해 완전히 이해했는지는 알 수 없다. 그래도 대체로 맞을 것이다.

다만 신주의 아내가 왜 "우리가 모시는 신도 앞으로 몇 년 있으면 새로워진다"라는 의미의 말을 했는지, 그게 의문이었다. 미치코와 관련이 있나. 신사와 관련된 이야기일 뿐일까.

등대장은 마을과 읍내의 유력자들과 격의 없이 술잔을 나누면서도 왠지 신주 부부만은 피하는 것 같았다. 신주의 술버릇이 좋지 않거나 그 부인의 사람 대하는 방법이 나쁘거나, 그런 눈에 띄는 이유가 보이지 않아 아무래도 이상하고 어색했다.

그냥 서로 맞지 않은 건가.

고조는 그렇게 생각하려 했는데, 그렇다면 등대장은 가장 요란을 떠는 촌장을 제일 꺼려야 한다. 그런데도 저렇게 담소를 나눈다는 건 그만큼 고가사키등대에 시로고무라가 중요하기 때문일까. 그 마을의 촌장이므로 등대장도 정중하게 대접하고 있다. 그렇다면 상대가 마을 신사의 신주 부부라도 마찬가지일 텐데 아무래도 이상하다.

연회가 끝난 뒤 연회를 주최한 사람들에게 등대장이 인사할 때 누군가가 슬쩍 고조에게 말을 걸었다. 돌아보니 신주의 아내가 근처 기둥 뒤에 숨어 "비번일 때 한번 신사에 놀러 오세요"라는 의미의 말을 했다. 그리고 고조가 대답하기도 전에 넌지시 그의 뒤로 눈길을 던지더니 훌쩍 자리를 떠버렸다.

고조가 뒤를 돌아보니 마침 등대장이 그에게서 시선을 돌리고 있었다.

등대와 신사 사이에, 뭐가 있나.

고조는 의문에 속을 태우며 아이들의 선물을 사서 등대장과 귀로에 올랐다. 등대까지의 길은 길어 시간이 걸리므로 이 문제를 직접 물어보고 싶었는데 대뜸 혼부터 날 것 같아 묻지 못했다.

그래서 고조는 일단 미치코에 관해 물어보기로 했다. 만약 거기서 이야기가 잘 풀리면 문제의 이야기로 들어갈 수 있을지도 모른다. 그렇게 생각했는데 우마조노는 "아직 어린데 마음씨가 좋은 어른스러운 아가씨"라는 것 외에는 미치코에 관해 모른다고 했다. 고조의 계획은 완전히 틀어졌다.

그런데 그 갈림길을 지나친 시점에서 등대장이 엉뚱한 얘기를 시작했다.

"이 지역 아가씨가 등대지기에게 시집오는 일이 종종 있지."

정말 느닷없이 나온 화제였으나 그런 얘기 자체는 고조도 익숙했던 터라 바로 대답할 수 있었다.

"그런 얘기는, 자주 들었습니다."

"등대지기의 아내는 전근을 함께 경험해야 하지. 하지만 그녀가 태어나고 자란 곳이 변경의 땅일수록 대체로 잘 견디니까."

"전근 지역의 등대가 비슷한 환경이라서 그렇죠?"

등대장은 무겁게 고개를 끄덕이고 말했다. "그래도 역시 등대지기의 아내는 나름의 각오와 이해가 필요해. 이게 충분치 않으면 아주 힘들지."

"그렇겠죠."

고조는 여기까지 이야기를 듣고 등대장이 암암리에 자신과 미치코에 관해 얘기하나 싶어 상당히 겸연쩍으면서도 그래도 너무 이야기가 빠르지 않나 하며 고개를 갸웃했다. 본인들은 얼굴 한 번 본 적 없는데 다른 사람들만 요란을 떨어서 어쩌자는 걸까.

아니면 시로가구라 자리가 실은 맞선 자리였나…….

고조는 정말 말도 안 되는 일이라고 생각하면서도 예전에 나이든 등대지기 선배에게 들은 지방 마을의 기이한 관습들이 뇌리를 스치자, 설마……라는 기분이 들었다.

"그런데 말이야, 그보다 더 성가신 일은 반대의 경우지."

바로 그때 등대장의 알쏭달쏭한 이야기가 날아와 그는 허둥대며 되물었다.

"……뭐가, 반대입니까?"

"등대지기가 마을 아가씨를 아내로 맞는 게 아니라 거꾸로 마을에 장가를 드는 거지."

뜻밖의 대답이 돌아와 고조는 완전히 넋을 놓았다.

"그, 그런 예가…….."

"내가 아는 한 아주 적어. 하지만 전혀 없지는 않지."

이때 등대장은 앞길만 응시하고 있었는데 일부러 나를 보지 않으려 하는 듯 보였다. 그 모습에서 그는 뒤늦게 깨달았다.

그 신주 부부는 미치코의 데릴사위로…….

자신을 생각한 건가. 그래서 신사에 놀러 오라고 권했단 말인가.

앗, 그래서 등대장은…….

신주 부부를 피했을지 모른다. 등대장이라는 신분을 생각하면 충분히 이해가 간다.

미치코를 신부로 데려오자는 말이라면 등대장도 분명 환영하지 않았을까. 독신 등대지기는 사생활 면에서 힘든 일이 많다. 식사든 빨래든 상당한 고생이 강요된다. 등대장 부인이 도와줄 때가 많으나 그렇다고 완전히 맡길 수는 당연히 없다. 그녀에게는 가족이 있다. 특히 아이라도 있으면 남편 부하까지 돌볼 여유는 없다.

그러므로 등대장은 독신 등대지기의 결혼을 환영하게 마련이지만, 데릴사위가 되어 등대 일을 그만두는 사태가 되면 얘기는 완전히 달라진다. 갑자기 등대에 결원이 생기는 일이므로 등대장은 그에 대처해야만 한다.

이 데릴사위 이야기가 언제부터 나왔을까, 물론 고조는 알 수 없는 노릇이다. 다만 그 민속학자의 사진 일이 있었으니까 의외로 몇 개월 전일지 모른다. 그렇게 생각하면 등대장이 완고할 정도로 그를 마을에 보내지 않은 일도 수긍이 갔다. 그것은 하얀 집에 대한 우려만이 아니라 거기에 시로고신사의 신주 부부에 대한 우려까지 더해진 게 아닐까.

그런데도 이번에 고조를 데려간 것은 기도바시에게 "기분 전환이라도 시켜주세요"라는 부탁을 받은 점도 있으나 어쩌면 미치코가 감기에 걸렸다는 소문을 등대에 왔던 마을 사람에게 미리 들었기 때문이 아닐까. 따라서 중요한 가구라는 추겠으나 그 뒤의 연회에는 나오지 못하리라 생각했을지 모른다.

정말 일이 커졌네.

고조는 어찌할 바를 몰랐다. 제대로 확인한 것은 아니었지만 아무래도 그리 틀리진 않았을 것이다. 그건 그렇고 본인만 모르고 벌어진 상황에 솔직히 조금 화가 났다.

어쩌면 기도바시 씨도…….

이 일을 알고 있지 않았나 의심했는데 그라면 미리 알려줬을 것이라고 마음을 고쳐먹었다.

그 뒤로 등대에 도착할 때까지 어색한 침묵이 이어졌다. 하지만 마음이 불편한 사람은 고조뿐이었고 등대장은 아무렇지 않았을 수 있다. 다만 계속 말없이 걷다가 문득 중요한 걸 깨달았다.

등대장은 데릴사위 건을 일부러 알려준 게 아닐까.

조금 전 그런 식으로 화제로 삼았는데 어디까지나 일례를 든 데 불과하다. 그것도 시로고신사 신주 부부의 청에 화가 난 등대장이 참지 못하고 불만을 토로한 듯 보였다.

이대로 모르는 척할까.

그게 가장 무난한 방법 같았다. 실제로 등대장은 아무 말도 해주지 않았다. 신주 부부에게도 구체적인 말은 듣지 못했다. 모든 것은 다 자신의 지나친 생각일 수 있다.

아니야, 그건 아니지.

이렇게 상황 증거가 다 갖춰졌으니 고조의 추리가 맞을 것이다. 하지만 그는 등대지기를 그만둘 마음이 전혀 없었다.

다만…….

미치코를 만나보지도 못하고 그녀를 거절하는 셈이 되어버린 게 이번 일에서 유일하게 안타까웠다.

……등대장 이사카의 말이 여기까지 진행되었을 때 모토로이 하야타는 더는 참지 못하고 끼어들고 말았다.

"죄송합니다. 부인 성함이 미치코 씨잖아요. 그 무녀 이름도 미치코이고요. 이름은 같아도 로路와 도道로 다른 한자를 쓰니까 동명이인인 거죠?"

무녀 미치코가 이야기에 등장하면서부터 내내 마음에 걸려 질문했다. 그리고 "당연하지"라는 이사카의 대답을 예상했는데⋯⋯.

등대장은 아주 복잡한 표정으로 살짝 고개를 저으면서 말했다. "아냐. 아내 미치코가 지금 얘기에 나오는 무녀 미치코야."

하야타는 너무 놀라서 이야기의 주인공을 보려고 고개를 돌렸다가 또 놀랐다. 그가 이사카의 말에 푹 빠져 있는 동안 일찌감치 부엌으로 돌아갔는지 그녀는 자리에 없었다. 참고로 하야타는 부엌을 등지고 앉아 있었다.

"그, 그럼 미치코 씨가 시집을 온 거 아닙니까?"

다만 그 결혼이 순조롭게 진행되었을 것 같지는 않다. 큰 장애가 있지 않았을까. 그녀가 길 도를 쓰는 '미치코'가 아니라 길 로를 쓰는 '미치코'로 이름을 바꿔야 했을 정도의 큰 문제가 두 사람을 가로막았을지 모른다.

고개를 끄덕이는 이사카를 보면서 하야타는 그래도 마음이 따뜻해졌다.

돌이켜보니 고깃배 위에서 고가사키를 바라다본 이후 그는 줄곧 무서운 경험만 했다. 두려움에 떨었다. 등대장 부부를 만나고 처음으로 비로소 안도할 수 있었다. 그러나 그것도 이사카의 말이 시작될 때까지뿐이었다. 20년도 전에 등대장이 한 경험과 자신의 경험이 기분 나쁠 정도로 닮았다는 사실을 깨달았기 때문이다.

이 무서운 일치는 뭐지?

그저 우연의 일치일까, 아니면…….

그런 정체 모를 불안에 내내 시달리면서도 이사카의 이야기에 계속 귀를 기울였다. 아니, 불안해서 이야기를 계속 들을 수밖에 없었다. 그 정체를 알아내지 못하면 이 악몽에서 도망칠 방법이 없다고 생각한 탓이었을까.

마음 한번 제대로 놓을 틈 없이, 이사카의 젊은 시절 결혼이라는 화제가 나왔다. 여기까지의 이야기 흐름으로 야반도주가 아닐까 하는 생각이 들었다. 본인들에게는 중요한 사건이었을 테지만 하야타에게는 미소 짓게 만들 일 같았다. 적어도 무섭지도 두렵지도 않은 이야기이다. 그러므로 그도 대놓고 환영하려 했는데…….

왠지 등대장의 낯빛이 좋지 않았다.

왜 그는 얘기하기 힘들어하는 걸까.

하야타가 그 이유를 알기까지는 실은 아직 많은 이야기가 남아 있었다.

16장 밀회

시로고무라의 시로고신사 대제가 끝나고 고가사키등대로 돌아온 뒤 고조는 영 불안했다. 자신도 모르게 데릴사위 얘기가 나왔으니 당연했다. 시로고신사의 신주 부부에게서 '정식'으로 맞선 신청이 오지 않을까 늘 마음의 준비를 했다.

그런데 사흘이 지나도 일주일이 지나도 아무런 연락이 없었다. 고조는 도무지 이해할 수 없었다.

그러던 어느 날 기도바시가 질문을 던졌다. "마을 축제에 다녀오면 기분 전환이 좀 될까 했는데 다른 걱정거리가 있는 얼굴을 하고 있네. 무슨 일 있어?"

고조는 그의 날카로운 관찰력에 감탄하면서 자초지종을 털어놓았다. 사실은 좀 더 빨리 상의했어야 하는데 내용이 내용인지라 부끄러움이 앞섰다.

"그래? 신사의 데릴사위라, 등대지기보다 나을지 모르겠네."

기도바시는 그렇게 답을 했지만, 바로 고조의 반응을 알아차린 듯했다.

"아니, 미안해. 나도 모르게 농담해버렸네. 나는 사귀는 사람도 없는데 후배에게 혼담이 왔다니까 살짝 질투했나 봐." 농담처럼 말하며 웃었으나 고조의 얼굴이 더 경직되자 서둘러 덧붙였다. "이사카 군의 등대정신이 강하다는 것은 나도 잘 알아. 그런 자네가 아무리 신사의 데릴사위가 매력적이라 해도 등대지기를 그만두면서까지 달려드리라는 생각은 안 해. 그런데도 신경을 쓰는 걸 보니 아무래도 미치코 씨라는 존재 때문일까."

고조의 마음을 완벽하게 꿰뚫어 봐서 그는 쩔쩔맸다.

"……이, 이상하죠. 춤을 보고…… 만난 적도 없는데…… 게다가 상대가…… 아무리 사진을 봤다고 해도…… 시선은 몇 번 마주치긴 했……지만……."

"이봐, 무슨 소릴 하는 거야. 그렇게 말하면 무슨 소린지 알아들을 수가 없다고. 순서대로 제대로 말하라고."

기도바시는 우습기도 하고 반쯤은 어이없는 듯했다. 그래서 다스케에게 들은 그 민속학자의 사진 얘기부터 시작했다.

"그랬구나! 이런 지방이라면 충분히 있을 수 있는 일이지." 완전히 이해한 듯 여러 번 고개를 끄덕였다. "등대장이 그 이야기를 끔찍이 싫어했다는 자네 추측도 아마 맞을 거야."

"역시 신사의 신주 부부가 우리 등대장에게……."

"응. 촌장님이 중매인이 되어 그런 청을 넣었을 가능성이 크지."

"그, 그런데 본인에게 아무 확인도 없이……."

"단정해서 말할 순 없지만, 등대장의 등대정신이 아주 강한 건 자네도 잘 알지?"

그 말을 듣는 순간 고조도 등대장의 마음을 알 것 같았다. 그런 면에서 역시 등대지기는 특수한 인종일지 모르겠다.

"사모님에게 내가 한 번 물어볼게."

기도바시는 그냥 두면 고조에게 불만이 생길 것 같았는지 약속을 했다.

그리고 며칠 뒤, 기도바시는 등대장 부인 도미코에게 들은 사건 전모를 알려주었다. 역시 고조가 추측한 대로 시로고신사의 신주 부부와 등대장 사이에 얘기가 오갔단다. 등대장은 거절했으나 신주 부부는 대제의 가구라가 끝난 뒤 연회에서 둘을 만나게 할 계획이었다. 물론 모두가 모인 자리가 아니라 별실에서 이루어질 예정이었을 것이다.

"그런데 애석하게도 그날, 미치코 씨가 감기에 걸렸어. 그래도 억지로 가구라는 췄지. 중요한 행사였으니까. 하지만 그래서 연회를 나갈 수…… 없게 되어 자네의 맞선은 이루어지지 않은 거야."

마치 본 것처럼 말했지만, 어디까지나 도미코에게 들은 말을 바탕으로 기도바시가 유추한 얘기였다. 그러나 고조는 신빙성이 꽤 높으리라 생각했다. 다만 동시에 의문이 생겼다.

"등대장은 그날 동네 사람들이 제 맞선을 꾸몄다는 사실을 알았잖아요?"

만약 알았다면 아무리 기도바시가 부탁하더라도 고조를 연회에 데려가지 않으면 되지 않았나. 그렇게 생각하고 물었다.

"사모님 말로는, 신주 부부에게 딱 잘라 거절한 얘기라 등대장은 전혀 문제가 되지 않으리라 생각한 것 같아. 성실한 사람이지만 가끔 그렇게 무른 부분이 있다……는 게 사모님의 얘기인데 아마 맞을 거야."

기도바시가 곤란한 표정을 짓고 있는 것은 등대지기가 아닌 한 개인으로서의 우마조노의 성격을 너무나 잘 알고 있기 때문일지 모른다.

"그날 연회 자리에서 신주가 딸은 감기에 걸려 만날 수 없다는 말을 느닷없이 했어요. 그다음부터 등대장이 이상하게 신주 부부를 피하는 듯 보였는데 그런 경위가 있었군요."

"어쨌든 등대장도 당사자인 자네에게는 말했어야 했어. 우수한 부하를 잃고 싶지 않은 마음은 잘 알지만."

"우수하다니……."

"인사치레로 하는 말이 아니야. 등대장이 고가사키등대만 생각하고 이 혼담을 거절한 건 아닐 거야. 이사카 군이라는 인재를 잃는 게 싫었겠지. 틀림없이 자네라면 어느 등대에 가더라도 훌륭하게 일해낼 테니까."

고조가 쑥스러워 아무 말도 하지 못하고 있자 기도바시가 갑자기 깊이 고개를 숙였다.

"등대장이 나쁜 마음을 품은 건 아니네. 부디 용서해주게. 사모님도 부디 자네에게 사과해달라고 하셨어."

"아니, 그런······. 기도바시 씨가 사과할 필요는 전혀 없잖아요."

서둘러 고조는 한쪽 손을 흔들었다.

"실은 우마조노 등대장과는 다른 등대에서 함께 일한 적 있어. 나름 오래 어울렸지." 기도바시는 쓴웃음을 지으면서 의외의 사실을 털어놓았다. "자네에게 숨길 생각은 아니었는데 내가 보충된 이유가 너무 특수해서 말이야. 가뜩이나 자네가 예민한 상황인데 나중에 온 등대지기가 등대장과 친분이 있다는 사실을 알면 괜한 마음을 쓰게 될 테니까. 그래서 등대장과 의논해 그냥 얘기하지 않기로 했어."

"그래서 사모님과도 가깝게 얘기하실 수 있었군요."

고조는 그동안의 상황을 이해하면서도 자신이 얼마나 등대장과 기도바시의 보호를 받고 있었는지를 새삼 깨달았다. 물론 데릴사위 건은 지나쳤다고 생각하나 그것도 쉽게 용서할 수 있었던 것은 두 사람의 인품 때문이다.

그래도 의도적으로 숨긴 덕분에 놓친 것에 대해 일말의 미련이 남는 게 사람이다. 고조도 예외는 아니다. 등대장에게 불만이 생긴 것은 절대 아니지만, 눈앞에서 가구라를 추던 무녀의 모습만은 망막에 아로새겨져 있었다. 정신을 차려보니 도통 그녀를 잊지 못해 끙끙대는 시간을 보내고 있었다.

그런 고조의 상태를 누구보다 빨리 알아차린 사람 역시 기도바시였다.

"뭐 하면, 내가 그녀와 다리를 놓아줄까?"

둘이 등대 기계실을 점검할 때 갑자기 그런 말을 해서 놀랐다. 너무 갑작스러워서 듣고도 무슨 소리인지 바로 이해하지 못했다.

"아니 그, 신사……."

"당연하지. 따로 좋아하는 여자라도 생겼어?"

너무 어이없어 정신없이 고개를 흔드는 고조를 보고, 기도바시는 빙긋 웃으며 말했다.

"그렇지. 아무리 봐도 자네 마음은 미치코 씨에게만 있으니까."

"아니……."

그런 말이 자연스레 나온 걸 보면 자기 마음이 평소 언동에 그토록 드러났나 싶어 적잖은 충격을 받았다.

"모르는 건 당사자뿐이야. 사모님이나 나나 자네 짝사랑을 다 아니까."

고조의 얼굴이 확 달아올랐다. 아마도 시뻘게지지 않았을까. 들키지 않으려고 재빨리 고개를 숙였다. 쥐구멍이라도 있으면 들어가고 싶은 심정이란 이런 상황임을 피부로 실감했다.

"그 대단한 등대장은 아직 모르지만."

그런 말로 고조를 미소 짓게 만든 것은 기도바시의 다정함이었으리라. 덕분에 그는 간신히 고개를 들 수 있었다.

"어때? 독신인 내게 맡기는 게 불안하면 사모님에게 부탁하는 방법도 있어."

"……고맙습니다." 고조는 부끄러웠지만 그래도 고맙다는 말을 건넸다. "하지만 마음만으로 됐습니다."

"등대장을 걱정하는 거야?" 바로 기도바시가 지적했다.

"그것도 있겠죠. 하지만 아무래도…… 둘 사이에는 넘을 수 없는 간극이 있는 것 같습니다."

"자네는 언젠가 이곳을 떠날 사람이고, 그녀는 신주인 부모가 데릴사위를 바라는 아가씨에다가 무녀라?"

잠자코 고개를 끄덕이는 고조를 물끄러미 보더니 기도바시가 입을 열었다.

"자네는 성실하니까 그렇게 말하는 마음은 알겠어. 하지만 지금은 그보다 서로의 마음을 전하는 게 중요하지 않을까?"

"하지만 마음이 통했는지 확실치 않고……."

"그러니까 제대로 확인해야지." 기도바시는 태연한 어조였으나 갑자기 힘을 쭉 빼고 말했다. "아니, 미안해. 다른 사람들이 아무리 요란을 떨어도 소용없는 일이지."

"아뇨. 저야말로 여러모로 걱정을 끼쳐서……."

힘없이 고개를 떨구는 고조에게 기도바시는 따뜻한 미소를 지어주었다.

"하지만 이번 일에 좋은 면도 있어."

"그게 뭔데요?"

힘없이 묻자 역시 모르겠느냐는 표정으로 대답이 돌아왔다.

"그 하얀 사람을 보지 않을까…… 하는 불안이 어느샌가 사라졌잖아."

고조가 정신을 번쩍 차릴 만한 지적이 날아왔다.

"그러네요."

대신 미치코가 만나러 오지 않을까 하는 기대에 고가사키 등성이를 따라 등대까지 이어진 길을 종종 바라보는 일이 잦아졌다. 게다가 사실은 그녀를 닮은 소녀의 모습을 그 길뿐만 아니라 숲의 나무 사이에서 본 것만 같아 급히 응시하는 때도 있었다.

그런데 천하의 기도바시에게 들키고 만 것이다.

"하얀 사람을 보게 되는 것보다, 상대가 미치코 씨라면 환각이라도 괜찮지 않을까?"

물론 기쁜 일이겠으나 부끄러움이 앞서 아무 말도 하지 못했다.

결국은 기도바시가 다리가 되거나, 아니면 도미코에게 상담하자는 쪽으로 이야기가 흘러갔다. 고조가 적극적으로 움직인 것은 아니었다.

두 사람 사이에는 아무래도 뛰어넘을 수 없는 간극이 있다.

아무리 생각해도 그 생각이 옳은 것 같았기 때문에 그는 아무것도 할 수 없었다. 일단 즐거우면 그만이라는 태도는 도무지 취할 수 없었다.

그런데 기계실 점검 며칠 뒤, 말도 안 되는 일이 일어났다. 고조가 그날 근무를 마치고 등대에서 나오는데 고가사키로 오는 길로 이어진 숲속에서 갑자기 그녀의 모습이 보여 가슴이 쿵 내려앉았다. 늘 봤던 환상인 듯, 곧바로 그녀의 모습은 사라졌다.

……또 이러네.

그는 쓴웃음을 지으면서도 괜스레 쓸쓸해진 마음을 달래려 했는데 그녀가 다시 훌쩍 나타났다.

어…….

게다가 이번에는 사라지지 않았다. 내내 그 자리에 머물러 있다.

고조는 달리기 시작했다. 등대가 있는 바위에서 돌계단을 뛰어 내려가 부속 관사가 있는 바위를 통과해 서둘러 돌계단을 더 내려간 다음 거기부터 기복 있는 산등성이 길을 내달렸다. 발밑은 바위이니까 위험한 건 알고 있었다. 하지만 초조했다. 왜냐하면 첫 번째 바위에 내려섰을 때 혹시나 해서 봤는데 그녀의 모습이 사라졌기 때문이다.

분명, 저기 있었는데.

지금이라면 아직 찾을 수 있어.

그런 마음으로 고조는 달렸다. 그래서 등성이 길과 숲속 나무들의 경계에서 갑자기 그녀가 모습을 드러냈을 때 "으악!" 하고 소리를 지르고 말았다.

"……죄, 죄송해요. 가, 갑자기, 이런……."

그녀도 놀란 표정으로 열심히 사과하기 시작했다.

"아, 아니…… 괜찮습니다."

서둘러 고조는 별일 아니라는 듯 고개를 젓다가 퍼뜩 정신이 들었다.

"이쪽으로 오세요."

그녀의 등을 밀듯 둘이 큰 나무 밑으로 들어갔다. 이동하지 않으면 등대 어디서나 훤히 보이기 때문이다.

"앗!"

그때 나지막이 소리를 지르고 그녀에게서 조금 떨어졌다. 거의 피부가 맞닿을 정도로 둘의 거리는 가까웠다. 나무 뒤에 숨었으니 당연한데 그의 심장이 시끄러울 정도로 쿵쾅거렸다.

이 눈동자야.

이상하게도 그는 상대의 눈을 보고 확신할 여유가 있었다.

"저기, 저는……."

그녀가 먼저 얘기를 꺼내려 해서 서둘러 그가 말했다.

"세 무녀 중 가운데서 춤을 췄죠?"

"그게 저란 걸, 바로 아셨어요?"

그녀의 표정이 확 환해졌다. 멀리서도 아름답다는 것은 알 수 있었는데 이때의 미소에 그는 완전히 반하고 말았다.

"무, 물론이죠."

"저는 전부터 당신을……."

사진으로 알았다는 말은 하기 어려울 것 같아 고조는 급히 화제를 바꾸려 했으나 무슨 말을 해야 할지 전혀 알 수 없었다.

"앗, 이제 돌아가야 해서."

그때 기도바시와의 근무 교대를 완전히 잊고 있었다는 사실을 깨달았다. 이대로 가면 그가 자리를 비운 사실이 들통난다.

"다음은 언제……."

"다음에 오는 건……."

고조가 이야기를 시작함과 동시에 그녀도 입을 벌렸는데 피차 다시 만나길 바란다는 것을 동시에 깨달은 순간이었다.

그로부터 밀회가 시작되었다. 당연히 비밀이었다. 고조가 시로고무라에 가는 일은 너무 눈에 띄는 데다 그의 근무 방식 때문에 어려운 일이라 늘 그녀가 등대 근처까지 왔다. 처음에는 고조가 비번인 날에 만났는데 곧 근무를 교대한 뒤의 짧은 휴식 시간에도 몰래 만나게 되었다. 물론 약속해도 등대 일인 관계로 못 만날 때가 많았다. 따라서 상대 얼굴을 볼 때의 기쁨은 피차 아주 컸다.

밀회 장소는 시간에 따라 달라졌다. 비번일 때는 밀림 속 거대한 바위 위였다. 등대에서 보일 염려가 없는 데다 가령 누가 옆을 지나가더라도 들킬 염려가 없었다. 거꾸로 둘은 그 인물을 내려다볼 수 있다. 그야말로 이상적인 장소였다. 휴식 때 잠깐 만날 때는 처음 만나 몸을 숨겼던 나무 뒤였다. 그곳이 등대에서 가장 가까우면서도 둘의 모습이 보이지 않는 곳이었기 때문인데 결코 쾌적하다고는 할 수 없었다. 밀림 속은 비가 조금 내려도 울창하게 우거진 나뭇잎이 우산 역할을 해주는데 거목 뒤는 비를 피할 데가 마땅치 않았다.

처음에는 어색한 대화가 오갔으나 그녀가 몇 년 전 후루미야에 사는 숙모와 간토로 관광을 갔을 때 우시오에도 왔었다는 사실을 안 뒤로는 단숨에 가까워진 느낌이었다. 이때의 여행 선물 이야기는 마을 사람 모두, 하얀 집의 두 사람조차도 알고 있다고 한다. 아지키 마을까지 포함해 간토에 가본 사람은 손에 꼽을 정도로 수가 적다고 했다. 그러니 그게 시로고무라가 되면 없는 거나 마찬가지겠지.

그녀 입에서 하얀 집이란 소리가 나왔을 때 고조는 반사적으로 얼굴이 굳어졌다. 그런 갑작스러운 변화를 순식간에 들킨 것 같아 황급히 우시오의 추억 이야기를 꺼냈다. 다행히 그녀는 바깥 세계 얘기를 듣고 싶어 했던 터라 그의 이런 수다를 좋아하는 듯했다.

고조는 한동안 그녀를 '미치코 씨'라고 불렀는데 그녀의 반응이 썩 좋지 않았다. 늘 무슨 말을 하고 싶은 표정이었다. 왜 그러냐고 묻자 "씨를 붙이니까 너무 남 같아요"라며 나지막한 목소리로 쓸쓸하게 말했다. 그래서 그러지 않기로 했다. 한편 미치코도 '이사카 씨'라고 불렀는데 이번에는 그가 "여전히 남 같다"라며 살짝 화난 척했다. 그러자 '고조 씨'가 되었다. 이런 호칭 변화는 곧바로 둘 관계의 진전(본인들은 알아차리지 못한 듯하지만)을 의미했다.

각자 친밀하게 서로의 이름을 부르게 되었을 때 고조는 아주 대담한 행동에 나섰다. 그가 비번인 날, 미치코를 관사의 자기 방으로 데려온 것이다.

무모하다고도 할 수 있는 '계획'을 꺼냈을 때 그녀도 난감해했다. 하지만 기후에 좌우되는 야외에서의 밀회는 아무래도 불편했다. 겨울철도 생각할 필요가 있다. 고조의 일 때문에 만나지 못할 때도 많다. 미치코는 집에서 자유롭게 나올 수 있지만, 그게 너무 잦으면 수상하게 보일 것이다. 그래서 실제로 만나면 둘은 진심으로 기뻐했다. 그토록 소중한 기회였기 때문에 그냥 흘려보낼 수 없었다.

그래서 하나의 '실험'으로 이 가공할 만한 계획을 실행하자고 그가 제안했다. 하지만 그녀는 처음에는 좀처럼 수락하지 않았다. 만약 발각되면…… 상상만으로도 두려운 듯했다. 그래도 끝내 뜻을 굽

혀주었다.

그러나 '말은 쉬워도 행동은 어려운' 법이다. 일단 만날 시간이 짧을 때 이용하는 거목 뒤에서 등대의 부속 관사까지 들키지 않고 와야 한다. 그나마 등대장과 기도바시의 움직임은 거의 파악할 수 있다는 게 다행이었다. 그날 언제 어디서 어떤 일을 하고 있는지 확실히 알 수 있다. 도미코도 마찬가지다. 고타로와 아키코는 학교에 가니까 문제없다. 그래도 둘이 느끼는 불안은 컸다.

처음에는 고조가 원래 만나던 곳까지 데리러 가서 둘이 관사로 올 계획이었는데 너무 눈에 띈다는 생각에 결국은 미치코가 혼자 오기로 했다. 되도록 수수한 옷을 입어 발견될 위험을 줄이자는 생각은 그녀가 냈다.

문제의 당일, 약속 시각 조금 전에 고조는 관사 밖으로 나왔다. 얼마 뒤 미치코가 거목 뒤편에서 모습을 드러냈다. 서로 가볍게 손을 흔들고 그녀가 걷기 시작했다. 사실은 달리고 싶은 걸 필사적으로 참으며 종종걸음치고 있는 게 절절하게 느껴졌다. "위험하니까 무슨 일이 있더라도 절대 달려선 안 돼"라고 단단히 일러뒀다. 그래도 초조해진 미치코가 달리는 게 아닐까 해서 그도 제정신이 아니었다.

"어이!"

그때 갑자기 머리 위에서 소리가 났다. 고조는 심장이 멈출 듯 놀랐다. 한순간 얼어붙어 움직이지 못했는데 조심스레 등대를 올려다본 그의 얼굴에서 바로 핏기가 사라졌다.

등대장이 회랑에 서서 이쪽을 내려다보고 있었다.

하필 우마조노에게 들키다니 최악이다. 상대가 기도바시라면 솔직히 털어놓고 비밀을 지켜달라고 할 수 있다. 도미코도 마찬가지다. 그러나 상대가 등대장이면 방법이 없다.

더는 살고 싶지도 않다.

절망적인 기분이 들었지만, 그래도 일단 고조는 손을 흔들었다. 괜한 짓일지도 모르겠으나 그가 주의를 끄는 동안에 미치코가 도망치길 바라는 어설픈 희망을 품었기 때문이다.

하지만 시야 끝에 있는 그녀는 곶의 등성이 길 중간에서 완전히 우왕좌왕하고 있었다. 몸을 숨기려 해도 주위에 아무것도 없었다. 그 자리에 주저앉거나 엎드려야 한다. 자신이라면 순식간에 그렇게 행동했겠으나 그녀에게 요구할 수는 없었다.

미치코는 꼼짝하지도 못하고 멀거니 서 있었다.

시로고신사 일로 왔다고 하면……. 고조는 필사적으로 생각했다. 등대장이 그녀를 발견하고 회랑에서 내려오기 전에 둘이 입을 맞출 시간이 조금은 있을 것이다. 변명만 제대로 하면 어떻게든 넘길 수 있다.

그런데 고조는 다음 순간 깜짝 놀랐다. 등대장이 손을 흔들고는 바다 쪽 회랑으로 훌쩍 모습을 감췄기 때문이다.

……설마 그녀를 못 봤나?

그는 믿을 수 없는 기분이었으나 곰곰이 생각해보니 있을 수도 있는 일이었다.

이게 바다 쪽 일이었다면 등대장은 절대 놓치지 않았을 것이다.

아무리 작은 변화라도 반드시 알아차렸을 것이다. 그러나 등대장은 기분 전환을 하고 있었는지 육지 쪽 회랑에서 고조를 보고 말을 걸었다. 당연히 전혀 경계하지 않은 상태였다. 그래서 그녀를 보지 못한 것이다.

양어깨에서 힘이 쭉 빠졌다.

하지만 안심한 것도 한순간이었다. 미치코가 바위 위 길을 달리고 있는 게 아닌가. 너무 놀라 "달리지 마!"라며 소리 지를 뻔했다. 고조는 간신히 참고 바위 돌계단을 뛰어 내려갔다. 이때만큼 둘의 거리가 좁혀지지 않았던 적은 전에도 후로도 없다고 느껴질 만큼 안타까운 순간이었다.

거목과 관사 중간쯤에서 간신히 만났다. 만난 둘의 행동이 너무 우스꽝스러웠다. 그는 급히 거목으로 되돌아가려고 했는데 그녀는 거꾸로 관사 쪽으로 가려 했다. 결정적인 순간에는 여자가 더 대담한지 모르겠다.

결국은 미치코에게 떠밀려 둘은 몰래 관사로 향했다. 그동안 고조의 시선은 내내 등대 회랑에 박혀 있었다. 다시 등대장이 나타나지 않을까, 여기서는 조심한다고 넘어갈 수 있는 일이 아니었다.

돌계단을 올라 첫 번째 바위에 도착했다. 바깥 복도 기둥 뒤에 미치코를 숨기고 재빨리 고조가 바깥문을 열었다. 복도에는 아무도 없었다. 속삭이듯 그녀를 불러 급히 방으로 들어갔다. 그 일련의 과정이 이루어지는 동안 숨을 완전히 멈췄던 것도 아닐 텐데 후…… 실내에서 토해낸 한숨은 아주 길게 느껴졌다. 그녀도 마찬가지였다.

다음은 둘이 얼굴을 마주 보고 소리 죽여 웃었다. 두 눈에 눈물이 고이고 배가 아프도록 한참을 웃어댔다.

그날 미치코는 저녁까지 고조의 방에 있었다. 안타까운 심정으로 그녀가 서둘러 관사를 떠난 것은 우물쭈물하다가는 고타로와 아키코가 학교에서 돌아올 시간이었기 때문이다. 당연히 그동안 둘은 너무나도 달콤한 시간을 보냈다.

비번인 날, 웬만한 일이 아니면 아무도 고조를 방해하지 않는다. 평소 온종일 얼굴을 마주하기 때문에 그런 암묵적인 이해가 셋 사이에 있었다. 비번이라도 언제 갑자기 긴급 사태가 발생해 일이 생길지 모른다. 하지만 아무 일 없을 때는 그냥 내버려둔다. 그런 배려가 세 사람 사이에 있었다. 게다가 아지키 마을까지 나가는 기도바시와는 달리 고조는 늘 방에서 혼자 조용히 지냈다. 따라서 그날처럼 방에 틀어박혀 있어도 아무도 수상하게 여기지는 않는다. 정말 어떤 일이 나중에 인생에 도움이 될지 모를 일이다.

이 성공에 맛이 들어 그 후로도 미치코는 여러 차례 관사에 몰래 놀러 왔다. 한번은 일박할 계획도 세웠는데 너무 위험해 단념했다.

여러 가지 불안 요소 중 가장 위험한 것은 고타로와 아키코였다. 고조가 비번일 때 둘은 학교에서 돌아오면 종종 그의 방을 찾아왔다. 꼬박꼬박 노크하고 고조가 대답하기를 기다리라는 등대장의 엄격한 훈육 덕분에 갑자기 들이닥칠 염려는 없었으나 그래도 상대는 아이였다. 사실 전에도 노크와 동시에 문을 연 일이 있다. 가령 문을 잠근다고 해도 평소와 다르게 행동하면 오히려 주의를 끌게 될 것이다. 그러면 둘의 관심이 틀림없이 고조의 방으로 쏠릴 것이다.

고조는 자신을 잘 따르는 고타로와 아키코를 예뻐했다. 하지만 이 밀회가 둘에게 들통날까 싶어 남몰래 겁먹고 있었다.

처음에는 기도바시에게 들킬까 봐 걱정했다. 감이 날카로운 그인지라 계속 속일 수는 없다. 그렇게 걱정했는데 아무래도 기우였던 듯하다. "완전히 기운을 차렸네, 오히려 전보다 밝아진 것 같아"라며 역시 그의 변화에는 민감했다. 하지만 거기서 더 나아가지는 않았다. 아마도 기도바시의 이사카 고조에 대한 인물평은 "성실하고 얌전하고 살짝 낯을 가린다"라는 게 아니었을까. 그런 남자가 마을 여자를 관사의 자기 방으로 끌어들인다는 대담한 짓을 하리라고는 꿈에도 생각하지 못했을 것이다. 기도바시가 착각하는 한, 다소의 위험을 감수해도 괜찮을 것 같았다.

하지만 아이들은 문제가 다르다. 아이들도 부모님과 기도바시, 고조밖에 없는 관사에 실은 제삼자가 드나들 거라고 상상도 하지 못하겠지만, 조금이라도 이상하다 싶으면 아이들 특유의 호기심이 만개할 게 틀림없다. 그것만은 반드시 피해야 했다.

고타로와 아키코가 의심하기 시작하면, 둘이 관사에 있을 때 미치코를 방에 숨기는 일만큼 위험한 일은 없다.

이 아이들 문제에 비하면 사소하지만, 문제는 또 있었다. 숙박한 다음 날 아침, 미치코는 언제 돌아가야 할까. 고타로와 아키코가 학교에 가기 전인가, 아니면 간 다음인가. 어쨌든 고조는 이미 근무하러 간 시간이다. 그녀를 도울 수 없다. 모두의 움직임을 예측할 수 있다고는 해도 너무 위험한 줄타기가 아닐까.

그런데도 숙박 계획에 미련이 남는 것은 무엇보다 관사에 미치코가 올 기회가 너무 적었기 때문이다. 게다가 고생해서 숨어들었는데 고타로와 아키코가 학교에서 돌아오는 저녁 전이면 돌아가야 했다.

이런 밀회를 언제까지 계속해야 할까.

미치코는 별말 없었다. 불만이나 불안을 꺼낸 적은 한 번도 없었다. 그러나 고조는 진지하게 고민했다. 진심으로 어떻게든 해야 한다고 생각했다. 하지만 서로의 처지를 생각하는 순간 늘 막막했다. 도무지 묘안이 떠오르지 않았다.

그러다 그에게 전근 명령이 떨어졌다. 다음은 홋카이도의 등대였다. 시로고신사 대제에서 무녀의 가구라 춤을 본 지 거의 1년이 지나려 하고 있었다.

전근 얘기를 미치코에게 전하자 "따라갈게요"라고 했다. 그 한마디로 그녀가 야반도주할 각오가 되어 있음을 알았다. 고조도 바로 결심했다. 다만 고가사키등대에 폐를 끼칠 수는 없었다. 어디까지나 등대장이나 기도바시 몰래 일을 추진할 생각이었다.

전근 당일은 아침부터 이슬비가 내리는 궂은 날씨였으나 고조의 마음에는 햇살이 스며들었다. 사실 엄청난 불안에 마음속은 어두웠으나 그나마 가는 빛이 스며드는 듯했던 것은 물론 미치코가 있었기 때문이다.

참고로 그녀는 "후루미야의 숙모 집에 놀러 가겠다"라고 얘기해 두었다. 3박 일정이니 적어도 나흘의 시간을 벌 수 있다는 계산이다.

등대장도 기도바시도 일이 있으니 도미코를 포함해 셋은 관사 앞에서 배웅해주었다. 고타로와 아키코는 학교에 가기 전에 이미 작별 인사를 했다.

"정말 큰 신세를 지고 갑니다."

깊이 고개를 숙이는 고조에게 셋은 저마다 한마디씩 해줬는데 유감스럽게도 그의 귀에는 전혀 들어오지 않았다. 이미 모든 관심은 그녀에게 날아가 있었다.

밀회 장소였던 거목에 도착할 때까지 셋은 계속 그를 배웅했다. 그도 고양되는 기분을 억누르면서 수없이 돌아보며 손을 흔들었다. 하지만 추억의 장소였던 나무를 지나친 다음부터는 앞길을 서둘렀다. 짐꾼을 고용하지 않아 힘들었는데 고생이라는 생각이 들지 않을 정도로 한껏 마음이 부풀어 있었다.

무엇보다 '→아지키'와 '←시로고무라'라는 팻말이 걸려 있는 갈림길에 도착할 때까지 얼마나 초조했는지.

그런데 갈림길까지 왔는데도 왠지 미치코의 모습이 보이지 않았다. 약속 시각보다 빨리 온 건 아니었다. 오히려 늦었다.

……신사를 나오기 전에 들켰나.

고조는 하늘을 올려다봤다. 그렇다고 그가 할 수 있는 일은 없었다. 다음 부임지가 결정된 이상, 뒷덜미가 잡힌 듯 찜찜해도 출발하는 수밖에 없다.

부스럭부스럭.

그때 주변 덤불을 헤치고 다급한 모습으로 미치코가 모습을 드러냈다. 등대 쪽에서 누군가가 오는 것 같아 고조이리라 생각하면서도 일단 숨었다고 한다.

둘이 만나자마자 이슬비가 그치고 해가 쏟아지기 시작했다.

"우과천청雨過天晴이네요."

문자 그대로 비가 지나가고 해가 나온 날씨를 가리키는데 나쁜 상황이 앞으로 좋아진다는 의미도 있는, 사자성어를 그녀가 말했다.

"지금의 비처럼 저, 이제까지의 인연을 다 버리고 갈게요." 미치코는 똑 부러지게 이어 말했다. "이름도 바꿀래요. 알아보니까 '길 도'라는 글자보다 '길 로' 자가 더 넓은 길이더군요. 게다가 도보다 로가 어딘가로 통한다는 뜻이 강하다고 해요. 앞으로 저는 '길 도'의 미치코가 아니라 '길 로'의 미치코가 되어 새로운 길을 고조 씨와 같이 걷겠어요."

그녀의 결의를 듣고 고조는 문득 두 사람 앞에 놓인 긴 길을 본 듯했다. 한없이 이어진 길이 바로 눈앞에 있는 것처럼 보였다. 다만 그 것이 미치코가 말한 '새로운 길'인지는 알 수 없었다. 만약 그렇다면 그녀와 둘이 나아가야 할 것이다. 하지만 그게 아니라면 발을 내딛지 말고 다른 길을 찾아야 한다.

어느 쪽일까?

판단을 내리지 못한 채 둘은 아지키 마을을 향해 걷기 시작했다.

……모토로이 하야타는 여기까지 전개된 등대장 이사카의 이야기에 왠지 가슴이 뛰었다.

이미 '시로고신사의 무녀였던 미치코'가 '이사카 고조의 아내 미치코'로 그의 눈앞에 나타난 이상 둘의 밀회는 별다른 방해 없이 도주에 성공했을 텐데도 저도 모르게 몸을 내밀고 있었다. 손에 땀이 뱄다.

도망치는 날, 이사카가 어떤 길을 환각처럼 봤다는 소리를 듣는 순간 괜스레 불안해졌다. 그것이 진정 미치코가 바라던 '새로운 길'인지 너무나 의심스러웠다. 이사카가 환각처럼 본 길일 뿐이지 실제로 존재하는 길도 아닌데 두 사람이 나쁜 길에 들어선 듯한 두려움이 생겼다.

하야타의 이런 느낌이 옳았다는 사실이 이사카의 다음 이야기가 이어지는 가운데 밝혀지기 시작했다.

그래선지 이사카의 말투는 여기서부터 갑자기 빨라졌다. 께름칙한 추억은 되도록 빨리 얘기해버리려는 듯이……

17장 신천지

이사카 고조와 미치코라는 신혼부부에게는 보고 듣는 모든 게 신선했다. 둘 다 고가사키보다 북쪽으로 가는 것은 처음이었다. 무엇보다 그녀는 후루미야의 숙모와 함께 간토 지방을 돈 것 외에는 간세이 지방을 떠난 경험이 전혀 없었다. 그러므로 어디서 무엇을 보던지 두 눈을 동그랗게 뜨며 놀라워했다. 그런 소박함이 그에게는 사랑스럽게 보였다.

아오모리까지 전철을 탔고 거기서 세이칸 연락선으로 하코다테까지 갔다. 신혼여행 대신이라기보다 성인들의 수학여행 같은 즐거움이 둘 사이에 가득했다.

세이칸 연락선이 쓰가루 해협을 건너는 도중, 미치코가 배 안에서 잠깐 쉬겠다고 해서 고조는 혼자 갑판에 나와 바다를 바라봤다. 그러자 고가사키등대에 부임할 때 탔던 라슈마루가 선명하게 뇌리에 떠올랐다.

다도코로 씨와 미쓰코 씨는 잘 지내고 있을까.

그 부부는 지금, 어느 등대에 있을까.

그때 둘은 신혼이었다. 그리고 미쓰코는 벽지인 고가사키에 가기를 거부했다. 그러므로 다도코로에는 다른 부임지가, 그다지 변경이 아닌 등대가 준비되었을 터이다. 그러나 그도 언젠가는 궁벽한 땅의 등대를 지켜야 하는 날이 올 것이다. 그때 미쓰코는 과연 남편을 지지할까. 아니면 그녀에게 등대지기 부인이라는 짐은 너무 무거울까.

설마, 벌써 등대지기를 그만둔 게 아닐까…….

다도코로의 일이 갑자기 신경 쓰이게 된 것은 그때의 그와 고조가 같은 처지이기 때문이다. 라슈마루가 아니라 세이칸 연락선을 타고 신혼이라 해도 도망 중이기는 하지만, 당시 둘과 자신들이 겹쳤다. 그래서 조금 불안했을지 모른다.

아니야, 미치코는 달라.

그는 곧 고개를 저었다. 그녀는 등대지기 일을 다 이해해줄 것이다. 그가 어딜 가더라도 그의 곁에서 떨어지지 않을 것이다. 함께 갈게요. 그렇게 얘기해줄 것이다.

세이칸 연락선이 하코다테에 도착하기 전, 고조는 다도코로 부부의 존재를 머릿속에서 털어버렸다. 무엇보다 둘과 자신들은 조금도 같지 않은 것 같았다.

하코다테 거리는 활기로 가득했다. 둘은 완전히 흥분한 상태였다. 순식간에 여관 호객꾼에 둘러싸여 우물쭈물하다가 짐을 빼앗겨 곧

란했다. 예전부터 도쿄의 문화가 도호쿠 지방을 건너뛰어 홋카이도에서 꽃을 피운다고들 했는데 그 말이 그대로 눈앞에 펼쳐진 기분이었다.

신혼이니까 이런 하코다테에서 하룻밤 묵고도 싶었다. 미치코를 기쁘게 해주기 위해서라도 그냥 넘어가서는 안 될 것 같았다. 그러나 그녀를 위해서라도 고조는 하루라도 빨리 등대에 가야 할 것 같았다.

왜냐하면 다음 부임지인 히이와의 사키쓰노등대가 기다리는 사람은 '이사카 고조라는 독신 등대지기'였기 때문이다. 그런데 막상 '신혼인 이사카 고조'가 나타나는 것이고, 게다가 둘은 몰래 도망치는 신분이다. 앞으로 등대 부속 관사에서의 생활을 고려하면 역시 도망친 사실을 숨겨선 안 된다. 처음부터 솔직히 털어놓는 게 낫다.

이렇게 되면 둘의 첫인상은 바로 나빠질 것이다. 그런데 부임 전에 하코다테에서 놀았다는 게 알려지면 어떨까. 조금이라도 좋은 인상을 주려면 하루라도 빨리 등대 일을 시작하는 게 중요하다고 고조는 생각했다. 그래서 호객꾼을 필사적으로 물리치며 곧장 마차 승차장으로 갔다.

히이와에 도착해 무엇보다 놀란 것은 사키쓰노등대가 너무 낮다는 점이다. 등대 불빛을 막는 게 주변에 전혀 없으니 물론 문제는 없다. 그래도 다이코자키나 고가사키등대에 익숙했던 고조에게는 뭔가 부족한 느낌이 들었다.

그런 탓에 오히려 무적실의 나팔이 너무 크게 보였다. 물론 앞의 두 등대보다 거대했다는 소리는 아니다. 어디까지나 등탑의 높이와 비교해 그렇게 보였다는 것뿐이다. 그렇게 머리로 이해는 해도 앞의 두 등대에는 바다를 향해 포효하는 듯한 박력이 있었다.

등대 사람들은 두 사람을 아주 따뜻하게 맞아주었다. 미치코를 소개하자 예상대로 놀라기는 했으나 바로 크게 환영해주었다. 고조는 그 꾸밈없는 환대에 감동하면서 이 기회를 이용하자고 판단해 사실은 둘이 도망쳤다고 알렸다.

그러자 순간 자리가 썰렁……해지며 정적에 휩싸였다.

좀 더 시기를 봤어야 했나, 그가 후회하고 있는데 갑자기 자리가 시끄러워졌다. "이거 참, 엄청난 녀석이 왔네!" "야반도주한 신혼이라고?" "환영회를 요란하게 해야겠어." "부인은 용케 등대지기에게 시집을 다 왔네." "등대장 부부도 마찬가지야." 다들 떠들어댔다.

별문제 아닌 듯 받아들여주는 것을 넘어 오히려 축하할 일이라며 모두가 축복해주어 고조와 미치코는 서로 마주 보며 안도했다. 이때 그녀가 눈물지었던 것은 기쁜 것 이상으로 그동안 안고 있던 불안감이 사라졌기 때문이었으리라.

환영회는 성대했다. 결혼식을 올리지 못한 두 사람에게 그것은 신앞이 아니라 사람들 앞의 의식이었다. 연회가 한창 무르익었을 때 고조가 조심스럽게 물었다. 도망쳐왔다고 말했을 때 누군가가 "등대장 부부도 마찬가지야"라고 했는데 무슨 뜻이냐고.

곧바로 등대장 부부가 사귀게 된 화제로 그 자리가 뜨거워졌다. 고조 부부 외에는 여러 번 들은 이야기인 듯 모두 소리 높여 '세기의 연애' 과정을 얘기했다. 등대장은 그 말을 들으며 태평하게 웃었고 부인은 부끄러우면서도 즐거운 듯 들었다.

등대장이 젊었을 때 처음으로 부임한 등대 근처 마을에 등대장 부인이 있었다. 둘은 보자마자 사랑에 빠졌는데 그녀의 집이 결혼을 반대했다. 등대장은 수없이 상대 집을 찾아가 허락을 구했으나 완고하게 허락하지 않았다. 그렇게 3년이 지났을 때 그에게 전근 명령이 떨어졌다. 둘은 상의한 끝에 도망치기로 했다.

그런 이야기를 3년 동안 일어났던 다양한 사건까지 섞어 모두가 돌아가며 이야기했다. 그리고 마지막에는 등대장 본인이 "우리가 다 경험한 일이니까 자네들은 걱정하지 마"라고 말해주었다. 게다가 "우리는 둘이 같이 도망쳤다는 사실을 아내의 친정이 다 알았겠지, 하지만 이사카 부부는 둘이 도망친다는 것조차 아무도 몰랐으니까"라며 핵심을 상기시켰다.

사키쓰노등대에서의 신혼 생활은 쾌적했다. 등대지기 일도 어렵지 않게 익혔다. 앞바다에 정기선이 다니는 통에 처음에는 시끄럽게 울려대는 기적 소리가 거슬리기도 했으나 금방 익숙해졌다. 소음일 수밖에 없는 이 기적 소리도 지금은 평화로운 일상의 한 장면이 되었다. 그런 날들에 둘은 감사했다.

다만 고조에게는 아무래도 마음에 걸리는 문제가 있었다. 혼인신고서였다. 미치코는 "안 해도 된다"라고 계속 주장했는데 언제까지나 방치할 수는 없었다.

그런데 이 말을 꺼내면 늘 그녀의 얼굴이 흐려졌다. 게다가 대답이 이상해지고 결국은 흐지부지 끝나버렸다. 그래서 그는 비번인 날 밤, 이제 슬슬 결론을 내자고 마음먹었다.

"혼인신고를 하면 우리가 도망친 게 발각이 나고 우리 집이 알게 돼요. 그럼 틀림없이 끌려갈 거예요."

역시 미치코는 완강하게 그의 말을 들으려 하지 않았다.

"맘대로 결혼한 사실을 신사가 알게 되어 혹시 신주인 아버님이 찾아오시면 오히려 허락해달라고 부탁할 작정이야."

고조가 긍정적으로 말해도 그녀는 고개만 저었다.

"신주는 아무것도 안 할 거예요. 하지만 어머니가……."

"어머니라도 괜찮아. 마찬가지로 허락을……."

하지만 미치코는 계속 고개를 저었다.

"신사 사람은 아마 절대 나타나지 않을 거예요."

"마을 사람이 대신 오나?"

신사가 심부름꾼을 보낼 수 있다고 그도 생각했던 바다. 그런데 미치코의 대답은 달랐다. 상당히 불길한 대답이었다.

"……사람이라면 오히려 좋겠죠."

"뭐라고?"

"아마 화가 머리끝까지 난 어머니가 **그것**의 힘을 빌릴 거예요. 아뇨, 벌써 빌렸을지 몰라요."

고조는 오싹했다. 그 말뜻을 알면서도 모른 척하고 물어볼 수밖에 없었다.

"……그거라니?"

"하얀 집의 백녀가 부리는, 시라몬코예요."

그녀의 말에 들어본 적 없는 묘한 단어가 들어 있었다.

고조가 예상한 것은 '하얀 집의 백녀'였다. 시로고무라 사람들이 주문 등을 부탁하는 민간 종교인이다. 그가 고가사키등대에 부임할 때 길을 헤매다 하룻밤 묵게 된 하얀 집에 살던 모녀의, 그 어머니가 백녀였다.

그 백녀가 다루는 '시라몬코'란 도대체 뭘까. 그에게는 완벽하게 미지의 존재인 데다 아무래도 어감이 주는 인상이 좋지 않았다.

"시라몬코……라니, 그게 뭔데?"

입에 담는 것도 꺼려졌으나 그보다 호기심이 이겼다.

"하얀이란 뜻의 시라는 신을, 어떤 것을 나타내는 몬코는 괴물을 말해요."

미치코는 설명하면서도 고조를 이해시키는 것은 처음부터 무리라고 체념한 듯한 표정을 지었다.

"신과 괴물이라니, 그거 앞뒤가 안 맞지 않나?"

"맞아요. 그래요."

선선히 인정하는 그녀의 표정에는, 하지만 어떤 혼란도 없었다.

"시라몬코는 햐쿠에 숲에 사는 산 괴물이에요. 구지암 바다에서 고가사키로 올라오니까 바다 괴물이기도 하죠."

미치코는 그것도 모순이라고 말하려는 듯했다. 시라몬코는 원래 그런 것이다. 그는 그래서 더 충격을 받았다.

……사사노 씨의 경험담과 똑같다.

고조가 요코하마항에서 후루미야항까지 승선한 라슈마루에, 역시 전근 차 탔던 선배 등대지기인 사사노가 신혼인 다도코로 부인에게 했던 이야기에 구지암에서 나타나 고가사키 절벽을 기어오르는 하얀 마물이 등장했다.

그 하얀 마물이 시라몬코란 말인가.

미치코와 사사노의 말이 딱 맞아떨어진다……라고 생각한 순간, 그는 반쯤 경악한 채 중얼거렸다.

"그래……? 하얀 사람도 같은 것이었어."

"뭐예요? 하얀 사람이라뇨?"

의아해하는 그녀에게 다도코로가 라슈마루 선장에게 들은 고가사키 앞바다를 지나가는 사람들의 목격담을 알려주자 난데없이 키득키득 웃고는 말했다.

"하얀 사람이라니, 정말 멋진 호칭이네요."

"그 지역 사람들은 옛날부터 시라몬코라고 불렀나?"

"신이라는 면만 보면 하얀 사람이라는 게 어울릴 것 같네요. 하지만 완전히 다른 면도 지닌 이상 역시 시라몬코죠."

"……나도 실은 본 적 있어."

고조가 자신의 경험을 밝히자 미치코는 흠칫 몸을 떨었다.

"그걸 보는 건, 역시 나쁜 일인가?"

"단정할 수는 없지만……."

그녀가 대답하다 입을 다문 것은 확실히 좋은 일은 아니기 때문일까. 그가 그 문제를 더 깊이 생각하기에 앞서 입을 열었다.

"고조 씨에게 보인 것은 이전 하얀 집에서 묵었을 때 상대가 당신에게 관심을 가졌기 때문일 거예요."

말도 안 되는 해석을 듣고는 두려움과 놀라움을 동시에 느꼈다.

"그러니까 그런 걸 부려서……."

"아마도 무의식이겠죠. 그런 경우, 시라몬코는 그 사람의 생령生靈으로 여겨집니다."

생령이란 소위 살아 있는 영혼이라고들 한다. 고조는 오싹했다. 시라몬코의 정체에 대해 도무지 알 수 없게 되었다.

그래도 아까부터 내내 신경 쓰였던 점을 미치코에게 물었다.

"하얀 집의 백녀 역할은 이제 알겠어. 하지만 시로고신사와는 대립하는 존재 아닌가? 그런데 어머님은 왜 백녀의 힘을 빌리려 하는 거지?"

"시로고신사도 하얀 집도 다 시라가미님을 모셔요. 하지만 굳이 구별하자면 시로고신사는 표면적인 신이고 하얀 집의 백녀가 불러내는 시라몬코는 이면의 신이에요. 일반적인 마을 사람들에게 필요한 것은 신사의 신이지만, 거기서 벗어난 이상한 일에는 시라몬코가 필요하죠. 신사에는 누구나 당당하게 들어갈 수 있지만, 하얀 집에는 몰래 숨어서 가요. 아무리 대단한 위치의 사람이라도 마찬가지죠."

이때 고조의 뇌리에는 그 대제 때 만난 시로고무라의 촌장, 마을 대표, 우체국장, 소학교장, 주재 순사, 마을 유지의 얼굴들이 차례로 떠올랐다.

"필요하다는 건 알겠어. 하지만 하얀 집에 가는 걸 꺼리는 사람은 없나?"

이 당연한 의문에, 그녀는 어떤 의미에서 예상했다는 듯한 표정으로 대답했다.

"아무래도 여성보다 남성 쪽이 여차 싶을 때는 꽁무니를 빼는 법이죠."

"그런 부분에 대한 저항이 아무래도 남자 쪽에 더 강하니까."

"그리고 원래 하얀 집이 산파의 집이기도 하니까요."

최근에는 상당히 줄었으나 예전에는 모두 하얀 집에서 출산했다고 한다.

"그래, 방이 세 개 있었어……."

"전실이 산실이에요. 그곳 천장에 굵은 밧줄이 하나 늘어져 있지 않았나요?"

"아! 있었다."

그때의 광경이 또렷이 떠올랐다.

"그 줄을 산모가 잡고 출산 때 호흡하죠."

남자로서는 상상조차 어려운 설명을, 미치코는 아무렇지도 않게 꺼냈다.

"그러니까 어머님도 그 산실의 신세를 졌다, 그러니까 하얀 집의 백녀에게 부탁하는 일에 전혀 주저하지 않을 것이다?"

그녀가 침묵을 지키는 것은 애써 인정할 필요도 없기 때문이리라.

그런데도 고조는 이 모든 이야기를 믿을 수 없었다. 그것을 이유로 혼인신고를 하지 않는 것은 너무나 바보 같은 얘기 같았다. 특히 지금은 고가사키에서 멀리 떨어진 북쪽 땅에 있다. 여기까지 쫓아오다니 말도 안 되는 일이다.

그런데도 그가 끝내 신고하지 않은 것은 두 번뿐이었으나 하얀 사람을 봤기 때문이다. 아무리 시간이 흘렀다 해도 그 경험은 절대 잊을 수 없었다. 그때 느꼈던 전율도.

이 결단을 스스로 감사하는 날이 올 줄은 물론 예상하지 못했다.

사키쓰노등대에 부임하고 반년쯤 지났을 때였다. 이곳에서 처음 맞는 초겨울의 어느 날 아침, 고조는 관사에서 밖으로 나오다 놀랐다. 지면에 눈이 살짝 쌓여 있었기 때문이다. 게다가 주변 일대에 아침 안개가 내려서 세상이 온통 새하얬다. 혼슈 지역보다 훨씬 빨리 겨울을 준비하는 북쪽 땅에서만 볼 수 있는 풍경에 그는 하얀 숨을 내쉬면서 감탄했다.

빨리 미치코에게 알려줘야지.

그렇게 생각하고 몸을 돌리려는데 문득 저 멀리 사람 그림자 같은 게 보였다.

누가 왔나?

다이코자키등대와 비교하면 주변에 아무것도 없었지만, 시내와의 통행은 그리 불편하지 않았다. 그래서 사키쓰노등대를 찾는 사람도 그런대로 있었다. 그래도 이렇게 이른 아침에, 게다가 이런 날씨에 굳이 찾아오는 호기심 많은 남자는 없을 것이다. 어쨌든 등대 관계자라면 어제 등대장이 말해줬을 텐데. 갑작스러운 방문객도 있기는 했으나 역시 시간과 기후를 생각하면 이상하다.

……이상하네.

게다가 사람 그림자는 아까부터 거의 움직이지 않는 것처럼 보였다. 이렇게 그가 응시하고 있으니 훨씬 가까워졌어야 하는데 크기에 변화가 없다. 거리가 꽤 있어서 불확실하지만, 정말 느림보네.

일모도궁日暮途窮.

문득 미치코가 말했던 사자성어가 떠올랐다. 함께 도망치던 날, 그녀는 '우과천청'이라는 말을 했는데 그 뒤로도 곧잘 사자성어를 썼다. 예를 들면 고조와 만나 함께하기 전의 자신을 '일모도궁'이라고 한 적 있다. 이는 '해는 지기 시작했는데 갈 길은 먼' 상태를 말한다. 그러니까 '온갖 노력을 다했으나 더는 방법이 없다'라는 의미였다.

고조에게는 멀리 보이는 사람 그림자가 그렇게 보였다.

……길을 잃었나?

상대를 걱정하다가 바로 부정했다.

눈이 내렸다고는 해도 그리 많이 쌓인 것도 아니고 아침 안개가 꼈다고는 해도 시야가 최악인 상태도 아닌데 어떻게 여기 사키쓰노 등대를 못 찾을 수 있나. 실제로 이쪽에서는 상대가 어렴풋하게나마 보인다. 아무리 등탑이 높지 않더라도 그의 뒤에 있는 등대가 전혀 보이지 않을 리 없다.

고조가 일단 맞으러 가야겠다고 생각한 것은 상대의 목적지가 이 등대밖에 없었기 때문이다. 그렇다면 응대하는 게 그의 업무였다.

뚜벅뚜벅, 뽀드득.

아무도 밟지 않은 눈을 밟으면서 걸어간다. 이게 얼마나 좋은지는 경험하지 못한 사람은 모를 것이다. 한없이 걸어도 눈앞에 펼쳐진 설원에는 흔적 하나 없다. 돌아보면 점점이 자신의 발자국만이 찍혀 있다. 정말 기분 좋은 일이었다.

뚜벅뚜벅, 뚜벅뚜벅, 뽀드득.

고조는 자신의 발소리를 들으면서 계속 걸었다. 아침 안개는 전혀 갤 것 같지 않았고 변함없이 사람 그림자의 움직임도 느리기만 했다. 그 사람의 걸음걸이에는 변함이 없었다.

짐이 많아 힘든가.

그러면 걸음이 느릴 수도 있겠다. 그렇다면 새로 부임하는 등대지기일 수밖에 없다. 하지만 신임이 오는 소식이라면 그거야말로 등대장이 며칠 전부터 모두에게 알렸을 것이다.

도대체 누구일까?

호기심에 그의 발걸음이 빨라졌다. 어쨌든 사키쓰노등대의 손님임은 분명하다. 그렇다면 한시라도 빨리 상대를 확인하고 도와서 등대까지 안내하자. 첫눈 밟는 즐거움이나 즐기고 있을 때가 아니다.

그때 갑자기 고조는 묘한 느낌에 사로잡혔다. 그가 다가가자 사람 그림자는 조금씩 커졌는데 아무리 지나도 형태가 분명하지 않았다. 동물은 아니고 인간인 것은 확실한데 아이인지 어른인지, 젊은이인지 노인인지, 남자인지 여자인지, 도무지 분간할 수 없었다.

아침 안개 가운데 사람 그림자가 서 있었다.

아무리 거리를 좁히려 해도 뿌연 그림자뿐이다. 그의 두 눈에 비친 것은 사람 모습을 한 그림자뿐이었다.

뭐지?

의아한 마음에 자연스레 걸음이 느려졌다. 그리고 뚫어지게 상대를 보고 있으니, 마침내 핵심적인 부분이 하나도 보이지 않는다는 게 의심스러워졌다.

색이 하나도 없네······.

모자, 머플러, 코트, 옷 같은 걸 몸에 두르고 있을 텐데, 들고 있어야 하는 짐이나 가방까지 색이 하나도 보이지 않았다. 설마 전부 눈에 띄지 않는 회색일까. 그렇더라도 회색 덩어리로 그의 두 눈동자에 비치진 않을 것이다.

그런데 색의 기운이 조금도 보이지 않았다.

그렇다고 그림자 같은 어두운 느낌도 없다.

굳이 색깔로 따지면 하얀색일까······.

하얀 새벽안개가 내려앉고 하얀 설원이 펼쳐진 가운데 하얀 사람의 그림자는 주위의 하얀색에 묻히지 않고 하얗게 떠 있었다.

······저것은, 하얀 사람일까?

천천히 자리에 멈춘 고조는 그대로 뒷걸음질 쳐 슬그머니 뒤로 물러서기 시작했다. 사실은 몸을 돌려 달리고 싶었으나 갑자기 움직이면 그것이 알아차릴지 모른다.

······지금은, 아직 괜찮아.

두 번밖에 만나지 않았으나 두 번 다 상대가 그의 존재를 알아차렸다고 실감했다. 다행히 지금은 그런 실감이 전혀 느껴지지 않았다. 이대로 조용히 등대로 돌아가면 도망칠 수 있을 것 같다.

고조는 하얀 사람 그림자가 충분히 흐릿해질 때까지 후퇴한 뒤 거기서부터는 사키쓰노등대를 향해 무조건 달리기로 마음먹었다. 새벽안개라는 강력한 아군이 있는 게 다행이었다. 그 탓에 사람 그림자의 정체를 뒤늦게 깨달았으나 지금은 오히려 좋은 연막이 되고 있다.

아직 개지 말아라.

그렇게 기도하면서 뒷걸음치는데 오른쪽 발뒤꿈치가 무언가에 부딪히며 쿵 엉덩방아를 찧었다.

묵직한 통증이 엉덩이뼈에서 머리 꼭대기까지 내달려 저도 모르게 소리를 지를 뻔했다. 필사적으로 이를 악물면서 하얀 사람의 그림자 쪽을 봤다. 이쪽으로 오는 듯한 느린 움직임이 눈에 들어왔다.

고조는 반사적으로 그 자리에 드러누웠다. 사실은 엎드릴 작정이었는데 그럴 여유가 없었다. 그래서 똑바로 누워 흐린 하늘을 올려다봤다.

……뚜벅뚜벅, 뚜벅뚜벅.

발소리가 들리다가 끝내 새하얀 얼굴이 불쑥 자신을 들여다보는 게 아닐까. 그는 공포에 질린 채 차가운 대지에 누워 있었다. 온몸이 떨리기 시작했는데 그것이 공포 때문인지 추위 때문인지 알 수 없었다.

살그머니 고개를 들어보니 하얀 사람 그림자가 사라지고 없었다. 적어도 원래 자리에는 없었다. 몸을 반쯤 일으켜 주위를 둘러봤는데 어디에도 보이지 않았다.

……안 들켰나?

여전히 불안했으나 이러고 한없이 있을 수 없는 노릇이라 고조는 사키쓰노등대로 돌아갔다. 그리고 마침 그날 시내에 나갈 일이 있던 다른 직원의 용무를 억지로 자신에게 맡겨달라고 등대장에게 부탁했다. 사실 허락할 수 없는 무례한 부탁이었으나 그의 모습이 심상치 않았던지 다행히 등대장은 허가해주었다.

미치코도 동행했다. 다만 사정은 말하지 않았다. 따라서 그녀는 오랜만에 시내에 나간다며 좋아했다. 그녀의 미소가 조금이나마 당시 그의 마음을 달래주었다. 그것이 유일한 구원이었다.

사키쓰노등대를 비운 덕분에 하얀 사람의 액운을 피한 것인지는 사실 모른다. 하지만 그 뒤로 별다른 일은 벌어지지 않았다.

고조는 그것을 봤다고 미쓰코에게 말해야 하나 고민했다. 괜한 걱정만 시키는 게 아닐까 하고 생각하면서도 하얀 사람은 그녀가 더 많이 안다. 이번 일이 원인이 되어 나쁜 사태가 일어난 뒤 "왜 그때 알리지 않았냐?"라는 소리를 들을 우려가 있다면 지금 알리는 편이 좋지 않을까. 하지만 이제야 등대 생활에 익숙해진 그녀를 걱정시키고 싶지 않은 마음도 컸다. 덕분에 그는 한동안 번민했다.

마침내 털어놓아야겠다고 생각한 것은 등대장의 아이들이 만든 눈사람을 보고 순간 하얀 사람을 떠올렸기 때문이다. 이유가 될 수는 없었으나 그것이 계기가 된 것만은 확실하다.

미치코는 모든 얘기를 잠자코 들은 뒤 크게 숨을 토했다.

"역시 혼인신고를 하지 않은 게 정답이었던 것 같아요."

"하지만 하얀 사람이, 여기에······."

그녀는 그때의 두려움을 떠올리는 고조를 달래듯 말했다. "분명 나타났죠. 하지만 여기에 내가 있다고 생각한 건 아니에요."

"그래?"

"만약 알았다면 우리가 그날 시내로 도망쳤더라도 효과는 없었을 거예요. 우리가 돌아오기를 기다려 틀림없이 변괴가 일어났겠죠."

확실히 듣고 보니 맞는 말이다.

"그럼 그것은······."

"저도 자세히 설명할 수는 없어요. 하지만 백녀가 암운에 날려 보냈을지 모르죠."

요컨대 그녀가 있는 곳을 전혀 모르므로 그렇게 하는 수밖에 없었다는 점을 드디어 이해했다. 그다음 그는 바로 핵심을 깨닫고 목덜미가 서늘해졌다.

"어디를 찾아야 할지는 모르지만, 그 대상이 등대라는 건 분명하다······는 말인가?"

미치코가 까딱 고개를 끄덕였다.

"······같이 도망쳤다는 게 알려진 건가?"

다시 그녀가 고개를 끄덕였다.

"그래서 여기에, 그것이, 나타났다······."

무시무시한 사실을 새삼 되새기듯이 고조는 말을 톡톡 끊어서 내뱉었다.

"하지만 어디 등대인지 모르겠죠."

"우리 강점이 그건가?"

둘에게도 유리한 점이 있음을 깨닫고 그는 일단 안도했다.

"등대는 북에서 남쪽까지 흩어져 있으니까."

"실마리 없이 찾으려면 힘들겠죠."

고조는 문득, 미치코가 그렇게 말하면서도 표정이 영 밝지 않은 것을 깨달았다. 그와 동시에 지금까지 품었던 의문을 떠올렸다.

"그것을 암운에 날려 보냈다고 했는데 우연히 사키쓰노등대를 골랐을까?"

"아마도 그럴 텐데……."

긍정하면서도 그녀의 반응은 영 신통치 않았다.

"그렇다면 당분간은 오지 않는 건가?"

고조의 희망적인 추측에 수긍하지 않았다.

"왜 마음에 걸리는 거라도 있어?"

단도직입적으로 묻자, 미치코는 복잡한 표정으로 말했다.

"그것이 등대에 다가오면서도 아주 천천히 움직이는 듯했다……. 그렇게 보였다고 했죠?"

"응. 그 이상한 모습에 무슨 의미가 있나?"

새로운 문제에 의아해하는 그와 달리 그녀는 무슨 생각이 있는 듯했다.

"어떤 설명이라도 놀라지 않을 테니까 확실히 알려줘."

"저도 잘 몰라요. 하지만 그게 과연 하나인지, 아니면……."

"뭐?"

고조는 바로는 무슨 뜻인지 몰랐으나 몇 초 뒤에 미치코의 말을 이해했다. 흠칫 목덜미에 소름이 돋았다.

"그것이 딱 하나라면 왜 이 등대 근처에 나타났을까요? 여기에 우리가 있다는 걸 알아서가 아닐까요?"

"그럼 그런 걸 보내지 말고 신사 심부름꾼으로 마을 사람이 오면 되잖아?"

"아니면 여기 등대까지 곧장 그것이 왔을 거예요."

그녀가 무시무시한 가능성을 입에 담았는데 그도 맞는 말이라고 생각했다.

"그러니까 어떻게 된 거야?"

"백녀의 힘으로 그것을 여러 개로 나눴다면⋯⋯."

"⋯⋯전국 각지의 등대로, 그것을 한꺼번에 보낼 수 있다."

고조는 그렇게 지적하면서도 너무나 황당무계한 얘기라고 생각했다. 하지만 하얀 사람의 존재를 인정한 이상 그걸 부정해봤자 아무 의미가 없다는 생각이 들었다.

그런데 미치코는 다른 견해를 내놓았다.

"사실은 저도 몰라요. 하지만 전국의 모든 등대에 한번에 그것을 날리다니, 그건 아무래도 무리겠죠."

"응. 그렇지. 하지만 그것이 실제로 존재한다면 뭐든 가능할 것 같아."

그녀는 미소 같은 표정을 억지로 지었다.

"하지만 할 수 있는 일과 할 수 없는 일은 역시 있겠죠."

"그렇지. 그래서 결국은 무슨 일이 일어났다는 거야?"

"어디까지나 제 상상인데, 지역 바다에 그것을 하나씩 보낸 게 아닐까 해요."

앞뒤가 맞는 듯했다.

"전국의 등대 수만큼 그것의 분신을 만드는 건 어려우니까 홋카이도, 도호쿠…… 이런 식으로 지역을 나누고 그곳에 하나씩 날렸다는 말인가. 그렇다면 내가 본 것은 북쪽에 온 녀석이었나."

"그렇게 등대를 하나씩 점검했지만, 여러 개로 나뉘었으니까 평소의 힘을 발휘할 수는 없었다면…… 시간이 좀 걸리지 않을까요?"

"그래서 아주 천천히 움직일 수밖에 없었다……."

그날의 경험을 떠올리면서 그렇게 중얼거린 고조는 그것을 본 이후 처음으로 기분이 풀린 느낌이었다.

"당신 추리가 맞는다면 여기는 점검을 끝냈다는 소리네. 그것이 북쪽의 나머지 등대를 도는 동안 우리는 안전하겠어."

북쪽의 사키쓰노등대에 부임한 지 거의 1년이 지나 있었다. 그다음 1년 동안 둘은 사랑스러운 딸을 얻었다. 북쪽 대지에 초목이 우거지는 짧은 시기에 태어나서(또 사키쓰노등대의 '사키'라는 글자가 꽃이 핀다는 의미가 있으므로) 이 아이의 이름을 꽃 화花에 열매 실實 자를 써서 '하나미'라고 지었다.

이렇게 가족 셋이 아무런 걱정 없이 살 수 있으리라 생각하던 차에 고조에게 전근 명령이 떨어졌다. 다음 부임지는 홋카이도 동쪽의 지시마열도였다.

……등대장 이사카의 이야기 전개에, 모토로이 하야타는 큰 불안을 느꼈다.

백녀가 시라몬코에게 지역 바다 수색을 명했다면 홋카이도와 지시마열도는 같은 '북쪽 땅'으로 분류되기 때문이다.

시기적으로 좋지 않은 것 같은데.

그는 생각했다. 그것이 사키쓰노등대에 나타난 것은 전근 1년 반 전이다. 그 뒤로 그것이 홋카이도를 다 돌았다면 다음은 지시마열도로 날아가지 않을까. 그렇다면 들킬 가능성이 훨씬 커진다. 홋카이도의 다른 등대를 1년 반 동안 다 수색했는지, 그는 물론 알 수 없다. 하지만 그럴 가능성이 없다고도 할 수 없지 않을까.

하야타의 께름칙한 예감은 유감스럽게도 맞아떨어졌다.

18장 **시라가미**

이사카 고조는 다시 라슈마루의 승객이 되었다. 물론 '다시'라고 해도 4년 전 일이다. 그런데 마치 10년은 된 것 같았다. 그동안 일한 등대는 두 개뿐이고 각 등대에 5년씩은 있었던 느낌이다. 그렇게 많은 경험을 했다는 말인가. 정확히는 '온갖 일을 당했다'라는 표현이 어울릴 것이다.

그 가운데 미치코와의 만남과 도피행이 있다. 하나미도 태어났다. 두 등대의 직원들에게 신세를 지며 등대지기로 많은 경험을 쌓았다. 전부 나쁘기만 했던 것은 아니다.

그러나 시라몬코의 공포는 더욱더 그를 옥죄어왔다. 아무리 변경의 등대로 가더라도 절대 안심할 수 없다. 슬금슬금 조금씩 다가온다. 어디든 쫓아온다. 포기하지 않고 다가온다. 그리고 그들은 빠르든 느리든 언젠가 그것에 들킨다.

"하나미를 데리고 시로고무라에 가자."

지시마열도 등대로의 전근 명령이 떨어졌을 때 고조는 지금이야 말로 결혼 허락을 받을 기회라 생각하고 미치코에게 제안했다.

하나미는 시로고신사 신주에게는 손녀이다. 당연히 사랑스러울 것이다. 아이를 이용하는 게 마음에 걸렸으나 무엇보다 하나미를 위해서였다. 우리 아이의 미래를 생각하면 여기서 결혼을 확실하게 인정받을 필요가 있다.

"이 아이를 데리고 돌아가면 반드시 어머니에게 빼앗길 거예요."

그녀는 받아들이지 않았다. 틀림없이 긁어 부스럼이 될 거라고 주장했다.

"왜 그렇게까지……."

단언하는지 그가 물으려는 찰나에 그녀가 말했다.

"어머니가 나를 다시 데려가려 했던 것은 아마도 하나미를 낳을 때까지였을 거예요. 왜냐하면 어머니가 원하는 것은 신의 후계자이니까요."

미치코는 담담하게 말하면서도 심각한 표정으로 무서운 이야기를 했다.

"그렇다고 이 아이를 빼앗아간다니……."

"등대지기와 멋대로 도망친 딸을 믿기보다 아직 순진무구한 아이를 처음부터 자기 생각대로 기르는 편이 이상적인 후계자를 얻을 수 있으니까요."

"설마……."

고조는 너무나 끔찍한 얘기에 한기를 느꼈다. 남도 아니고 자기 어머니에 대해 얘기하는 거니까 이보다 정확한 얘기는 없겠지.

"그렇지만 출생신고는 어떻게 하지?"

결혼 허락을 받는 게 하나미를 위해서라고 했던 이유가 실은 여기에 있다.

"혼인신고는커녕 출생신고까지 하지 못하면 앞으로 이 아이가 어떻게 살아가겠어."

"내내 하지 않겠다는 말은 아니에요. 적어도 어머니가 포기할 때까지…… 앞으로 몇 년만……."

그렇게 말하면서도 그녀는 어머니가 절대 단념하지 않고 영원히 자신들을 쫓아다닐 위험이 있음을 알고 있다……는 표정을 짓고 있었다. 그래서인지 하나미에 대한 미치코의 애정은 어딘가 일그러진 부분이 있었다. 무척 사랑하며 애정을 쏟다가도 언젠가는 어머니에게 빼앗기리라 체념한 듯 차갑게 대하는 모순된 부분이 있다고 고조는 느꼈다.

이 어정쩡한 상황은 미치코에게도, 하나미에게도 절대 좋지 않다.

그 점을 너무나 잘 알기에 고민했으나 현실적으로 뾰족한 수가 없었다.

결국은 시로고무라에 가지도 못하고, 또 혼인신고나 출생신고도 하지 못한 채 고조 부부는 하나미와 함께 사키쓰노등대를 떠나 라슈마루를 탔다.

그런 둘의 기분을 풀어준 것은 말할 것도 없이 하나미라는 존재였다. 하지만 자신들의 판단이 이 아이의 미래를 흔들고 있다는 생각이 들면 견딜 수 없이 마음 아팠다. 아이를 지키려는 결단이 오히려 아이에게 영향을 미치고 있다. 그걸 아는 만큼 가만히 있을 수 없었다. 세이칸 연락선을 탔을 때 둘의 마음은 완전히 엇갈려 있었다.

다행히 세이칸 연락선에는 없는데 라슈마루에는 있는 것이 고조 가족을 구해주었다. 각 등대 시찰이다. 그가 동행한 건 아니었으나 등대에 내린 시찰원들은 해당 등대 직원들과 잡담하다가 동승자인 이사카 가족을 얘기했다. 배에 어떤 사람이 탔는지는 늘 좋은 화젯거리였다.

한 등대에 고조와 체신성 항로표식간수훈련소 동기였던 사람이 있어서, "이걸 이사카에게 전해주세요"라며 시찰원에게 물건을 맡겼다고 한다. 고조가 받아 안을 살피자 떡이 들어 있었다. 시찰원의 말에 따르면 상대는 신혼이었고 아내와 함께 서둘러 떡을 만들었다고 한다. 그 따뜻한 마음에 고조도 미치코도 눈물을 흘릴 뻔했다.

다른 등대에서는 시찰 뒤 역시 같은 훈련소 동기였던 사람이 고조 가족을 초대해 직접 만든 요리로 대접해주었다. 그는 독신이지만 요리를 잘해 미치코가 배우고 싶다고 칭찬했을 정도다.

또 다른 등대에서는 시찰이 끝나고 라슈마루가 출항할 때, 등대에서 동승자 등대지기에게 수기 신호를 보냈다. 그 사람에 물었더니 "저 등대에 내 동기가 있는데 시찰원에게 내가 이 배를 타고 있다고 듣고는 수기 신호로 배웅해주는 거야"라고 말했다.

고조와는 관계없는 일이었으나 같은 등대지기로서 가슴이 뜨거워졌다. 미치코도 마찬가지인 듯했다. 라슈마루를 탄 덕분에 둘은 등대지기들의 따뜻한 동료 의식을 느낄 수 있었고 한때였으나 자신들의 특이한 처지를 잊을 수 있었다. 이런 기분 전환이 있었기에 고조 가족은 다음 부임지 등대에 대해 새로운 희망을 품을 수 있었다.

지시마열도의 가이리등대를 보자마자 고조는 놀랐다. 무엇보다 초원 한복판에 서 있었기 때문이다. 등대는 대체로 해안선에 세워진다. 그곳이 곶의 돌출 부분인지 아닌지는 지역에 따라 다르나 바다에 면해 있다는 점은 공통적이다.

그런데 이 등대는 넓은 초원에 있었다. 이걸로 충분한 역할을 할수 있을지 의아했는데 히이와의 사키쓰노등대와 마찬가지로 주위에 등대 불빛을 막는 게 전혀 없었기 때문에 아마도 문제는 없을 것이다. 그래도 조금은 해안선 가까이 있어도 좋지 않을까 생각했는데 등대장 말로는 옛날에는 해안 쪽에 있었단다. 그런데 자주 바다가 심하게 거칠어져 격렬한 파도에 등대가 쓸려 등대의 토대가 점점 침식되었다. 그래서 내륙으로 옮기다 보니 마침내 초원 한복판까지 물러났다는 것이다. 이 땅만의 사정이 있음을 깨달았다.

등대의 부속 관사에서 생활하는 것은 나이 든 등대장 부부와 고조 가족뿐이었다. 고가사키등대보다 적은 직원이었는데 깊은 산림을 등지고 있는 고가사키에 비해 여기는 해방감이 엄청났다. 그 탓인지 등대장 역시 느긋한 성격이었다. 긴급 사태 때 등대지기의 일을 제대로 할 수 있을지, 고조가 걱정할 정도로 소박하고 입이 무거운 인물이었다. 부창부수라는 말 그대로 등대장 부인도 느긋한 성격의 여성이어서 미치코는 일단 안심한 듯하다.

그래도 매우 조용한 등대 생활에 갑자기 갓난아이가 나타난 것이다. 등대장 부부의 아이들은 이미 전원 독립했다. 최근 몇 년은 어른들만 있었다. 고조 가족은 처음에는 걱정했는데 완전한 기우였다. 하나미는 순식간에 이 둘의 사랑을 독차지했다. 등대장 부부는 마치 손녀처럼 하나미를 예뻐했다.

가이리등대에서의 생활과 일은 계절에 따라 큰 변화가 있었다. 특히 여름과 겨울의 차이는 예상보다 훨씬 컸다.

여름은 초원 가득 붉은 해당화가 화려하게 피어 아름다운 풍경을 그려냈다. 이따금 하얀 꽃이 섞여 있는 소박함에 자연의 불가사의함을 느꼈다. 게다가 눈만 즐겁게 하는 게 아니라 마음마저 흔쾌하게 만드는 향까지 감돌았다. 밤톨 크기의 붉은 열매에는 단맛과 신맛이 있어서 바닷물에 씻어 먹으면 포도와 비슷한 맛이 났다. 제대로 과일을 구하기 힘든 북쪽 땅에서 이 해당화 열매는 매우 소중했다. 그러므로 인근 마을에서 사람들이 수확하러 왔다. 그 사람들과의 대화도 매우 즐거웠다.

벌판에 방목되어 자라는 소나 말들이 느긋하게 풀을 뜯는다. 그런 풍경을 흐뭇하게 바라보고 있으면 이곳이 북쪽 땅이라는 사실을 잊는다. 어느새 남쪽 지방에 있는 것 같은 착각에 빠질 정도였다.

안개가 피어오르면 무적이 울린다. 이에 호응하듯 소들도 울기 시작한다. 물론 요란을 떠는 것은 처음뿐이고 곧 익숙해져 조용해진다. 정기선이 사키쓰노등대 앞바다를 지나갈 때마다 들리던 기적 소리에 질색하다가도 곧 익숙해졌던 추억이 떠올랐다.

해안에서는 믿기 힘들겠지만, 해수욕도 즐길 수 있었다. 고가사키는 날씨로는 가능했으나 지형적으로 무리였다. 여기서는 양쪽 모두 지장이 없었다. 파도가 거칠었던 밤이 지나고 다음 날이 오면 다시 마, 미역, 가리비, 북방조개 등을 대량으로 캘 수 있어 단숨에 식탁이 호화로워졌다.

이곳에 오기 전 '아무것도 없는 적적한 땅'일 것이라며 각오했던 게 거짓말 같았다. 이렇게 쾌적하게 지낼 줄은 생각도 하지 못했다. "아이를 기르기에도 좋은 환경이야"라며 고조도 미치코도 기뻐했다.

반면 겨울은 정말 가혹했다. 아주 빨리 가을이 시작되므로 식량과 장작, 음료수를 사들여야 했다. 보존식품으로 대량의 절임 반찬도 준비할 필요가 있었다. 특히 중요한 게 음료수 확보였다. 벽지 등대에서 생활용수가 얼마나 중요한지, 물론 고조는 경험으로 잘 알고 있다. 하지만 이 땅의 겨울철에는 더 중요했다. 여름에는 해조와 조개를 공짜로 얻을 수 있었으나 물에는 돈이 들었다.

등대의 수만큼 가혹한 현실이 있다.

이 교훈을 새삼 되새긴 것은 등대 구내에 설치된 흙으로 만든 커다란 탱크에 가득 물을 채우고, 창고에 절임 통과 장작을 충분히 쌓아두는 것으로, 겨울철 준비가 완전히 끝났을 무렵이었다.

가이리등대와 가장 가까운 해안에서 결빙이 시작되는 시기를 맞자, 어장을 접고 고향으로 돌아가는 마지막 고깃배를 배웅했다. 이제 찾아오는 배는 한 척도 없다. 바다가 얼었으니까 당연한데 이 상황을 도무지 인정할 수 없어 고조는 힘들었다.

등대는 무엇 때문에 존재하는가.

해상을 항해하는 선박의 안전을 지키기 위해서이다.

그 등대의 빛이 꺼지지 않게 하려고 등대지기가 존재한다.

그런데 가이리등대가 있는 바다는 겨울철이 되면 문제의 배가 다니질 않는다. 따라서 등대 불빛을 지킬 필요가 없어져 등대 불빛도 사라진다. 이런 상태는 바로 자신들의 존재가 부정당하는 느낌을 주었으므로 그는 적잖은 충격을 받았다.

등대장이 '등대 휴등 시행 보고'를 타전한다. 등대 불빛만이 아니라 무적도 완전히 침묵하며 가이리등대는 오랜 동면에 들어간다.

유일한 정보원과 오락은 라디오였는데 등대장은 이와 관련해 흥미로운 이야기를 해주었다.

북쪽 바다에 뜬 외딴섬의 등대에 한 등대지기 가족이 살았다. 아버지와 어머니, 그리고 장남과 아직 어린 맏딸과 둘째 딸까지 다섯이었다. 어느 날, 아버지의 동료가 보낸 소포가 도착했다. 열어보니 라디오였다. 그날부터 아버지가 맏딸을, 어머니가 둘째 딸을 무릎에 앉히고 둘 사이에 장남이 앉아 다 같이 라디오 듣기를 즐겼다.

얼마 뒤 아버지가 가족의 변화를 알아차렸다. 전에도 좁은 방에 가족이 옹기종기 모여 도란도란 얘기를 나눴다. 그럴 때 방 안은 조용했고 아주 정겨운 분위기가 가득했다. 그곳에는 절로 미소가 지어질 따뜻하고 단란한 가족의 모습이 있었다. 그런데 라디오가 생활의 하나가 되자, 가족의 대화가 묘하게 소란스러웠다. 모두에게서 거친 언동이 나타나기 시작했다.

장남의 변화가 가장 두드러졌다. 라디오를 듣는 동안 그의 눈은 항상 호기심으로 반짝였다. 미지의 세계에 대한 동경이 담겨 있었다. 하지만 그것은 라디오를 접할 때뿐이었다. 일상에서는 전에 없던 우울한 빛이 그의 얼굴에 드리워지기 시작했다.

라디오의 존재가 실은 아들에게 울적함을 가져온 것이다.

이런 사실을 깨달은 아버지는 감사 편지와 함께 라디오를 동료에게 돌려보냈다. 따뜻한 마음을 거절하는 게 미안했으나 장남에게 나쁜 영향을 미치고 있다는 판단 때문이었다.

"이 등대지기 아버지의 행동을 세상과 동떨어져 사는 사람의 삐뚤어진 독선이라고 봐야 할까. 그 판단을 내릴 수 있는 사람은 같은 처지에 있는 우리 등대지기와 가족뿐일지 모르지."

등대장은 마지막으로 그렇게 말하고 이야기를 끝냈다.

아이를 가진 같은 아버지로서 그 얘기가 마음에 남았다. 내 아이를 세상의 나쁜 것으로부터 지키고 싶은 그 등대지기의 마음은 이해한다. 한편 아이를 세상으로부터 떼어놓는 게 정말 옳은 일일까. 그 부분은 주인공 등대지기와 생각이 달랐다.

등대 부속 관사에서 아이를 키우는 이상 둘 중 하나를 선택할 수 있다.

이는 '특권'일지도 모른다. 마을 사람들은 그런 선택조차 할 수 없다. 그렇게 역설하는 고조를 미치코가 부드럽게 타일렀다.

"하나미는 아직 어리니까 지금 당장 고민할 필요는 없어요. 그리

고 라디오를 들려주더라도 저 아이가 스스로 판단할 수 있을 때까지
는 우리가 채널을 골라주면 되죠."

옳은 말이라고 생각했으나 그래도 불안했다. 그런 불안이 그나마
풀린 것은 등대장 부인의 식사 준비를 보고, 또 그녀의 말을 듣고 난
다음이었다.

만반의 준비를 했다고 해도 식량이 귀중하다는 사실에는 변함이
없다. 모두가 음식에 불만이 없도록 하면서도 항상 비축 물량에 주
의를 기울일 필요가 있다. 그런 경험을 쌓아가는 어머니를 보고 자
란 아이들은 항상 대비를 잘한다. 아들이든 딸이든, 또 무슨 일을 하
든, 결혼해 어디로 가든 그런 태도는 틀림없이 장래에 도움이 될 것
이다.

등대지기 아버지와 그를 돕는 어머니의 모습을 보며 자라는 것이
야말로 아이에게는 무엇보다 좋은 교육이다. 고조는 이 당연한 사실
을 배웠다.

겨울철, 관사에 내내 틀어박혀 있느냐 하면 그건 아니다. 등대장
의 권유로 고조는 종종 토끼사냥에 나섰다. 식료품을 확보한다는 의
미에서도 사냥은 중요했다. 토끼는 미리 놓은 덫으로 잡았는데 엽총
으로 잡을 때도 많다. 또 총을 짊어지고 하는 사냥은 운동이기도 했
다. 그야말로 일거양득인 셈이다.

긴 겨울을 보내던 어느 날 밤의 일이다. 문득 고조는 잠에서 깼다.
음악 같은 소리를 들었기 때문이다.

라디오 끄는 걸 잊었나.

그렇게 생각하며 귀를 기울였는데 아무래도 아닌 것 같았다.

……땡.

뭔가 울린 게 분명한데 아무래도 라디오는 아니다.

……통통, 콩콩.

음악도 아닌 듯한데 꼭 음악처럼 들리는 건 왜지?

……챙, 챙, 챙.

마치 타악기를 두드리고 비비고 흔드는 듯한 느낌이다. 하지만 음악은 아니다. 정말 괴상한 소리였다. 따뜻한 이불 속에서 가만히 듣던 그는 어떤 상상이 떠오른 순간 온몸에 쫙 소름이 돋았다.

……하얀 사람이 온 게 아닐까.

그것이 얼어붙은 바다를 건너 지금 이쪽으로 오고 있다. 그런 광경이 또렷이 보이는 것만 같았다.

그것이 얼어붙은 해면을 걸을 때마다 그 발밑이 출렁이며 이상한 소리를 낸다. 그 소리가 정적에 휩싸인 북쪽 땅에 울려 퍼져, 이 가이리등대까지 들리는 것이다. 그런데 발소리가 일정하지 않은 것은 왜일까.

그것이 춤추고 있어서…….

얼어붙은 바다 위에서 미친 듯 춤추는 하얀 사람의 그림자가 그의 뇌리에 또렷이 떠올랐다. 그것은 절대 서두르지 않는다. 하지만 착실히 등대를 향해 오고 있다. 점점 가까워지고 있다. 한시라도 빨리 미치코와 하나미를 데리고 나가야……라는 생각은 드는데 도무지 몸이 움직이지 않는다. 당신과 아이만이라도 도망쳐……라고 소리치려 해도 입이 움직이지 않는다. 이대로 있다가는 돌이킬 수 없는 일이……라고 끙끙대다가 번뜩 눈을 떴더니 아침이었다.

서둘러 일어나 옷을 갈아입고 관사에서 뛰쳐나와 등대 회랑으로 뛰어 올라가 필사적으로 바다를 둘러봤다. 구석구석 응시한다.

……아무것도 보이지 않네.

후 숨을 토하려는데 계속 재채기가 나와 고조는 서둘러 관사까지 달려갔다.

따뜻한 관사 안으로 들어왔는데도 부들부들 온몸이 떨렸다. 얇은 옷을 입고 밖에 나가 감기에 걸렸나. 회랑에서 확인했음에도 그것에 대한 불안이 남은 탓일까. 둘 다일 수 있을 것 같아 영 찜찜했다.

석연치 않은 마음으로 고조는 식탁에 앉았다. 이 일을 미치코에게 얘기해야 할지 고민하고 있는데 등대장이 이상한 말을 했다.

"어젯밤에는 바다가 심하게 노래하더군." 의아하게 보는 그에게 등대장은 싱긋 웃으면서 말했다. "이제 곧 봄이 온다는 말이야."

고조가 들은 괴상한 소리는 다름 아니라 유빙이 삐걱대는 소리였다. 그것은 하얀 사람이 다가오는 무섭고 괴이한 소리가 아니라 봄의 방문을 알리는 아주 기쁜 소리였다.

그렇게 봄을 맞고 여름이 오고 다시 겨울이 되었다.

이윽고 가이리등대에 부임하고 3년째 봄을 맞았다. 하나미가 신이 나 들판을 돌아다니는 모습을 회랑에서 바라보는 게 고조의 즐거움이었다. 물론 바다를 주시하는 틈틈이, 어디까지나 눈을 쉬게 하려고 잠깐씩 보는 것뿐이지만, 그래도 큰 위안이었다.

그날은 낮에 가족 셋이 해변으로 갔다. 하나미는 해수욕을 하게 하고 고조와 미치코는 미역이나 조개를 따기 위해서였다. 인근 마을에서 부녀자들도 아이들을 데리고 왔는데 누구에게나 친근하게 말을 거는 하나미는 금세 사람들의 인기를 한 몸에 모았다.

고조가 바위에서 미역을 따고 미치코가 물가에서 조개를 캐는 동안 하나미는 마을 여자들과 섞여 아이들과 놀았다.

문득 그가 바위에서 고개를 들었는데 딸의 모습이 보이지 않았다. 처음에는 마을 아이들 틈에 섞여 있겠지 생각했는데 아무리 찾아도 없었다.

새하얀 공간에 톡…… 하고 작고 검은 점이 하나 떠 있고, 그것이 순식간에 시커멓게 커지는 듯한 모습을 본 순간 고조는 절규했다.

"하나미이이!"

미치코를 비롯해 해변에 있던 모든 사람이 움직임을 멈추고 그를 봤다.

"……하나미?"

이윽고 미치코가 딸의 이름을 부르면서 마을 여자들 사이를 헤집고 다녔다. 그런 그녀를 보고 주위가 소란해졌다. 드디어 하나미의 모습이 어디에도 보이지 않는다는 사실을 모든 어른이 알아차린 것이다.

해변 어디에도 하나미의 모습이 보이지 않는다는 것을 확인한 고조는 바다로 들어갔다. 딸이 파도에 휩쓸렸다고 생각했기 때문이다. 그러나 물가에서 아무리 둘러봐도, 해면에 아이의 모습은 없었다.

마을 여성 반은 바닷속을, 나머지 반은 해변을 수색했다. 하지만 도무지 하나미를 찾을 수 없었다. 그런 가운데 누가 알렸는지 등대장이 나타나 바로 고깃배를 수배했다. 그 후로 몇 척의 고깃배가 몇 시간에 걸쳐 수색을 벌였다. 그런데도 발견되지 않았다.

그 무렵에는 하나미가 사라진 상황이 마을 여자들의 증언으로 밝혀졌다. 그런데 그게 모두 고개를 갸웃할 정도로 너무나도 불가사의했다.

적어도 네 여성이 고조가 딸의 이름을 부르짖기 직전까지 하나미가 있는 것을 봤다. 물론 잠깐 본 게 다이지만 그래도 아이의 존재를 분명히 인식했다. 그런데 고조의 목소리를 듣고 반사적으로 하나미를 봤을 때는 이미 없었다는 것이다. 정말 순식간에 사라졌다고 할 수밖에 없을 만큼 획 없어진 것이다.

등대장과 어부들은 '파도에 휩쓸렸다'라고 판단했으나 네 여성은 이의를 제기했다. 하나미는 분명 해변에 있었으나 절대 "파도가 덮칠 만한 곳은 아니었다"라고 주장한 것이다.

그날은 주변이 어두워질 때까지, 다음 날은 이른 아침부터 해변과 바다를 샅샅이 수색했다. 그러나 어디에서도 하나미는 발견되지 않았다.

고조도 미치코도 망연자실한 채 하루하루를 보냈다. 하지만 그에게는 등대지기의 업무가 있었다. 등대장은 어떻게든 빼주려고 했으나 응석을 부릴 수는 없었다. 선박뿐만 아니라 승무원과 승객의 안전을 담보하는 일이다. 개인적인 감정에 좌우되어 업무에 지장이 생기면 큰 문제가 된다. 싫어도 정신을 차릴 수밖에 없었다.

등대정신이 나를 구했다.

고조는 그런 마음을 품었다. 그게 좋은지 나쁜지는 솔직히 알 수 없었으나 그래도 이 사건을 이겨낼 수 있었던 것은 그가 등대지기였기 때문이다.

문제는 미치코였다. 등대장 부인이 정말 열성을 다해 돌봐준 덕분에 그녀도 다시 일어서는 듯 보였는데 사실은 어땠을까.

하지만 미치코는…….

언젠가 하나미를 빼앗길 운명이라고 체념하는 마음이 원래 있었다. 그래서 고조보다 회복이 빨랐을지 모른다.

그래도 2년 뒤 전근으로 가이리등대를 떠날 때까지 두 사람은 마음속 어딘가에 하나미를 담고 있었던 것만은 분명하다. 게다가 고조에게는 아무에게도 말하지 못한 사실이 하나 있었다.

그날, 마을 여자들 가운데 딱 하나 하얀 옷을 입은 사람이 있었다는 사실을…….해녀가 입는 하얀 옷 같은 차림새의 사람이 있었다는 것을…….하나미가 사라진 다음 그 하얀 사람도 사라져버렸다는 것을…….나중에 마을 여성들에게 은근슬쩍 물었는데 당일 하얀 옷을 입은 사람은 없었다고 했음을…….

……이렇게 등대장의 긴 이야기가 끝났다.

그 후, 일본은 망설임 없이 침략 전쟁으로의 길로 돌진해갔다. 등대도 관련이 없지 않았으나 등대장의 이야기는 거기까지 이어지는 않았다. 하나미의 실종이 훨씬 전인 탓도 있겠으나 이사카는 딸을 잃은 뒤의 인생은 얘기할 필요가 없다고 생각하는지도 모르겠다.

해는 완전히 떨어져 프랑스창 밖은 캄캄한 어둠이었다. 식당 겸 거실에 전등이 켜져 있었으나 이상하게 어두컴컴했다. 전기가 제대로 공급되지 않나? 아니면 이사카의 괴이한 이야기에 영향을 받아 그렇게 보이는 걸까.

"무례한 말이지만, 하나미 일 말인데요……."

모토로이 하야타는 조심스럽게 말을 꺼냈는데 이사카는 알고 있다는 듯 먼저 그의 질문을 정확하게 표현했다.

"시로고신사에 있는지, 확인하지 않았느냐는 거겠지?"

"네, 그렇습니다."

그러자 등대장은 복잡한 표정으로 말했다. "나와 미치코는 물론 의심했지. 하지만 그때 외지 사람이 그 자리에 있었다면 틀림없이 마을 여성들이 알아차렸을 거야. 그리고 하나미를 그 사람이 데려갔다고 난리가 났을 테고. 하지만 아무 일 없었으니 수상한 사람도 없었다는 증거겠지."

"인간이 아니었다……는 말씀입니까?"

하야타의 질문에 이사카가 중얼거리듯 말했다.

"나는 여자들 사이에서 하얀 옷을 입은 사람을 봤어. 그게 시라몬코라면……."

"백녀가 부려서 하나미를 납치해 시로고신사에 건넸다고 생각할 수 있겠군요."

거기서 하야타는 고지야의 여주인에게 들은 민속학자 아이자와의 이야기를 했다.

"연대는 알 수 없으나 예전에 시로고무라에서 신내림을 받은 집안이 생겼답니다. 그 집안사람이 마을 사람을 상대로 기도를 올려서 시로고신사와 대립했던 과거가 있다더군요."

"전에 미치코에게 그런 얘기를 들은 적 있지. 그때는 신내림이라니, 어느 시대 얘기인가 싶었는데……."

"대학 강의에서 들은 말인데 지금도 지방에 가면 신내림 관련 풍속이 많이 남아 있답니다. 취직이나 결혼 때 걸림돌이 될 정도로 뿌리 깊은 차별과 이어져 큰 문제가 되고 있죠."

"온전한 사람으로 취급하지 않는다는 건가?"

"그런 지방이 많은데 한편 귀신을 떼어달라고 부탁한다거나 하는 일로 마을 사람들이 그런 집안에 의존할 때도 있으니 관계가 상당히 복잡하죠."

"그렇겠군."

"그래서 말입니다만 시로고신사와 틀어진 집안사람들은 그로 인해 마을에서는 살기 힘들어져 시로고무라를 떠나지 않았을까요?"

하야타 자신이 하얀 집에서 생각했던 가설을 얘기하자 눈치 빠른 이사카가 그에 응했다.

"그 자손이 하얀 집인가……."

"그래서 백녀가 시라몬코를 마음대로 부릴 수 있는 건지도 모릅니다."

"그런가……. 그건 신내림으로 오는 귀신의 일종인가?"

"어디까지나 제 상상입니다."

조심스러운 하야타의 언급에 이사카는 잠자코 고개를 끄덕인 다음 말했다.

"하지만 말이야, 당시의 내가 등대장이 이해할 수 있게 설명할 수 있었겠나?"

"네?"

순간 하야타는 무슨 소린지 알 수 없었다. 하지만 곧 짐작이 갔다.

"하나미가 시라몬코에 납치당했다…… 그런 의심을 등대장에게 이해시킬 수 있었겠느냐, 그렇게 물으신 거죠?"

"시로고신사까지 확인하러 가려면 등대장에게 특별 휴가를 받아야 하네. 등대장 부인에게 큰 신세를 졌지. 정말 따뜻하게 보살펴주셨어. 그래서 더 그런 부탁은 할 수 없었네. 게다가……" 이사카는 잠시 말하기 힘든 듯하더니 말을 이어갔다. "귀신이 딸을 납치했다고 진심으로 믿고 있다, 등대장이 그렇게 판단하면 나는 틀림없이 등대지기라는 직업을 잃고 말아. 정신적으로 문제가 있는 남자에게 사람들의 생명과 관련된 일을 맡길 수는 없을 테니까."

딸과 등대지기, 둘 다 이사카에게는 소중했을 것이다. 하지만 굳이 하나를 선택해야 했을 때 후자를 선택했다는 말인가.

"사모님 혼자 시로고신사에 가는 방법도 있지 않았습니까?"

비정한 말이라고 생각하면서도 하야타는 물을 수밖에 없었다.

"당연히 그것도 생각했지. 그러나 아내는 처음부터 체념한 것 같더라고."

"설마…….."

"하나미를 대할 때 이미 그런 기미가 있었다고 했지?"

"네. 하지만…….."

"아내는 나직이 읊조리더군. 하나미를 납치한 것은 어머니가 분명한데 신사에 가더라도 딸을 만나지 못할…… 거라고."

"무슨 뜻이죠?"

"나도 모르지. 하지만 조금 전 민속학자의 이야기를 듣고 갑자기 생각났어."

"뭔데요?"

"시로고신사의 신은 수십 년에 한 번씩 새로 온다."

"그것은…….."

하야타는 반사적으로 부정하려 했으나 더는 말이 나오지 않았다.

"그리고 미치코가 예전에 '어머니가 원하는 것은 신의 후계자'라고 했지."

"…….."

"파도에 휩쓸렸다며 한탄하기보다는 신이 되어 지금도 모셔지고 있다고 생각하는 게 마음 편하지…….."

"…….."

하야타는 더욱더 입을 열지 못했다.

"……결국, 나는 등대지기로 사는 길을 택했네. 그리고 집사람은 친정의 신사를 버렸으나 역시 대를 잇는 길을 선택했고. 그 무렵부터 그런 거구나 하고 드디어 받아들인 것 같아."

절절한 심정을 드러내며 이사카의 이야기가 이어졌다.

그러다 갑자기 등대장이 정신을 차린 듯 말했다. "아니, 정말 오래 내 얘기를 듣게 했군."

"실은 말씀을 듣다가 여러 번 소리 지를 뻔했습니다. 왜냐하면 제가 고가사키등대에 오며 한 경험과 왠지 겹치는 일이 많았기 때문입니다."

일단 이렇게 말을 꺼낸 하야타는 이제까지의 경험을 모두 이야기했다.

"……아니."

그렇게 입을 떼던 이사카가 입을 다물고 말았다.

조금 기다렸다가 하야타가 물었다. "역시 등대장님은 단순한 우연이라고 생각하시나요?"

"내가 고가사키등대에 처음 부임했을 때 선임인 이와이 씨가 하얀 집을 드나드는 바람에 시라몬코에 홀렸다고 했지?"

이사카가 물어와 하야타는 "네"라고 대답했다.

"실은 말이야, 모토로이 군과 교체된 스나가도 마찬가지 상태였어." 이사카는 새삼스럽게 소름 끼치는 얘기를 밝혔다. "내가 이와이 씨 대신에 불려왔고 모토로이 군이 스나가 대신 왔네. 여기에도 기묘한 일치가 있군."

"그래도 어디까지나 우연이라고……."

"……기분 나쁠지 모르지만 그렇게 생각할 수밖에 없겠군. 세계의 등대에서는 더 무시무시한 이야기도 전해지니까."

상식적인 대답을 꺼낸 이사카가 아일린모어섬의 등대에서 등대지기들이 사라진 사건 얘기를 꺼내, 하야타는 깜짝 놀랐다.

"아세요?"

"모토로이 군도 아나?"

호칭이 '자네'에서 '모토로이 군'으로 바뀐 것은 이쪽에 친근감을 느끼기 시작했기 때문임을 이런 상황에도 하야타는 깨달았다.

"요코하마 등대관리양성소의 요코야마 교관에게 들었습니다."

"그럼 이야기가 쉽겠군. 내용은 전혀 다르나 그 사건과 마찬가지야. 제대로 설명할 순 없지만, 요컨대 수수께끼가 풀리지 않은 채 끝나는 얘기야, 우리의 우연이 겹치는 것도 아마 그런 걸 거야."

"그렇네요." 하야타는 맞장구를 치면서도 물었다. "아일린모어섬의 등대 사건 말인데요, 만약 합리적인 해석이 가능하다면 어떨까요? 등대장님과 제가 경험한 수수께끼 같은 사건의 일치도 어떤 의미를 찾을 수 있지…… 않을까요?"

오리무중

3부

19장 우연과 필연

"자네가 그 괴담을 해결할 수 있단 말인가?"

이사카 고조가 의아한 표정을 지은 건 그런 일이 가능하느냐는 의문과 동시에 이 청년이 무슨 말을 하나 하는 놀라움 때문일 것이다.

"아닙니다. 진상은 새로운 증거라도 나오지 않는 한 밝히긴 어려울 겁니다." 모토로이 하야타는 일단 부정하며 말을 이었다. "하지만 이런 게 아닐까, 라는 해석은 내릴 수 있을 것 같습니다."

하야타가 별일 아니라는 듯 말해서인지 이사카의 눈이 더 커졌다. 등대장은 바로 또 의아한 표정이 되었다.

"들어보지 않으면 모르겠으나 대체 그 사건 이야기가 왜 여기서 나오지?"

"의문을 가지시는 게 당연합니다."

하야타는 말과 달리 조금 곤혹스러운 표정을 지었다.

"등대장님 말씀을 듣는 동안 제 경험과 너무 겹쳐 소름이 돋았습니다. 그런데 이상하게 머리 한구석에는 아일린모어섬 등대 사건이 계속 떠오르더군요. 등대장님도 말씀하셨듯이 세상의 등대에는 불가사의한 사건이 얼마든지 있습니다. 따라서 우리의 기괴한 일치도 단순한 우연에 불과하다, 라고 일단 받아들일 수 있죠. 한편으로 그 등대 사건에 어떤 해석을 내릴 수 있다면 우리의 수수께끼도 풀 가능성이 생기지 않을까……라는 생각이 들기 시작했습니다. 그래서 등대장님의 이야기를 들으면서 한편으로는 그 사건을 계속 생각했습니다."

"……그래서 알아냈나?"

이사카의 말투에는 명백히 기대감이 담겨 있었다.

"이렇지 않았을까, 하는 해석에 불과하지만……."

"그걸로 충분하네. 말해주게."

하야타는 아일린모어섬 등대 사건을 가볍게 요약한 다음 말했다. "가장 큰 문제는 일지를 쓴 게 마셜인지 듀커인지 분명하지 않다는 점입니다. 누구든 마셜과 듀커, 맥아더가 사라졌다는 미스터리는 남았는데 일지가 마셜의 것이라면, 의문점이 더 늘어납니다."

"일련의 기록이 문제겠군. 우선 '이제까지 경험해보지 못한 무서운 폭풍우'라는 표현이 있고, 그리고 '듀커가 화가 난 듯하다'라는 기록도 있지. 또 '여러 배의 불빛을 봤다'라고 한 뒤 '듀커가 조용해졌다'라고 적었어. 게다가 어떤 상황에서도 눈물을 흘리지 않는 맥아더가 '울고 있다'라고 했고. 다음 날에는 '듀커는 계속 조용하다'

라고 했고 '맥아더는 기도하고 있다'라고 적었어. 마지막 날에는 '폭풍우가 그쳤다'라고. 그리고 마지막 기록이 '신은 만물 위에 있다'라는 거였어."

"하지만 당시의 헤브리디스 제도에는 폭풍우가 발생하지 않았습니다."

"그러니까 일지를 쓴 사람은 마셜이 아니라 사실은 듀커였다, 후세에 전해진 일지는 전부 가짜였다, 그런 말인가?"

"그것도 하나의 해석일 수 있죠. 사건 얘기를 더 흥미롭게 하기 위해서라고 요코야마 교관은 말했죠. 다만 그런 것치고는 너무 내용이 평범하다는 점에서 교관과 제 의견이 일치했습니다."

"……확실히 그렇군. 사건을 요란하게 만들고 싶으면 더 기괴한 이야기를 날조했어야지." 이사카는 이해한 듯하더니 바로 반론했다. "하지만 말이야, 그러면 일지 기록은 모두 사실이 되지 않나? 그러나 문제의 며칠 동안 섬과 등대는 폭풍우 같은 것을 겪지 않았어. 안 그래?"

"네. 섬과 등대는……."

하야타의 의미심장한 말투에 등대장은 조금 겁먹은 듯한 모습을 보였다.

"섬과 등대는……이라니, 무슨 소리인가?"

"폭풍우를 만난 곳이 실은 다른 곳이라면 어떨까요?"

"어디?"

"마셜의 머릿속입니다."

이사카는 순간 숨을 멈추고 그대로 침묵했다.

"물론 원인은 모릅니다. 더 큰 가능성은 등대에서의 가혹한 생활이 원인이겠죠. 어쨌든 마셜은 미쳤습니다. 본인은 자각하지 못했지만, 그 이변이 다른 현상이 되어 그를 덮쳤습니다. 그러니까 '이제까지 경험해보지 못한 폭풍우'란 그의 정신 상태를 가리킨다는 겁니다. 그런 마셜의 변화를 아마 듀커와 맥아더도 알아차렸겠죠. 일에서 영향이 조금씩 나오기 시작했으니까요. 그래서 듀커는 화를 냈죠. 하지만 자각하지 못하는 마셜은 왜 그가 화를 내는지 알 수 없었고요. 그래서 '듀커가 화가 난 것 같다'라고 일지에 적었습니다."

"그랬던 듀커가 갑자기 조용해졌다는 것은……?" 조심스레 이사카가 물었다.

"두 사람 사이에 싸움이 일어났고, 마셜이 '많은 배의 불빛이 보였다'라고 할 수 있을 정도의 정신 상태가 되었으니까 듀커를 죽였을 겁니다."

"어떤 정신 상태라고?"

"확실한 건 모릅니다. 다만 추측하건대 머릿속에 무수한 빛이 번뜩이는 듯한 느낌 아니었을까요?"

"음."

"사건을 알게 된 맥아더는 그만 울고 말았습니다. 다음 날의 '듀커는 여전히 조용하다'라는 것은 시신을 침대에 눕힌 상태일 겁니다. 그래서 침대 옆에서 '맥아더가 기도하고' 있던 겁니다."

"그리고 마지막 날의 '폭풍우가 그쳤다'라는 기록은……."

"그렇습니다. 마셜의 정신이 돌아왔음을 나타낸 걸 겁니다. 다만 그 전에 그는 듀커의 시신을 바다에 버렸습니다. 물론 자신은 방수 비옷을 걸치고 장화를 신었습니다. 그런 그의 행위를 알아차린 맥아더가 같은 차림으로 쫓아가 말리려고 했습니다. 하지만 둘은 다투다가 시신과 함께 맥아더도 바다로 떨어졌습니다. 마지막 문장 '신은 만물 위에 있다'라는 것은 정신이 돌아온 마셜이 둘이 빠진 바다에도 신이 있기를 바란다는 바람이 아니었을까요?"

"그리고 마셜 본인도……."

"두 동료를 죽인 죄를 견딜 수 없어서 아마도 바다에 몸을 던졌겠죠."

"음."

이사카가 한탄에 가까운 한숨을 토하는 것을 보고 하야타가 입을 열었다.

"이게 진상이라고 주장할 생각은 아닙니다. 그저 하나의 해석일 뿐이죠."

"아니, 아니야. 아주 훌륭해. 앞뒤가 다 맞아."

등대장은 진심으로 감탄한 듯 찬사를 늘어놓더니 갑자기 불안한 표정을 지었다.

"그런데 말이야, 같은 방법이 우리의 경우에도 통할까……."

"모든 걸 해석하는 일은 역시 무리일 겁니다."

"일테면……."

"등대장님이 보셨던 햐쿠에 숲에 서 있던 거대한 하얀 사람 건,

같은 거요."

"아아, 그건가?"

이사카는 이해하면서도 살짝 실망한 듯했다.

"등대장님의 착각이라거나, 당시 정신 상태에 의한 환각이라거나, 그런 해석이라면 얼마든지 할 수 있죠. 그다지 의미가 있을 것 같지 않습니다."

"기도바시 씨도 같은 의견이었지." 그렇게 대답하면서 등대장은 하야타를 뚫어지게 쳐다봤다. "그러니까 진짜 괴이일 수도 있지만, 전부가 그런 건 아니라는 말인가?"

"모든 괴이를 처음부터 끝까지 인정하면 거기서 사고 정지가 일어납니다. 그 자리에서 도망치고 끝이면 그것도 좋을지 모릅니다. 그러나 우리는 등대지기입니다. 고가사키등대를 지킬 책무가 있습니다."

"맞는 말이네." 이사카는 힘차게 고개를 끄덕였다. "내 경험은 그렇다 치고 모토로이 군이 여기까지 오면서 겪은 수많은 괴이를 정말 설명할 수 있겠나?"

이사카가 한편으로 동요하는 모습을 보였으므로 하야타는 바로 자기 생각을 말했다.

"개연성 높은 해석이라는 의미에선 전혀 불가능한 것도 아닙니다."

"얘기 좀 해보게."

이사카의 말투에 다시 강한 의지가 돌아온 것에 하야타는 기쁘게 응했다.

"고가사키등대로 오는 도중, 우선 이변을 느낀 것은 '갓도스 길'이었습니다. 거기서 누군가가 쫓아오는 것 같았고 바위 위에서 이상한 모습도 목격했습니다."

"시라몬코인가?"

"그렇습니다. 그리고 하얀 집에서 도망쳐 나오려 할 때도 그런 기척을 느꼈습니다."

"그것이……." 순간 등대장은 말을 흐렸다가 다시 입을 열었다. "내가 목격한 커다란 하얀 사람과 같은 존재가 아니었다는 말인가?"

"그런 해석도 물론 가능합니다. 하지만 더 합리적인 설명이 있다면 그걸 택해야 하지 않을까요?"

"……그야, 그렇지."

이 긍정이 현실이 되면 좋겠다, 그런 마음이 담긴 말투였다.

"하지만 그렇게 편한 설명이 있겠나?"

"있습니다. 모든 것은 모스케 씨의 짓이었다는 해석입니다."

이사카는 잠깐 생각하는 듯하더니 말을 이었다. "짐꾼과 안내인으로 고용한, 아니, 고용했는데 꽁무니를 뺀 시로고무라 사람?"

"네. 여기부터는 그냥 제 추측인데 그가 고지야의 기리에 씨에게 호감을 품고 있었다면 어떨까요?"

"하지만 상대는 그럴 마음이 전혀 없잖아?"

"그럴지도 모릅니다. 기리에 씨의 태도를 보면 오히려 싫어하는 것 같기도 했습니다. 그런데 젊은 남자가 고지야에 묵었고 그녀와 친한 것처럼 보였다면 그는 어땠을까요?"

"그래서 질투 때문에 일을 내팽개쳤다?"

"그것만으로 끝났으면 좋았을 텐데 그는 제 뒤를 밟기 시작했습니다. 저에 대한 호기심 때문인지, 중간쯤에 협박할 생각이었는지는 모르겠지만……."

"하지만 정말 미행했다면 그 길에서 모토로이 군이 뒤돌아 걸었을 때 왜 모스케의 모습을 보지 못했을까?"

"거기 한쪽 산등성에 나무가 있었습니다. 그는 잽싸게 경사면을 올라 나무 뒤에 숨었습니다. 저는 오솔길만 주시하느라 위쪽에는 미처 신경을 쓰지 못했습니다."

"그럼 자네가 바위 위에서 목격한 것은……?"

"시로고무라로 가져갈 짐을 산처럼 짊어진 그였죠. 무엇보다 제가 본 것은 그 짐의 윗부분뿐이었습니다. 그게 우연히 하얬던 거죠. 어쩌면 하얀 천으로 짐 전체를 쌌을 수도 있고요."

"그렇다면 모스케는 하얀 집까지 미행했단 말인가?"

"이것도 그저 제 엉뚱한 생각일지 모르겠지만, 그가 고지야의 기리에 씨만이 아니라 하얀 집의 하쿠호 씨에게도 마음이 있었다면 제가 그 집에 들어가는 것을 보고 제정신이 아니었을 겁니다. 그래서 상황을 보러 다가왔다. 아뇨, 그뿐만 아니라 집 안에 들어왔다……."

"설마!"

"그때 너무 밝은 것 같아 첫 번째 방의 전깃불을 껐던 겁니다."

"앗, 그래서……."

"제가 하얀 집에서 도망칠 때 그는 마침 돌아가려던 참이었습니다. 그런데 제가 뛰쳐나오는 걸 보고 다시 상황을 보러 돌아왔죠."

"그런데 하쿠호가 나와 모토로이 군을 집으로 들였다. 그래서 모스케도 포기하고 돌아갔다?"

"······그랬다면 좋겠습니다만, 그 후 제가 목욕하고 있을 때도 내내 숨어서 보고 있었을지 모릅니다."

덧붙여 하쿠호의 목욕까지 숨어서 봤을 가능성도 있었으나 굳이 말할 필요 없어 입을 다물었다.

"모스케의 짓이라고 생각하면 확실히 설명은 되네." 이사카는 급히 덧붙여 물었다. "돌멩이가 날아온 것도 그 녀석의 짓일까?"

"아뇨, 그건 원숭이일지 모르겠습니다."

"아아, 그렇군!"

하야타는 비웃음을 당하리라 생각했는데 등대장은 고개를 크게 끄덕였다.

"제가 쉬었던 바위 옆에는 밤나무가 있었습니다. 아직 밤이 영글 시기는 아니었으나 그 주변이 원숭이들의 서식지였다면 돌멩이가 날아든 것도 이해할 수 있죠."

"아니, 아니야. 충분히 그럴 수 있어." 이사카는 긍정하면서도 바로 말했다. "덤불 속에서 원형에 갇힌 건 뭐지? 역시 원숭이였나?"

"솔직히 말하면 그건 모르겠습니다."

하야타가 대놓고 모른다고 인정하자 등대장은 당혹스러운 것 같았다.

"원숭이라도 생각해야 합리적이죠. 하지만 그걸로 설명을 끝내면 좀 억지스럽습니다."

"애써 여기까지 설득력 있는 설명을 하고……."

"등대장님도 말씀하셨잖습니까. 진짜 괴이일 수도 있지만, 전부 그렇지는 않을…… 거라고."

하야타는 목에서 하얀 천을 풀어 이사카에게 내밀었다.

"하쿠호 씨가 준 부적 덕분에 고가사키까지 무사히 도착할 수 있었다고 저는 믿습니다. 그렇다고 해서 알 수 없는 일까지 모두 괴이 탓이라고는 생각하지 않습니다. 아뇨, 그렇게 받아들여선 안 된다고 생각하죠."

"사고 정지가 되니까?"

"그렇습니다. 인간이 아닌 무언가를 상대한다고 나까지 인간이길 포기할 필요는 없습니다. 오히려 인간만의 사고로 맞서야겠죠."

"만약 인간의 이성이 전혀 통하지 않는 상대라면……."

하야타는 진지한 표정을 훅 풀고 씩 웃더니 대답했다. "그럴 때는 전속력으로 도망쳐야죠."

이사카는 어리둥절한 표정을 짓더니 그와 동시에 웃음을 터뜨렸다. "자네의 임기응변은 등대지기에 아주 적합하겠어. 등대정신도 중요하나 그게 불가능한 자연의 위협 앞에서는 소용없는 일이니까. 그럴 때는 목숨을 버린다고 해서 등을 지킬 수 없지. 그렇다면 살아서 다음 방법을 생각해야 하지. 그게 진정한 등대정신이라고 나는 생각해. 모토로이 군이라면 등대지기로서 어디 가서나 잘 해낼 걸세."

"감사합니다. 그러나 지금 부임한 곳은 두 번째 등대이고, 이런 수수께끼 풀이나 하고 있어야 하는 처지라……."

하야타의 말을 막듯 등대장이 갑자기 흥분해 입을 열었다. "내가
처음 부임한 곳은 다이코자키등대였고, 두 번째는 고가사키등대였
어. 그것은 자네도 마찬가지지. 이 정도 우연이 과연 흔할까. 그리고
우리는 고가사키등대를 봤을 때 둘 다 등대 회랑에서 하얀 사람을
봤네. 내 선임이었던 이와이 씨도, 자네 선임이었던 스나가도 확실
히 시라몬코에 씌고 말았을지 모르지. 그것은 그들이 하얀 집에 드
나든 탓일 거야. 하지만 우리는 달라. 길을 잃어 하얀 집에 묵었으나
딱 한 번뿐이야. 게다가 하얀 사람을 목격한 것은 문제의 하얀 집과
엮이기 전이지. 또 말이야, 나는 라슈마루에서 사사노 씨에게 하얀
사람과 관련된 괴담을 들었지만, 자네는 전혀 지식이 없었어. 그러
니까 나는 그런 걸 볼 여지가 있었으나 자네는 달라. 그런데도 둘 다
같은 상황에서 그것을 목격했네. 이건 도대체 뭔가?"

하야타는 열심히 경청하다가 그가 말을 끝내자마자 입을 열었다.
"실은 그 점에 관해 저는 엄청난 우연과 필연과 운명이 기이하게 얽
혀 일어난 일이라고 생각하는데……."

"우연만이 아니라 필연도 있다는 말인가?"

고스란히 놀라움을 드러내는 등대장에게 하야타는 고개를 끄덕
였다.

"그 필연이란 게 도대체 뭔가?"

"등대장님도 저도, 다이코자키에서 자살을 시도한 소녀를 구했습
니다. 그리고 등대장의 전임자인 이와이 씨도, 제 전임자인 스나가

씨도 하얀 집을 드나들었죠."

"무, 무슨 소린지……."

"등대장님이 고가사키등대 회랑에서 본 것은 예전에 다이코자키 등대에서 구한 소녀의 모습이었습니다. 그 정체는 하얀 집의 시라쓰유 씨죠. 그리고 저는 하쿠호 씨였고요."

"……말도 안 돼."

"시라쓰유 씨는 마을 사람이면 누구나 아는 시로고신사의 미치코 씨가 떠난 간토 여행이 너무나 부러웠겠죠. 하얀 집까지 소문이 돌았으니까요. 그래서 목숨을 끊을 장소로 여행 선물 얘기에 등장한 우시오의 다이코자키등대를 선택했습니다. 왜 그곳으로 정했는지는 알 수 없으나 딸인 하쿠호 씨가 수학여행으로 찾아오는 미래를 생각하면 그리 이상할 것도 없습니다."

"……."

"한편 하쿠호 씨는 수학여행으로 간토에 왔는데 여행 코스에 다이코자키등대가 있는 우시오가 포함되어 있었죠. 이 얘기는 고지야의 기리에 씨에게 들었으니까 틀리지 않을 겁니다."

"자, 잠깐만!" 이사카는 당황하며 하야타의 말을 막으려고 끼어들었다. "나와 모토로이 군이 20여 년의 세월을 두고 하얀 집의 어머니와 딸을 구했단 말인가?"

"그게 엄청난 우연에 해당합니다."

"아니, 그것만이 아니겠지. 시라쓰유와 하쿠호가 나란히 간토 우시오까지 와서 자살을 시도하다니, 그거야말로……."

"말도 안 되는 우연일 수 있죠. 하지만 제게는 필연처럼 느껴집니다. 둘 다 예민한 사춘기였고 백녀가 되어야 하는 처지에 의문을 품었죠. 싫었을 겁니다. 어쩌면 백녀가 되면 평범하게 사는 것보다 정신적으로나 육체적으로 훨씬 강한 부담을 져야 했으니까요. 그런 이유가 있었을 수 있습니다."

"무슨 소리지?"

"등대장님이 만나셨을 때 시라쿠모 씨는 30대나 40대로 보였습니다. 그러니 제가 봤을 때 사실은 50대나 60대일 텐데 정말 노파 같았습니다. 그건 오랜 세월 동안 백녀라는 역할을 해온 탓이 아닐까요? 그 영향이 나이와 함께 가속도가 붙는 거죠. 지금 돌이켜보면 그리 생각됩니다."

"그게 사실이고, 아직 소녀였던 시라쓰유와 하쿠호도 백녀라는 자리의 무서운 점을 알고 있다면, 그야 당연히 싫었겠지."

"하지만 두 사람에게는 하얀 집을 나와 혼자 살 방법이 없었습니다. 그래서 죽기로 했는데 고향에서는 그럴 수 없었죠. 특히 고가사키에서 뛰어내리는 건 정말 싫다……라는 마음이 있었을 겁니다."

"그야 죽은 뒤 그야말로 시라몬코가 될 것 같으니까."

"아마 그런 두려움이 있었을 겁니다. 그러므로 두 사람은 마지막만큼은 다른 곳에서 맞고 싶다고 바랐을 겁니다."

"그렇지만 그래도 다이코자키를 선택하다니 좀 아이러니하네. 고가사키와는 다르다고 해도 등대인 건……."

"제가 구한 소녀는 '아무것도 모르는 주제에'라고 비난한 다음

'벌써 해님은 가라앉았으니까……'라는 이상한 말을 했습니다. 등대장님의 이야기를 들었을 때 일모도궁이라는 사자성어를 듣고 깨달았습니다. 이 말에는 '해가 져서 캄캄해졌는데 앞길이 막막하다'라는 뜻이 있죠. 목숨을 끊으려던 중학생 하쿠호도 그런 심정이지 않았을까……. 이제야 깨달았습니다. 그렇게 생각하니 하얀 집에서 목욕할 때 그녀가 '주위가 완전히 캄캄해져서 당신이 혹시 물에 빠질까 봐 살피고 있어요'라고 한 것은 제게 도움을 받았던 과거를 넌지시 비춘 거였겠죠."

"시라쓰유도 같은 동기에서……."

"그런데 등대장님이 살려주고 말았죠. 그리고 약 2년 뒤에 하얀 집에서 시라쓰유 씨를 만나게 되는데, 정확히는 재회가 되겠지만. 이때 그녀는 하얀 가면을 쓰고 있었습니다. 하쿠호 씨 말로는 그것은 전기 수행을 끝내고 후기 수행에 들어간 증거라고 했습니다. 그대로 수행이 이어졌다면 그녀는 백녀가 되고 말죠."

"그래서 당시 아지키 마을에 왔던 다이헤이이치자 극단원과 도망쳤다, 갓난아기인 하쿠호를 버리면서까지 백녀 자리를 물려받길 거부했다……." 이사카는 스스로에게 설명하듯 말하면서 고개를 갸웃거렸다. "하지만 말이야, 내가 재회한 시라쓰유는 가면을 쓰고 있었고 게다가 수행의 일환이었는지 말을 전혀 하지 않았어. 그러니까 내가 구해준 소녀라는 사실을 몰랐을 수 있어. 하지만 자네는 2년밖에 지나지 않은 데다 상대 얼굴도 보고 목소리도 들었어. 왜 못 알아봤을까?"

당연한 의문에 하야타는 당연한 듯 대답했다.

"저도 사실 그 점이 마음에 걸립니다. 하지만 당시 다이코자키등대장이었던 간자키 씨의 '그래도 여자아이는 1, 2년만 지나면 확 변하더라'라는 말을 떠올렸습니다. 그렇다면 있을 수 있는 일이겠죠. 중학생이었던 하쿠호 씨를 그때 딱 한 번 봤습니다. 게다가 인상에 남아 있는 것은 바다에서 막 건져낸 완전히 젖은 상태였죠. 그리고 재회한 그녀는 유카타를 입고 상당히 어른스러워 보였습니다. 가령 그때와 비슷하다고 느꼈더라도 이 둘을 연결할 요소가 너무 없습니다. 그런 상황에서……."

"아니야. 알 리가 없지." 이사카가 솔직히 자신의 실수를 인정했다. 그러고는 바로 이어 말했다. "바로 그 둘이 완전히 똑같이 나와 자네의 부임을 마치 마중이라도 나온 듯 기다리고 있었던 이유는 뭐야? 무엇보다 우리의 부임을 두 사람이 어떻게 알았을까?"

"선임인 이와이 씨와 스나가 씨가 하얀 집을 드나들었기 때문입니다. 자기 대신 어떤 사람이 오는지, 며칠 몇 시에 부임하는지 그들이 모를 리 없습니다."

"그래, 스나가에게는 틀림없이 자네에 대해 알려주었지. 그러니까 이와이 씨도 나에 대해 알았다는 말인가?"

"시라쓰유 씨도, 하쿠호 씨도 자신을 구해준 등대지기의 이름을 당시 등대장에게 들었을 겁니다. 그녀들이 물었다기보다 등대장이 알려주지 않았을까요……."

"그럴 수 있지."

"그래서 두 사람은 다음에 오는 등대지기가 '이사카' 혹은 '모토로이'라는 걸 알고 아주 놀랍니다. 등대장의 이름은 발음은 드물지 않으나 한자는 특이합니다. 제 이름은 발음도 한자도 특이하죠. 그러니까 같은 사람이라는 걸 알았을 겁니다."

"그렇지만 말이야……." 이사카는 상당히 불안한 표정으로 말했다. "둘은 왜 우리를 마중하는 일 같은 걸 했을까?"

"그게 말입니다만……." 이번엔 하야타가 난감한 표정을 지었다. "아무리 생각해도 둘 중 하나인데 어느 쪽인지는 모르겠습니다."

"하나는 목숨을 구해준 것에 감사하는 마음에서, 다른 하나는 도리어 원한을 품었다……라는 말인가?"

"네. 저는 원한이라고 생각하는 마음이 있어선지 고가사키 회랑에서 하얀 사람 그림자를 봤을 때 순간적으로 구해줬던 소녀를 떠올렸습니다."

"괴, 굉장하군!"

"아닙니다. 그저 연상한 것뿐입니다. 정말 그럴지도 모르겠다고 깨달은 건 조금 전입니다. 다만 하얀 사람 그림자를 소녀로 봤을 때 복수할 생각이 있었다면 벌써 다이코자키등대에 나타났겠지 싶어 그녀일 리 없다고 부정했죠."

"당연하지."

"그녀가 복수하러 제가 있는 다이코자키등대에 온다고 가정했을 때는 그렇지만, 제가 그녀가 사는 땅으로, 등대지기로서 부임한다는 반대 경우도, 당연히 존재하는데 거기까지는 생각이 미치지 못했습니다."

"무리도 아니지." 이사카는 그렇게 대답하면서도 역시 마음에 걸리는 듯했다. "결국은 어느 쪽일까? 물론 나와 자네, 즉 시라쓰유와 하쿠호 모두 그 의지에는 차이가 있을지도 모르지만……."

"등대장님과 저 모두 하얀 집에서 둘을 만났습니다. 그때 무슨 일을 당한 것은 아니니 아마도 원한을 산 것 같지는 않습니다만……. 그렇다고 감사를 전할 마음도 아닌 것 같습니다. 더 복잡하고 혼란스러운 심경이 아닐까요. 어쩌면 그녀들 또한 자신이 어떤 마음인지 모를지……도요."

"생명을 구해준 것은 사실이지만 백녀가 될 운명을 피하고 싶었던 두 사람이 보기에는 괜한 짓을 한 사람들이지. 그렇다고 둘 다 자살을 또 시도하지 않았지. 이렇게 살아 있는 것은 우리 덕분이야. 그건 틀림없어. 하지만 감사의 마음이 있는지 없는지는…… 알려고 할수록 도무지 모르겠어."

"자기 본심을 확인하려고 두 사람이 등대에 올라왔을지 모르죠."

"그렇군!" 이사카는 맞장구를 쳤다. "내가 도와준 시라쓰유는 그렇다 치고 모토로이 군이 구한 하쿠호는 분명 자네에게 감사하고 있지 않을까?"

"왜요?"

"시라쓰유가 수행 중이었음을 고려하더라도 나에 대한 하얀 집의 태도는 차가웠네. 틀림없이 회랑에서 나를 보고 자신의 마음을 알았겠지. 하지만 모토로이 군은 하얀 집에서 하쿠호의 환대를 받았어."

"그, 그런가요?"

하야타는 그만 쑥스러워지고 말았다. 그러자 이사카는 싱긋 미소를 지었다.

"조금이라도 한이 맺혀 있었다면 그런 대접은 받지 못했을 걸세. 그러니까 그녀는 자네에게 호의가 있는 게 분명해."

"하쿠호 씨는 산에 오른 사람을 받아준 적이 있다고 했는데……."

"어쩔 수 없이 받아준 거라면 다음은 그냥 내버려뒀겠지. 하쿠호의 할머니인 시라쿠모를 따라 더 쌀쌀하게 굴 수도 있으니까."

"하쿠호 씨의 진심은 이쯤에서 그냥 두죠."

하야타의 대답에 이사카의 미소가 더 깊어졌다.

"다만 그녀와 저보다 시라쓰유 씨와 등대장님의 인연이 더 강했던 게 분명합니다."

이사카는 그런 지적을 받자 바로 심각한 표정으로 돌아왔다.

"그럴 리 없지. 시라쓰유 씨가 하얀 집에서 한 태도를 봐도……."

"아뇨, 확실합니다."

하야타의 단정에 이사카는 당황스러워하면서도 화가 난 듯 물었다. "도대체 근거가 뭐지?"

"그래서 등대장님이 시라쓰유 씨와 결혼하신 거 아닙니까?"

20장 하얀 마물의 탑

　한동안, 이사카 고조는 꼼짝하지 않고 있었다. 얼굴도 완벽하게 무표정이었다. 다만 두 눈동자만이 부자연스럽게 흔들렸다. 그것은 모토로이 하야타를 응시하고 있거나, 아니면 그를 지나쳐 뒤쪽 부엌에 있을 미치코를 보고 있는, 둘 중 하나처럼 보였다.

　"등대장님이 하얀 집에 머물렀을 때 시라쓰유 씨는 가면을 쓴 데다 한마디도 하지 않았습니다. 그리고 시로고신사의 가구라에서 춤을 춘 무녀들도 역시 가면을 쓰고 말을 하지 않았죠."

　"하, 하지만……."

　마침내 이사카의 얼굴에 뭐라 형용하기 힘든 변화가 나타났다.

　"신사의 딸인 미치코가 춤을 출 거라고 그때 다스케에게 들었어."

　"그렇죠. 하지만 그는 몇 년 전부터 그랬다고 얘기한 것뿐이죠."

　"아, 아니. 신주도 분명히……."

"딸 미치코 씨가 가구라를 춘다는 말은 전혀 하지 않았습니다. 오히려 감기에 걸려서 실례하게 되었다고 사과했죠."

"그건, 연회 자리에서……."

"그것도 포함한 얘기였겠죠. 하지만 실제로는 가구라를 가리킨 말이었습니다. 잘 생각해보세요. 감기에 걸렸는데 가구라까지 춘 사람이 연회 자리에 잠깐 얼굴을 내밀지 못할 리 없죠. 연회에 나오지 못했다면 처음부터 아파 누워 있었던 거죠."

"하, 하지만 무녀들 가운데……."

말을 하려다 말고 문득 이사카는 입을 다물어버렸다.

"세 무녀의 가운데 사람은 자신이었다고 둘이 여러 번 만나게 되는 나무 밑에서 본인이 등대장님에게 밝혔죠."

"……."

"그때 시라쓰유 씨는 자신이 '시로고신사의 미치코'라고는 하지 않았습니다."

"아……."

"어쩌면 그녀는 그 나무 밑에서 만났을 때 등대장님이 자신을 하얀 집에서 만난 시라쓰유임을 알아봐주길 기대했을지 모릅니다. 정확하게는 재회였지만요. 그런 일말의 희망을 품고 있었기에 먼저 이름을 대지 않았겠죠. 그런 생각이 듭니다."

"……."

"하지만 결과적으로 세 사람 가운데에서 춤을 춘 사람이 신사의 미치코, 라는 등대장님의 착각을 이용한 것도 사실입니다."

"설마! 아무리 그래도…….”

반론하려던 이사카는 더는 말을 잇지 못했다.

"다만 시라쓰유 씨도 '미치코'라는 이름에는 마음이 걸렸을 겁니다. 그래서 둘이 도망칠 때 비가 갠 것을 보고 퍼뜩 생각해냈습니다. '지금의 비처럼 저, 이제까지의 인연을 다 버리고 갈게요'라고 결의했어요. 그녀에게 '이제까지의 인연'이란 시로고무라와 시로고신사, 하얀 집과 백녀였겠죠. 즉 '하얀 것'과 관련된 것들을 비와 함께 씻어버렸으니까 '시라쓰유'라는 이름의 흰 백과 이슬 로露에서 백과 비 우를 빼면 남는 것은 도로의 '로' 자가 됩니다. 마침 신사의 '미치코'와 같은 음이라는 것을 깨달은 그녀는 그때부터 '미치코'가 된 겁니다.”

"그런 것까지 미치코가 생각했다고…….” 중얼거림에 가까운 말을 읊조리다가 이사카가 입을 뗐다. “아, 아냐. 아무래도 이상해. 어, 어째서 신사의 가구라를 시라쓰유가 추지? 이상하지 않나!”

미치코가 신사의 미치코가 아니라 시라쓰유였다는 사실을 내심 인정하면서도 반론할 수밖에 없다는 듯 소리쳤다.

"하쿠호 씨에게 들었는데 시로고무라 사람들은 하얀 집과 백녀를 중요하게 여기면서도 제멋대로 이용한다고 하더군요. 산파로 무사히 아이를 낳게 해주어도 축하 자리에는 부르지 않는다고요. 그래서 시로고신사의 무녀 대역이라는 큰일을 맡겼으면서 연회 자리에는 부르지 않았습니다. 무엇보다 신주는 그녀의 대역을 비밀로 하고 싶었겠죠. 그 마음은 알겠으나 시라쓰유 씨에게 너무했습니다.”

"그, 그러니까 시라쓰유가 함께 도망친 유랑 예인이란⋯⋯."

"등대장님입니다. 이것도 하쿠호 씨에게 들었는데 시라쿠모 씨는 딸인 시라쓰유 씨를 데려간 인물을 '한 군데 정착하지 못하고 전국을 떠도는 방랑자'라고 했답니다. 그거 완전히 등대지기 아닙니까? 물론 우리는 방랑이 아니라 전근이지만⋯⋯."

"유랑 예인⋯⋯이라."

이사카의 중얼거림에 어떤 생각이 있는지 신경 쓰면서 하야타는 입을 열었다.

"시라쓰유 씨가 정말로 예인과 도망쳤다면 문제의 대례 때밖에 없습니다. 왜냐하면 그들이 이 지역을 방문할 때는 몇 년에 한 번씩이니까요."

"아니지. 그때부터 사귀기 시작하고 실제로 도망친 시기는 시라쓰유가 임신하고 아이가 태어난 뒤니까 그럴 수 있지."

여전히 이사카는 부정하려 했다.

"그렇다면 아이가 태어날 때까지 그 남자는 극단에서 나와 도대체 어디에 살았을까요?"

"극단에서 나오지 않고 지방을 돌아다니다가 도망칠 때 이리로 돌아온 게 아닐까?"

"그동안 내내 시라쓰유 씨를 만나지 않고⋯⋯?"

"그렇다면 역시 극단을 떠나 아지키 마을에서 고용살이하면서 남몰래 시라쓰유와 밀회했겠지."

"외지인이 그런 일을 했다가는 금방 들통나죠. 게다가 시라쿠모

씨가 늘 감시했을 게 분명합니다. 딸을 임신시킨 상대니까요."

"시라쓰유의 임신을 어머니 시라쿠모는……."

"처음에는 숨겼더라도 바로 들통났겠죠. 출산을 위해서는 어머니의 도움을 받아야 합니다. 즉 시라쓰유 씨의 상대를 유랑 예인이라 생각하는 한 아무래도 억지가 생깁니다."

"……."

반론할 수 없는 이사카를 배려하듯 하야타는 되도록 따뜻한 말투를 썼다.

"신사의 미치코 씨가 등대장님의 사진을 보고 호감을 지닌 것은 정말일 겁니다. 하지만 낯을 가린 탓에 직접 나서지는 못하죠. 의지할 사람은 부모뿐인데 신주 부부의 신청을 당시 등대장님이 거절했습니다. 한편 시라쓰유 씨는 하얀 집에서 등대장님과 재회한 후 마음이 소란스러워졌을 겁니다. 어쩌면 등대장님 앞에서 그녀가 가구라를 쳤을 때나. 하지만 둘의 처지를 생각해 접으려 했죠. 그러나 도무지 잊을 수가 없었습니다. 그래서 몰래 등대까지 이따금 등대장님의 모습을 보러 왔습니다. 등대장님은 이런 그녀의 시선을 시라몬코라 착각했죠."

"그게…… 미치코였다고?"

"그 후로 두 사람은 서로 사랑하는 사이가 되었습니다."

그러므로 시라쓰유가 미치코라고 속인 일은 결과적으로는 좋은 일이 아니었느냐고 하야타가 단정할 수는 없었다. 어떻게 생각할지는 이사카의 문제였다. 아니, 그만이 아니다. 그들 부부가 함께 얘기해야 할 중대한 문제였다.

"아아…… 그래서 도망치면서까지…….."

당시를 떠올렸는지 이사카의 눈빛이 살짝 흔들렸다.

"……윽."

그 눈동자가 갑자기 하야타를 응시하는가 싶더니 그의 양쪽 눈이 커다랗게 벌어짐과 동시에 배 속 깊은 곳에서 짜낸 듯한 신음이 들렸다.

"그, 그럼…… 설마……."

"네, 그렇습니다."

사실은 훨씬 빨리 알아차려야 했을 사실이다. 하지만 오랜 세월 함께 산 아내가 전혀 다른 사람이라는 사실을 안 충격을 고려하면 무리도 아니라는 생각에 하야타는 마음이 아팠다. 그래서 이 얘기를 건드릴 마음이 좀처럼 들지 않았다. 그렇다고 당연히 무시할 수도 없었다.

"제가 다이코자키에서 살려주고 하얀 집에서 재회한 하쿠호 씨는 등대장님 부부의 딸인 하나미 씨였습니다."

"……."

주르륵, 이사카의 왼쪽 뺨을 타고 한줄기의 눈물이 흘렀다. 오른쪽 눈에서 흘러나온 눈물은 콧등을 따라 그대로 입으로 떨어졌다. 그러나 그는 닦지 않았다. 양쪽 뺨과 입가가 축축하게 젖어도 조용히 계속 울기만 했다.

"등대장님이 다이코자키에서 시라쓰유 씨를 구했을 때 그녀는

'막막했기' 때문이라고 자살 동기 같은 말을 했습니다. 이것도 사자성어인 일모도궁을 의미한다고 생각합니다. 하얀 집에서는 상당히 오래된 국어사전 같은 책이 있었습니다. 사자성어 사전이었을 수도 있겠네요. 시라쓰유 씨와 하쿠호 씨 모녀는 같은 사전을 이용했습니다. 그리고 의도치 않게도 같은 일모도궁이라는 단어에 눈이 갔죠. 거기에서 모녀의 불가사의한 인연을 찾을 수 있겠으나 그만큼 그녀들의 당시 심경이 매우 비슷했음을 나타내는 증거일 겁니다."

그러나 이사카는 그런 하야타의 해석에는 조금도 관심을 보이지 않았다.

"시라쿠모의 짓인가?"

처연하게 울던 그의 얼굴에서 상상치도 못한 날카로운 눈빛이 날아왔다.

"어린 하나미 씨를 납치한 사람은 틀림없이 시라쿠모 씨겠죠. 방법까지는 모르겠습니다. 시라쓰유 씨가 예상했던 대로 필시 시라몬코를 부렸을 거예요. 그러나 확인할 방법이 없네요."

"아니야. 그것은 시라몬코였어……."

"시라쿠모 씨는 꽃의 열매를 뜻하는 '하나미'라는 이름에서 벼 이삭의 '수穗'를 떠올렸습니다. 이삭이란 꽃줄기 주변에 꽃과 열매가 붙어 있는 상태니까 꽃을 의미하는 하나와 열매를 의미하는 미가 다 포함되죠. 그래서 흰 백과 이삭 수를 붙인 '하쿠호'라고 명명했을 겁니다."

이사카는 딸의 새로운 이름 따위는 관심 없다는 듯이 떨떠름한 말투로 내뱉었다. "시라쿠모가 유괴범이라는 걸 미치코는 알고 있었겠지……."

"그렇게 볼 수밖에 없겠죠. 하지만 거기에서도 시라쓰유 씨는 되도록 거짓말을 하지 않으려 했습니다. 신주는 아무것도 아니다, 신사 사람은 나타나지 않는다, 신사에 가더라도 딸은 만날 수 없다, 이렇게 말했죠. 이때 그녀가 했던 '어머니'는 물론 신주의 아내가 아니라 시라쿠모 씨였습니다. 그 '어머니'가 원한 '신의 후계자'는 수십 년에 한 번씩 바뀌는 시로고신사의 새로운 신이 아니라 시라가미님을 모시는 백녀를 가리킨 겁니다."

"……미치코는 그냥 내버려둔 거야. 자신의 자유와 딸을 맞바꾸고 못 본 척했어."

이번에는 하야타가 입을 다물 차례였다.

"그 탓에 하나미는…… 그 아이는…… 어머니와 같은 고민을 안고…… 역시 스스로 목숨을 끊으려 한 거야……." 이사카는 재빨리 자세를 고치고는 하야타에게 깊이 고개를 숙였다. "도와줘서 정말 고맙네."

"시라쓰유 씨와 하나미 씨, 두 분이 모녀 관계라 해도 거의 똑같은 행동을 한 것은 불가사의합니다. 거기에 등대장님과 제가 관련되고 또 비슷한 경험을 한 것도……."

하야타가 말하는 내내 이사카가 고개를 숙이고 있는 탓에 점점 하야타의 마음이 불편해졌다.

"등대장님, 부디 고개를 들어주세요."

그런데도 등대장은 고개를 들지 않았다. 그보다 움직임이 전혀 없다. 꼼짝하지 않고 오로지 한 곳만 응시했다.

"……이사카 등대장님?"

하야타가 일어나 상대의 어깨에 오른손을 얹으려 할 때였다.

"고조 씨가 책임을 지고 저와 도망쳤듯이 모토로이 씨도 하나미를 데리고 여기서 도망쳐주실 수 없나요?"

갑자기 뒤에서 말소리가 나, 그는 뛸 듯이 놀랐다.

"무, 무슨……."

순간적으로 돌아보니 부엌 입구에 미치코가 서 있었다.

"하나미의 목숨을 구한 책임이 모토로이 씨에게도 분명히 있습니다."

"……마, 말도 안 됩니다."

"그 아이는 당신에게 호감이 있어요."

"가령 그렇다 해도 역시 말도 안 되는 얘기입니다. 아뇨, 무엇보다 그런 개인의 감정은 그리 쉽게 알 수 있는 게 아닙니다."

부정하는 하야타를 보며 미치코는 우월감 가득한 미소를 지으며 말했다. "어머, 다 알아요."

"그녀의 어머니이니까?"

"그건 상관없어요. 어쨌든 백녀의 수행을 한 덕분이죠." 전혀 대꾸하지 않는 하야타를 보고 미치코는 미소를 지은 채 계속 말을 이었다. "고조 씨와 모토로이 씨가 등대 회랑에서 본 하얀 사람은 저와 하나미의 생령입니다."

"예……?"

"두 사람이 느낀 시선도 역시 생령의 것이죠."

"그럼 등대장님이 페인트칠할 때……."

"그래요. 그가 봤던 거대한 하얀 사람은 제 생령이었어요. 강한 마음이 그대로 커져 나타난 거죠."

"하지만 아직 가구라를 추기 전일 텐데……."

"하얀 집에서의 재회로 제 마음이 움직였어요." 미치코는 또 깊은 웃음을 지으며 말했다. "모토로이 씨도 하얀 집에서 묵은 다음 날 아침부터 여기 도착할 때까지 내내 시라몬코의 존재를 느끼지 않았나요? 그것은 시라몬코가 아니라 당신에 대한 하나미의 강한 마음이었죠."

"아, 아니……."

"그러니까 모토로이 씨는 그 아이의 마음에 응할 책임이 있어요."

그때 갑자기 미치코가 심각한 표정을 지었다. 이제까지 미소만 짓고 있던 터라 하야타는 흠칫 놀라 저도 모르게 이사카에게 도움을 청하려 돌아봤다.

"등대장님……."

그런데 조금 전까지 의자에 앉아 있던 등대장의 모습이 없었다.

"등대장님?"

곧바로 실내를 둘러봤는데 역시 어디에도 없었다. 복도로 나갔나 싶었는데 그랬다면 틀림없이 알았을 것이다.

"모토로이 씨가 등대에 도착했을 때 고조 씨는 이미 없었어요."

뒤에서 그런 소리가 들려 하야타는 다시 돌아봤다.

"그게 무슨 소리입니까? 조금 전까지 저는 등대장님이 겪은 이야기를⋯⋯."

절레절레 고개를 젓는 미치코를 보고 하야타는 말을 끝내지 못했다. 이번에는 그녀의 시선이 의미심장하게 뒤쪽으로 향했기에 그 시선을 따라가니 조금 전까지 이사카가 앉아 있던 의자 위에 놓인 무언가가 눈에 들어왔다.

하야타가 다가가 들여보니, 이사카의 일기였다.

"모토로이 씨가 고조 씨에게 들었다고 착각하는 그의 이야기는 모두 그 일기에 적힌 거예요. 당신은 그걸 열심히 읽었을 뿐이죠."

"⋯⋯거짓말이야."

"일기에 전부 적혀 있어요."

"하, 하지만 저는 분명히, 등대장님과 얘길 했는데⋯⋯."

"그건 모토로이 씨, 당신의 자문자답이었어요. 자알 생각해봐요. 그 대화 속에 고조 씨의 입에서 새로운 사실이 하나라도 나왔나요?"

"⋯⋯."

미치코의 지적이 맞는다는 사실을 깨달은 순간 하야타는 엄청난 오한에 시달렸다. 부들부들 온몸이 떨렸다. 마치 말라리아에라도 걸린 듯.

"하나미를 부탁해요."

바로 뒤에서 소리가 들렸다. 부엌 입구에 있을 미치코가 어느새 그의 등 뒤에 서 있었다.

하야타는 식당 겸 거실을 뛰쳐나와 복도를 달려 현관문을 통해 거의 구르듯 밖으로 도망쳐 나왔다. 그리고 부속 관사 측면으로 돌아가 두 번째 바위로 이어지는 돌계단을 가려다가 등대가 두 개 서 있는 것을 알아차리고 말도 안 되는 광경에 경악했다.

하지만 바로 잘못 봤다는 사실을 깨달았다. 다만 진짜 광경을 이해하지 못한 게 이때 하야타에게는 오히려 다행이었을지 모른다.

고가사키등대 옆에 거의 등대와 같은 크기의 하얀 사람이 있었다.

거대한 하얀 마물의 탑 같은 그 사람 그림자는 하야타를 가만히 내려다보는 듯했다.

21장 새로운 여정

고가사키등대의 불빛에 이상이 감지되었다.

그런 보고가 가장 가까운 등대사무소에 들어와, 직원이 무선 연락을 취했으나 연결되지 않았다. 이는 정상적인 일이 아니었으므로 바로 고가사키등대로 출동했는데 이사카 고조 등대장과 하마치 항로표식직원의 모습은 어디에도 없고 신임인 모토로이 혼자 업무를 담당하고 있었다. 다만 그는 반쯤 넋이 나간 상태로 직원의 질문에 제대로 대답하지 못하는 등 아무래도 제정신이 아닌 듯 보였다. 그래도 등대를 유지하려는 모습은 무시무시할 정도였다.

도통 등대에서 떨어지지 않으려는 모토로이를 등대사무소 직원은 후루미야의 병원에 억지로 입원시켰다.

그다음 날 아침, 모토로이 하야타가 드디어 정신을 차렸다. 그런데 기억이 상당히 모호했다. 이사카 등대장과 아내 미치코를 만난 일은 기억하는데 둘과 나눴을 대화 내용을 전혀 기억하지 못했다. 그리고 무슨 일이 있었는지도 전혀 몰랐다.

덕분에 하야타는 의심을 받았다. 그가 이사카 부부와 하마치 직원에게 위해를 가하고 고가사키에서 바다로 투기한 게 아닐까……라는. 그러나 동기가 전혀 없었다. 일시적인 광기에 사로잡혀……라는 견해도 있었으나 그는 막 부임했다. 그리고 어딘가에 분명 흔적이 남았을 것이다. 하지만 부속 관사에도 등대에도 무적실에도 이상은 발견되지 않았다. 오히려 너무 질서정연하게 보였다.

다음 날, 이사카의 일기 마지막 페이지에 적힌 글이 문제가 되었다. 날짜는 하야타가 등대에 도착한 당일이다. 내용은 다음과 같다.

오후 늦게, 이 시기에는 드물게 안개가 피어오르기 시작했다. 게다가 금세 짙어졌다. 하마치를 무적실로 보냈는데 도무지 무적 소리가 들리지 않는다. 그는 뭘 하는 걸까?

일지에는 이런 내용을 적을 수 없으니 일기에 적는다.

좀 더 여유가 있으면 무적실로 상황을 보러 가야겠지만, 왠지 나쁜 예감이 들어, 가지 못하고 있다.

그래서 일기에 적어둔다. 또 돌아와 계속

마지막 문장이 느닷없이 끊어졌다: 여기서 무적이 들렸기 때문이 아닐까. 그렇게 추측한 직원도 있었으나 사실이 무엇인지는 알 수 없다.

급히 임시 항로표식직원 둘이 고가사키등대에 와서 일하는 동안 구지암 주변과 햐쿠에 숲 일부(고가사키 주변 일대)를 수색했으나 이사카 부부와 하마치는 발견하지 못했다.

4일째 아침, 하야타는 대부분의 기억을 되찾았으나 도통 입을 열지 않았다. 말을 하면 오히려 더 혼란을 일으키리라 판단했기 때문이다. 이날은 경찰의 엄중한 조사를 받았는데 그는 처음 증언을 되풀이할 뿐이었다.

일주일이 지났으나 세 사람의 행방을 찾을 수 없었으므로 고가사키등대의 임시 항로표식 직원 둘 대신에 정식으로 임명된 새로운 직원 세 명이 부임했다.

하야타는 퇴원하고 다시 경찰의 사정 청취를 받았다. 그러나 그의 진술은 변함없고, 일관되어 마침내 무죄 방면되었다.

이리하여 베일에 싸인 세 명의 행방불명 사건은 등대와 관련된 괴담의 하나로 후세에 남겨지게 되었다.

하야타는 도쿄로 돌아와 건국대학 동기생이었던 구마가이 신이치의 집에 얹혀살았다. 그는 등대지기로 계속 일할 생각이었으나 해상보안청 등대부의 판단으로 한동안 등대 부임은 보류되었다. 고가사키등대에서의 기억 대부분을 잃었다는 '사실'이 아무래도 불리하게 작용한 듯하다. 어정쩡한 것을 싫어하는 하야타는 해상보안청 직원을 그만두기로 했다.

"애써 천직을 찾았다고 좋아했으면서."

신이치가 자기 일처럼 걱정했다.

"또 그런 일을 찾지 뭐."

정작 본인인 하야타는 산뜻했다. 일단 시작하면 무슨 일이든 진지하게 임하지만, 어쩔 수 없이 할 수 없게 되면 질질 끌지 않고 깨끗하게 포기하고 다시 다음 목표를 찾는다. 너무나도 그다운 태도라고 할 수 있다.

구마가이 신이치를 비롯한 건국대학 동기생 대다수는 관공서나 이름난 기업에서 중요한 직책에 있었다. 게다가 전원이 하야타의 앞날을 걱정하던 터라 그의 직장이라면 누구나 기꺼이 도와줄 것이다. 그러나 한편으로 모두 하야타의 올곧은 성격을 알고 있다. 그래서 잠자코 지켜보는 방법밖에 없었다. 신이치도 마찬가지였다.

다만 하야타는 더 마음에 걸리는 문제에 골머리를 앓고 있었다. 물론 친구인 신이치에게도 알리지 않았다. 후루미야 병원에 누워 있을 때는 불가사의하게도 전혀 생각나지 않았는데 도쿄로 돌아온 날부터 점점 커져만 가는 불안을…….

고가사키등대에서 봤던 거대한 하얀 사람이 자신을 쫓아온다.

그것이 고가사키에서 이동해 천천히 걸어 도쿄로 향하고 있다.

그런 망상이다. 아니, 망상이라 단정할 수 없다. 예전에 이사카 부부를 쫓아 시라몬코가 북상했듯 그것이 그를 만나러 오지 말란 법은 없다.

물론 그 전에 하야타는 도쿄를 떠날 생각이다.

하지만 그는 도대체 어디로 가야 한단 말인가. 패전한 일본의 부흥을 바닥에서 뒷받침하려면 어떤 일을 해야 바람직할까.

지금의 하야타는 도무지 알 수 없었다.

확실한 것은 모토로이 하야타만의 새로운 여정이 다시 시작되었
다는 것뿐이다.

옮긴이의 말

근대화의 아이콘 등대 뒤에 선 허연 공포!

《하얀 마물의 탑》은 '호러 미스터리'의 대가로 인정받고 있는 미쓰다 신조가 새롭게 시작한 '모토로이 하야타' 시리즈의 두 번째 작품이다. 제2차 세계대전 패전 후의 일본을 배경으로 펼쳐지는 시리즈의 두 번째 무대로 선정된 곳은 '등대'이다. 따라서 이야기는 한 지역에서만 펼쳐지는 것이 아니라 도호쿠 지방을 중심으로 홋카이도까지 먼 거리를 오가며 종횡무진 이어진다.

만주 건국대학에서 청운의 꿈을 품었던 청년 모토로이 하야타는 침략 전쟁에 미쳐 날뛴 일본이라는 조국에 환멸을 느끼면서도 패전 후 새롭게 시작하려는 일본을 위해, 가장 밑바닥부터 새로 시작하겠다는 결의를 다진다. 그런 그는 일본을 떠돌다 흘러 들어간 탄광에서 괴이한 사건을 겪는다. 바로《검은 얼굴의 여우》이야기이다.

이후 하야타가 다시 선택한 길은 등대지기였다. 근대화의 상징이 기도 한 등대는 바다로 둘러싸인 일본에서는 그야말로 구원의 불빛과 같은 존재였다. 새로운 산업과 시대의 기호이면서도 그것이 세워진 장소가 벽지라는 이유로 쉽게 다가가기 힘든 존재, 사람들의 이해와는 먼 존재인 등대를 지키는 사람, 등대지기가 되기로 한 것이다.

신임 등대지기의 두 번째 부임지는 고가사키등대. 무시무시한 기암괴석 뒤에 우뚝 솟아 있는 등대를 본 순간, 하야타는 이전 탄광의 경험을 떠올리며 불길한 예감을 느낀다. 그리고 그의 예감은 점차 현실이 되어간다.

곧장 등대 앞 곶에 배를 대지 못하는 바람에 산길을 돌아 등대에 가게 된 하야타는 등대로 향하는 길에 온갖 괴이한 일을 겪게 되고, 옛날 동화에나 나올 법한 외딴집에서 하룻밤을 묵으며 '시라몬코'라는 이 지역의 마물 이야기를 듣기에 이른다. 그리고 그가 겪은 경험은 20년이 넘는 세월을 넘나들며 인간의 이성으로는 풀 수 없는 미스터리로 그의 앞에 나타난다.

깊은 탄광 속 사람을 꾀는 마물이라는 존재 뒤에서 벌어진 살인사건을 들고 나타난 미쓰다 신조가 이번에는 민간신앙 속 마물을 우리 앞에 등장시킨다. 자본주의의 땔감을 공급하는 탄광이라는 장소에 민속적인 괴담을 집어넣은 데 이어, 해운의 중심이자 근대화의 상징인 등대라는 장소에 뿌리 깊은 민간신앙의 저주를 슬쩍 던져 넣어 이성과 토속적인 감각 사이의 격차에서 오는 공포를 극대화한다.

괴이한 사건과 복잡한 인간관계를 이성적인 사고를 지닌 인간이 풀어간다. 이것이 추리물의 진정한 즐거움이다. 그런데 여기에 토속적인 괴담이 뒤섞이면서 이성으로는 풀 수 없는 불가사의한 현상이 나타난다. 어디까지가 인간의 행위이고 어디까지가 이성의 영역을 넘어가는 것인지 분간할 수 없는 혼란이 찾아오는 것이다. 한 치 앞을 내다볼 수 없는 짙은 안갯속을 헤매는 듯한 상황에서 찾아오는 공포이다.

이성을 신봉하는 근대와 불가사의한 존재의 공존은 미스터리에 강렬한 스포트라이트를 비춤과 동시에 그만큼 공포의 짙은 어둠도 드리우는데, 이는 패전한 일본을 비유한 것처럼도 보인다. 유럽 열강에 뒤지지 않는 근대화를 이룩했다는 일본의 자부심은 인권이나 평등 같은 사회적 근대화를 수반하지 못했다. 그것은 곧 가차 없는 침략 전쟁으로, 추악한 인권 유린으로 이어졌다.

작품 속 주인공이 청운의 꿈을 품었던 만주의 건국대학도 결국 괴뢰 정부인 만주제국의 수립 앞에 속수무책이었다. 그 과정에서 상처 입은 주인공은 새로운 일본을 열망하지만, 가는 곳마다 뿌리 깊은 전근대성에 가로막힌다. 성장하지 못한 일본의 전근대성이 커다란 마물이 되어 한없이 하야타를, 일본을 뒤쫓는 것이다. 새로워지길 열망하는 주인공은 자신을 쫓는 이 마물과 괴담을 뿌리치는 데 성공할 수 있을까. 하야타의 '방랑'은 언제까지 이어질까.

마지막으로, 부록처럼 이야기 곳곳에 숨은 정보도 또 다른 재미를 독자에게 선사한다. 미스터리 한 권을 읽으면서 동시에 교양서 하나를 독파한 듯한 지적 뿌듯함을 느끼게 한다는 점이다. 근대적 등대 이전의 항로표식 역할을 해왔던 것들의 이야기부터 근대적 등대가 일본에 수입되는 과정을 설명하는 부분은 그 어떤 인문교양서에도 뒤지지 않는 방대한 지식을 자랑한다. 이 과정은 우리나라의 등대 역사에도 그대로 적용할 수 있는 부분이라 더욱 유용한 지식이 될 터이다. 관광지로서의 등대만 떠올리는 우리가 앞으로 찾을 등대에서 새로운 시점을 찾는 계기가 되지 않을까.

민경욱

《등대선 라슈마루燈臺船 羅州丸》, 사이토 겐조, 도코샤, 1942.

《등대 생활 33년燈臺生活三十三年》, 하시모토 기노스케, 세이카보, 1943.

〈바다를 지키는 남편과 함께 20년海を守る夫とともに二十年〉, 다나카 기요코, 고단샤 〈부인구락부〉 8월호, 1956.

《일본등대사日本燈台史》, 해상보안청 등대부편, 사단법인 도코카이, 1969.

《일본의 등대 100년 역사와 그 여정日本の燈台 100年歴史とその旅情》, 마이니치 신문사, 1970.

〈아내와 함께 걸은 일본열도妻と歩んだ日本列島〉, 다나카 이사오, 〈이와키민보〉 1977.01.01.

《세계불가사의백과 世界不思議百科》, 콜린 윌슨·데이먼 윌슨, 세이도샤, 1989.

《일본의 등대日本の灯台》, 나가오카 히데오, 교통연구협회, 1993.

《원령 I 그것과 인간의 문화사 122-I もののけ I ものと人間の文化史122-I》, 야마우치 히사시, 호세이대학출판국, 2004.

《해양기담집海洋奇譚集》, 로베르 들라크루아, 고분샤 지케이노모리문고, 2004.

《백의 민속학으로 하쿠산신앙의 수수께끼를 쫓아白の民俗学へ 白山信仰の謎を追って》, 마에다 하야오, 가와데쇼보신샤, 2006.

《도해 안내 일본의 민속 図解案内 日本の民俗》, 후쿠다 아지오·고바야시 고이치로·스즈키 하나에·우치야마 다이스케·요시무라 가제·하기야 료타 편, 요시카와고분칸, 2011.

〈등대 어떠한가? 灯台どうだい?〉 vol.1 ~ vol.12, 발행자 후도 마유, 2014~2016.

《유령을 찾아가는 런던 여행ゴーストを訪ねるロンドンの旅》, 히라이 교코, 다이슈칸쇼텐, 2014.

《일본 등대 기행ニッポン灯台紀行》, 오카 가쓰미, 세카이분카샤, 2015.

《등대는 구미를 당긴다灯台はそそる》, 후도 마유, 고분샤, 2017.

《저주받은 땅의 이야기 예전에 무슨 일이 일어났던, 그리고 앞으로 일어날지도 모르는 40개의 장소呪われた土地の物語 かつて何かが起きた、そしてこれから起こるかもしれない40の場所》, 올리비에 르 카레, 가와데쇼보신샤, 2018.

《반드시 나오는 세계의 유령 저택絶対に出る 世界の幽霊屋敷》, 로버트 그렌빌, 니케이 내셔널지오그래픽, 2018.

《뭔가가 쫓아온다, 요괴와 신체 감각何かが後をついてくる 妖怪と身体感覚》, 이토 료헤이, 세이큐샤, 2018.

공익사단법인 도코카이(https://www.tokokai.org/)

하얀 마물의 탑

1판 1쇄 발행 2023년 4월 19일
1판 2쇄 발행 2023년 5월 10일

지은이 미쓰다 신조 **옮긴이** 민경욱
펴낸이 고세규
편집 정혜경 **디자인** 박주희
마케팅 이헌영 **홍보** 이태린 반재서

발행처 김영사
주소 경기도 파주시 문발로 197(문발동) 우편번호 10881
등록 1979년 5월 17일(제406-2003-036호)
주문 및 문의 전화 031)955-3100 **팩스** 031)955-3111
편집부 전화 02)3668-3289 **팩스** 02)745-4827 **전자우편** literature@gimmyoung.com
비채 블로그 blog.naver.com/viche_books
인스타그램 @drviche **트위터** @vichebook
ISBN 978-89-349-4385-3 03830 책값은 뒤표지에 있습니다.

비채는 김영사의 문학 브랜드입니다.

하얀 마물의 탑